ミステリ

HARTMAN

アオサギの娘

THE MARSH QUEEN

ヴァージニア・ハートマン
国弘喜美代訳

TOKYO
HAYAKAWA
BOOKS

A HAYAKAWA
POCKET MYSTERY BOOK

THE MARSH QUEEN
by
VIRGINIA HARTMAN

Translated by
KIMIYO KUNIHIRO
First published 2023 in Japan by
HAYAKAWA PUBLISHING, INC.
This book is published in Japan by
arrangement with
the original publisher, GALLERY BOOKS,
a division of SIMON & SCHUSTER, INC.
through JAPAN UNI AGENCY, INC., TOKYO.

装幀／水戸部 功

わたしの子供たちへ、
そしてRJとアレックスを偲んで

われは汝の川岸で生まれ
わが血は汝の小川を流れ
そして汝は永遠に蛇行する
わが夢の底を

——ヘンリー・デイヴィッド・ソロー

生者の国と死者の国があり
それをつなぐ橋は愛である。唯一の生き残るもの、
唯一の意味である愛なのだ

——ソーントン・ワイルダー（『サン・ルイス・レイ橋』）

アオサギの娘

登場人物

ローナ（ロニ）・メイ・マロー……スミソニアン自然史博物館勤務の鳥類画家
ルース……ロニの母親。認知症を患う
ボイド……ロニの父親。フロリダ漁業局の野生動物保護管理官。25年前に溺死
フィリップ（フィル）……ロニの弟。会計士
タミー……フィルの妻。美容師
ボビー……フィルの息子
ヘザー……フィルの娘
エステル……ロニの親友。タラハシー科学博物館館長
アドレー・ブリンカート……カヌーショップのオーナー
ヘンリエッタ……ボイドの死に関する手紙を書いた謎の人物
フランク・P・シャペル……同漁業局の元局長。ボイドの上司
ダニエル・J・ワトソン……同漁業局副局長
モナ……ダニエルの妻
ジョリーン・ラビドー……ロニの実家の元隣人
マーヴィン……ジョリーンの夫。同漁業局の元通信指令係
ネルソン・バーバー……狩猟用品店の元店主
エルバート・パーキンズ……不動産屋
ロザリア・ニューバーン……フィルの事務所の受付。ロニの後輩
ブランドン・デイヴィス……ロザリアの夫。ロニの同級生
マリアマ……聖アグネスホーム認知症病棟のホールマネージャー
セオ……ロニの上司
デローレス・コンスタンティン……ロニの同僚。植物研究部の司書

1

　もしわたしがわたしでなければ、いっさい過去を振り返ることなく、わたしを悪いほうへ変えようとするさまざまな力についてもいっさい考えることなく、前へ進めただろう。けれども、薄暮のごとくゆっくりと霧が立ちこめ、悔恨が小さな瘤《こぶ》を作りはじめるときがある。あのときどうして、なんとかしなかったんだろう。わたしは父が永久にわたしたちのもとを去ったあの日を繰り返す。ライヴオークの狭間から陽光が差すなか、父がポーチの階段の下を行き来するさまを、赤ん坊だった弟のフィリップを腰に乗せるようにして抱きながらながめていた十二歳のあの日。わたしは弟の小さなやわらかい手に焦げ茶色の髪をつかまれ、その手をそっと引き剝がしつつ、顔をしかめていた。

　父は階段の下で足を弾ませながら、まぶしそうにこっちを見あげて言った。「ほら。子守ならお隣のジョリーンが母さんを手伝ってくれるさ。ジョリーンに頼んだらいいじゃないか、ロニ・メイ。一緒に行こう」

　父はもう何カ月も釣りに出かけていなかった。でも、家具にぶつかったり、網戸を力任せに閉めたり、なんだかそわそわしていた。嵐の前に吹く風みたいに、家のなかに不穏な音が鳴っていた。

　その日、母は言った。「ボイド、いい加減にして！　檻に閉じこめられた動物みたいに、家のなかをうろうろしないで」

　父と沼地へ釣りにいくためなら、そこで目にするあらゆる生き物を絵に描くためなら、以前のように景色を見たり音を聞いたりするためなら、何を差し出してもいいくらいだった。だけど、どうして父と行けただろう。家にとどまらざるをえなかったのだ。フィリップがいたから、母の手伝いをしなくてはならなかった。母が電話をしているあいだ、休んだり家事をしたりしているあいだ、わたしがフィリップを抱っこしなければ。フィリップを大笑いさせる方法をわたしは知っていた。フィリップはわたしにとっての課外活動であり、週末の娯楽であり、パートタイム仕事だった。わたしががっかりしていても、母は首を振ることもなければ、天を仰ぐこともなかった。

父が背を向け、ブーツが砂利を踏んだ。父はガレージから竿と釣り道具を取ってきた。釣り用の道具箱《タックルボックス》を左手で引きずり、鉛の錘《おもり》とルアーでカーキ色のベストをたるませながら船着き場の先まで歩いていくのを、わたしは三つ編みの端を口に入れ、吸いながら見ていた。こっちを振り返って一瞬首をかしげたその顔に光があたった。こっちから片手を振ったのだけれど、日差しがまぶしくて見えなかったようだ。父はくるっとジョンボートのほうへ向きなおり、乗りこむと、そのまま行ってしまった。

ぬかるんだ土手に突き出すようにして建つ、部屋がふたつしかない釣り小屋で夜を過ごしたのかもしれないし、沼地での時間のあと見まわりに出かけたのかもしれなかった。とにかく月曜日の朝、父の漁業局の制服はアイロンの効いた状態で、自宅のクローゼットに吊るされて出番を待っていた。

三時ごろ、父の上司がやってきた。長身にカーキ色の制服を着たシャペル局長が、音を立てながらブーツでポーチの階段をのぼってきた。階段をあがりきる前に、母がドアの外に出て迎えた。

「やあ、ルース。ボイドは病気かなんかなのかと思って、寄ってみたんだ」

母がわたしのほうを向いた。「あっちへ行ってなさい、ロニ。いつもの作業があるでしょ」眉間《みけん》に刻まれた二本の縦皺が、つべこべ言うなと告げていた。

キッチンへ行ったわたしは、フロリダの部屋で低い声で交わされる会話に耳を澄ましたが、何を言っているのか聞きとれなかった。最後の皿を拭いたあと、シャペル局長のトラックが私道の砂利を蹴りあげる音が聞こえた。

その夜は冷えて、スウェットシャツが必要な気候だったのに、父は帰ってこなかった。ベッドにはいってからしばらくして、人の声がしたので、階段のおり口まで出てみた。

「わたしが気づくべきだったんだ、ルース」男の人の――シャペル局長の――声だった。フロリダの部屋の四角い窓ガラスはもう真っ暗で、その向こうにあるはずの湿地は見えなかった。闇に沈んだ手摺りが階下からの明かりで照らされ、シャペル局長の声が水音に合わせて波のように伝わってきた。「このところボイドは様子がおかしかった。まさか思ってもみなかったが――」

「いいえ」母は言った。

「家での様子におかしなところはなかったかい。落ちこんでたとか。何しろこの二週間ほど――」

「いいえ」母がさっきより大きな声を出した。

シャペル局長の声は小さく、ささやきに近かったが、途切れ途切れにわたしのもとまで漂ってきた。溺れて……故意に……錘を……

母は同じことばを繰り返しつづけた。「いいえ」

「手配はわれわれがするよ、ルース。ボートの事故は毎日起こってる」

「いいえ、ボイドにかぎって」

葬儀場で、わたしは光沢のある木棺から離れて、耳を傾けた。

ひどい事故ね。

気の毒に。

ボートに乗ってれば、だれに起こったっておかしくない。

自分の番がいつなのか、だれにもわかりっこない。

つまり、事故だったのだ。階段に沿って漂ってきたあの日のことばは、ただの悪夢だった。

葬儀後、母とわたしはフィリップを連れて家へもどり、父のことは話さなかった。名前を口にしなければ、父が二度ともどってこないという事実を消し去れるかもしれない。

2

約百五十ポンド（六十八キログラムほど）の人間が、十五ポンドから二十ポンドあまりの、たとえば鉛の錘をつけて、水面の約二フィート上から深い水に飛びこむと、一分につき約一フィートの速さで沈んでいく。鉛の錘のことを悔やんで、手足をばたつかせてもがくかもしれないし、悔やみはしなくても、水没の速度に敗れ、やがて水の暗さと冷たさに圧倒され、しまいには息のもたなくなる瞬間、最後の最後に、遅すぎる後悔に襲われるかもしれない。重みと暗さと表面からの距離が、あらゆる思いなおしを埋めるときが訪れ、そうなるともう沈下の速度などに意味はなく、小魚が近寄ってきて、体をつついて齧《かじ》りはじめる。

目の前の水槽のなかに小さなダイバーの人形が置いてあり、そこから気泡が出ていて、小魚がそばを漂っているのを見て、わたしは職場のすぐそばなのに、国立水族館を二度と訪れまいと心に誓う。ダイバーの人形に向けていた目を、自分の背後の人影、水槽に浮かぶ黒っぽい髪の若い女性へと移す。振り向いたが、そこにはだれもいない。わたしは水槽に映る自分の影、大人になった自分自身に向きなおる。少女のころの恐怖が、無理やり大人になるしかなかった自分にいまなお絡みついていることに一瞬気づかない。

商業ビルのロビーの壁にはめこまれた、目の高さにあるこの七つか八つの水槽が、ワシントンでわたしを守るすべてを脅《おびや》かしうる、とだれが思うだろう。魚類学者にいくら頼まれようと、けっきょくほかの画家にあたってもらうしかない。わたしは未来永劫、鳥の絵を描くことにこだわるつもりだから。

二ブロック先の自然史博物館まで一気にもどる。行く手に立ちはだかって、「おや、何かお急ぎですか」とささやく黒っぽいスーツのたくましい男にも動じることはない。そしてわたしはぴかぴかのロビーがある、自分の聖域に足を踏み入れる。博物館の公共スペースは、ツアー客や学生の団体、群れをなしてぞろぞろ移動する人たちが、おおぜいいてやかましく、どうも好きになれない。でも、人々の好奇心には親しみが持てる――だれもが自然界の追随者だからだ。建物のこまごましたところにまで大理石がきらめき、まわりに貴重な展示物が配されている。でも、灰色の日々を過ごすなかで、この建物にはいることには死の重みをともなう。標本というのは、つまるところすべての種の死骸であり、忘れられることなく人々に知られることを目的に剝製にされたものだ。つまりすべてが死んでいる。わたしが描く鳥も、死んだものばかりだ。最近ではやむなく、針に刺された標本の蝶がいっせいに羽ばたき、剝製にされた有袋動物がみな目を覚まし、保存されている標本植物がすべて開花して、低速度撮影《タイムラプス》した森のように大理石の床を覆い、鳥がみな息を吹き返して天蓋まで舞いあがるさまを想像して、自分の心を守ることにしている。もやもやした気分が、鋭い歯を持った寄生虫さながらおなかに引っかかる日には、そんな幻想に救われる。

言うまでもなく、わたしにとってつねにある、それ以上のまちがいない救いは、仕事だ。たとえば、嘴黒《ハシグロ》阿比《アビ》を描いていると、時間を忘れて没頭できる。頭が真っ黒で、首のまわりが帯状に白く、翼全体が小さな斑点や割れた四角形の模様にびっしりと覆われている。精確に描くことで、死んだ標本に生き生きとした躍動感をもたらすことができる。

博物館のロビーから、わたしはくすんだ色調の裏廊下へはいり、自分のアトリエへのぼっていく。部屋は煌々と照らされ、古い金属机が、製図台のある隅のほうに追いやられている。縦置きの棚には、ウェイトごとに製図用紙がおさめられ、芯の硬度と数字ごとにやわらかい鉛筆が並んでいる。ラピッドドローの黒っぽい瓶の横に、大量のペン先を置き、その隣に絵の具を、虹の色、ＲＯＹＧＢＩＶ（Red、Orange、Yellow、Green、Blue、Indigo、Violetの頭文字）をもとに、グラデーションになるように並べてある。

製図台の前に腰かけて、窓の外の緑地帯に目をやる。四角い緑色の芝生が延々とひろがるなかに、白く光るまっすぐな道が一本走り、美術館や記念碑がそここに建っている。アメリカニレが三月の芽吹きの季節を迎えようとしているのが見える、スミソニアン城を望むこの部屋にたどり着くのに、九年かかった。でも、自然史博物館で一日働くだけで、自分の居場所を見つけたとわかった。きのうはわたしの三十六歳の誕生日で、同僚たちがこの部屋へ来て、小さなケーキに立てた蠟燭を吹き消してくれと言い、歌を歌ってくれた。けれども、同僚たちは知らない。水位が上昇していること、すなわち父の終点を示す特別な数、三十七にわたしが近づいていることを。

わたしは絵筆に手を伸ばす。傾斜のある製図台に載っているのは、ヴァネルス・キレンシスという学名を持つ南米田計里《ナンベイタゲリ》を描いた未完成の絵で、この鳥は、頭の後ろに細くて黒い鳥冠をなびかせている。翼の上面に銅色を重ね、頭部に灰、黒、白と色を塗る。嘴《くちばし》を塗るのに、〇《ゼロ》号の筆が要るので、窓から背を向け、きれいに並んで出番を待っている乾いた清潔な筆のなかからその筆を選ぶ。

嘴の先を塗っていたときに、電話が鳴る。わたしは筆を置く。

「もしもし、ロニ、フィルだよ」

弟がわたしの誕生日を覚えていた、と千分の一秒思う。それから、そんなはずはないと気づく。「フィル、どうかしたの?」

「母さんが転んだんだ。こっちへ来てくれ」いったんことばを切ってからつづける。「で……しばらく滞在するつもりでいてよ」母は転んで手首の骨を折ったのだが、いちばんの問題はそこではないのだという。「母さん、様子がおかしいんだよ、ロニ。記憶が——」

「ねえ。あの歳になればだれだって物忘れくらいするって」わたしはフィルの話をさえぎって言う。去年帰省したとき、たしかに母がやけに短気になっているのに気づいたが、もともと短気だったのが、歳をとって顕著になっただけのことだ。

「若年性のあれじゃないか、ってタミーは言ってる」

母はまだ六十二歳で、フィルの妻のタミーは医療関係者でも精神医学の専門家でもない。義妹のくだす診断などまっぴらごめんだ。「わかった。二、三日休みがとれるか、やってみる」

「いや、待ってよ、ロニ。もっと長く。大事なことなんだ。しばらくこっちにいてほしい」

フィルから何かを頼まれることなどほとんどない。

とはいえ、休みをとるにしても時期が悪い。スミソニアンが効率よく運営されているか調べるために、次期経営陣が、科学者ではなく、二十五歳前後の実業家たちからなる組織を立ちあげたばかりなのだ。もしその連中が、わたしたちの上司を監督すべく与えられた絶対的な権威をもってみずからの未熟さを隠そうとするような、傲慢かつ鼻持ちならない人間でなかったら、単に未熟な若者とみなしたかもしれない。有能な人を強引にやめさせるようなことさえしなければ、彼らの若さを辛抱したかもしれない。

鳥類学者担当の首切り屋は、ヒュー・アダムソンという男だった。この前の月曜日、ヒューはスタッフを集めて、〝ダウンサイジング〟や〝統廃合〟といった企業論理を吐き出した。「早期退職者を募ることにします。後任は置かず、休暇規定についてはいかなる違反も書面をもって徹底した取り締まりをおこないます」

職場の服装規定はずいぶんゆるいものなのに、ヒューは毎日スーツを着てくる。新調したスーツらしく、ズボンは腿のあたりがパンパンに張って、完璧に糊の効いたシャツが首の肉に食いこんでいる。「人員削減によるダウンサイジングの達成が」ヒューは襟と首のあいだに人差し指を差しこみながら言う。「勤労意欲に影響するようではいけません」

上司のセオの様子をそっとうかがってみたところ、ひげを生やしたその老いた顔はぴくりとも動いていなかった。連邦政府の職員を解雇するのはかなりむずかしいが、この新人官僚たちは、何か道を見つけ出しそうだ。ただし、きびしい顔をして見せたって、この業界ではだれもびびってやめる気になどならないということを、ヒューとその仲間たちは理解していない。スミソニアン協会は、科学革新に必要なのは広い視野での思考とともに、自身の専門分野の空気を吸うことだと奨励している。スミソニアンで働く人々は、自身の従事している分野に人生を懸けている。ところが、ここに来た若者たちは――全員、白人の若者だ――自分に与えられた役割だけしか見えていない。当面は、あちらのやり方に従うべきだということだ。いま休暇をとってフロリダ北部に長期滞在するのは、その型からはずれる行為と言えるだろう。

　わたしはもう四十年スミソニアンで働いているデローレス・コンスタンティンという植物学の司書に相談してみよう、と廊下を進んでいった。デローレスはこの協会の記憶そのものであり、長く勤めている人物としての模範だ。

　植物学室につづく廊下にはキャビネットが並んでいて、中性紙に載せた乾燥した植物標本が詰まっている。わたしはそれらの植物が立体となって立ちあがった様子を想像し、ランや着生《ちゃくせい》植物の葉が両側からしなだれ落ちるさまを頭に浮かべ、幻の湿った森の香りを嗅ぐ。

　書庫に足を踏み入れる。「デローレス？」

「こっちよ」

　デローレスは積み上げられた本棚のあいだに置いた、不安定な踏み台の上に立っていた。わたしの目の高さに、藤色のスカートの裾と、年齢によるシミが浮かんだ向こう脛との境目がある。デローレスが大型本を二冊頭上へ持ちあげて、上の棚に載せる。

「デローレス、手伝いましょうか。だいじょうぶ？」

　キャットアイ型の遠近両用眼鏡越しに、わたしを見おろして言う。「用事はなんなの、ロニ」そのまま本を置いて、踏み台からおりてくる。

　わたしは弟からの電話について話し、自分の知っているかぎりのわずかな母の現状を伝える。

　デローレスは〝あら、お気の毒に〟とは言わない。ただだまってわたしを連れて自分のデスクへもどり、本の山をどける。腰をかけずに、痛いくらいの角度に首を曲げて、パソコンの画面をのぞきながら、マウスをクリックする。「見える？」そう言って指さす。

「これがFMLA、つまり育児介護休暇《family leave》の書式」デローレスは立ちあがり、プリントアウトされた紙をとって、静脈の浮き出た手でこっちに渡しながら言う。「この用紙に記入したら、八週間の休暇を願い出て、お母さんの面倒をみることね」

「八週間？　嘘でしょ」

デローレスが腰に手をあてる。「なら、別にこの届け出を出さなくてもいいけど。そもそも、必要なら十二週休暇をとれるって法律で決まってるんだから。ただ、スーツ姿でうろついている人がいるから、八週までにしとくのが賢明でしょう」

「里帰りは、二週間でも我慢の限界」わたしは言う。

「お母さんを大事にしてね、ロニ」デローレスはどこかに娘がいて、そこが彼女の泣きどころだ。めったに話をすることもないらしい。一度話す機会があったとき、デローレスは肩をすくめてこう言った。「わたしのアドバイスの仕方が気に入らないのよ、あの子。でも、自分が愛する人がみんな自分を愛してくれるわけでもないし」そのときは、それだけ言って仕事にもどったのだった。

　デローレスが本をどっさりカートに載せる。「八週間で届けを出しておくのね。それで二週間だけ使ってもどってくれれば、ものすごく仕事熱心に見えるから」使い古された笑みを浮かべ、眼鏡の下で目を大きく見開く。植物学の担当のデローレスは、鳥類画家のキャリアの相談相手として最適とは言えないのかもしれない。それどころか、デローレスは鳥のことなどめったに考えないのではないだろうか。現に、側頭を叩いてこう言うことがよくある。「わたし、ここにあまりスペースがなくてね。しかも来る日も来る日も、植物学が占めてる」それでも、デローレスはこの場所の仕組みにだれより通じている。

「要するに、その用紙に記入して、人事課に行く」デローレスはそう言って、わたしがずばり必要としているアドバイスを与えてくれる。

わたしが出口まで行くと、デローレスは新たな本の山を持ちあげて言う。「これから言う三つを覚えておいて。ひとつ、スミソニアンは育児介護休暇中の給与を支払わない」

「待って、それじゃ——」

「ふたつ、提携プログラムを確認する。フロリダのタラハシーには、あなたの助けを欲しがる博物館があると思う。直接、報酬が支払われるから、そうすれば休暇状態を維持できる」

「提携プログラム?」

デローレスは本棚のほうへ首を向ける。「調べてみて」

わたしはうなずいてから、向きなおって言う。「三つ目は?」

「申請した時間を一分たりとも超過しないこと。この一帯はフランス革命中で、目下ギロチン台に油を差している連中がいるから」

わたしは自分のデスクにもどって、デローレスにもらった用紙に記入したのち、スミソニアンのウェブサイトで〝提携プログラム〟を探す。それから、フロリダ時代の親友、エステルに電話をかけた。エステルは、いつかけても、かならず電話に出る。

「エステル。あなたの博物館にうちとの提携プログラムってある?」

「ごきげんよう、ロニ。ええ、元気よ。そっちは?」

こっちがのんびりしていると、むこうは急かしてくる。そしていま、肝腎なときだからこそ、わたしを落ち着かせようとしている。タラハシー科学博物館の館長の席にいるエステルの姿が、まさに目に見えるようだ——飾りのついたスーツに、ぱりっとした白襟のシャツを合わせて、複雑なデザインのジュエリーをつけ、カールした長い赤毛を後ろへ流して電話を耳にあてている。

「エステル、お願い、答えて」

「ええ、あるわ。あたしにはスミソニアンで働いてて、コネ作りにあまり熱心じゃない親友がいるんだけど、そのことは知ってる？　役員会で六カ月前に承認されて、本人にもそれを伝えたと思うんだけど」

「でしょ。やっぱりそうだ！」

「ちょっと興奮してるのが声からわかるよ、ロニ」

「そう。で、迷える鳥類画家は必要ない？」

「もどってくるの？」

「短期間だけね」

「やった！　実はね――」

「いますぐはじめてもらう必要はないから」わたしは言う。「ただ、可能性があるかどうか知っときたかっただけ」

　書類に判をもらって承認を受け、上司のセオをなだめるのに三日かかった。セオはデスクにすわって書類にサインをしたのち、ペンをほうって、白いものの交じる口ひげを顎のほうへ引っ張る。

　わたしはセオを納得させようとする。「早くもどる予定なんです。長くても二週間」

「ふうむ」セオが言う。

「森林細分化プロジェクトがあるのでもどります」何年もかけて鳥の個体群を丹念に調査、記録し、無数のイラストを添えるという計画だ。「約束します」

　わたしは画材を小型のタックルボックスに詰める。愛用の鉛筆数本、羽根ペン一本とペン先数個、艶消しのナイフ、アルカンサス砥石、使う予定数以上の絵の具をいくつか。あとは大判の布バッグに、スケッチブックとこまごましたものを入れて、それからオフィスの照明を消す。

　同僚の画家のジンジャーが植物研究部から走ってく

る。細長い体を左右に揺らし、ぼさぼさの頭を、風に揺れるウィキョウの葉束のように上下させながら。

「ロニ、あなたがいなくなったら、だれが虫の人たちからわたしを守ってくれるわけ？」

ここでは、互いの部署を大いに尊敬し合っているわけではない。地質学者は岩の人、デローレスとジンジャーは植物の人だ。わたしたち鳥類研究者は鳥の人、魚類研究者は魚の人、昆虫研究者は虫の人で、古生物学者は骨の人。そして、人類学者を単に人類と呼ぶのは、でなければ〝人の人〟と呼ぶしかないためだ。ジンジャーは植物画家なのに、よくわたしのオフィスの入口をうろついてぐずぐずしている。たいていは、わたしのデートの失敗を受けて、あなたはきれいなんだから変な男に関わるなんて時間の無駄だ、湿気の多いワシントンDCでも縮まないあなたの長いストレートな髪が羨ましいと言って慰めるか、あるいはひっきりなしにイラストを頼んでくる虫の人たちについて不平をこぼしている。

「まる八週間なんて！」ジンジャーが言う。

「そんなに長く休まないから」わたしは画材を持ちあげる。「それに、あっちでも仕事はするし」さっき話したあと、エステルが電話をかけなおしてきて、フロリダに棲息する鳥の絵を数点描くための予算をせしめたと言っていた。

セオが廊下の先にあるオフィスから出てくる。天窓からの光が、ふくよかな体格を大きく見せ、セオが白いものの交じった口ひげを撫でる。わたしがはじめてスミソニアンチームでの探検をしたとき、つまり、鳥類研究部の一団が学名ルピコラ・ペルウィアヌス、アンデスイワドリ《ガリト・デ・ラ・ロカス》という全長の大きいふっくらとした、鮮やかなオレンジ色の鳥を探しにペルーの泥深い雲霧林に歩を踏み入れたとき以来、セオはわたしの師だ。何マイルもセオのあとについてとぼとぼと歩いていたわたしのほうは、残っている水があとふた口、体力もほぼ使い果たしたというありさまで、緑っぽいカーキの作業ズボンにはみ出すぼってりしたセオのウエストラインだけを見つめながら、二十も歳上のずんぐりした男の人にこれほどのスタミナがあるものだろうか、と考えていた。やがてセオがいきなり足を止め、右手の人差し指を立てて、目あての赤橙色の鳥を指さしたのだった。セオがいなかったら、気づかずに通り過ぎていただろう。

セオが実務に徹しようとしながら言う。「育児介護《FM》休暇《LA》の届け出は出したのかい」

「はい、出しました」

「で、人事部からの公式通知はもらったんだね？」

わたしはうなずく。

「何か言い残すことは？」

「わたしの仕事がなくならないようお願いします」

「とにかく期日どおりにもどってくるんだ、ロニ。わたしから言うことはそれだけだ」

「しかと心得ました」わたしは連邦職員のガイドラインで許されたスキンシップの限度を守り、セオの腕を軽く叩いたのち、隣の廊下へ出るドアを抜けた。

そこにいて、わたしを出迎えたのは、ほかならぬわれらがヒュー・アダムソンだ。身に着けている鮮やかな赤いネクタイが、ベルトの金色のバックルに届いている。「ミズ・マロー、何か言うことが？」

わたしは感情を隠すのが得意ではなく、残念ながら、セオほど冷静にヒューと話せない。相手の気に障る質問をしたことでもあるのか、それとも思ったことがつい顔に出てしまっているのだろう、ヒューはわたしをことさら蔑みの目で見た。「ミズ・マロー、育児介護休業法のもとで、八週間の休暇を申請したようですね。本日は三月十五日ですから、復帰日は五月十日となります。五月十日と言ったら絶対に五月十日だということをどうか肝に銘じ、五月十一日に——その前日の五月十日ではなく——出勤した場合、遺憾ですが解雇となります」

　わたしは作り笑いを浮かべて、目を閉じ、口をしっかり閉じる。この男が何回〝五月十日〟と言ったのかについて、あるいは年長者を大馬鹿者扱いすることについて、うっかり間の悪いことを言ってしまわないように。

　わたしの思っていることがなんとなくわかったのだろう、ヒューがいつもは声変わり前みたいに聞こえる声を低くして言う。「脅しだと思ってます？」

「はい？」

「あなた、自分が何をしてるかわかってない若造を見るみたいな目を、わたしに向けてますよね」

「ヒュー、まさかそんなふう――」

「まあ、五月十日にもどってきたほうがいいですよ、ロニ。五月十一日になってしまうと、あなたは厄介なことになり、手を振ってお別れすることになりますから」

　わたしは首を縦に振り、若き暴君の前を通り過ぎる。〝厄介なことになる《ass in a sling》〟の意味がわかったようでよくわからない。この場合、酔った大学生の男子たちが、無防備な通行人めがけて水風船を飛ばすときに使う大型のパチンコ《slingshots》のようなものか。ヒューは友愛会のパチンコ担当部長だったのかもしれない。後方に控えたまま、スミソニアン城の小塔にいる科学者ひとりひとりを、自分のせまい勢力範囲で自在に動かしたいのだろう。

　気持ちを落ち着かせようと、鳥の標本が並ぶ廊下へ向かう。剝製にされたものではなく、どう見てもかわいらしくはない。それでも、平たい大きな抽斗《ひきだし》をあけて標本を見ると、心がなごむ。たとえそれが、普通の図鑑に載っている鳥の、脚を縛られた死体だとしても。鳥類学者というのは、鳥の内臓を搔き出して、羽を残す方法を知っている、保護主義者であり謀殺者だというわけだ。けれども、鳥の標本というのは、適切に処理したものなら、次世紀、さらにはその先にまで残る資料になる。幼羽《ようう》、雄《オス》、雌《メス》、冬羽《ふゆばね》、夏羽《なつばね》など、ありとあらゆるタイプの猩々紅冠鳥《ショウジョウコウカンチョウ》のはいっているこの抽斗のように。

わたしは抽斗を閉めたのち、薄暗い蛍光灯の光と、防腐剤のにおいを浴びながら廊下を歩きつづける。この空気はゆっくりと脳に沁みこんで、なんだか帰りたくない、とだれしもサービス残業をする気にさせるものだ。かしましい観客たちが、輝く陳列ケースや舞台上で光を浴びるジオラマの裏にあるこの迷路を見ることはけっしてない――植物研究部が保管している、乾燥させた茎や、人類学部が――〝頭蓋骨〟〝大腿骨〟〝脛骨《けいこつ》〟〝腓骨《ひこつ》〟といった――ラベルを貼った瓶に入れて整理している分解された人体標本について知ることはけっしてないのだ。ちなみに、鳥類研究部では、床から天井まで死んだ鳥をいっぱい保存していても、分解まではしていない。

地質学部のエリアが近づいてきたところで、小石状の凹凸があるガラスのドアを押しあけ、剥製にされた寒冷地の象が展示されている円形大広間に出る。部屋をぐるりとまわりながら視線を上へ傾け、バルコニーをなぞって円蓋へ向けると、元気で無事に、五月十日よりずっと前にもどってこられますように、とわたしは小さな声で自然界に祈りを捧げる。

3

三月十七日

緑色の服を着て騒いでいる人々が、ふらつく足でパブからパブへと移っていくのを横目に、きのう、わたしは車に乗って、ワシントンの春から遠ざかった。ワシントンは、生物と人工物のコラージュだ——ハナズオウと舗道、ハナミズキと自動車というように。敷地内の小さな木々は、羽毛を思わせるピンク色の小さな花を咲かせていた。

繊細な春から離れ、熱く湿った緑へと向かう。車はわたしをヴァージニア州から両カロライナ州、ジョージア州、さらに目的の地へと運んだ。細長いフロリダのカーブに差し掛かると、リゾートビーチが鬱蒼としたマングローブや小魚のいる水路に変わる。湾から少し内陸にはいったあたり、海がゆるやかに陸へと移り変わるところに、わたしの故郷、テネキーがある。

車が町にはいると、ここではないどこかへ行きたいという昔からなじみのあの感覚がひと滴《しずく》、胸にぽとりと垂れてひろがる。車のウィンドウをおろす。湿気で重苦しい空気、雨のにおいを帯びた風。テネキーに六つしかない信号で停車し、首筋に張りついている髪をくくろうと、ゴムバンドを探してカップフォルダーをあさる。三つ目の信号で、聖アグネスホーム、子供のころは〝じいちゃん御殿《ごてん》〟と呼んでいた施設の駐車場に車を乗り入れる。母のことを思い、ほんとうに御殿ならいいのだけれど、と考える。ヴィクトリア朝風のファサードがごてごてと明るい建物で、コンクリートのスロープがスライド式のガラスドアへとつづいている。

だれかが近づくと自動ドアが開いて、通り過ぎると閉まる様子を、わたしは駐車場にすわったままながめる。バックミラーで自分の姿をチェックして、髪を梳《と》かし、そばかすを化粧で隠す。ファンデーションはめったに塗らないのだけれど、母から〝身なりを整えなさい〟と注意されるのは避けたい。でも、ファンデーションも役に立たない――メイクをしてもベージュ色の汗の球になるばかりで、結局ティッシュでぬぐう羽目になる。それでも、目元だけは問題なさそうだ――白目が緑色の虹彩に映えている。ずっと運転してきたから、目が充血しているだろうと思っていたのに。

　さらに数分、その場にすわったまま、建物の外観を見つめている。母さんは手首を骨折したため、理学療法と作業療法を受けるために聖アグネスにはいった。でも、フィルは完全にここに入居することになる可能性をほのめかしていた。どうにも信じられないのだが、フィルが言うには、潔癖な母からは考えられないくらい家のなかが散らかっているらしい。リネン類のクローゼットに、蓋をあけた食べ物が置いてあったり、整理ダンスの抽斗に汚れた衣類が詰めこんであったり、コンロの火がつけっぱなしだったり、隣家の庭を深夜にぶらついていたり、自損事故を何度も起こしているのに車の運転はやめないと言い張るようだ。昨年わたしが数日帰省したときは、いっさいそんなことはなかった。けれども、それもこれも、母が手首を治して、じいちゃん御殿で回復するまでには、フィルとふたりではっきりさせることができるだろう。

　部屋まで行くと、母はビニール椅子にすわっていた。ギプスをはめた腕が包帯で吊られている。

　母がミントジュレップと真鍮の釘を含んだ声で、社交界にデビューする小娘のように、すぐさま言う。

「もういいわ、ロニ、家へ連れて帰って」

〝あら、ロニ、久しぶり、よく来てくれたわ〟ではなく。キスも涙もなく。

「ハイ、母さん！　しばらくね！」

「つまらない話は結構。家に連れて帰ってくれるんでしょ、さっさと行きましょ」

　フィルの妻で美容師のタミーが、母の髪を頭の真ん中からスープ缶大のカールふたつに分けて、スプレーで固め、白髪をくるんと丸めて眦《まなじり》のあたりに落ちるようにセットしていた。義妹は特に意図したわけでもなく、母を金目梟《キンメフクロウ》、学名アエゴリウス・フネレウスみたいに見せていた。本人の主張どおり、タミーが顧客の個性に合わせてヘアスタイルを作っているのだとしたら、この髪型は何を意味しているのだろう。知恵？　不眠症？　狩人の本能？

　母が立ちあがる。「ハンドバッグを持ってきたわ、さあ行くわよ」

　わたしは話をそらすことができるものがないかと部屋を探す。「あら、あれ！　タミーが母さんの結婚式の写真を飾ってる」

「そうよ」母が言う。「あんたたちにここに閉じこめられたって言ったら、父さんきっと、あんたたちを鞭《むち》で叩くわ」

　現在形で父の話をされて、わたしは一瞬息を呑む。母は年月をごっちゃにしただけでなく、〝父さんの話はしない〟という、家族の暗黙の了解を破った。しかも〝鞭で叩く〟？　それは母ではなく、父さんの口癖だった。

　母が怪我をしていないほうの手でバスルームのドアをあける。「髪を整えたら、行くわよ」そして必要以上に強くドアを閉める。

　ベッドの上に開いて置かれているスーツケースは、木のスプーンで掻きまわしたかのようなありさまだ。母は家へもどるべく荷造りをしていたようだが、わたしはその工程を逆にたどっていく。がらんとしたクローゼットにブラウスを掛けたあと、ほかの服を畳んでドレッサーの抽斗にもどす。空っぽになったスーツケースをベッドの下にもどそうとして、ゴムのサイドポケットにピンク色の紙切れが一枚あるのに気づき、それを取り出す。

ルースへ

ボイドの死についてあなたに話しておかなくてはいけないことがあります。

わたしたちの父親ボイドは、天国にはいない。わたしは署名に目を向ける。〝ヘンリエッタ〟。一行目を読み返して、それから飾り文字を細かく見る。

いろいろ噂が飛び交っていて……当時は話せなかったけれど……

母がバスルームのドアをあけたので、わたしはその紙をジーンズの尻ポケットに滑りこませつつ、スーツケースをベッドの下に足で少しずつ押しこむ。

「この施設、綿棒が一本もないの！」母が言う。

「じゃあ、買ってくるよ」母がまた家へもどると騒ぎだす前に、わたしはドアの外に出る。テネキー薬局までじいちゃん御殿から歩道で三ブロック――公園を突っ切れば一ブロック半――の距離だから、道々手紙を読める。ガラスのスライドドアが開いて、熱気のなかへ足を踏み入れたとたん、長身で壮健な歳上の男性にぶつかりそうになる。

「おっと、やあ、ロニ・メイ」

漁業局の制服が目にはいってどきりとし、その胸元から顔へと視線をあげる。母よりひとつふたつ歳が上なのに、髪がまだ黒くて、年齢のわりに若く見える。満面に光り輝く笑みをたたえている。

「シャペル局長！」わたしは背伸びをしてハグをする。

「わ、偶然ですね。わたしのことを〝ロニ・メイ〟って呼ぶ人はいなくなっちゃったから……あのことが、父のことがあって以来……」

「ああ、そうだね」シャペルがいったんことばを切ってつづける。「ボイドがいないことに、わたしもどうしても慣れないよ、何年経ってもね」

人前で父の名前を耳にするのは、車のクラクションが鳴るような感じだ。テネキーへの短い旅の途中で、父の旧友に会うなんて奇遇だ。

「どこへ行くんだい？　きみのお母さんのとこに立ち寄るつもりなんだが、ちょっと一緒に歩くかな」シャペルがわたしと並んでコンクリートのスロープをおりはじめる。「北に住んでるって聞いたけど」

わたしはまだ背筋がまっすぐで体のがっしりしている父の元上司を見あげながら、ワシントンとスミソニアンについて基本的な情報を伝える。父がこう言っていたのを、一度耳にしたことがある。「あの男のことは、命を懸けても信用できる」

「子供は？」シャペルが言う。

シャペルは太陽を背にしているので、わたしは目を細くする。「なんの話ですか」

「息子や娘はいるのかい」

「そういうことなら、いいえ、サー」

「結婚は？」

「いいえ、サー。まだです」

「ワシントンが気に入ってるんだね？」

「はい、サー」はい、サー。いいえ、サー。子供のときみたいに、南部訛りにフロリダ風の少し鼻にかかった話し方になってしまう。

「お母さんのこと、残念だね。わたしは歳に負けるもんかって決めたところだよ」

「負けてないように見えますよ」

「毎日ジムに通って、撃退してるからな！」特有のカリスマ的な微笑みを浮かべる。

母のリハビリがはじまるまでに、少し休み時間がある。**シャペル自身のことを訊いてみよう。**「あの……

お子さんたちはどうなさっているんですか」

「ああ」シャペルは視線をおとす。「シャリからはほとんど連絡がないんだ。あの子はアラバマに住んでる。スティーヴィーは、まあ……」ごくりと唾を呑む。

「スティーヴィーは死んだよ……車の事故で……一月に……」ことばを切って、唇をぎゅっと引き結ぶ。

しまった、当然聞いていた──正面衝突だった、スティーヴィーは依存症治療施設から出たばかりで、反対車線を走っていたそうだ。「ああ、ごめんなさい。失礼なことを」

シャペルは大きくひとつ息を吸って、気を取りなおそうとしたのち、かすれた声で言う。「それで、いまはあの家にひとりなんだ。仕事が終わると、この体でできるかぎりのウェイトを挙げて、そのあと、日が暮れるまで庭仕事をする」かすかに表情が明るくなる。

「そうだ、うちの庭を見にこないか。きみのお母さんは昔から植物が好きだったね。わたしの住まいがどこなのか、覚えてるだろう」

「はい、サー、わかります」まただ。大人と話すときの、子供のロニが出てくる。フロリダにもどると、こうなってしまう。

「で、遊びに来るかい？　月曜だと都合がいいかな。いまは月曜が休みなんだ──フレックスタイムってやつだよ」わたしを指さす。「それで、いつ来る？」

「ええと……月曜？」

「よし、いい子だ」

ドラッグストアに着くと、シャペルは腕時計を見る。

「ここで別れて、おれはきみのお母さんのとこへ行くよ。きみがもどったときにわたしがいなかったら、月曜に会おう、いいね？」シャペルがわたしを置き去りにして、歩き去る。

わたしは、色褪せた図案──氷の柱に囲まれた一羽のペンギンの柄──が貼られているテネキー薬局のガラスのドアを引きあける。〝冷えてます〟という意味のその飾りは、エアコンが類い稀なる奇跡だった時代の名残だ。母用の綿棒を手にとり、代金を払って、外へ出る。綿棒のはいったビニールの留め具を握りしめて、また絶え間なく降り注ぐ日差しの下に立つ。里帰りは好きじゃない。どれほど短い期間でも、もどってくれば、かならず父と向き合うことになるからだ。

外に出るにはとにかく暑すぎるため、メインストリートは閑散としている。わたしは縦型ブラインドが閉まっているエルバート・パーキンズ不動産の前を通り過ぎる。そのあと通りかかったヴェルマの婦人服店は、板ガラスに黄色いひび割れたセロファンが線状に貼られ、マネキンの着ているストラップのない白黒のプロム用ドレスが、古新聞を思わせるセピア色に変わっている。

〝わたしが気づくべきだったんだ、ルース〟わたしが十二歳だったとき、珍しく涼しかったあの夜、まだ若かったシャペル局長が母にそう言った。〝様子におかしなところはなかったかい？ たとえば、落ちこんでたとか。何しろ、どのポケットにも鉛の錘がはいっていたんでね……〟

わたしはヴェルマの店から視線を移す。

メインストリートの向かい側には、大きな市役所のジョージア朝風を模した柱が、こじんまりしたテネキーには似つかわしくない見栄えのよさを呈している。そしてその斜め向かいに、建物の統一性を無視してわたしの弟の会計事務所が建っている。スモークガラスと金属の縁で輝くファサードで、事務所が贅沢なのは、このビルの法律家たちから借りているからではないかと思っている。そちらへ向かって足を進める。フィルが若くして成功しているのは、まちがいなく愛されて育った子供の持つ自信のためだと思う。二十四歳にしてすでにキワニスクラブ（一九一五年にデトロイトで結成された実業家の社交団体）に加入し、町の名士たちに顔を知られ、ゴルフはもちろん、この町で顧客を最大に増やすために必要なあらゆることをはじめている。フィルには、人が魅力と呼ぶものが具わっている。それは偽物ではないけれど、わたしはたいていの人よりフィルのことを知っている。豪華な建物の輝きを放つ四角いドアの取っ手を引っ張って、中へ向かってこう叫びたい気分だ。〝あんたがやりなさいよ！　わたしはこの町を離れた身なんだから！〟。でも、そんなことをしたら、フィルのパートナーや法律家たちが廊下の向こうでいっせいに顔をあげて、こう漏らすだろう。〝変わり者の姉か。北へ移ったとかいうあの。自分のこと、大物だとでも思ってるんだろうな〟そう言われるのが落ちなので、わたしは通りを渡る。

〈F&Pダイナー〉の前を通ると、揚げた玉ねぎのむっとするにおいに包まれる。F&Pというイニシャルは、代々にわたって大学二年生のジョークの種になってきた。たとえば、十年生のときの英語の授業中、後ろの席の男子がにやにや笑ってこんなふうに説明した。

「F&Pって、なんの略かわかるか。あそこのビスケットと豆を食うと、ケツが〝屁まみれ《Fucked Poop》〟ってことさ」

「汚い！」わたしはそう言って勉強にもどり、ミセス・アボットからの〝あの視線〟をかろうじて受けずにすんだ。ミセス・アボットは町の新参者で、ダブルニットのドレスを三層のケーキみたいにしたガードルを穿いていた。授業では、『われらが不満の冬』を読んでいた。スタインベックはミセス・アボットを恍惚とさせていたのだ。物語のエンディングについて質問され、わたしは手を挙げて言った。「理解できません。彼はそんなところで何をしていたんでしょう——船着き場に係留していたのか。それに、なぜ剃刀の刃を持っていたんですか」

授業中にわたしが話していたことにミセス・アボットは腹を立て、丸々した頬を震わせてこう言った。

「自殺したんです」

「いいえ、ちがいます！」わたしはページをめくった。

「ほら、ここ。こんなふうに言ってる……二百九十八ページ……〝もどってこなくてはならない〟って」顔をほてらせながら、ミセス・アボットを見あげた。

「つまり、先生はまちがってます。主人公は子供たちのいる家にもどるんです」

「お嬢さん、席からお立ちなさい」ミセス・アボットは目つきを険しくした。「教師に向かってそういう口の利き方をしてはいけません。教室から出ていきなさい」これはつまり、〝学部長室へ行って、沙汰を待て〟という意味だった。出ていく前に戸口で振り返って、エステルに目をやると、同情して歯列矯正器をはめた口をぎゅっと引き結んでいた。大事な子牛でも追い立てるようにミセス・アボットに促され、わたしは引き立てられて光沢のない黒っぽい白いタイルの上を進み、いわゆる〝運命の部屋〟へ向かった。

ミセス・アボットが学部長と話をしているあいだ、わたしは心臓をばくばくさせながら廊下ですわっていた。ミセス・アボットが廊下にもどってきたので、学部長からお説教を受けたあと、居残りさせられて、そのあとまたミセス・アボットからお説教を受けるものだと覚悟していた。ところが、ミセス・アボットはずんぐりした短い両手でぎこちなくわたしを抱きしめた。

「ごめんなさい、ロニ。ほんとうにごめんなさいね」

その日、廊下を歩いて、自分のロッカーをバタンと閉めたとき、食べられなかった昼食をとっているときに気づきはじめた。ほかの人たちはわたしが知らない何かを知っている、ということに。そのときまでわたしは、父が帰宅しなかったあの午後、階段の上まで漂ってきたあのことばを忘れようとしてきた。〝故意に〟……〝錘を〟……〝落ちこんだ様子は〟。その後、みんなが〝あの事故〟について話したということはつまり、シャペル局長のことばは、わたしが思っていた意味とはちがっていたということだ。あの日、〝故意じゃない、じゃなく〟と言ったにちがいない。でも、あれから四年後、二年生のとき、わたしははっきり悟った。この町でそんな心理ゲームをしている者はだれひとりいなかったのだ、と。ミセス・アボットが愚かにも抱きついてきたことで、わたしは当の教師も、学部長も、廊下ですれちがった髪の脂ぎった未成熟な学生たちも、父さんのことを、剃刀を持ったスタインベックのようなものだと考えているのだ、と気づいた。ただし、スタインベックは生還したけれど。

わたしたちのかよっていた教会の言うところによれば、自殺をすると地獄行きで、人生をやり遂げられず、二百ドルの保険金も受けとれない。でも、わたしたち家族は保険金を手に入れた。ところで、天国はどうだったんだろう。聖ペテロは〝事故死〟と記された申請書を認めたのだろうか。

わたしはじいちゃん御殿にもどり、母に綿棒を差し出す。

「ロニ、あんたに会えてうれしいわ。ねえ、わたし鼻が詰まってるの」ことさら苦しそうに呼吸してみせる。綿棒には見向きもしない。「聞いてる？　痰よ。次に父さんと沼へ行くときは、ヤマモモの葉をとってきてほしいって父さんに言って。木ごとじゃなくて、少しでいいのよ。蒸して吸入したいから」

母は超能力でも持っているんだろうか。わたしが父のことを考えているから、母も父のことを考えたのか。母にとって、父は沼で過ごす時間を終えたところなのだろう。とすると、わたしは十歳か十一歳くらいなんだろうか。

わたしは強引に互いを現実に引きもどす。「母さん、綿棒買ってきたから」**それから、家族のルールはどうなってるの？　父さんのことは口にしないで。母さんもルールに従うべきよ。**

母が言う。「鼻づまりのとき、ヤマモモほどいいものはないのよ」

気どらない賢い女性は、こうじゃない――母は薬草の知識を父の母親のメイおばあちゃんから教わった。だから、生まれ持った知識ではない。十六歳のとき、母はタラハシーで社交デビューを飾った。白い手袋と大きなドレスを身に着けて、舞踏会で父と踊ったのだ。母の両親はフロリダ大学の教授で――父親は動物学、母親は古典学が専門だった――ふたりは娘のルースをコンサートピアニストにしようと考えていた。けれども、母が父と結婚して、その目論見は潰《つい》えた。

祖母のローナは、古代ギリシアにおける哲学的手法という講義を終え、車で一時間かけてテネキーのわが家まで来て、こんなふうに言ったものだ。「ルース、ボイドと結婚したからって、あなたがボイドのようにならなくちゃいけないわけじゃないのよ」

母は地方の生活に順応していった。実の母からバラの栽培について学んできた以上に、義母からハーブや田舎の庭造りについて多くのことを教わった。

聖アグネスホームのせまい部屋のなかで、母が言う。「ヤマモモのこと、お父さんに話してくれるわよね？」ビニール椅子に体を沈みこませる。「あの人がわたしに会いにくることはもうないから」

そうよ、もう、わたしにも二度と会いにくることはなくて、せいせいしてるわ。けれども、そんな考えはすぐに引っこめた。いなくなってせいせいなんてしていなかった。いなくなる必要なんてなくて、腹立たしかったし、足元から地面が崩れ去るような体験だった。

「母さん、もう行くわね。またあした来るから」そう言って、頬にそっと慎重にキスをした。母はきっと体調でも悪かったにちがいない。でなければ、頬にキスなど許すわけがない。

突然、母の顔にパニックがひろがる。「ここで寝ろって言うんじゃないでしょうね」

せまいキッチン程度の広さしかないこの部屋から連れ出して、湿地の家へ連れもどしたい気持ちもどこかにある。ベッドのあるポーチ、フロリダらしい部屋、根覆《マルチ》いと土器のにおいがする離れのガレージ。

「そうよ」わたしは言う。「ここで寝るの。手首が治るまでね」精一杯の嘘。わたしは背を向けて帰ろうとする。

母が言う。「あなたのポケットからはみ出してるそれ、なんなの?」

わたしはジーンズの尻ポケットに手を突っこむ。手紙。読むのを忘れていた。「ああ、これ……ただの……買い物リスト」ふたつ目の嘘。「じゃあ、またあした!」

建物から出てスライド式のドアが閉まったとたん、こんどこそさっきのピンクの紙を取り出して、折り目をひろげる。

ルースへ
ボイドの死についてあなたに話しておかなくてはいけないことがあります。いろいろ噂が飛び交っていて、あなたを傷つけるんじゃないかと思ったの。当時は話せなかったけれど、やっぱり話しておかないと。かまわなければ、一両日中に寄るから、話をしましょう。
敬具
ヘンリエッタ

ヘンリエッタ。だれなのか顔を思い出そうとするが、浮かんでこない。

その紙をふたたび折り畳んで、スロープをくだり、駐車場へもどる。まばらな白髪に、白いものの交じった無精ひげを生やした男が、見た感じの年齢より早足で近づいてくる。施設のなかにいるべき人じゃないんだろうか。男は大声でわたしのラストネームを呼ぶ。「おーい、マロー!」男はいきなりわたしの顔の前まで近づいてくる。「用心したほうがいい。さもないと、あんたの父親とおんなじように沼に顔をつけて浮かぶ羽目になる」

わたしは息を吸いこむ。

男が獣のようにわめき立てる。「この町から出ていけ」

紫色の医療用制服《スクラブ》を着た若い男が、建物の角を曲がり、煙草の喫《す》い殻《がら》を弾きながらやってくる。「おいおい、ネルソン！」大声で言う。「あんたは敷地内への立ち入りを禁止されてる！　なんべん言ったらわかるんだ？　さっさと出ていけ！」

年輩の男が慌てて後ろへさがり、遠ざかる。それから駐車場を渡って、通りへ向かったものの、髪の薄い頭でこっちを振り返り、しょぼしょぼした目をわたしの目と合わせる。

知ってる人だっけ？

男は青色のおんぼろピックアップトラックに乗りこみ、急発進させて去っていく。

4

見知った二階建ての白い家の前、砂利の私道に車を停め、昔使っていた寝室へ小型のスーツケースを運ぶ。階段をのぼりきると、倒れた鉛筆立て、古い革の箱、ウィーキ・ワチー州立公園で買ったスノードームをまたぎ越したあと、いっぱい中身が詰まった段ボールや、半分詰まった段ボールのあいだを縫うようにして歩く。フィルとタミーがすでに母の家の荷作りをはじめている。だれがこんなことをしろと言ったのだろう。母の部屋も、やはり散らかり放題だ。わたしは父が亡くなったあとずっとベッドに掛かっていた、シュニール織りのクリーム色のカバーを撫でて皺を延ばす。

ブラウスが、濡れたビニールみたいに背中に張りつく。窓から風がまったくはいらず、強烈な日差しが壁や床を、なんの仕上げもされていない平らな表面に見せている。実際には、ペンキが塗られたり、壁紙が貼られたり、ニスが塗られたり、部分敷きのマットが敷かれているにもかかわらず。

窓際のエアコンの前に、タミーの手で〝寄贈〟と記した箱が積みあげられている。本はこの家のなかでわたしが執着を持っている数少ない物のひとつだ。タミーとフィルの計画がどうあれ、わたしとしては本を寄贈させるつもりなどない。

〝寄贈〟のずっしりした箱をひとつ持ちあげて、エアコンの前まで運んだものの、そのときひとつ考えが浮かぶ。その箱を持って階段をおり、網戸の外へ出てポーチの階段をくだると、わたしの車のトランクに着く。保管以外考えられない。のぼっておりての救出作業を八回繰り返す。九個目の箱には蓋がない。中には、ペーパーバックのミステリと、犯罪実録本が詰まっている。わたしはその箱を車の後部座席に置く。ばかげたまねだろうか。ほぼすべての本に紙の栞《しおり》がはさまれている。母は父にこう言っていた。「もう少しマシな本を読んだら？」すると父は母にうつろな目を向けて、それからまた読みかけのミステリにもどったものだった。母がこういう本をとっておいたのが驚きだ。

ただ、いちばん上に、フロリダ《F》州立《S》大学《U》動物学教授、サディアス・（タッド）・ホジキンズのゴム印が押された鳥の本があった。わたしはその本を取り出す。イラストの隣に、祖父のタッドの流れるような文字で、その鳥を目撃した日付と場所、天候、鳥の行動に関するメモが走り書きされている。貴重な傍注だ。

鳥についてわたしに教えてくれたのは、祖父のタッドではなく——父だった。それでも、わたしは頭の薄くなりかけた、ツイードを着た教授と、その教授の娘に言い寄る田舎の青年とがはじめて交わした会話を想像するのが好きだ。ふたりともはじめは畏《かしこ》まってだまりがちだが、たとえば、祖父のタッドがこんな質問をする。〝何時に娘を送ってきてくれるのかね〟とか〝運転のとき、きみがスピードを出すタイプの人間じゃないといいんだが〟とか。そんな話をするうちに、どういうわけか、偶然、鳥の話題が出る。すると、老人の顔が豹変する。祖父は首をかしげて話を聞き、〝なるほど、なるほど、烏帽子《エボシ》熊《クマ》啄木鳥《ゲラ》か……〟と言い、会話が途絶える。青年の話しぶりは、娘の相手として教授が望む話し方よりややガサツだが、それでも〝この青年は鳥のちがいがわかる！〟と祖父は眉をひそめている妻を見ながら言い、男ふたりの顔にさざ波のように笑みがひろがる。祖母のローナは、ふたりにうんざりしている。

二階にもどり、まだ残っていたいちばん重い箱を運ぶ。網戸をあけようとして荷物を持ちなおしたときに、箱が手から滑って、中身をぶちまけてしまう。かがんで一冊一冊本を拾う。螺旋《らせん》綴じの小判のノートが落ち、開いたページに手描きの文字があるのが見えて、わたしはぐっと体を近づける。風に煽られるので、手を置いてページを押さえる。片足は建物のなか、もう一方の足は外という体勢だったのが、読んでいるうちに両膝をつき、やがてすっかり腰を据え、しまいに本を手に持って、ドアの柱に背中を預ける。

また眠れない。もしああしていたら、こうしていたら、とぐるぐる考えて、頭がおかしくなりそう。

それに、ボイドに食いついて離れない蛇みたいなお義父さんがきょう借金を頼みにやってきて、結局、毒を吐いていった。たまに現れたらそんなことばかり。あの人のことも、あの人がボイドに与える影響のことも、考えるのをやめたい。

お医者さまは、不眠は妊娠のせいだ、左側を下にして横になって、枕をひとつおなかの下に入れ、もうひとつを両膝のあいだにはさんで寝るのがいちばんだと言う。前に体を傾けてじっとする。身も心も休まらない。階下へおりてノクターンを弾きたいけれど、ボイドを起こしてしまうかもしれない。ベルガモットやラヴェンダーなんかのハーブに囲まれてすわっていても、網戸がきしんだ音を立てるだろう。両手に土をふれさせれば——

砂利を踏む車輪の音が、わたしの顔をあげさせる。フィルとタミーが来た音だ。わたしは小判のノートを箱にほうりこみ、立ちあがって箱を持ちあげると、網戸が閉まるに任せる。フィルがエンジンを切ったのと、わたしが車のトランクの蓋を閉めたのが同時だった。

友好的に振るまおう。わたしはふたりに向けて片手を振る。

フィルは運転席から出て、畳んでいた長い体を——カーキ色のフラミンゴみたいな体を——伸ばす。昔この庭で、お気に入りのおもちゃ、木製の知育そろばん《アバカス》を弾いてまわっていた、消火栓そっくりの小さな子供だったなんて、どうして信じられるだろう。タミーが助手席から降りながら、獲物を狙う鷹のような鋭い目でこっちを見る。わたしはふたりのほうへ歩いていく。

「ヘイ!」わたしはワシントンでは使わない挨拶をする。

「ヘイ」タミーがわたしから視線をはずさずに言う。スパンデックス（ポリウレタン弾性糸。伸縮性にすぐれている）のワンピースを着たタミーは、少し出たおなかと、眉毛に向かって不自然な曲線を描く、色むらのあるブロンド以外、すべてが角張っている。

フィルは見るたびに背が伸びて、ひょろ長くなっている。父譲りの明るい茶色の髪なのに、もみあげを短くぱっきりと切りそろえ、トップにはレイヤーを入れて、いまどきの髪型にしているのは、まちがいなくタミーが手入れしているからだろう。フィルは身をかがめ、わたしの頬に形ばかりのキスをする。

わたしは家のほうへさっと目をやる。「もう荷造り、はじめてるんだね？」

「そうなの」タミーがわたしたちの背後から答える。

「もう母さんの引越しを？」わたしは弟に尋ねる。

沈黙が落ちるが、義妹がそれを破る。「言って、フィル」

「賃借人をすでに見つけてる」

「わお！」わたしは言う。友好的なんてクソ食らえだ。

「そんな話、したっけ？」

タミーが言う。「いま、フィルが目録を書いてて……」

「目録？」わたしは弟を見る。

タミーがつづける。「……だから、わたしたちは文明人らしく着席して、だれが何を得るのか決めればいい」

わたしはタミーのほうへ振り返る。「ふざけないで！」

タミーが目を大きく開いて、フィルを見る。フィルがタミーのほうへ左右の手のひらを掲げてみせると、タミーはくるっと体をまわして、先の尖ったヒールを砂利の私道に食いこませながら、家のほうへカツカツと音を立てながら進んでいく。

フィルは車のボンネットに半ばすわるように寄り掛かっている。いつも、過剰に自信がある態度だ。四角い顎とくぼんだ目のせいで、フィルはタミーのような手合いの〝餌食〟になった。でも、わたしにとってフィルは、いまだにポケットの小銭をジャラジャラいわせている痩せっぽちの顔色の悪い少年にすぎない。神経質なチックの症状が出るたびに、弟がテーブルの下で脚を震わせ、指を鳴らし、ありあまったエネルギーを端々から滲《にじ》み出させていることを知っている。母さんはフィルのことを〝打楽器奏者〟と呼んだものだった。わたしのほうが十二歳も上なのに、フィルは自分に決定権があると思っているようだ。

「あの家を貸したの？　わたしになんの相談もなく？」

「ロニはこっちにいなかっただろ」ジャラジャラ。

「できるだけすぐに来たでしょ！　今回は長く滞在してくれって言うから、苦労して都合をつけてきたの！　なのに、そのあいだに、わたし抜きでひととおり決めちゃったわけね」

フィルが車のボンネットにもたれるのをやめてまっすぐ立つ。「だって、エルバート・パーキンズが、あの家の件でいい話を持ってきてさ。ほんとは賃貸じゃなく、買いとりたいって言われたんだ。それを短期賃貸でって話におさめたんだよ。つまりさ、資産を遊ばせとく理由はないだろ？」

「資産？　フィル、これは家族の家なの。わたしたちの母親の家なのよ」

「ロニ、母さんはもうひとりじゃ生きてけないんだよ」

わたしはそのことばを頭に沁みこませる。

「それに、聖アグネスの料金がいくらするか知ってる？」フィルが言う。

わが家の小さな会計士。わたしは昔からフィルに甘すぎる。赤ん坊のころに父親を亡くすことからは、だれであれ回復できるものではないためだ。とはいえ、今回ばかりは甘い顔をするわけにはいかない。たとえ感じよくにっこり笑みを向けられ、腕を肩にまわされていても。

「ねえ、姉さん、だいじょうぶだって」

この腹立たしいまでの楽観主義はどこから来るのだろう。ポケットのなかのピンク色の手紙が燃えるように熱く感じられる。弟に話してしまいたい気持ちが半分ある。でも、わたしたちにはあのルールがある。

〝父さんの話はしない〟。フィルはわたしを家のほうへ、どうしようもない混乱のほうへ促す。

5

ありがたいことに、ふたりがようやく帰ってくれた。沼地に夕暮れがおりるなか、わたしは外へ出る。もともと歯が欠けたようだった桟橋はさらに何枚か板が失われ、流れのなかにヒトモトススキが生える澄んだ景色のなかに、数軒の新しい家が見える。母の作ったハーブの庭が、心地よい表情を見せている。このあたりの冬は穏やかなので、一年を通じて庭にハーブが生い茂る。母のバジルは雑木のように育ち、ローズマリーも毎年剪定しているから、木質化していないのだろう。家のなかが荒れていくあいだも、母は庭をきちんと保っていたようだ。

わたしは首を後ろへ傾けて、ライヴオークの幹がふたつの太い枝に分かれる部分を見あげる。考え事をするときは、いつもあそこでしたものだ。落っこちるんじゃないかと母は心配したけれど、父さんは「ルース、ほうっておけばいい。あそこはロニ・メイの巣なんだ」と言った。

母と隣家のジョリーン・ラビドーがわが家の裏のポーチでお茶を飲みながら、こっそり煙草を喫っているあいだ、わたしはその木の上で聴覚を磨いた。ジョリーンはジャガイモに爪楊枝を二本挿したような風貌で、ペンサコラからセント・ポート・ルーシーのあいだで起こったあらゆる生々しい犯罪について繰り返し話をした。ジョリーンの夫が漁業局の通信指令係だったので、夫からニュースを仕入れていたのだろう。

一度ジョリーンがこんなことを言っているのを聞いたことがある。「ボイドが釣り小屋に出掛ける回数って多すぎると思わない？　でも、うちのマーヴィンは仕事で一日じゅう通信してるのに、帰宅してもアマチュア無線にかかりきりなのよ。通信してないときは、無線をいじってる。きのうなんて、あたしにこう言ったんだから。〝ジョリーン、新しい周波数を見つけたぞ！〟って。あたしが予備の寝室に行ったら、あの人、片手にはんだごてを持って、無線の部品をあちこち撒き散らしてた。休みの日、ボイドはボートをあちこち走らせるかもしれないけど、マーヴィンはそばにいるのに、そこにいないってわけ！」

別の日には、こうも言っていた。「あの部署のだれもがまっとうってわけじゃないのよ。ねえ、覚えといて」わたしは学校でよく見る、赤ペンでマークをつけられたことばを頭に浮かべる。〝覚えといて〟。「うちのマーヴィンは無線を聞いてるから、わかってるの」

わたしが七歳のころ、母さんが家から走って出ていきながら、「ミセス・ラビドーがすぐ来てくれるから」と言った。わたしはまだひとりきりで家にいたことがなかった。それからひたすら待ちつづけた。小麦粉やオート麦、乾燥豆のあいだに昼間の残影がないかと、食料貯蔵室《パントリー》を確認した。フロリダの部屋に行って、ひんやりした人造大理石を足に感じてから、二階へあがってベッドのあるベランダ《スリーピング・ポーチ》に出てみると、家が網戸越しに呼吸しているように見えた。そのあと外へ出て、ライヴオークの木まで走っていって、安全な高さまでのぼった。

しばらくすると、下から鶏みたいな声があがった。

「どこにいるの！」

ミセス・ラビドーが網戸をあけて、中から呼んでいた。タマネギを入れる袋にそっくりの、袖なしの赤いキャラコ（平織の綿布）姿だ。わたしが木からおりて、背後に立つと、ミセス・ラビドーは振り返って跳びあがった。

「やだ、心臓がばくばくするでしょ！　発作でも起こしそうだわ」

わたしはミセス・ラビドーとパーチージというボードゲームを九回やった。最後のほうになると、ミセス・ラビドーは自分の番ではないときはかならず椅子に背を預け、うんざりした様子で目玉を上向きにしていた。ようやく、父さんの漁業局のトラックが私道にはいってくる音がして、そっちを見やると、母さんが運転していた。父さんは助手席にすわっていて、腕から肩にかけて包帯を巻いていた。

父さんがジョリーンに言った。「ガーフ・カズンズがゴミを陥没孔《シンクホール》に捨てているのを見つけて、五十ドルの罰金切符を切ってやった。そしたらガーフのやつ、おれにナイフを突きつけてきたんだ。酔っ払ってたんだろうな」

ジョリーンが言った。「とにかく、あなたが正しい」そして考えもせず、父の肩を軽く叩いたので、父は思わず顔を歪めた。

父はわたしの反応を見て、表情をもとにもどした。ただし、声のほうはすぐにはもとどおりにはならなかったけれど。「心配は要らないよ、ロニ・メイ。軽傷だから」笑みを浮かべようとする。「ミスター・カズンズにとっては、うんとひどいことになるだろうね。レイフォードへ行くことになるんじゃないかな」

実際、ガーフ・カズンズは州刑務所入りすることになり、わたしたち家族を何年も恨んでいた。刑務所から父さんに、殺してやると脅迫状を送ってきて、その結果、刑期が延びた。ともあれ、ジョリーンはどうなったのだろう。ジョリーンならこの手紙を書いた人物、ヘンリエッタを知っているにちがいない。たしか、父さんの死後、時を経ずしてジョリーンとマーヴィンはどこかへ移っていったのだ。ある日突然いなくなっていて、家のなかはもぬけの殻、ドアまであけっぱなしだった。道の先にあるふたりの家はそのときのまま、いまも放置されている。

子供のころ使っていた寝室で、わたしはギンガムチェックのカバーがかかっている古いシングルベッドに乗り、読書灯をつける。眠るためにベッドのなかで本を読む人もいるけれど、わたしは落書きをする。スケッチブックにライヴォークからの視点で裏のポーチを描き、細い髪の束を後ろでポニーテールにしている丸顔のジョリーンを描く。母は籐のテーブルの向こうにすわって、灰皿を前にこっそり煙草を喫っている。母の顔を描こうとするが、うまく描けない。消しゴムで消して、もう一度試してみる。さらにもう一度。

フロリダでは、スケッチブックに思わぬ絵が現れがちだ。うまく描けなかったものは、丸めて皺くちゃにする。ゴミ箱のなかにはすでに、じいちゃん御殿の駐車場で近寄ってきた見知らぬ男のスケッチが三枚もはいっている。わが家の危険な桟橋のスケッチもある。破る。丸める。捨てる。母の絵がうまく進まないため、わたしは〝こっちを見て！〟と言う。でも、母の〝ジズ《jizz》〟をつかむことができない。

〝ジズ《jizz》（〝精液〟の意）〟ということばは、タラハシー婦人会に衝撃を与えるかもしれないが、その同音異語が鳥類画家の世界ではよく使われている。〝骨子《ジスト》〟と似た意味だが、少しニュアンスがちがって、筆の運びだけの話ではなく、その鳥の生気にまで届く精神、生命力というようなものだ。実際に絵に現すことはできないにしても、〝ジスト〟がこもっていなければ、その絵は失敗だ。もともと人間より動物を描くほうが得意なのだが、自分の母親のジズをとらえることはできるだろうと思っていた。

わたしは母親似だと言われる。だからもう一度、わたしと母で共通して持っている特徴に着目して描いてみる。まっすぐな唇、細い顎、ダークチョコレート色の髪。わたしの髪は顔の両側にまっすぐ垂れているけれど、絵のなかで母はそうではなく、こめかみのあたりに白いものが交じるように描いている。それでもできあがるのは、手を加えた自画像でしかない。母の年齢になった自分自身。

ページをめくり、別のシーンを描こうとする——まだ若い母がピアノの前にすわっているところで、長い髪を垂らしているのだが、一日じゅうピンでまとめていたせいで、髪にその跡がついている。身に付けている白い綿のドレッシングガウンは、昼間に着ていたアイロンの効いたシャツブラウスよりあでやかだ。弾いているのがノクターンなら、その絵の外で、父は沼の奥の釣り小屋にいるはずだ。母の鳴らす音符が絵になることはないけれど、もしそれが形をとるなら、きっと母の望みを伝えているだろう。

絵のなかで、わたしはピアノの長椅子にすわっている母を振り向かせる。それでも母は抵抗する。「ねえ、母さん!」わたしは声を出して言うが、母は困り顔になる。もう時間も遅いので、わたしはスケッチブックを投げ出して、明かりを消す。雨が天井を叩く音が鋭く重くなる。空が水差しごと雨を注いでくる。わたしは階下のピアノの音を想像する——母の指が鍵盤の上を踊るさまを。あの最後の夜、父が水に濡れることなく安全にあたたかく過ごしていると思いながら、母はノクターンを弾いていたんだろうか。実際には、父はそんな状態ではなかったのに。あの日、逝ってしまったのに。

6

三月十八日

朝、母のハーブに水をやるために外へ出る。ほかの何もかもが剝がれ落ちていく一方で、どうすればこれほど完璧に庭を維持できたんだろう。長いホースを引き出して、蛇口をひねり、まず一方に水をかけたのち、別の方向にもかける。ハーブの香りが立つ——タイムの刺激的な芳香と、セージのほのかなメントールのにおい、デイジーの花びらのようなカモミールの香り、松に似た涼しげなにおいのローズマリー。ラヴェンダーはまだ咲いていないため、驚くほど鳴りをひそめている。飛沫を向けると、バジルが不意ににおい立ち、レモンの木のそばでピザを食べているような気分になる。

ふたたび家のなかにはいる。ダイニングルームには、タミーがサイドボードから取り出したものが集められている。かつて祖母のローナが使っていた、レースの縁取りのあるリネンのナプキンと、それとお揃いのテーブルクロス。キャビネットから出ることのなかった金縁のリモージュ磁器。ほかにもチーク材のボウル一式など、祖母との関係がぎすぎすしていたがゆえに、せっかく持っていたのにしまいこまれていたすてきな物たち。〝目録〟と題した何枚かの表が、セロハンテープで壁に留められている。そのうち一ページを手にとり、ざっと目を通してから、部屋へもどりつつその紙を手から落とし、何かピンク色のもの——封筒——があるんじゃないかと探してみる。インクが鮮やかで、新しい紙に書かれた手紙がはいっていた封筒がないだろうか。とにかく差出人の住所が必要だ。

ドアのところで大きな音がして、駆けてくる足音と「ロニ伯母さん！」と呼ぶ小さな声とともに、町で最も明るいふたつの光がわたしのほうへ走ってくる。甥のボビーは痩せていて、すばしっこい五歳の男の子だ。「何持ってきたの？」ボビーは、わたしがフロリダに来る前にかならず自然史博物館に寄ってくることを知っている。姪のヘザーは弟よりませていて、エナメル革のハンドバッグを揺らしながら後ろに立っている。ふたりをぎゅっと抱きしめると、姪の肩までの長さを内巻きにした焦げ茶色の髪が揺れ、ふたりはわたしのあとについてバッグのあるところまでやってくる。わたしは額《ひたい》に皺を寄せて言う。「えっと……あんたたちに何か持ってきてると思った？」

「持ってきたに決まってるよ！」ボビーが言いきる。クルーカットにふれると、やわらかい。

「ええ、持ってきましたとも」わたしはそう白状しながら、フェルトの白い歯が下向きについている鮫を模した帽子を取り出す。ボビーはそれをかぶって、サイドボードの上の鏡で、フラシ天の鮫に頭を食われている自分の姿を見る。それから「うわわああ！」と叫びながらぐるぐると走りまわる。

ヘザーのお土産として持ってきた瑪瑙《めのう》の晶洞石《ジーオード》は、ヘザーの手のひらで輝きを放っている。「ヘザーの目の色と合うかも」わたしは言う。石の輝きには、茶色と金色に、緑っぽい青色が少し交じっている。

瑪瑙のふたつの目がわたしを見あげる。「かっこいいね」ヘザーは偉大な秘密を探りあてようとするかのように、ふたたびジーオードをじっと見つめる。

タミーがはいってきて、網戸が音を立てて閉まる。タミーが前置きなしに言う。「ヘンリエッタって名前の人、知ってる？」

わたしはタミーに注目する。「なぜそんなことを？」

「あたしたちが箱に荷物を詰めてるときにその女の人

がやってきて、ルースに話がある、大事なことだとかなんとかって言っててね」

「その人、ラストネームを名乗った？」

タミーが腰に手をあてる。「うーんと。言ってなかったと思う。で、聖アグネスホームに訪ねていったら義母も喜ぶと思います、って言っといたわけ」サイドボードの上の鏡で自分の姿を確認して、髪の両側を少し持ちあげてみせる。

「どんな人だった？」わたしは言う。

「だれが？」

「ヘンリエッタよ！」

「そんなに興奮しなくていいじゃない、ロニ。知らないわよ。お歳寄りだった」

「ああそう、おかげでうんと範囲がせばまった」わたしは言う。

「すてきな車を運転してたわね、クープ・ドゥ・ヴィル、しかもパールピンク色の。超イケてたわ」鏡に映る自分の像から視線をそらす。「と、もうひとつ話しとくことがあるの」

「何？」

「この家、電気系統に問題があるって、お義母《かあ》さんには言ってあるから」

「えっ？」

「ほら、お義母さんって〝いつ家に帰れるの？　家に連れて帰って、連れて帰ってよ！〟としか言わないでしょ。そういうときどう答える？」

わたしは答えようとして口を開くが、タミーはかまわずつづける。「あたしの友達のディーディーは、そういう人たちを相手に仕事してるんだけどね。作り話をするんだって――たとえば、屋根が壊れてるとか、配線を修理してるところで、だからしばらく家から出なくちゃいけないんだ、って。するとそのうちに、当人の体調のせいで、自分がどこに住んでたのかを忘れて、新しい場所になじむんだとか」

わたしは面と向かって笑い飛ばしてしまう。「嘘でしょ？　悪いけどタミー、わたしはそんな陳腐な話をでっちあげる気はないから。母になんて答えるにせよ、嘘はつかない」

「ああそう、ご自由に。だけど、忘れないで。修士号を持ってない人のほうが、持ってる人より賢いこともあるのよ」

わたしは爆発寸前で、沸騰する前に、タミーから視線をはずし、隣の部屋にいる子供たちに声をかける。

「ねえ、ふたりとも！　アイスクリームに取り掛かる準備はできてる？」

「ヨーグルトを。ふたりには、低脂肪のフローズンヨーグルトしか食べさせないで、ロニ」

わたしはタミーに背を向け、ふたつの湿った小さな手を握る。


ワクラ・スプリングス州立公園の豪華なロッジには、昔ながらの食堂があって、そこではフローズンヨーグルトなど聞いたこともなく、残念ながら、わたしたちは古き良きアイスクリーム・サンデーを食べる。飾りつきの小さなナプキンを敷いた、キンキンに冷えた脚つき容器に盛られたもので、ホイップクリームとシロップ漬けのチェリーが載っているやつだ。健康的な生活は全面的に支持するけれど、この子たちと頻繁に会えるわけじゃないのだから、これくらいはかまわないだろう。ヘザーは一年生の教室で男の子たちがどんなふうて、スプーンで冷たいアイスを掬《すく》うあいだを縫って、ヘザーは一年生の教室で男の子たちがどんなふうにふざけるかとか、担任の先生はしつけのために幼稚園のときに使っていた信号システムを採用したらいいんじゃないかとか、自分の親友がだれか、といったことについて話してくれる。ボビーはアイスクリームに夢中だ。

わたしは食堂を見まわす。窓際のテーブルにすわっている年輩の女性がヘンリエッタかもしれないのに、わたしには知る由もない。姪がわたしの注意を引きもどす。「ロニ伯母さんの親友はだれ？」

「実はね、ヘザー、わたしの親友はエステルって人なの。いつ出会ったかわかる？」

首が横に振られる。

「まだあなたぐらいの歳のころだったんだよ。で、いまもまだ友達なの。今夜、会いにいくんだ」

男がひとりわたしたちのテーブルに近寄ってくる。不動産屋のエルバート・パーキンズだ。大柄な男で、赤ら顔、バーベキュー腹が目立つ。ドレッシーなズボンにブーツを合わせて、テキサスの牧場主ふうだ。

「やあ、ロニ」パーキンズが声をかけてくる。七十歳は超えているのに、声が低くて、よく響く。真新しい麦藁のカウボーイハットをいじっている。

「どうも、こんにちは、ミスター・パーキンズ」

パーキンズは蔑むように子供たちに手を振ってから言う。「家のほうはどうだい？」

「母の家ってことですか」

パーキンズは一度うなずく。

「問題ないですよ、どうも」

「片づけ要員を派遣してほしいっていうなら、代わりに片づけて、手間を省いてあげるよ、わずかな手数料で。月末までには終わるんじゃないかな、ちょちょいのちょいだ」

シャツの上から三番目のボタンが、そうとうパッツパツなのが見てとれる。「だいじょうぶですから。自分たちでどうにかできると思います、でも、ありがとう」

「ほんとに？」

どっかに行ってくれればいいのにと思いながら、わたしは首を縦に振る。子供たちは、まるで宇宙人を見るような目でパーキンズを観察している。パーキンズがようやく「必要なら連絡してよ」と言って、自分のテーブルのほうへ移動していく。

子供たちとわたしはサンデーを食べ終え、笑みに冷たさを張りつけたまま、生あたたかい空気のなかへ歩み出る。指示されていたとおりに、ふたりを音楽教室に送ったあと、メイン通りに駐車する。この前フィルの事務所がはいっているビルの前を通ったときよりいまのほうが静かで、わたしは四角い金属の取っ手を引いて、エアコンがよく効いた室内にはいり、クロムメッキの丸テーブルに着席している受付係に近づく。わたしは立ったままその人に目をやる。「ハイ、ロザリア」

受付係が澄ました笑みを浮かべる。ロザリア・ニューバーンはワクラ高校でわたしの一年後輩だった。

「なんのご用でしょう?」

わたしがだれなのか、まちがいなくわかっているのに、男の子をめぐる学生時代の争いを、いまだに根に持っているのだ。そのうえ、タミーの友人ときている。わたしのことでどんな話を聞かされているか、わかったもんじゃない。レイヤーのはいった八〇年代風の髪型にたっぷりムースをつけているのを見ると、タミーの美容院の常連だとわかる。

「ロザリア、わたしが来たことを弟に伝えてもらえない?」

「アポイントメントはおとりになってます? いまほかに来客中ですので」

「待たせてもらうわ」わたしは革のカウチにすわり、雑誌のページをめくる。《フロリダ・トゥデイ》や、猪狩りの専門誌《ボァ・ハンター》のほか、《サザン・リヴィング》。ロザリアがこっちを冷たくじろっとにらむ。まさか本気でブランドン・デイヴィスのこと、まだ根に持っているんだろうか。ブランドンのことは本気で好きですらなく、ただ誘われたから、プロムに一緒に行っただけだ。ロザリアがみなに知られているくらいブランドンにぞっこんで、ブランドンのスケジュールを記憶し、毎日階段の吹き抜けでブランドンを待っているなんて、わたしが知るわけがなかった。ブランドンとわたしは生物学の授業で実習のパートナーだったので、サメの胎児の解剖をするときに気持ち悪いのをごまかそうとして、ふたりでばかげた歌を歌った――〝オー・ザ・シャーク〟から歌詞がはじまる《マック・ザ・ナイフ》や、映画《ジョーズ》のテーマ、《アイ・ビリーブ・イン・スピラクルズ》を。はじめてブランドンからプロムの話を持ち出されたとき、母に確認してみないと、と答えてはぐらかした。でも、ロザリアとその取り巻きは、ブランドンがわたしを誘ったことを聞きつけると、わたしの長い脚と細い体を揶揄して〝キリン〟呼ばわりしはじめたばかりか、怒りの手紙やわたしに関する悪口をまわしはじめたので、わたしは廊下でブランドンを見つけてつい「いいわ！　行く」と言ってしまったのだった。緑色のロングのスリップドレスをエステルのお母さんにミシンで縫ってもらって、ブランドンは自分の父親の車でわたしを迎えにきた。ところが、うちに到着した時点ですでにサザン・カンフォート（果実にハーブやスパイスを配合したリキュール）のボトルを半分飲んだ状態だったため、わたしが代わりにハンドルを握った。その夜、酔ってふらふらになって踊ったすえに、ブランドンはキスをしようと体を乗り出してきて、わたしのおニューの緑色のドレスに吐いた。

　次の月曜日、ブランドンは実習のパートナーを変更し、ロザリア側にまわってわたしに意地悪をしはじめた。しつこくキリンのテーマを歌い、ホームルームの時間にわたしの椅子に干し草を撒いたり、わたしのロッカーに隙間からドッグフードを入れたり、わたしが生徒会長に立候補したときには、ポスターの隣にキリンの写真を貼ったりした。わたしが選挙運動のロゴにキリンを採用して――〝まわりより頭ひとつ高いロニに投票を〟――勝利を収めると、ふたりは激怒した。

　わたしは《ボァ・ハンター》から顔をあげる。ロザリアがまだクロムメッキの丸テーブルの向こうからこっちをにらんでいる。

故郷の最新のゴシップはエステルからすべて聞いているので、ロザリアとブランドンが高校卒業後、結婚したことも知っている。ブランドンはここのところ、すわってジャンクフードを食べて、テレビを観ることくらいしかしていないらしい。ロザリアがここで受付をやったり、飼料倉庫で週に何時間か働いてはいるものの、ロザリアがここで受付をやった稼ぎで生計を立てている。


オフィスのドアが開いて、フィルの重要な顧客であるタミーが意気揚々と出てくる。わたしのかたわらを通り過ぎながら「あら、ロニ」と言う。〝子供たちのお守り、ありがとう〟でもなく〝こんにちは〟ですらないが、〝目の前をうろちょろすんな〟でもないので、そこは少しは進歩したと考えることにしよう。

「ピアノの先生のところへ送ってくれた?」タミーが言う。

わたしはうなずく。「ええ、仰せのとおりに」

フィルがオフィスから出てくる。「ロニ、はいって」

タミーが子供たちを迎えにいくために出ていって、フィルはわたしが部屋にはいるとドアを閉める。わたしはデスクの向かい側にある椅子にドサッと腰をおろす。ここは、フィルが大好きな数字に没頭できる至聖所だ。

「金の話をする準備は?」ウィルが言う。

わたしはデスクに両肘をつき、背筋を伸ばす。「まず、わたしのいないところで決めた、あらゆることを知りたいわね」

「すまなかった。あっという間にいろいろ進んじゃってさ」デスクマットにペンを置く。「いまのこの時点からちゃんと伝えるって約束するよ」

「物事を決定する前にね」わたしは言う。

「ああ」

フィルがペンを動かして、何枚か紙をひろげる。

「それじゃ、これに目を通して。何を考えてるかわかるよ」信託が成立していることを示す書類だ。なかには、父さんの死亡保険金をもとにはるか昔に開設した年金支払い、社会保障給付金、あの家の家賃、祖母のローナからのわずかな遺産もあった。そのほかにも、州からの寡婦年金と、フィルが幼稚園に入園したあと音楽を教えていた公立学校からのわずかな年金もあるはずだ。あのころの母は、不協和音の多いバンドがリハーサルをするたびに、無表情な顔をしていたものだ。それらを加えれば、信託基金はもっと増えるはずだと思った。だから毎月の入金はもう少し多いとの見方でわたしたちは一致したものの、介護が必要な期間が長くなりそうなことを思うと、全体としてはかなり高額な費用が必要になりそうだった。

「母さんがひとりで暮らせないっていうのは、たしかなの?」わたしは訊く。

「二十四時間の介護がなければ無理。で、そうなるとそっちのほうが聖アグネスよりはるかに金がかかる。母さん宛の請求書はぼくがずっと管理してるけど、慈善団体に頼まれると、母さん、ことごとくカモになっちゃうんだ」

わたしは書類に目を通していく。父さんならどう考えただろう。だけど、フィルにそれを訊くことはできない。父さんのことをほとんど知らないのだから。少なくともわたしは十二歳まで父と過ごした。フィルにとって、ボイド・マローは抽象的な存在であり、アルバムのなかにある一枚の写真であって、息子のぽっちゃりしたかわいい顎をくすぐって、そのあと地球から落っこちた人物だった。

「あの家は家具つきで貸すの?」わたしは言う。

「ほぼね。いくつかは、まあ、こっちでとっとくものもあるけど」机の下で、片脚を小さく揺すっている。町にある自分の新しい家のほうで、という意味だろう。家具なんて母さんにはもう使い道がないし、わたしが運ぶわけにもいかないけれど、フィルとタミーには入用だろうから。ふたりは高校を卒業してすぐ結婚して、六年半ほどになる。最近までは家具付きの賃貸アパートメントにいて、住むところには苦労していた。でも、人生とはどういうことかを知りもしないのに家庭をはじめたのだから、それも仕方がないんじゃないだろうか。母がフィルの州内出身者用の学費を払うにあたって、わたしの援助があったことをフィルは知らない。

「家具はあんたたちが使えばいいじゃない」すでに決まっていることを認めて言う。「借り手が殺到するのを避けられないとしても、わたしはただ、母さんのために、本と思い出の品はすべてとっときたいだけなの。だって、まだ母さんのものなんだから」

フィルが指でペンをまわす。「本って全部？」

わたしは肩をすくめる。「どうかな」

「ってわけで」フィルは書類を一枚手にとる。「バート・レフトンって覚えてる？　彼の法律事務所とこの続き部屋をシェアしてるんだけどさ、今回の信託書類の作成にも手を貸してくれたんだ」

フィルのオフィスのスモークガラスの向こうを、だれかが通る。「おい、バート！」フィルが立ちあがって、ドアをあける。「バート、こちらロニ。ちょっと時間あるかな？」

バート・レフトンがはいってきて、わたしと握手をする。バートは幅の広い顔に薄茶色の髪の男で、盛りをすぎたフロリダの青年のような自己満足に浸っている。フィルとは十代のころよくつるんで町をぶらついていたが、バートのほうがふたつみっつ歳上で、わたしとしてはどうしても気に食わない相手だった。バートがロースクールを卒業したことが驚きだ。

「会えて光栄ですよ、ロニ。でも、引き留めないで。大型案件が舞いこんだところでね。フィル、これを調べてくれ……そうそう。では、ロニ、安心してお任せを」わたしにウィンクをしたあと、部屋から出て、ドアを閉める。

「ってわけで」フィルが仕切りなおす。その書類をもう一度手に持って、黙読したあと、声に出して読む。そんなことをするのは、その難解なことばを理解していることを相手に示すためなのだろう。「……〝承継受託者〟は——つまり、わたしたちのことだ——譲渡人、すなわち故人である配偶者のために資金の管理を一任されるものとする〟。ちょっと待て」フィルが言う。「ロザリアが〝故人である《deceased》〟のスペルをまちがってる」

「〝故人である配偶者〟って」わたしは言う。

「ふうむ」フィルが何やら書き留める。

「それって、父さんのことよね」

フィルが顔をあげる。わたしが家族のルールを破っているからだ。

右手親指の甘皮を気にしながら、わたしは言う。

「母さんったら、父さんがいまもそばにいるみたいな話し方をするの」

フィルはうなずく。

「フィルは父さんのこと、何か覚えてる？」

フィルが顎をさげて言う。「うーん……ぼくを頭の上に抱きあげて、笑わせてくれた記憶があるかも」

それは写真からの記憶であって、どの写真なのかも、わたしにはわかる。

「それ以外は、何も」フィルが言う。

自宅の廊下で、生まれて数分のフィルを父が抱いている光景がふと脳裏に浮かぶ。赤ん坊はまだ白い汚れに覆われていて、わたし自身は、父に持ってくるよう言われたタオルを手にして固まっている。

浮かんできたその光景を頭から振り払う。記憶が入り乱れているが、少なくともわたしには父と過ごした時間がある。たとえそれが、悲惨な結末へ向かって加速する、笑顔としかめ面《つら》の流れるような連続に思えたにしても。フィルにはそういう本物の記憶がない。けれども、そのおかげで、いちばん恐ろしいことを知らずにすんでいる。フィルの記憶は、簡潔で穢れのない物語でできあがっている——父は沼に出て、ボートから落ち、溺れたという物語。一方でわたしは、父は故意にわたしたちを捨てた、裏切ったと記憶している。でも、その記憶を弟に話す必要はない。

「ロニこそ、父さんについてどんなことを覚えてるの？」フィルが言い、質問のブーメランが自分に向かって飛んでくる。訊きたいのも当然だ。かつてフィルにそのドアを開いた者がいないのだから。家族のルールは、フィルからシャドーボクシングの切り抜きすら奪ってきた。なんでもいいから知りたいのはあたりまえだ。

「釣りが得意だった」わたしは言った。「父さんは沼を熟知してたの」

「へえ」フィルが言う。

つづけて話すのを待っているんだろうか。わたしは深いためらいを感じる。父の話をすることは、わたしにとっては、腫瘍に手でふれるに等しい。とっくに瘡《かさ》蓋《ぶた》ができて治っていてしかるべきなのに、いまなお生々しい痛みをともなう。

「で、ここに署名すればいいんでしょ」わたしは視線を落として、ページに目をやりながら言う。

「そうだね」フィルが電話を手にとる。「ロザリア、署名の立ち会いに来てもらえないか」

ロザリアは室内にはいってくると、わたしが三ページの下のほうにペンを走らせるのを、腰を突き出しつつながめ、それから自分も必要な箇所にサインをする。

「これでよし」フィルが言う。

ロザリアが出ていくと、弟はわたしをドアのほうへ促す。「ねえ、再来週の土曜日には、全部荷物を家から出しとかなきゃいけないって知ってる？」

腋の下に、汗が滲む。

「その翌日の日曜日、みんなで集まって、うちでバーベキューをしないかい」

まったく胸躍る誘いだ。再来週の土曜日の夜に発ち、日曜日にはワシントンDCにもどって、翌日から早速仕事をしようと計画していたのに。「ええ、すてきね……」声が小さくなって消える。となると、義妹とまる二日過ごすことになるわけだ。

「ちょうどその日曜日、タミーは女子会の予定があってさ。だから、ぼくと子供たちだけなんだけど。それともしロニが来るなら、ロニとね。ハンバーグステーキとか、ほら、シンプルなもので」

「いいわね」わたしは言う。

「四時ごろでどう？」

「了解」わたしは出ていこうとして背を向けながら、あの家からほうり出されて、土曜日の夜はどこで眠ればいいのだろうと考えた。エステルの世話になるのだろうか。

オフィスのドアをあけるとき、わたしはふと思いついて、弟のほうを振り向く。「ねえ。ヘンリエッタっていう女の人が来たとき、フィルは母さんのそばにいた？」

「あのピンクの車に乗ってた人？」

「そう。ラストネームは聞いた？」

ぽかんとした顔。

そのヘンリエッタと話すのがどれほどの重要事か、彼女の手紙がどんなふうに危険な感情を――希望を――呼び覚ましたかは、フィルには話さない。「ねえ、思い出したら教えて、いい？」

無関心で幸せな弟から返ってくるのは、かすかなうなずきだけだ。

7

　次に車を停めたのはじいちゃん御殿で、わたしはまたいくつかトイレタリーを持っていった。それらをあるべき場所に置くのに五分、それから母に尖ったことばで愚痴られること三十五分。「ねえ、母さん」わたしはついに言う。「わたしだってもっとゆっくりしたいけど、エステルの家へ行くのに、もう遅れてるの。タラハシーへの道路が混むの知ってるでしょ」

　わたしはテネキーから出ていく道が好きだ。第一に、テネキーから出ていくから。第二に、手つかずのフロリダのオアシスのような景色――アパラチコーラ国立森林公園――を通るから。二車線の細い道があり、その両側に真っすぐでほっそりしたスラッシュマツの並木があって、十七フィートほどの高さから枝を伸ばしている。車の窓をあけて走ると、木漏れ日がきらきらと輝く。

　かつて大学へ行くために家を出たとき、この道は広い世界を象徴していた。フロリダ州立大学で、わたしは母がそばにいて舌打ちをしていないときに自分がどんな人間になれるかを知った。当時のわたしはとにかく逃げ出そうとしていた。きょうは目的地に向かって走っている。

　フロントガラスは、結合した状態のケバエ（学名プレキア・ネアルクティカ）が点々とついて汚れている。つがいながら道路を漂う大量のケバエは、二トンの機械が突進してきて自分たちの至福の時間を邪魔するのにも気づかない。フロントガラスにワッシャーを噴射しても、ワイパーがケバエを塗りたくって、粘々した虹色の汚れを描くだけだ。

　塔のような州議会議事堂のビルを通り過ぎて、モンロー・ストリートに建つアパートメントの前で車を停める。ベージュでモダン、見た目もすばらしく、輝くエントランスのある建物だ。子供のころパジャマパーティのときに持ってきていた〈セーブド・バイ・ザ・ベル〉の寝袋は必要ない。いまやエステルはゲストルーム持ちなのだから。

持ってきたココナッツ菓子、ココナッツ・トリーツの箱を手にとり、さっと布のバッグに入れる。小さな旅行鞄に手を伸ばそうとしたそのとき、ヒールを履いただれかが駆け寄ってくる。

「わっ！」エステルがタックルしながら、痩せたぬいぐるみのようなハグをする。いつものように全身を高級なファッションに包んでいる。ウエストに襞飾りのある袖なしのトップスに、茶色のペンシルスカートというでたち。湿気の多いフロリダの平日も終わりなのに、長い赤毛がまだカールしている。

わたしがバッグを肩にかけると、エステルは後ろ向きに歩きながら、矢継ぎ早に話をする。「ここへ来るまでの道中の話をもっと聞きたいし、おばさんの具合はどうなの。フィルとタミーはどんな調子？」

きのうメッセージを送っておいたのに、エステルは最新のニュースを知りたがる。わたしが話しているあいだ、横を歩くエステルはわたしの前に首を突っこみながら、「やっと来た！」と言い、まぬけな笑みを浮かべつづけている。

エステルのアパートメントに到着する。エステルの家の装飾には、あたたかみがある――磨きあげられた木の床に、分厚い毛織の敷物、クリーム色のソファに、樹皮や土の色合いのクッション。

「ロジャーがいないからバッグは……客間に置くわね」エステルが言う。

「ロジャーはまたどこへ行ったの？」

「出張。ヒューストンに」エステルのボーフレンドはジャーナリストだ。いい人だけれど、エステルとふたりだけだと思うと、ほっとする。エステルが自分の寝室にはいっていくあいだも、声が反響している。「着替えるね。お茶でもなんでも、好きなものを淹れて」

　わたしはやかんに水を満たす。エステルが大歓迎してくれているのは、友達だからでもあるけれど、長年わたしをフロリダに帰そうとしているからでもある。はじめてわたしがこの土地から離れたとき、エステルは一カ月に一度電話してきて、《タラハシー・デモクラット》紙の求人広告を読み、さらに、あなたの帰りを待っているまともでキュートな独身男性があり余るほどいるからと宣伝したものだった。いまでも月に一度電話してくる。頻繁に連絡してくれるおかげで、お互いちがう点が多いのに、ふたりの友情はつづいている。エステルはファッションに気を遣うが、わたしはそんなでもない。エステルの両親はメリーランド州ボルチモアからフロリダに引っ越してきたが、わたしの家族は代々ここに住んでいる。専門の領域はわたしと同じだが、エステルは経営学修士号《MBA》持ちだ。もし小学一年生のときに、わたしの前のあの席にエステルがすわっていなかったら、エステルが外界の危険な世界での命綱になっていなかっただろうし、わたしたちは友達にはなっていなかったかもしれない。

　エステルはペイズリー柄のアラブ風パンツに、小さなミラーの飾りがいくつもついているライムグリーンのシャツといういでたちで、寝室から現れた。仕事後に着る古着も、高価な仕事着と同じくらい注意深く選ばれたものだ。わたしはココナッツ・トリーツの封をあける。

「えっ、もう？　男の話？」

　エステルはわたしの恋愛遍歴を知っている。そのほとんどが、キャッチ・アンド・リリースであったことを。

「ううん、ちがう」わたしは言う。

　ふたりの友人関係において、チョコレートは薬として作用し、ココナッツ・トリーツは集中治療を意味する。どちらも、ハイウェイのランプ沿いにある〈スタッキーズ〉という店でしか手にはいらない。〈スタッキーズ〉では、本物のワニの赤ちゃんの頭で作ったペーパーウェイトや、切断した鉤爪を使った孫の手みたいな、観光客向けのどうしようもないゴミみたいなものを売っている。どうしても必要がなければ、はいらない店だ。

「それじゃ、何？」エステルがカウチに腰をおろす。

「ここのこと！」わたしは言う。

「うちのこと？」

「ううん、故郷《ホーム》のこと。テネキー。もちろん、アグネスホームのことも。きのう、じいちゃん御殿から出たところでばったり父さんの昔の上司に会ってね。突きつけられるのがいやでたまらないの……ほら……あのことを」父さんの死について話したことがあるのは、エステルだけだ。わたしはチョコレートの箱のセロファンを剝く。「ねえ、学校で友達のお母さんに、ヘンリエッタって名前の人いたっけ？」

エステルが口に皺を寄せる。「思いつかないな。けど、母さんに訊いてみてもいいよ。なんでそんなことを？」

わたしはポケットからピンク色の手紙を取り出す。

「これ見て」

エステルはそれをざっと見て、心のなかでたぶんこう言う。〝ボイドの死、噂、あなたを傷つける〟

エステルが顔をあげる。「でも、これっていい知らせよね」

「エステル、なんであれ、どうしたら〝死〟と〝ボイド〟って単語がはいってるものがいい知らせなんて言えるわけ？」

「〝時は来た〟って言ってるわけでしょ、その手紙。つまり、この女の人はあんたが持ってなかった情報を持ってるはず。たとえば……どんな噂を打ち消したいんだろう」

「まあね。それは読んだときにちらっと浮かんだ。だけどほら、勝手な妄想をしないよう気をつけてるんだ」

エステルからピンク色の手紙がもどってくる。

「ところで、あなたからのリストの件だけど」わたしはヘンリエッタの手紙を片づけて、ジーンズの前ポケットから、物理的に小さいほうが負荷も小さくなるといわんばかりに、十六回も折り畳んだ紙を取り出す。

「それ!」

「エステル。冗談でしょ? あなたのために十八羽も鳥を描くなんて無理だからね」

「一羽ごとにお金を払うわ」エステルが笑みを浮かべる。

「一羽か、まあ二羽くらいなら描ける。だけど、ここにいるのは二週間の予定で、そのほとんどの時間を母の家の片づけに費やすわけ」

エステルはカウチのクッションにもたれている。

「二週間であの家を片づけられる唯一の方法は、ゴミの大型収集箱を引っ張ってきて、全部そのなかに投げこむこと」

その手の混乱を頭に浮かべると、少し具合が悪くなる。

「そういう作業をするには、何か自分の好きなことをして、気晴らしする必要がある」エステルはなんでもわかっているとばかりに、カールした赤毛を引っ張る。

「鳥の絵を描くとかさ」

わたしはあきれたように目をまわすが、ココナッツ・トリーツに手を伸ばして、ひとつ自分のぶんをとる。ふたりでチョコレートを嚙み、砂糖とカカオとトリプトファンとエンドルフィンを脳のなかに沁みこませる。エステルはふたたびソファに背中を預けて、遠くを見るような表情をする。「小学生のころの計画、覚えてる?」

「自分たちで作ったビーズのブレスレットでいっぱいのお店を持つことと、娘たちも親友同士にするってやつ?」

　エステルが顔を輝かせる。「それそれ!　つまり、これもその一環なの!」

「どこが?」

「あんたとふたりで働くわけでしょ」

　わたしはまたお菓子を口にする。嚙む。呑みこむ。

「わからないところがあるんだけど、エステル。第一に、親友同士の娘がいない」

「まだ、いまのところはね」

「第二に、わたしはここに住んでいない」

「まだ、いまのところは」

「第三に、あなたは二週間で十八羽の鳥を描くよう望んでる」

　エステルがお茶を飲む。「ねえ。あたしはあんたの好きなものを、あげようとしてるのよ。別に、お母さんのリヤドロの人形のことでずっと悩んで過ごしたいっていうなら……」

「だまって!」

　嚙む動きを止めて、エステルが言う。「雰囲気がピリピリしてない?」

　わたしの気の短さについてエステルはよく知っているが、わたし自身も気をつける必要がある。「あのね、ちょっと気が立ってるの。だからお願い、母と母の持ち物についての冗談はやめて」

「あっそう、了解」

「それに、絵も全部が無理ってわけじゃない。リストが長すぎるだけ。長ければ長いほど、あなたと言い争う可能性が増える」

　わたしはキュレーターとぶつかることが多い。〝頭が小さすぎるし、尾が長すぎる〟なんていうコメントを受けとると、意見を戦わせる価値がどのパーツにあるかを決めるしかなくなる。けれども、キュレーターが気づきもしない点、たとえば大鷹《オオタカ》がほんとうの意味で飛ぶには、翼の位置を一ミリメートル高くしなくてはならない、とかいうことが気になって夜中に起きだすこともある。キュレーターも面倒なのは面倒だけれど、完璧を求めるわたし自身の感覚のせいで、一緒に仕事をするのがむずかしくなるわけだ。たとえわたし以外のだれひとり気づかなくても、一歩後ろにさがって満足して絵をながめたい。

「あんたが？　あたしと言い争うって？　想像もできないけど」エステルが言って、あかんべえをするように片目の下瞼を引っ張る。「数を減らせないか考えてみる。でも、頼むから、できないなんて言わないで。あんたみたいに鳥を召喚できる人はだれもいないんだから」

「口先だけのおべっかね」

「まあね。ほんとあんたって最低。だからこそ、この話にあんたが必要なの」

「わたしが仕事を先延ばしにするたちで、締め切り間際は機嫌が悪くなるの、知ってるよね」

「何か別の話をしてよ、ハニー」爪をチェックしながらエステルが言う。顔をあげると、そこに何かひらめいたような光がある。「わかった。取り決めをしよう。仕事では言い争ってもいい――建設的、創造的な意見の相違。けど、博物館を出たら、平和を維持しよう。プライベートと仕事は切り分けるべし」

「いつものポップコーンナイトはどうする？」

「あの神聖な儀式のあいだは、仕事の話はすべて禁止」

「そんなこと、ほんとにできる？」わたしは言う。

「だって、仕事中のあんたがそんなふうに女王然としたいやなやつなら、あたしたちの友情を維持するためになんとかしなくちゃ」

「ずいぶんと控えめね」

「そうよ、ロニ。南部のちょっと古い質《たち》の美女なのよ、あんたと同じでね」

8

三月二十六日

一週間後、タミーとともに何ガロンもの塩水を汗として流しながら、母の家で荷物を整理してまとめ、さらに何時間もじいちゃん御殿で母の愚痴を聞いたあと、わたしはエステルのタラハシー科学博物館へ出向く。エステルは、産休中のブリジットという画家が使っていたアトリエをわたしのために用意してくれた。わたしを自分の手先にしようとする計画の一環だというのはわかったけれど、製図台をランプひとつで照らしてひたすら絵を描ける、涼しくて薄暗い場所を確保できてほっとしたのはたしかだ。

博物館はタラハシーの端にあり、自然歩道に囲まれていて、町の中心部からも遠く離れているため、建物の中と外が干渉し合っているように感じられる。林の反対側にある小規模な居住区はここからは見えず、そのためこの博物館があたりで唯一の人工の建造物に思える。博物館には、フロリダに棲息している人間や動物が展示されていて、まるまる鳥類の展示に使われている部屋もある。

絵を描きはじめる前に、わたしは母の本を詰めた箱を十個運んできて、小さなカウチのそばに積む。わたしの車が本の避難先になっていたのだけれど、載せて走りまわっているとガソリンを食う。タミーの危険が及ばない、エアコンの効いた場所が見つかってよかった。ローマンシェードのある窓からは、パルメットヤシやキャベツヤシが見え、いい具合に自然光もはいってくる。さて、エステルのリストだ。わたしは二枚の画用紙を製図台に載せ、一枚は、そっちを中心に絵を描くため、もう一枚はほかのアイデアを描き留めるのに使うようにする。この方法は、フロリダ州立大学の美術の教授が提唱したものであり、二枚目のほうに脈絡なくこぼれ出た考えや絵のほうが、ときとしてずっと役に立つ場合もある。

これから描く絵のモデルは、フロリダ州立大学の鳥類学部から借りてきたマングローブ郭公《カッコウ》の標本だ。このカッコウはエステルのリストの二番目だが、これからはじめるのは、リストの一番目の──紫鷭《ムラサキバン》の──フロリダ州立大学にある標本の状態が悪くて、羽毛ももつれ、生きている状態が想像できないほど生気がないからだ。それに比べると、マングローブカッコウの標本は状態がいい。わたしはごくやわらかい6Bの鉛筆を使って、軽いタッチで、カッコウの尾にある涙形の模様の輪郭を描く。速く筆を動かしつつも、単なる正確さ以上のものを描き出そうとする。次に、色を加えていく。白い胸が下へいくにつれてクリーム色になり、もっと暗い色合いになっていく。

時計を見ると、三時間が経過している。わたしは立ちあがって伸びをしたのち、部屋を突っ切って母の本を積んだほうまで行く。そこに小さなノートがあって、風でページがめくれていたので、手にとる。表に、大きな手書きの文字で〝庭《ガーデン》〟と記されている。適当にページを開く。

もっと色が必要かも。ヒマワリかアマを試してみよう。アマの青色が、ニチニチソウの紫やピンクや白とぶつからないなら。ニチニチソウの最初の挿し木は、義母のメイからもらったものだ。メイのことが恋しい。ふたりで草とりをしていたときに、ニチニチソウがあるとあなたはうれしいのよね、とメイが言い、よく育つから、とわたしが答えた。ボイドから訊かれたか、とメイが言うので、なんのことかと尋ねた。メイは膝立ちになった。青い更紗のホームドレスに、足首までの白いソックス姿で。ニチニチソウは恋のおまじないだ、とメイは言った。恋人と一緒に食べると、未来が定まるのだ、と。わたしは笑ったが、メイは言った。信じないの？　ボイドはひどい恋煩《わずら》いをしていたの。眠れないし、食べられないのは、あなたがともに歩もうとしなかったから。治してくれと言われたけど、ボイド自身がおまじないをする必要があった。エッグサラダに白い花びらが交じってたことに、あなたは気づかなかったでしょ。

メイはその手のことを本気で信じている。でも、恋のおまじないであろうとなかろうと、ボイドがどこへ行ってもわたしはついていっただろう。いまでもときおりボイドが愚かなことをすると、わたしはこの庭に出て、鼻の下でニチニチソウをつぶす。そのにおいであのピクニックを思い出せるから。ボイドのエッグサラダの味と、ボイドのキスの味を思い出せるから。

うわっ。わたしは立ちあがって、ドアから外へ出ると、汗をかきながら自然歩道をぶらつく。小さなノートに記された〝ガーデン〟という文字はごまかしで、おそらくわたしのような穿鑿《せんさく》好きを遠ざけるためにつけたタイトルだろう。

母が日記をつけていたこと自体には、驚きはなかった。母はフロリダ州立大学時代に機関紙《フランボー》に書いた寄稿をつねづね自慢していた。それで、いつもわたしの文法のまちがいを指摘していた――でも、父の文法をなおしたことは一度もなかった。とはいえ、書き手としての母の能力にかかわらず、この日記はわたしが読むべきものではない。

わたしは部屋にもどって、見つけた箱の奥に小判のノートをもどして、次の鳥に取り掛かった。緋鳥鴨《ヒドリガモ》。丸い頭、短い首、嘴の黒い点。ヒドリガモは一度ならず父と見たことがあった。父のことを考えるのは気が進まないが、母の日記のせいでどうしても父のことが頭に浮かんでしまう。

以前、木々から遠くにある開けた水面《みなも》で、父はカヌーの船尾にすわって、生き餌に二カ所傷をつけて、釣り針につけた。風がつんつんと水面を撫で、さざ波を立てていた。沼地に生えた草が葉擦れの音をさせ、微風がやさしくカヌーをまわした。

「いいか、見てろよ、ロニ・メイ。こういうふうに、生き餌は殺さず突き刺すんだ」親指が平たくて、指の付け根に切り傷がついている。

わたしは生き餌が気持ち悪くて、顔をそむけた。

「父さん、だれが釣りを教えてくれたの？　父さんのお父さん？」

父は竿の先を後ろへ引いたのち、前へ振り出し、リールを放した。小さな水しぶき。「そうだな、ロニ・メイ、自分で学んだと言えるかもしれん」

「父さんが小さいころ、ニュートおじいちゃんはどんな人だった？」その当時のほうがもっとましで、こわくなかったんじゃないか、とわたしは思っていた。

父さんは凪いだ水面に目をやった。「ロニ・メイ」

「何、父さん」

「沼地のいちばんいいところは何かわかるかい？」

わたしは首を横に振った。

「とても静かだってことだ」小声で言い、自分の唇の前で親指と人差し指をくっつけた。

〝静かに〟という意味だ。沼地の草のあいだを風が吹き抜け、蛙が鈴を思わせる声で泣いた。父さんの肩の向こうを、三羽の茶色い鳥が飛んでいった。一羽はきらきらした緑色の目をした縞柄の鳥で、水の上を数歩走ったあと、羽をはばたかせて、空気をとらえた。その鳴き声は〝フー・フー・フー〟と聞こえた。

「ロニ・メイ」父さんの声も、沼地の音のひとつだった。その鳥が高く舞うと、父さんはわたしの視線の先を見て言った。「ヒドリガモだ」

わたしは製図台の上から、描いた絵を取りあげる。揺れる湿地の草、水から飛び立つ水かきのある脚、切り傷のある両の親指。破り、丸めて、捨てる。

アトリエの入口にエステルが現れる。赤毛のカールした先を指に巻きつけている。「ムラサキバンの調子はどう？」

「ふんっ」わたしは言う。「参考に渡してくれた標本、ちょっと見てみてよ」

「ロニ、あんたフロリダにいるのよ。ムラサキバンはここに棲息してる。探しにいけばいいでしょ。絵は月曜までに必要だから」

わたしはエステルをにらむ。「調査にいけっていうの？　だけど、実際――」

さえぎるようにしてエステルが言う。「そうすれば、現実から遠く離れずにすむでしょ」

わたしはムカッとして言う。「どういう意味よ、それ？」

「あたしはあんたの友達で、あんたにとって何がいいことかわかってるって意味」

「あなたが小うるさいキュレーターだって意味ね」

エステルが舌を突き出す。「ランチに行かない？」

「無理。予定があるから」


ランチの予定というのは、バッグの底でぺしゃんこになったピーナッツバターサンドイッチのことだ。わたしはそれを食べながら車を運転し、フロリダ州立大学の鳥類学者から勧められたカヌーの地点へ向かう。ムラサキバンの標本を貸してもらうときに、訊いておいたのだ。エステルに言われたからじゃない。あくまで先に思いついた。

途中で、双眼鏡のストラップを購入しようと、ネルソンの狩猟用品店に寄る。父が生きていたころから、ここにある店だ。内装は、黒っぽい色の木で統一され、鹿の頭の剝製や、猟銃、迷彩柄を着た男のマネキンが置かれている。ルアーだらけの壁に飾られたファイティングポーズの魚の人形。父さんはたまにここにわたしを連れてきて、店主のミスター・バーバーと店員のミスター・フェルプスと店内をぶらぶらしていた。この時季に、だれがどんなサイズの鹿を撃って、だれかが雌鹿だと言っていなかったか。リリースすべきだった魚を、だれがおいしく味わったのか。けれども、父はここへ来て、人々の犯した違反を聞いていただけではなかった。最近はどんなルアーを使って、どんな状況でバスが釣れるのか、月の満ち欠けが、どんな水の色が、どんなリールが、どんな雲の相が、魚に影響を与えるのかについて三人で話していた。ミスター・フェルプスは、特別な帽子をかぶっているときに、あたりが多いと言った。

わたしは双眼鏡のストラップを見つけたあと、父と男たちが話していたかたわらでかつてそうしていたように、店内の通路をぶらつく。この店はパイプ煙草のにおいがする。カウンターの奥の男はくたびれていて、ちらっと横目でこちらを見るが、ミスター・バーバーではないようだ。男はお客と話をしているものの、わたしが通ると、顔をあげて、気づかぬくらいかすかにうなずいてみせる。

十一歳くらいのころのわたしは、店内の深緑色や茶色のなかに消えることができ、危ない釣り針や何層にも重なった巨大なタックルボックスに手をふれるほど愚かではなかった。それで父さんたちがいろんな話をするのをそっと聞いていた。こんどは天気の話、その次は、低空を飛ぶ飛行機が湿地に梱《こり》状の干し草を落としていく話だった。そんなところでだれが干し草を必要とするんだろう、とわたしは思った。

「言っとくが」父さんは言った。「そんな連中を見つけたら、おれが逮捕する」

通路の端近くにいたわたしは、顔をあげて言った。

「濡れちゃわない？　干し草」

男三人の顔がこっちを向いて、全員が話すのをやめた。

「ああ、ロニ・メイ」父は言った。「そうだ……ミスター・フェルプスとミスター・バーバーに、きょう描いたものを見せてあげたらどうだ？」ふたりのほうを向く。「きょう、ウミワシを見たんだが、なかなかそっくりに描けてる」

わたしは赤面した。父の言うとおりにするしかなかったけれど、履いているスニーカーがそれぞれ百ポンドの重みに感じられた。それから、ナップサックのジッパーが固く思えた。わたしはナップサックをあけて、自分のスケッチブックを取り出した。

ミスター・フェルプスが片方の眉をあげた。「いいかい」わたしからスケッチブックを受け取ったのち、カウンターの上にひろげて、額に皺を寄せてその絵を見た。それから、視線をわたしに移した。「自分で描いたのか」

わたしはうなずいた。

「本からコピーしたんじゃないんだな」

わたしは首を振って否定した。

「この絵を買いたいんだがね、嬢ちゃん。いくらで売る？」

頭の皮がチリチリした。「買いたいって？」

「適正な金額は？」ミスター・バーバーは笑いもせず、釣り針のセールスマンとビジネスの交渉をしているかのように言った。わたしは父さんを見た。その顔には、かすかな笑みと疑問符が浮かんでいた。

わたしとしては、売りたくなかった。「十ドル」思わず口を突いて出た。相手もそんな大金は出さないだろう。

「交渉成立だ」ミスター・バーバーが言って、スケッチブックからウミワシの絵をはずした。レジをあけ、十ドル札を一枚取り出して、わたしの手に押しつけた。

父さんはわたしの肩に腕をまわして言った。「おまえがそんなに手ごわい実業家だとは知らなかったよ」そしてにっこり笑いながら、ミスター・バーバーを見た。

わたしの絵がはじめて売れたのがそのときだった。その後、店に寄ったとき、ウミワシの絵は額に入れて壁に掛けられていた。

いまそれを探す。すなわち、子供の手で描かれた、父が〝ウミワシ〟と呼んでいた鶚《ミサゴ》の絵を。しかし、ミスター・バーバーとともに、はるか昔にこの店から消えたにちがいない。

わたしはぐにゃぐにゃのゴムのルアーが並ぶ前にいる。ツイン・テール、カーリー・グラブ、ミスター・ツイスター、ホンキング・ポノ、オーレ・スポット、スーパー・ソルト、それにショッキングピンクのハイフローティング・バブル・ガム・ワーム。父さんなら、それぞれの正しい使い道を知っていただろう。わたしは単に名前と色が好きだ。父さんの努力にもかかわらず、わたしは結局釣り人にはならなかった。

ルアーのラックの向こうにカウンターがあって、その先にいる男がぱんぱんの紙袋を叩きながら、お客にヒアリについて説明している。「暗くなる直前に、巣のまわりにこの薬を撒くんだ。明るいうちだと、働きアリたちは巣に帰って死体があちこちに大量に転がっているのを見て、どこかよそに巣を作りにいっちまうからな」

お客はその毒薬を買って、帰っていく。店員は何か盗もうとしている人間を見るような目でこっちを見たので、わたしはハイフローティング・バブル・ガム・ワームを握って、それを店員に見せる。親指と人差し指でつまむと、耳朶《みみたぶ》並みのやわらかさだ。わたしはカウンターにそのルアーと双眼鏡のストラップを置いて、店員の険しい目を見る。

「シマスズキやサンシャインバスはまだ見かける？」わたしは言う。

店員はその質問を聞いて驚く。「自慢できるようなものは、このあたりじゃ何も。それに、こんなこと言いたくはないが、このルアーじゃシマスズキは釣れない」

わたしはお釣りを受け取り、双眼鏡のストラップをつかんで、ぐにゃぐにゃのピンクのルアーをジーンズのポケットに詰めこむ。「ええ、知ってる。これはほかの魚に使うつもりなの。シマスズキのルアーには、トップウォータープラグ（水面に浮いた状態で使うルアー）しか使うつもりはないから」自分でもどうしてこんなことを知っているのか定かではない。

店員の表情に変化が現れる。敬意だ。こんなばかばかしいルアーに二ドル七十五セントも費やした価値。

カヌーショップはそこから三十分行ったところにあって、そのうち少なくとも十分はでこぼこの砂利道を行く。割れたカウンターの向こうにいるひげ面の男が、にこりともせずに顔をあげる。カヌーを一艘レンタルしたいと告げると、男はすわったまま、小さな用紙とちびた鉛筆を手にとる。「いくつ使う?」

「ひとつ」わたしは言う。

「きみだけ?」首をかしげもしないで、目をあげる。

「ええ、わたしだけ」わたしは棚から虫除けスプレーを手にとる。

「カヌーの経験は?」男が手に持った鉛筆を漂わせる。

「あるわ」

「ひとりで?」

わたしは男のほうを向いて言う。「ええ。ひとりで」

「じゃあ、署名とクレジットカードの提出を」

「蚊はどんな感じ?」わたしはマスターカードを取り出しながら言う。

「健在だよ」やっぱり男はにこりともしない。

わたしは免責条項に署名し、クレジットカードを手渡して、用紙にエステルの住所を記入する。もしほんとうの住所を書いたら、観光客だと思われてしまう。そもそも生粋のフロリダの人間なのに、ばかげた話でしかない。自分としてはフロリダ訛りはすっかり抜けたと思いたいのだけれど、このあたりで標準のアメリカ英語を話す者は疑いをもって扱われる。男はわたしのクレジットカードを手作業でカーボン転写する古いタイプの器械に通す。いまなおこんなものを使っている人を、はじめて見た。男がカードを持ちあげたので、わたしは手を伸ばすが、男はカードを握りしめる。

「差し支えなければ、もどってくるまで預かりたいんだが。これか、あるいは運転免許証を」

ワシントンDCの免許証を渡したら、わたしは北部《ヤン》の人《キー》に分類されてしまうが、クレジットカードを置いていくという考えも気に入らない。「そんなこととして、わたしがいないあいだに、あなたがオンラインで買い物しない理由はどこにあるの？」

　男は背筋を正して言う。「そういうのを高潔さって言うんだ」

「へえ。なるほど」男の目は澄んでいて、瞳孔のそばだけ金色がかった灰色だ。なぜなのか理由はわからなかったけれど、わたしは目の前の男を信じた。

　曲がりくねった複雑な水路の、雑にコピーされた地図を男が手渡す。わたしは男について建物のなかを進み、船着き場へ向かう。男はわたしと同じくらいの年齢で、かなり締まった体をしていて、グリズリー・アダムズ（実在の人物をモデルに映画、ドラマが作られた）ふうの顎ひげをのぞけば、見かけも悪くない。褪せた青色のワークシャツは擦り切れて薄く、古いシーツのようにやわらかそうで、先細になって見苦しくなくジーンズにつながっている。まくりあげた袖口からはカヌーを持ちあげるためにピンと張りつめた腕の腱がのぞいている。地元に残る選択をしていたら、若いころはこういうタイプの男の人と付き合って一緒に過ちを犯したかもしれない。

　船着き場で、男がくるっとこっちを見て、パドルを寄越す。「で、こういうふうにカヌーに乗りこんで」まるで初心者に言うように説明する。「姿勢を低く。もしカヌーが横転したら――」

「ねえ、おたくのすばらしいアルミニウムのボートをひっくり返す気はないわ」

「オーケー、すると、カヌーで立ちあがっちゃいけないことは知ってるわけだ」

「ええ、知ってる」わたしは相手を安心させるように、ぐるっと目玉をまわす。

「じゃ、楽しんで」男は言い、不意に微笑んで、ひげの下の完璧な歯並びを見せつける。その場に立って、わたしがカヌーに乗りこむのをながめている。

　わたしはパドルを水に入れる。大口を叩いたわりに、手が震える。一瞬ストロークの最後にパドルのシャフトをひねるのを忘れたために、父から最初にカヌーの漕ぎ方を教わったときみたいに、舳先がかすかに右へ、左へ傾く。男が何を考えているのかわかるので、そっちへは振り向かない。でも、ストロークがなめらかになるのに、長い時間はかからなかった。「水が教えてくれる」父さんはそう言っていた。開けた水路は穏やかなので、すぐにパドルが水をなめらかに切るようになる。

男が背後から声をかけてくる。「迷うなよ!」

わたしはいったん後ろを振り向いて、それからまた前を向く。水面に低く垂れさがるような厚いマングローブの茂みに平行に、カヌーを進める。舳先にトンボが一匹、たどたどしく舞い、セミが金属的な声で歌う――その声が大きくなっては静まり、また大きくなる。パドルを漕いで、狭い水路へ滑るようにカヌーを進める。アメンボが小さな跡を残しながら、水の上を移動する。その光景は魅惑的だが、水面下にあるものの危険を忘れてはいない――カニ、ヌママムシ、ワニ、ガーパイク。これは、わたしの父を呑みこんだ茶色い水だ。

〝事故〟説で自分を納得させていた時期にはまだ、わたしは父さんのボートの技術にこだわっていた。それで、さまざまなシナリオを繰り返し考えていた。魚が釣り針にかかって、糸が絡まり、バランスを崩した。カヌーから落ちて、イトスギの瘤状の木の根に頭をぶつけた。あるいは、重いベストを脱ぐのを忘れたまま、浮きからはずれたナマズの仕掛けを探しにでていった。また別の説としては、母にアヤメの花を摘んで帰ろうと水中を歩いていたら、底なしの泥穴に吸いこまれてしまったというものもあった。ひっくり返ったカヌーから数ヤード離れたところで、父の遺体は見つかった。しばらくのあいだは、ナマズの仕掛け説と、底なし穴説を組み合わせ、それで納得しようとしていた。けれども、うだうだ考えるのをやめるしかなくなった。赤ん坊を抱えた母を手伝う必要があったからだ。

カーブをまわると、ありがたいことにひんやりした風がさっと吹き、暑さのなかで心地いい。でも、吹いてきたと同じくらいさっと消えてしまう。新たに水を掻こうとパドルに手を伸ばすと、父さんが指示する声が聞こえる。「そうだ、ロニ・メイ。前へ伸ばして、自分のほうへ水を掻く。上にある手をぐっとさげて、下にある手を支点にする。すると、カヌーが滑る」

葦《あし》の茂みをすり抜けて、ムラサキバン、学名ポルフィルラ・マルチニカを探そうとカヌーの速度を落とす。父は沼の鶏《ポンド・チキン》と呼んでいた。この鳥が水蓮の葉や浮き葦の上を軽々と歩くさまは、どんな標本にもとらえられていない。だからこそ、こうしてやってきたのだ——ムラサキバンの〝ジズ〟をとらえるために。ガマ、マコモ、ミズアオイの塊のそばを滑るように進む。一瞬、パドルと水の音だけしか聞こえなくなる。そこにやってきたのはバンというムラサキバンの仲間で、わたしのまわりを泳いでいる。バンの嘴は白く、羽は黒いが、一方、ムラサキバンは青、紫、それに虹色に輝く緑色の羽を持っている。ムラサキバンが高い声で集まって騒ぎだすと、父さんは言ったものだ。「わたしたちを笑ってる声に耳を澄ましてごらん」

〝そうすれば、現実から遠く離れずにすむでしょ〟エステルはそう言っていた。どういうつもりで言ったんだろう。

葦のあいだから鶴擬《ツルモドキ》をのぞき見る。ピンセットのような嘴を泥のなかに突っ込んで、リンゴガイを探している。鳴く鳥が相手を呼ぶその声は、巣に誘いこもうとしている哀れな声だ。まるで赤ん坊の泣き声に聞こえる。わたしはツルモドキの長い脚と細長く湾曲した嘴、茶色と白のまだら模様の羽をすばやくスケッチする。それから、またパドルを漕ぐ。

カーブを曲がると、父の釣り小屋とよく似た建物が目にはいる――高床式の古い白木の建物。でも、父の釣り小屋のはずがない。とっくに朽ちて、水没しているはずだ。それでもわたしはカヌーを岸へ寄せる。

あたりに人影はない。湿地への角度が父の釣り小屋とはちがうが、ドアを押してみると、音もなくたやすく開く。四方に網戸を張ったベランダには、光沢のあるペンキが塗られている。

正面の部屋にはいってみると、背後から何か低い声が聞こえたので、振り返って網戸越しに見てみると、だれかがかがみこむようにしてわたしのカヌーを見ている。しまった。ここは、そこにいる男の家なのか。もし相手が武器を持っていたら、わたしが撃ち殺されても、法律上、向こうに非はない。この家でも、父の釣り小屋と同じ場所にキッチンのドアがあるかどうかをたしかめようと、できるだけすばやくそっと後ろへさがる。そのときにきしむ床板を踏んでしまい、男がさっと立ちあがってこっちへ顔を向ける。男の白髪がふわりと舞いあがる。以前、駐車場にいたのと同じ男だ。わたしはふらつきながらあとずさりし、キッチンのドアを見つけて、階段を三段おりて湿った砂におりる。家の角から向こうをのぞいてみる。男はふたたびわたしのカヌーを調べていて、こちらとしては相手を驚かせたくない。そこで、家の横手から距離をとったのち、危害を加える気がないことを示すべく声をかける。「どうも!」

男はすっくと立ちあがり、わたしの顔から背後へと視線をさまよわせる。歳寄りでとまどっていても、わたしより体が大きい。

〝わたしはロニ、小さくてか弱い者です〟『オズの魔法使い』のドロシー張りにそう名乗りたかった。

こちらの考えが読めたかのように、男が首を縦に振る。男の表情がゆるむと、前にじいちゃん御殿で会ったときと同じように、知っている人なのではないかという感覚に襲われる。男はカヌーのほうを振り返って言う。「こんなクソみたいなもん、どこで手に入れたんだ？」

わたしは笑みを浮かべる。「ですよね、水上で最軽量のボートじゃないのは知ってます。レンタルなの」

男は横目でわたしのほうを見る。「あのアドレー・ブリンカートってやつがあんたにこの怪物を貸したのか」

「それがあの人の名前なの？」わたしは老人の顔をじっと見る。

「あんた、おれが言ったことを聞いただろ？」

わたしは少し時間をかける。〝あんたの父親と同じ……浮かぶ羽目に……〟

男が怒鳴る。「おれがだれなのか、わからんのか」

「ええ、そうなんです」

「こっちへ来い」男は言いながら、わたしが出てきたばかりの建物のほうへ歩いていく。

わたしはためらう。

男は網戸をあけたまま支えて持っている。「さあ、嬢ちゃん！」

わたしは自分のカヌーを指さす。「ここに置いたままじゃ……」

「だれもそんなものは盗みゃせん。さあ！」

わたしは言われたとおりに、階段をのぼる。

通されたのは奥の部屋で、そこには父の釣り小屋にあったのとそっくりの簡易ベッドがある。男は壁を指さす。「見覚えはないか」

額があって、そのなかに鉛筆書きのミサゴの絵がある。

「とっといたんだ、あんたが有名になるのを待ってな。だが、あんたは有名にはならなかった、そうだろ？」

わたしは振り向いて男の目を見る。聖アグネスホームで、紫色のスクラブを着た若い男に怒鳴られていた。「ネルソン！……さっさと出ていけ！」と。ネルソンだ。ネルソンの狩猟用品店の。「ミスター・バーバー?」

バーバーが満面の笑みを見せる。右の犬歯のすぐ奥の歯がない。「だが、おれに会ったことはだれにも言うんじゃないぞ、だれにもだ、わかるな?」バーバーはわたしの腕をつかみ、ぎゅっと握る。その顔は駐車場で会ったときの乱暴で険悪な表情に変わっている。

「もちろん、言わない」わたしはドアに目をやる。

「けど、どうして?」

「なぜって、やつらはおれに死んでほしがってる、だからだよ! おれは知りすぎてる」

「何を……」

「いいか、嬢ちゃん、あんたはよく勉強してさっさと町を出ていくんだ。あんたまで追われるようになる前にな。やつらと戦うのは無理だ! あんたをつかまえて、やつらはあんたの歯をすっかり抜きはじめる」かつて歯があったところにある穴を指さして言う。「あれは連中の拷問部屋だ。いともたやすく、おれのダチのジョージ・ワシントンみたいにされちまう――総入れ歯にな。歯の詰め物に、追跡装置を仕掛けられるって知ってたか」

「いいえ、知りませんでした。ところで、ミスター・バーバー、この前、駐車場で、父さんのこと何か言ってたでしょ、覚えてる?」大きく空気と唾を呑みこんで言う。「あの、浮かぶ羽目になるとか……」

「沼に顔をつけてな。そういうことだ。気をつけたほうがいい、なぜって……」

「でも、溺れた人って……沈まないの?」わたしは目を閉じるが、それでも感じる――まわりを囲む茶色い水と、胸にかかる重みを。

「ああ、そうか、噂は聞いてる。ひとつ言っとくが、ボイドはおれ以上にみずから命を絶つような人間じゃなかった。おれだって絶対にそんなことはしない! そんなことをしたら、おれは頭がおかしかったってことにされちまう! ちがう、ボイドはやつらの手にかかったんだ」わたしの腕をまたぎゅっとつかみ、バーバーの瞳孔が縮む。「それにしても、どうやっておれを見つけた？」

さらに力をこめられて、腕がキリキリと痛む。「実は、ちょっと迷ってしまって」笑顔を作ろうと試みる。「この沼からどうすれば出られるか、アドバイスをもらいたくて」

「ああ。あのブリンカートのやつのところへもどる必要があるってことだな？」手の力がゆるみ、腕を放してくれた。

「ええ、小さな地図をもらったんだけど……」さりげなさを装いながら、ドアのほうへ移動する。

バーバーはわたしについて外へ出て、カヌーのそばまで来る。「ああ、その地図はわざと混乱させるようにできてる。いいか、おれは道を知ってる」指をさして説明する。「この分かれ路を百ヤードほど行くと、どこにも行き着きそうもないせまい水路がある。そこを行くと、大きな湖に出る。そいつを突っ切って三時の方向へ進むと、岸の切れ目が見えてくる。そのまま漕ぎ進めるんだ。すると、いつの間にかアドレー・ブリンカートの小さな作業場が見えてくる」また笑うと、奥の歯のあいだの暗い穴が見える。その後、バーバーは笑みを消して言う。「だが、ここにはもどって来るんじゃないぞ。それに、あんたの父親のことはだれにも話さんことだ」

「何を……何を話しちゃいけないの？」

「わかってるはずだ」焼けつくバーバーの目がわたしを射る。「さあ、ここから出ていけ」

わたしはうなずいて、カヌーを水路のほうへ押しはじめる。

ミスター・バーバーがついてくる。「やつらがおれの店を奪う前は、おれは全員と友達だったんだ。全員とな」

カヌーが水中にはいりかけたところで、わたしはカヌーに乗りこんで腰を据える。「だれも信じるな」バーバーが言う。「それがおれのモットーだ」焦点の合っていない目のなかに、何かがくすぶっている。バーバーが舳先を強く押し出し、わたしはゆっくりと後ろへ漕ぐが、ほかにももっと訊きたいことがある。水が深くなってくると、わたしは大きな声で言う。「ミスター・バーバー、父さんについて知ってることを教えて！」

「だまれと言ったはずだぞ！」バーバーは家の横手へ歩いていって、ショットガンを手にとる。わたしに狙いを定めているわけではなく、そっと抱くようにして持っているだけだ。わたしは教わったとおりの方向へカヌーを漕ぎ、隠されているかのような水路を進む。振り返ると、ミスター・バーバーは前かがみに立って油断なく銃を持ち、わたしが木々のあいだを抜けて去っていくのをながめている。

言われていたとおり、開けた湖に出る。数羽の扇秋沙《オウギアイサ》がカヌーのそばを安全な距離を保って、わたしを無視して泳いでいる。エステルのリストに載っていた鳥なので、うれしい驚きだ。船縁《ガンネル》にパドルを置いて、スケッチブックを取り出し、三時の方角に岸の切れ目が現れるのを見逃さないように注意する。バーバーからじゅうぶんに離れたので、アドレナリンがおさまってくるが、さっきバーバーが言っていたことに、ひとつでも真実はあるんだろうか。わたしはオウギアイサの黒っぽくてまるい鳥冠と、ラジオペンチのような嘴、鮮やかな黄色い目を描く。父さんは〝モホーク族みたいな髪型の鳥〟だと言っていた。

わたしが描いているあいだ、オウギアイサはのんびりと水を掻き、カヌーは向きを変えながら静かに葉擦れの音を立てる沼地の草のほうへ漂っている。

二十フィートも離れていないところで大きな水音があがり、オウギアイサがいっせいに飛び立つ。一羽のサギが警告の声を発し、その鳴き声が、サギの動きだしと同時に静寂を破る。ワニが餌をとらえようとして、失敗したのだろう。死やその可能性は、いつだって沼地に潜んでいる。

わたしはパドルを持って、岸の切れ目へ向かってカヌーを操る。カヌーショップでもらった地図は脳の毛細血管を思わせるもので、この湖はその図に載ってさえいない気がする。わたしは地図を畳み、ジョージ・ワシントンのよき友人である男から教わった指示に従う。

「迷うなよ！」とカヌーショップの男は大声で言っていた。

「現実から離れないで」とエステルは言った。

「だれにも話さんことだ」とミスター・バーバーは警告した。

「来るように父さんに言って！」と母は言った。

ミスター・バーバーはフロリダで最も混乱している人というわけではない。

指示に従ってカヌーを進めるにつれ、ひときわ高い木々の真上に浮かぶレース状の薄い雲のまわりに、太陽が黄金色の扇形のフリンジをつける。少し時間はかかったものの、ようやく見えてきたカヌーショップの広い水路にはいっていく。雲のフリンジはいつしか散り散りになり、乾燥機の糸くずのような、青みがかった灰色の線と化して、太陽は木々の茂みの下に沈んでいる。〝グリズリー〟・アドレー・ブリンカートが船着き場の端に立って待っている。何層ものピンク色に染まった空に、肩幅の広い先細のシルエットを浮かびあがらせて。わたしを待ったせいで、今夜の夕食はきっと遅れたにちがいない。

フロリダに来ていちばん奇妙な一日だったけれど、ムラサキバンは見つからなかったから、改めてまた出なおさざるをえないだろう。背中と腕に懐かしい疲れを覚えつつ、船着き場へとカヌーを滑らせていく。アドレーが無骨で力強い手を差し伸べてきて、わたしはその手をとる。

9

三月三十一日

　ここに来てから二週間が経とうとしている。あす、賃借人が母の家に入居する。蒸し暑い部屋で一日じゅう、フィルとタミーとわたしは荷物を詰め、埃を吸い、目に付かない部屋の隅の汚れを拭いていた。わたしは床を磨き、掃除機で幅木から糸くずを吸い出し、すべての窓枠から蜘蛛の巣を払った。片づけがまだ残っていたので、実は不動産屋のエルバート・パーキンズに電話をして、入居日を遅らせることはできないか、借り手に訊いてもらえないだろうかと言った。でも、借り手の答えはノーだった。

わたしはゴム手袋をはめた手に雑巾を持ち、スツールに乗って、キッチンの棚のなかを拭いていた。「母さんが汚れたお皿を棚に入れていたのに、だれも気づかなかったわけ？　うわあああもう」雑巾をゆすぐために、スツールからおりる。

タミーはわたしの背後にいる。「ねえ、ロニ。あたしたち、お義母さんのいろんなものを掃除してきたけど、それでもお義母さんのちょっと変わった癖は把握しきれてないわけ」

わたしは雑巾をシンクに投げ、ゴム手袋を脱ぎ捨てた。「あらそう、タミー。母さんはあなたのちょっと変わった癖をすごく褒めてたけど」

フィルがわたしのほうへ首をめぐらせる。

「休憩が必要みたい」わたしは言う。

フィルは大きく頭を上下させながら言う。「ああ、そのほうがいい」

外へ出ると、太陽が黄色い光線で、さながら舞台装置のように沼地を照らしている。わたしは自分の車まで行ってスケッチブックと鉛筆をとり、それからあのライヴオークの木まで歩いていって樹皮に手をふれて見あげる。決めていたわけではなかったけれど、わたしはジーンズのウエストバンドにスケッチブックをはさんで、鉛筆をくわえ、幹をのぼる。

自分の体は大きくなっているのに、幹から太い枝が分かれている平らな場所は、昔と変わらず、すわるのにぴったりだ。

ページの上に細い線が集まり、まわりで葉擦れの音がする。沼地の草が風に揺れている。はるか遠くで、五馬力の父さんの古いボートのような音が、軽いうなりをあげている。父さんが沼へ連れていってくれるようになる前は、ここで父さんを待っていた。はじめは蚊の羽音のような音から、父さんのジョンボートのうなりが聞こえてくるようになるまで耳を澄ましていた。

父さんはいったん視界にはいったのち、ふたたび背の高い草の向こうに消え、蛇行する水路に沿って、白鷺《シラサギ》を驚かしながら進んできたものだ。父が船着き場のそばまで来ると、わたしは木から這いおりて、船着き場の端まで駆けていった。父さんは途中でわたしをつかまえて、飼料袋みたいにわたしを腰のあたりで横抱きにした。揺れる髪の隙間から、緑の芝生が見える。わたしなんて全然重くないのに、父さんはよろけるふりをする。家に着くと、父さんはわたしを床におろす。

「やあ、痩せっぽちのお嬢さん」

母が裏のポーチからおりてくる。「むさくるしいわ」父さんの顎に手をやり、無精ひげをさわりながら言う。

父さんは顔を近づけて、ひげで母さんの頰をこする。

「いやならそう言ってくれ」

「剃ってらっしゃい」母は笑うまいとしながらそう答える。

スケッチブックの片面に、沼地の草とシラサギ、船着き場と軽くぶつかるボートが描いてある。もう一面には、ポーチの階段と、シミのある頰に添えた女性の手。わたしはスケッチブックをふたたびウエストバンドにはさんで、体を揺らしながら木からおりる。ホースを出して、母のハーブに水をやったあと、中へもどる準備ができた気がして、母の部屋まで階段をのぼる。まだそこに詰めるべきものがあることにため息をつく。フィルは窓辺に立ち、沼地を見おろしていたので、わたしもそこへ行く。「ほんとにいやになる」わたしは言う。

「わかるよ」フィルがわたしの肩に手首を乗せる。

「たとえば、アーノルドはどうなるの？」

フィルが微笑む。「アルマジロの？」

「ポーチの下でとっても幸せに暮らしてたのに」

「ロニ、アーノルドは二十年ほど前に林に逃げたよ」

「アーノルドとその子供たちよ。アーノルドをあっためてあげようとして、あなたがポーチの下にヒーターを持っていったの覚えてる？」

「母さんはちっとも喜んでなかったけどね」

わたしは母の声まねをして言う。「あの汚い動物のために、家を火事にするつもり？」

ふたりして笑い、それから静かになる。

フィルが言う。「引っ越してくる人たちは、ていねいに使ってくれるみたいだから」はじめて弟に後悔の色が見えた気がした。でも、それはすぐに消え去った。わたしの肩に乗せていた手をどけて、背を向け、お互い荷造りを再開する。

その日、最初のうちは、種類別に分け、きちんとしたパッキング材を使って箱詰めするべきだと言い張っていたけれど、六時ごろには、段ボールを組み立て、秩序などおかまいなしに物を詰めこみ、骨董品は布巾や食卓の敷物、枕カバーでくるむようになっていた。二週間かけてこの家を裸にしてきたので、もう詰める物はたいして残っていないと思っていたのだけれど、気力が衰えるにつれ、品数は増えていくように感じられる。

ついに最後の箱に封をすると、フィルが言う。「だれか屋根裏部屋は調べた？」

三人が揃って肩を落とす。

脆くなった段ボール箱を九箱、さらに運びおろす。Uホールのトラック一台と、わたしたちの車二台にめいっぱい荷物を詰めこんだら、時刻は九時四十五分、あたりは暗くなっていた。十時に、フィルの知り合いが所有しているというトランクルームの前に車を停める。セキュリティ用ライトに虫が集まってジリジリと音を立て、頑丈な金網フェンスの向こう側にあるガレージのシャッターを照らしている。あたりに人影はなく、ゲートもしっかり施錠されている。

「これで、なんで二十四時間倉庫なんて名乗れるわけ？」わたしは言う。

「まあ、二十四時間、物を保管してるからかな」フィルが言う。「二十四時間ゲートが開くっていう意味でもあると思ってたんだけど」

「ばかじゃないの！」わたしはフェンスが揺れるほど強く叩きながら叫ぶ。わたしのむなしい雑言を掻き消しながら、列車が一台通り過ぎる。

光沢のある黒い四輪駆動車がゆっくりとわたしたちとすれちがい、タトゥーを入れた、いかつい男がこっちをにらんでいる。

「だれ、あれ？」わたしは言う。

「さあ。犯罪者か自警の見まわりかな」フィルが言う。

「フロリダじゃ、どっちも同じってわけね」

タミーがわたしをにらみつける。

さっきの車が道の数百ヤード先で停止し、バックライトが点灯する。わたしたちはそれぞれの車に分かれて乗りこみ、発車する。

わたしのバックミラーに、四輪駆動車の窓から、タトゥーのはいった太い腕が出てきて、何か長くて黒いものを持っているのが映る。ライフルではありませんようにと願いつつ、わたしはアクセルを踏む。

10

四月一日

四月馬鹿の日、エステルの家の客間で見つけたばかっぽいふわふわのピンク色のスリッパが、キッチンの床で引きずるような音を立てる。ゆうべは十一時にエステルに迎え入れられて、四時間の眠りをむさぼったすえ、午前三時に目が覚めた。思考の渦巻きが二重螺旋を描く。螺旋の片方は、現実的なこと。たとえば、母の荷物をどうするか、休暇が約束の二週間を超えることを、どういう言いかたでセオに告げるか、DCにもどる前に、どうすればエステルの絵を全部描けるか。螺旋のもう片方は、四輪駆動車のバックライト、飾り文字の書かれたピンク色の手紙——〝あなたに話しておかなくてはいけないことがあります〟——それに、ネルソン・バーバーの〝ボイドはおれ以上にみずから命を絶つような人間じゃなかった……ボイドはやつらの手にかかったんだ〟という謎めいたことば。

午前四時。居間へおりていって、いくつもあるリモコンに頭を悩ませながら、音量を下げるボタンと、延々と《じゃじゃ馬億万長者《ビバリー・ヒルビリーズ》》を流しつづけているノスタルジー・チャンネルを見つける。

六時、湯を沸かしてお茶を淹れ、居間へもどってくると、エステルのボーイフレンドのロジャーがドアのそばに黒いジム用のバッグを持って立っていた。カーキ色のバードウォッチ用の服を着たジェーン・ハサウェイ（ビバリー・ヒルビリーズの登場人物）が、野生のワライカワセミを見つけにいこうとしている場面を見ている。ロジャーは黒っぽい巻き毛で、歯の本数が必要と思える以上に多い。《タラハシー・デモクラット》紙をはじめ、ガネット（アメリカの新聞・放送会社）系列の数社の新聞社でブログを書いていて、どれもかなり皮肉な論調だ。

「《ビバリー・ヒルビリーズ》？」ロジャーが言う。

「ええ」わたしは言う。「いわば、睡眠不足の人のためのセラピーみたいなものね」

「冗談だろ？」ロジャーが首を横に振る。「田舎もんがあちこち跳ねまわりながらばかげたことをやってるだけのドラマなのに？」

わたしは体を硬くする。わたしが身につけた北部訛りはロジャーと似ているかもしれないが、あたたかい季候を求めて北から南へやってきた人間が、南部人のことを悪く言うのは気に入らない。わたしは一年生が書いたテレビ研究の論文を読むみたいにして言う。

「ねえ、ロジャー、《ビバリー・ヒルビリーズ》は昔ながらの原型、つまり〝異郷の異人〟がもとになっているの」

「へえ、そう」

わたしはキッチンの入口に寄り掛かって、ピンクのスリッパの一方をもう一方に引っかけて言う。「ほら、視聴者は〝普通〟の世界のルールに従って生きる、ビバリーヒルズの住人たちと自分を重ねて見てるわけ。ところが、ジェドとグラニーとエリー・メイがわたしたちの予想を覆してくる。自分自身の文化基準が冷淡で非論理的だと判明し、だから人は結局彼らに共感するわけ」

「すごく興味深いね」ロジャーは腕時計に目をやりながら言う。

「ええ、ロジャー、それは自分たちのことを洗練されて利口だとみなしている人より、素朴だけど親切な〝田舎もん〟たちのほうが賢いってことがわかるからよ」

ロジャーが口をぽかんとあけて、こっちに視線を固定する。「朝のこんな時間からずいぶんなでたらめを」

わたしの非難をすっかり聞き流したらしい、この気の毒で愚かな賢い男は。「それに、グラニーがフライパンを持ってジェスロを追いまわしているところが好きなの」わたしは言う。

ばかな女だと思ったらしく、ロジャーが半笑いを浮かべる。エステルが寝ぼけ眼《まなこ》で寝室のドアに現れる。

ロジャーが言う。「ジムに行ってくるよ。ところで、ロニ、どれくらい泊まるつもり？」

わたしはちらっとエステルのほうを見る。「ええと、そんなに……長くじゃないわ」

「っていうのはさ」ロジャーが言う。「部屋の賃貸業をやってる友人がいてね、きみの力になってくれると思うんだ」エステルのほうを振り向く。「短期間で好きなだけ、部屋を貸してくれるんじゃないかな」

「部屋。そうね、ありがとう」わたしは言う。

ロジャーがその場を去り、わたしはピンクのスリッパを履いてさらに二時間ほどぶらつく。エステルがベッドにもどる。それからようやく起きてきたとき、エステルは言った。「よく眠れた？」

「最高にね」わたしは嘘をつく。

「すぐ行く」そう言ってから、さらに三十分かかる。

エステルは手染めのシルクの着物風ガウンを着て、濡れ髪のまま現れた。卵をいくつかボウルに割り入れる。「それで、あたしたちの立ち位置は？」

「ロジャーはわたしが引っ越してくるんじゃないかと心配してるんだと思う」

「しばらくこっちにいるつもりなの？」

「賃借人が入居したらすぐ、わたしはDCへもどるつもりだったの。でも、物がまだまだあって。そっくりそのまま慈善団体に持ってくわけにもいかないしね。荷物を分類しないと」

エステルが卵を泡立てる。「なるほど」

「あと、じいちゃん御殿の駐車場で高齢の男に呼びかけられたって話をしたの、覚えてる？　あれ、だれだかわかったの。ネルソン・バーバーよ！　しかも、わたしが子供のころに描いた絵をいまも持っててさ、あんなにこわくなければ、親しみの持てる人だと言っていいと思うんだけど。それでね、きっぱり言ってたの。ボイドはみずから命を絶つような人間じゃないと思うって。まあ、陰謀論やなんかの話もしてたけど……ジョージ・ワシントンの歯のこととか」

エステルが照りのあるオムレツを皿へと滑らせる。

「なんの話？」

「とりとめのない話をする人だってこと」

エステルがランチョンマットをふたつ置いて、わたしにすわるよう促す。「とりとめがないって言えば、ヘンリエッタって覚えてるか母に訊いたの」

「それで？」

エステルは首を横に振る。「あたしたちの友人の母親たちについて何人ぶんも長々と話をしたけど、ヘンリエッタのことは思い出せないって」

「まあね。タミーが知らないっていうなら、ヘンリエッタはきっとこの町の人じゃない。だって、テネキーの女性はみんな、タミーのサロンに行ってるから。でも、もしヘンリエッタが父さんについて何か新しいことを知ってるなら、やっぱりヘンリエッタを見つけなきゃ」

アパートメントのドアが開いて、ロジャーがジム用のバッグをドスンと玄関に置く。「準備できた？」

わたしはエステルを見て、それからロジャーに視線をもどす。エステルの作ってくれたフォンティーナ・チーズとチャイブの美味なるオムレツをひと口含んだところだったので、口のなかでオムレツを左頬に寄せる。「だれのこと、わたし？」

「ああ。チャーリーはいまならいるけど、正午に出かけてしまうんだよ」

エステルが言う。「ロジャー、ロニはいま食べはじめたところなのよ」

ロジャーが言う。「もどってから、電子レンジであっためればいい」

わたしは卵を呑みこむ。あったためたら、いまほどやわらかくはならない。「待って。チャーリーってだれ?」

チャーリーというのは、ロジャーが言っていた、部屋の賃貸業を営む友人のことだった。二ブロック先にある建物の、一部家具つき、寝室ひとつの清潔な部屋を見せてくれた。最低二週間から貸すという。一週間ホテルで泊まるより安くつくので、わたしはお願いすることにして、小切手を書いた。性急なのはわかっていたが、ロジャーのホームオフィスの招かれざるキャンパーにならずにすむし、それより何より、タミーとフィルの家の〝お客〟にならずにすむ。それに母の荷物を詰めた箱を置いておく部屋がひとつふたつあれば、〝保管〟〝廃棄〟〝寄付〟と書かれた缶のある、ぽつんと離れた恐ろしいトランクルームの裸電球の下に立たなくてもいい。

きのう、わたしはタミーに言った。「母さんが大事に思うようなものは捨てないほうがいい」

タミーはただわたしをじっと見つめただけだった。

ひと晩の荷物をとりに、歩いてエステルの家へもどり、そこからセオに電話をする。受話器のむこう側で子供たちが笑い、セオを呼ぶ声がする。孫たちとの日曜日を邪魔しているわけだ。

「セオ」わたしはさりげなく言う。「電話に出てくれてよかった。あの、育児介護休暇を二週間と申請したのはわかってるんですけど……」

電話の向こうは無言だ。

「でも、ちょっとした問題が持ちあがって、どうしても、あの……」

「あと何日要るんだ?」

「七日と考えてます。着実に進めば、たぶん……」

「あと七日だね」セオが言う。

「森林細分化プロジェクトはどうなってます?」

「きみなしで進めてるよ」

「そう」

　また沈黙がおりる。

　それからわたしは言う。「どうなってますか、あの、ヒューのほうは?」

「進めてるよ……統廃合を」

　もっといろいろ知りたい気持ちもあるが、知りたくない気持ちもある。

　電話の向こうで、小さな声が言う。「おじいちゃん、早く来て!」

「どうやら、もう行ったほうがよさそうですね、セオ。あすから一週間後、四月九日に会いましょう! じゃあ!」わたしはそばをうろついているロジャーをちらっと見ながら、弟に電話をする。

　一時間後、フィルとタミーがU-ホールのトラックと、もう一台荷物を満載した車でやってきて、その二台とわたしの車からおろしたすべてを〝家具つきの〟アパートメントに運び入れる。なお〝家具つきの〟というのは、むき出しのベッドと、ペイズリー柄のふたり掛けのソファ《ラヴシート》、ぐらぐらのキッチンテーブルのことだ。すべての箱をおろすと、フィルは尻ポケットから油性ペンを取り出して、読みあげながら箱に番号を振っていく。数が増えるにつれ、わたしのストレスのレベルもあがっていく。三十一まで数えたとき、タミーは自分の大事な目録から欲しいものはすべて抜いたあとなのに、何か見落としがないかとばかりにあちこちをのぞく。そして、こう言って部屋から出ていく。「せいぜいガラクタで楽しんで!」

　タミーがいなくなると、フィルが最後の箱をとりに階下へ向かう。わたしはペイズリー柄のラヴシートにすわって、マットレスの上に敷くシーツはどの箱にはいっているだろうと考える。キッチンの壁には、昔ながらの留守録機能につながった黄色いダイヤル式電話が掛かっている。わたしは立ちあがって、受話器を手にとり、ダイヤル音を聞く。この電話代はわたし持ちではないことを、あとで確認しないと。　遠しい。

フィルが最後の箱を持ってもどってくる。「よし！」そういって油性ペンを取り出して、笑顔とともに宣言する。「三十二！」実はその数が四十二であることを、おそらくフィルはわかっていない。というのは、タラハシー科学博物館にすでにわたしが持ちこんでいる本が、十箱あるからだ。会計士のフィルの頭脳は、たぶんこういう不正確な数字をきらうだろう。フィルは袖で顔の側面をぬぐう。「じゃあ、また。四時でいいよね？」

「四時？……ええ、いいわ」バーベキューの話だ。「行くわ」そう約束する。わたしは窓辺へ移動して、フィルが大股で歩道から道路へ出ていくのを見る。まだ整理が必要なガラクタを三十二箱も置いていった困った弟だが、それでも彼の料理を食べにいくのが待ち

11

フィルの家へ向かう途中、じいちゃん御殿に立ち寄る。きのうは家のことにかかりきりで、だれも母のところへ行かなかった。でも、だれかが毎日訪問するべきだ。母はまだここに慣れていないし、慣れるわけがない。わたしは箱のなかからハーブに関する本を見つけて、母が思い出しやすそうな韻を踏んだものがいくつかあったので持ってきていた。

「母さん。見て、これ見つけたの！」

母はその本をじっと見つめる。ハンムラビ法典でも見るような目で。

わたしはあきらめずにつづける。「ちょっとした詩が載ってるの——植物とその特性に関するものでね」

母は興味のない顔をしている。タミーが慎重に逆立て整えた髪型は、一方にぺたっとくっついている。

わたしは本を開く。「これ、覚えてる？　有名な女性作家の作品なんだって、匿名だけど」

反応なし。

わたしは声に出して読みあげる。

レモンバームは
面倒な心痛をすべて和らげる
心をよみがえらせ
絶望を遠ざける

最後の一行を読むとき、母はうなずきながら口の動きをわたしと合わせる。わたしはここでひと息入れる。ほかの記憶はどうだかわからないけれど、この韻は母に訴えた。わたしはページをめくって、ほかの詩を探す。「セージの詩もあるよ。庭に大きなセージの茂みがあるよね」わたしはもったいぶって読む。

セージ（sageには植物の名前のほかに、賢者という意味もある）をよく成長させるのは、賢い女で、
幸せな家庭を守るから。
庭を茂らせる男は
ひとりで死ぬことはない。

母が興味を失う。「でも、それがまちがいであることは、おまえもわたしも知ってる」母がまっすぐわたしを見る。いまの母はまともだ。

この本へのわたしの熱意が消えていく。「ねえ、母さん、わたしもう行かないと。嘘じゃないの。フィルのところへ行かなきゃ」

「あら、あっという間に帰るのね」母が眉をひそめながら言う。

スプリング・クリークにあるフィルの住宅団地へ行く途中、反対車線を走るパールピンクのクープ・ドゥ・ヴィルとすれちがう。ヘンリエッタ！ わたしは次の伐採跡地でUターンして、追いつこうとする。ようやくその車が埃だらけのガソリンスタンドに停まり、わたしはガソリンポンプの反対側に車を停める。長髪の十代の娘が降りてくる――孫娘だろうか。

わたしはさり気なく言う。「それはヘンリエッタの車？」

若い娘が、妙なものを見る目でわたしを見る。「ヘンリエッタってだれ？」

「わからないけど、あなたのおばあさんかおばさんかしら」

「あたしのおば？」軽く鼻を鳴らす。「奥さん、このあたりの人なんでしょ？」

〝奥さん〟と言われてかちんとくる。「ええそうよ、あなたは？」

「ニュージャージーから来たとこなの。道を教えてく

れる？　フェルナンティナ・ビーチへ行こうと思ってるんだけど、ＧＰＳが認識しなくて」

わたしはグローブボックスからフロリダの地図を取り出す。

若い娘は声をあげて笑う。「おもしろーい」

「何が？」

「知り合いに、そういうのいまだに使ってる人いないから」

道に迷ったのはいったいどっちよ。気の毒な若者に最高の春休みへの道を教えてやりながら、わたしは相手の車を盗み見する。相手が出発できるくらい自信がありそうな顔をしたので、ぐるっと車の後ろへまわってナンバープレートを見る。ほんとうに、ニュージャージーだ。

スピード感のないカーチェイスののち、親切にも旅行者に道案内をしたせいで、バーベキューに遅れてしまった。フィルの家へ近づくにつれ、広い空き地に白と灰色の砂がひろがり、木々がくすぶって山になっている光景がかたわらに見えてくる。フロリダではよくある〝焼き畑式〟の造成術だが、わたしには〝破壊略奪式〟にしか見えない。道路の脇では、緑の芝が敷地を縁どり、一定の間隔を置いて小さなヤシの木が植えられている。〝まもなく！〟と記した看板……ハーモニー・ヴィラ、ベルクレスト・エステート……どんな名前をつけようと、それはつまり、この州のモノポリーゲームの未来において、動植物の生息地が失われ、醜い石膏ボードの家が増えるという意味だ。わたしはスピードをあげ、道路で赤い内臓をさらけ出しててらてら光っているオポッサムの死骸を避けようと、ハンドルを切る。左手に、マナティー・ラグーン館がある。

わたしは守衛の前で車を止める。「マロー」スモーキー・ベアの帽子をかぶった警備員に告げると、警備員は白黒のバリケードを持ちあげる。タウンハウスはどこも似たような見かけだが、タミーは短い鉛筆とメモを入れたニードルポイント刺繍の物入れをドアにあしらって、変化をつけている。その物入れの上に、毛糸で記した陽気なことばがある。〝家にいないときは、ボートにいます。お手数ですが、メモを残して！〟。毛糸で描かれた小さなモーターボートから、四人の小さな人が手を振っている。

わたしがノックすると、フィルがドアをあけて、エアコンの冷気が流れ出てくる。フィルは赤いエプロンをして、さっき道路で見たオポッサムと同じ生々しい色とにおいのハンバーグを載せた皿を持っている。

「はいって、ロニ」

わたしはためらう。**何がまずいわけ？**　見た目も身だしなみもいいわたしの弟が誘ってくれているのに。喜ぶべきだ。

「いまこれをグリルに載せようとしてたとこ」フィルが言う。

弟のあとについて居間を進み、雑誌が扇形にひろげられているコーヒーテーブルのそばを通って、スライド式のガラス戸の向こうにひろがる、光輝く四角い緑色のエリアへ向かう。フィルが空気の抜ける音を立ててそのガラス戸をあけると、わたしたちはふたたび日差しの下に出る。

フィルの友人で法律家のバート・レフトンが、プラスチックのテーブルにすわって、瓶のビールを持っている。バートが満面の笑みを浮かべる。いんちきくさい笑顔だ。真ん中にはいってくれる人がフィルには必要だったのだろう——ほかにはだれもいない状態で、わたしひとりだけを呼ぶことはできなかったわけだ。

ふたりの背後に、水が弧を描いている。水着を着たボビーとヘザーが、青いビニールのプール兼滑り台《スリッピン・スライド》で遊んでいる。「こんちは、ロニ伯母さん！」ボビーがそう言って手を振り、ヘザーが長いプールを滑る。ボビーはピンクのほっぺで、全身ずぶ濡れだ。できることならわたしもふたりに合流して水に飛びこみ、ダイヤモンドみたいな滴を跳ねあげ、湿った芝生の上に着地したい。

　ヘザーがビニールの向こう側に着いて立ちあがり、わたしを呼ぶ。黒っぽい巻き毛が口のほうへカーブしている。六年半前、フィルとタミーが高校の最高学年だったとき、タミーが妊娠して、わたしは弟の未来は決まってしまったと思った。DCにいたわたしにできたのは、むかっ腹を立てることだけだった。ヘザーが生まれたあと、わたしは自分の考えをふたりに話しておこうと思ってやってきた。ところが、赤ちゃんの指を自分の小指に巻きつけられると、怒りは霧になって消えてしまった。

　ボビーは地面がそこにあって自分を支えてくれるものと毎回信じて、青くて長いシートに跳びこむ。フィルが肉を撥ね散らかしはじめて、煙があがる。

「タミーはどこにいるの？」わたしは言う。

「スクラップブック作りだとか」フィルが言う。それから、バートのほうを見て尋ねる。「ああいうの、なんて言うんだっけな、バート。クラッピング・パーティ？」

「ああ」〝クソ《クラッピング》〟なんて下品な冗談を言って、六年生同士みたいにふたりで声をあげて笑う。

　フィルがわたしの様子に気づく。「実際は〝クロッピング〟だよ。写真を切りとって、特別な本に貼りつける。バートのガールフレンドのジョージアも一緒なんだ」

「そうなんだ、自由時間をほぼ全部使ってるようなもんでさ」バートが言う。

　フィルがグリルから半分体をずらして言う。「タミーは母さんの古いアルバムをなおしてる」

「タミーがアルバムを持ってるの？」

　フィルがフライ返しを揺する。「ねえ、怒らないで。ロニのぶんもコピーしたから」ハンバーグをひっくり返すと、グリルから炎が高々とあがる。「きのうタミーが、ぼくも見たことない新聞記事を持ってきてさ。アルバムの後ろのフォルダーにはいってたんだって。見る？」フライ返しをこちらへ寄越す。「ちょっとハンバーグを見といて。お金の話もしなきゃいけないから。新しい展開があったんだ」フライ返しを寄越し、わたしをバートとふたりきりにして、スライド式のドアの向こうへ消える。わたしはフライ返しの角を肉に押しつける。

バートが言う。「ロニ、きみのビールがないじゃないか！」

「いいのよ、バート」

「よくないよ」バートが中へはいっていく。

子供たちが走り、滑り、笑う。バートが栓のあいていないビールを三本持って出てきて、そのあとからフィルがマニラフォルダーふたつを抱えて出てくると、わたしからフライ返しを取り返して、フォルダーをテーブルの上にほうる。

バートは持ってきたビールのひとつをおでこにあて、それからこめかみのあたりにあてて、目を閉じて冷たさを感じている。

わたしは腰をおろして、テーブルの上のフォルダーに手を伸ばす。切り抜きは古く、雑然としていて、タミーがスクラップブックに使うために必要としているものとは明らかに異なる。最初の見出しにはこう記されている。〝野生動物保護管理官ボイド・マロー氏、怪我をした鳥を救出〟。写真のなかで、父はヌマミズキの下に立っている。定かではないが、助けたと言われているのはたぶん白朱鷺《シロトキ》だろう。父は小さく写っているが、笑みを浮かべている。ネルソン・バーバーが背後からこう言うのが聞こえる。〝だろ？　ボイドはみずから命を絶つような人間じゃない〟

わたしは次の切り抜きへ移る。〝地元の学生、満額奨学金を得る〟。げっ、なんて写真だ。わたしはハイスクールの最高学年で、まったく落ち着きがなさそうに見える。長い髪が顔の両側にかかって、かろうじて開いている二枚のカーテンのようだ。わたしは背の低い男の子の気を引こうとしている長身の女の子みたいに前かがみになっている。わたしと同じくらいの身長の母は、まっすぐ立っているのに。片腕をわたしの肩にまわしているが、わたしはできるだけ母から距離をとろうとしている。

次の切り抜きはこうだ。〝コウノトリ、嵐にも阻まれず〟小さな文字でこう記されている。〝地元の夫婦にトルネード・ベイビーを運ぶ〟。父がフィリップを抱いている写真だ。フィルは新生児より健康で大きいものの、我が家の庭の折れたテーダマツの前で、おくるみに包まれている。弟は医師はおろか、助産師の手さえ借りずに生まれた。トルネードの低気圧が早産を促す場合があることを、わたしはのちに知った。風の音と、母の叫び声と、母から出てきたぬるぬるしたもののわめき声に、わたしは怯えていた。それでも、言われたことはやった。タオルを運んだり、へその緒を縛るための釣り糸を持っていったりした。風がおさまると、わたしは母に指示された薬草、コンフリーを探しに水浸しの庭を歩き、つぶしたその葉を指示どおりにクッキングオイルと混ぜた。そして、母が弟を大判のフランネル布に包む前に、その混ぜたものを赤ちゃんの小さな体に塗りつけるのを見た。それからわたしたちは、倒れた枝を越えて、トラックのあるところまで行った。父が赤ちゃんを抱っこし、母に手を貸した。わたしはそんなに弱った母を見たことがなかった。わたしがタクシーに乗ると、父が赤ちゃんをわたしに手渡し、赤ちゃんの小さな頭をわたしの腕を曲げたところに注意深く乗せた。病院へ行く途中、道が通れなくなっていたり凸凹だったりするたびに、わたしはこの世に早く出てきすぎたその子に目をやって、生きていてくれますようにと祈った。

フィルが言う。「焼き加減はどうする、ロニ?」

わたしは明るすぎるバーベキューに引きもどされる。この並みならぬ日常をもたらしたありとあらゆることに気づいていない様子で、フィルが答えを待っている。

「ええと、ウェルダンで」わたしは言う。

切り抜きの順序はばらばらだ。〝オフィサー・オブ・ザ・イヤーはボイド・マロー氏に〟。アイロンの効いた真新しい制服に身を包んだ父親が、フロリダ州の旗の前に立ち、若くてハンサムなフランク・シャペルと握手をしている。背後には、耳の突き出たほっそりした局員が顔をしかめて立っている。〝ダニエル・ワトソン副局長、社交的なオフィサー・オブ・ザ・イヤー〟

最後の切り抜きがいちばん古い。〝ルース・ホジキンズとボイド・マロー、婚約〟。母の長い髪の先がカールしている。鼻の上にそばかすが散り、大学卒業間際なのにティーンエージャーみたいに微笑んでいる。父は内面の荒々しく激しい喜びをかろうじて抑えているように見える。ふたりはとても若くて、目の前に人生がひろがっていた。巣作りをはじめようとするかのように。

「もうひとつのフォルダーを見て」フィルが眉をひそめながら言う。

バートはふらふらと、運河に面するフェンスのほうへ歩いていく。

言われたフォルダーのなかには、別の心躍るスプレッドシートがはいっている。フィルが言う。「われわれの積立金を含む母さんの収入と、聖アグネスの一カ月ぶんの使用料」

「ああ。オフィスで見せてくれたやつね」

弟としては、自分と同じようにわたしにも数字を愛してほしいようだが、それは無理な話だ。家計簿はつけているけれど、ちっとも楽しくない。わたしは弟が書き出している詳細を飛ばす。ちがうのは、いちばん下だけだ。

わたしはちらっと目をあげる。「前から加えられてたぶんでしょ。どうしてこれで、聖アグネスの料金が払えてるわけ？」

「前は、年金があったから」

「それはどこに消えたの？」

「考えると具合が悪くなるんだけどさ」

「何があったの？」

「騙されたんだ。母さんの症状が悪化する直前だったんだろうね。巨額の負債があると思いこまされて、それを補塡するために母さんは年金を現金化した」

「待って、年金を全部？　だれが？　どうやって？」

「ああ、まるっとね。海外のグループらしい。かなりローテクだけど、母さんには大当たりだった。もうとっくの昔にとんずらして、ぼくらはだれかが喜ぶ税金と違約金だけを払わなくちゃいけない」

「そんなの、通報しないと！　そいつらをつかまえなくちゃ！」

バートがのんびり歩いてテーブルまでもどってきたので、わたしはそっちを見てから、フィルを見る。ふたりの沈黙は、すでに通報ずみであることを物語っていて、詐欺師をつかまえるのはむずかしいようだ。

わたしはプラスチックの椅子に背を預ける。認知症のせいだ。詐欺師と電話でやりとりし、脅され、困惑している母親を想像する。

「でも、バートとぼくに一計があってさ」フィルが言う。

わたしは幅の広いバートの顔を見る。バートは法律家だけれど、この件とは関係ない。両手のあいだでビールの瓶をまわし、自己満足の笑みをたたえている。

「きみの有能な弟フィルは、政府職員の退職金について調べていて、重大な事実を発見したんだ」

フィルがパンの包みをあける。「子供たち！　体を拭いておいで！」子供たちが駆け寄ってくると、フィルはボビーの濡れた髪をタオルでわしゃわしゃと拭いたあと、ヘザーの足の爪のあいだを布でくすぐって笑わす。手本となる人物がいないからこそ培われた、父親らしいやさしさだ。「さあ、着替えてきて」フィルが言う。「濡れた水着を絨毯の上にほうっておくなよ！」

子供たちは室内で駆けまわっている。フィルがわたしのほうを見て微笑む。

わたしは微笑み返さない。「経済的な破綻についてて説明してるとこだったわよね」

「そうそう、こういうことなんだ。州からの給付金について調べてたら、フロリダ州はぼくらにかなりの借りがあるってことがわかってさ」

「どういうこと？」

「いいかい、法執行機関の人間として、父さんはハイリスクの部類に属してた。母さんは労災で父さんの給料の何パーセントかを受けとってたけど、本来ならそれに加えて、漁業局から二十五パーセントを払われるべきなんだ。事故は勤務中に起こったんだから。プラス、勤務中に死亡した公務員には三十万ドルの一時金が支払われる。ぼくらはそれを受けとっていないんだ」

「待って待って、ちょっと待って。フィル、それは……ちがう。それは……だめよ」あの日、船着き場にいた父が、錘を入れた釣り用のヴェストを着て、ずっしりしたタックルボックスを持っていた姿が頭に浮かぶ。

「なんで？」

真実を話そう。ふたりきりになって、ほんとうのことを言えばいい。

バート・レフトンの声がわたしの鼓膜に耳障りに響く。「裁判所に請願しさえすれば……」

「バート、ちょっとはずしてもらえる？」わたしはその場から動かずに言う。

「ああ、もちろんだとも！」バートがわたしを見て、それからフィルを見る。「ぼくはただ……その必要が、まあ……」スライド式のガラス戸をあけて出ていくと、戸を閉める。

「フィル……父さんは亡くなった日、勤務中じゃなかったのよ」

「いやいや、勤務中だったんだ」フィルがテーブルを軽く叩く。「書類を見たんだよ。そこには〝勤務中〟って書いてあった」

「なんの書類？」

「事故報告書」

「どんな報告書？」わたしは声を平静に保つ。

「ロニ、感情的になるなよ」

「感情的になんてなってない」太陽は沈みかけているのに、湿度があがっていて、セミの声とともに木々がざわめきはじめている。「フィルが言ってるその〝書類〟が見たいだけ。わたしは〝書類〟なんていっさい見てないもの」

「ロニが調べなかっただけさ。ぼくらは調べたんだ」フィルが首をかすかに振る。

「じゃあ、見せて？」声が大きくならないようにつとめる。

フィルはわたしをじっと見て、幼稚園児に言い含めるように発音する。「いま持ってないから。事務所にあるよ」

「でも、見たいの。勤務中じゃなかったことは周知の事実なのよ！　沼の時間で外に出てたんだから」わたしは震えそうになる声をコントロールする。

「沼の時間？　いったいなんの話？　それは〝勤務中〟とどうちがうの？　父さんは沼をパトロールしてた。で、なんでそんなに、かっかしてるの？　顔が真っ赤だよ」

「自分の時間だったの。休息よ」

家のなかから、高い声で「ヤッホー！」という声がする。タミーが早めにもどってきたのだ。わたしは内側から沸騰する。タミーの相手をする前に、頭を冷やさないと。タミーはいないとフィルは言っていたのに、嘘だった。だからそのあとも戯言《たわごと》を言わなくちゃいけないわけだ。芝生にひろがるスプリンクラーの水が、青色の長いビニールシートを叩いている。わたしは立ちあがって走り、カワウソみたいにスリッピン・スライドを滑って止まる。目の高さの芝生と同じくらい、顔も服も水浸しになっている。

12

タミーは料理をする部分だけを除き、夕食を逃す気はないらしい。タミーと友人のジョージアがスライド式のガラス戸から現れる。ジョージアを鳥にたとえるなら、頭赤冠鶉《ズアカカンムリウズラ》——どうしたらいいのか自信がなくて、だれかのあとについていこうと決めている小さな鳥——だ。丸っこく整えた髪型は、お客さまに似合ったものにするというタミーのルールにのっとり、全身の形を反映している。

「夕食の準備はできた?」タミーはそう尋ねたあと、男にそんなことを求めるなんて訊くだけ無駄だといわんばかりに、ジョージアとふたりでくすくす笑う。

わたしはスリッピン・スライドから立ちあがって、

ふたりのほうへ向かう。

ジョージアは何か問いたげにわたしのほうを見るものの、球みたいな淡い褐色の髪に軽くふれるだけだ。

「ハイ、ロニ」

わたしがタオルをつかむと、それから少し世間話をしたあと、バートとジョージアはディナーまでお邪魔する気はないと固辞し、念入りに別れの挨拶をする。

「ビールだけで失礼するよ」バートは笑いながら言う。

ほどほどに体が乾くと、わたしはフィルと一緒に、蚊を避けるためにテーブルを中に入れる。ヘザーがわたしの向かいにすわっているが、切り抜きの母さんの写真にそっくりだ。少し上を向いた鼻も、そばかすが散っているところも。ヘザーはけさ、わたしの携帯に電話をしてきて、留守電にためらいながらもきっぱりとこう言った。「もしもし、ロニ伯母さん、ヘザーです。あのね、鳥の本を持ってきてくれる?」

テーブルの向こうから、ヘザーが聞こえよがしに言う。「持ってきてくれた?」

「いまはだめよ」タミーが言い、頭を垂れて食前の祈りを唱える。

わたしはウィンクをしたあと、頭を深くさげる。食べているあいだ、タミーは子供たちのマナーを注意する。「ヘザー、肘をつかない」ボビーが身をくねらせると、こう言う。「ミスター、じっとしていられない? いまにも飛び立ちそうよ」

わたしは声をあげて笑う。

タミーは眉をVの字にして、わたしを見る。

わたしはフィルのほうを見て言う。「フィル、いまでも走ってる?」

「もちろん。ロニは?」

「ええ、走ってる」フロリダ滞在中さぼっていることは言わない。

フィルが言う。「たまには一緒に走ろう」社交辞令だ。そんな口約束を守るわけがない。

タミーはわたしとフィルに交互に視線を移しながら、木曜と土曜で、フィルが金曜と日曜に行く自分も話に加えてもらえるのを待っている。

わたしは言う。「タミーも一緒に走る？」

「まさか。この暑さのなか、外で運動するあたしを見ることはないと思うわ」誘われて断り、それで満足したようだ。

夕食後、フィルがヘザーとボビーを二階でお風呂に入れているあいだに、わたしはタミーを手伝ってテーブルの上を片づける。子供たちに本を読んであげると約束していたので、さっさと片づけたくてたまらない。最後の皿とグラスをカウンターに置いたのに、タミーに行く手をふさがれる。「ねえ、ロニ、あたしの作った計画表を見せたいの。しばらくこっちにいるんだから……」タミーが壁のホワイトボードを指さす。

「長くいるつもりは――」

「……あたしが月曜と水曜に行くから、ロニが火曜と木曜と土曜で、フィルが金曜と日曜に行く」

わたしはドアの上の掛け時計を確認する。「行くって……」

「ホームへ、よ」

わたしはタミーを押しのけて食堂にはいる。

「逃げないで」

「テーブルの片づけを手伝おうとしてるだけでしょ！」二階で子供たちが飛び跳ねている音が聞こえる。わたしはサラダ用のドレッシングを手にとり、鳥の本が入っている布のバッグをつかんで肩にかける。さっさと二階へ行かないと、読み聞かせをする機会を逃すことになる。わたしはサウザンアイランドの瓶を冷蔵庫に入れる。

「ねえロニ、計画表」

わたしは冷蔵庫を閉めて、振り返る。「あのね、タミー、ほんとに、あまり長くここにいる気はないの。だから、毎日行ったっていいんじゃない？」とにかく

キッチンから出たい。

　タミーは握りこぶしを腰にあてている。「すると、今回もまたぱっと来てすぐ帰るわけ？」

「どういうこと？」

「手伝いに帰ってきたんだと思ってた。だけど、今回もいつもと同じだったみたいね。颯爽とやってきて、自分の母親の機嫌をとったあと、彼女のお尻を拭くのはあたしたちに任せて帰るってわけ」

「自分の母親の機嫌をとる？　タミー、わたしだけの家族の話じゃないでしょ」

「あら、あなたの家族の話よ。あなた、いつもは無視してるけど」

　わたしは目をぱちくりする。**火をつけちゃだめ。**

「すると、聖アグネスホームの人たちは拭かないってことなの……母さんが必要としてるときに」

「あなたにわかりっこないでしょ。風のように現れて、町の新興の〝段ボール〟の家——あたしたちの家のことよ——について文句をこぼしたら、また風のように去るんだから。成功したあなたは田舎町ではあと一分たりとも過ごせない、ってお母さんに思わせてね」

　わたしは苦笑いを漏らす。「ねえ、タミー、あなた、ちょっとわかってないわ。母はけっしてわたしのことを成功者だとは思ってないもの」

「わかってない？　わかってないのはそっちでしょ。ミス・スミソニアン協会。あなたのお母さんがぼけてるのに気づいたのは、このあたしなのよ！」

　夕食が胃のなかで凝固して、引火性の球みたいになっている。「あなたの計画表を見て、こう思ったわ、タミー。地味すぎるって。落書きを加えるのはどう？」わたしはホワイトボードを手に取って、大きな文字で書きはじめる。〝タミーって、むか《FU》——〟。バッグが肩から落ちて、書いている腕が下に垂れる。もし思ったことを書いたら、暑い夜のなかへ出て、扉を閉める羽目になる。鳥の本も、読み聞かせも、おばさんもなく、ベッドタイムは過ぎ去るだろう。

わたしはバッグのストラップを肩にかけなおして、つづきを書く。むか《Fu》につづけて——〝うところ敵なし《rious》のトルネード《tornado》！〟と書き、エクスクラメーションマークの後に、渦巻く嵐を描く。そこからあらゆる方向に雨粒が飛び散り、わたしの炎を消している。ペンに蓋をして、義妹に向きなおる。「では、失礼して。自然史の愛好家たちとの約束があるから」

わたしはなおも震えながら二階へ行く。ヘザーとボビーはパジャマ姿で飛んだり跳ねたりして、わたしの名前を唱えている。「ローニーおーばさん、ローニーおーばさん」

タミーとのごたごたに気づかなかったフィルは、廊下でわたしとすれちがい、その際にわたしの腕にふれて、低い声で言う。「先にボビーを」

ぴょんぴょんしていても、さっきのスリッピン・スライドで疲れていたらしく、はらぺこあおむしがすもも食べないうちに、幼い聞き手の呼吸は浅くなり、瞼が閉じる。

つぎの部屋にはいると、ヘザーはベッドに起きあがっていた。「持ってきてくれた？」

「忘れちゃったな」

「嘘だ」

「じゃーん、持って来たわよ」わたしはバッグから本を二冊取り出す。

ヘザーはわたしの祖父のタッドが書いたフィールドガイドの一冊を選び、脚が赤くて、上より下の嘴のほうが長い黒鋏鯵刺《クロハサミアジサシ》の写真について尋ねる。「長い下の嘴で魚を掬いあげるのよ」わたしは答える。

ヘザーがページをめくり、わたしが説明を読む。「〝キューバ豆蜂鳥《マメハチドリ》は世界最小の鳥です〟」

「かっこいい」ヘザーがページをめくる。目をぱっちり見開いている。

「ヘザー、あなたを寝かさなくちゃいけないんだけど」

「わかった」ヘザーが言い、ベッドに横になる。横に曽祖父の本を置き、機織鳥《ハタオリドリ》とその籠状の巣のページを開く。「歌ってくれる?」ヘザーが言う。引き留めようという魂胆だが、わたしにはこんな経験はめったにない。

「おやすみ、ヘザー、木のてっぺんで……」わたしは子守歌を歌うが、小さい子供向けの歌すぎてヘザーが笑いだす。それでもわたしは静かな声でゆっくりと、ヘザーの表情が落ち着くまでつづける。「風が吹いて、揺り籠揺れる……」ヘザーのかたわらの本をそっと見てみると、複雑に編まれた巣がかろうじて枝からぶらさがっている。「枝が折れりゃ、揺り籠落ちる……」ことばを繰り出すうちに、この歌について以前は気づかなかったことに——落ちるのは、鳥の巣だということに——気づく。「落っこっちゃうよ、小鳥も揺り籠も全部」

ヘザーは目を閉じているが、静かな声で言う。「小鳥じゃないよ、ヘザーだよ」

「そうね、ヘザー」わたしはヘザーのおでこにキスして、本を回収し、忍び足で部屋から出ていく。「おやすみ」

フィルが玄関まで送ってくれ、タミーがその後ろから慌ててやってきて言う。「〝むかうところ敵なしのトルネード〟ってどういう意味? それに、約束はだいじょうぶ? 割りあての日に行ってくれるの?」

フィルがやさしくとりなす。「ロニだってわかってるさ。タミーが書いてくれたから、スケジュールは問題ないって」この家では平和主義で頼むというわけだ。「で、ロニ、ファイルについては随時知らせるから」

そう言って小首をかしげる。

州との例の件について、フィルはまちがっている。

「フィル、だめよ」

「おやすみ、ロニ」そう言って、わたしの愚かな弟はドアを閉めた。

13

四月二日

殺風景なアパートメントで午前中をくさくさとして過ごす。重い腰をあげて、植物研究部の司書、デローレス・コンスタンティンに電話をかける。スミソニアンが恋しい。

「ハイロー」デローレスがふたつのことばを混ぜて言う。

「デローレス、ロニよ」

「あら、安楽の地の人ね。調子はどう」

「元気。まだフロリダなの」

「そう」

「そっちはどう？　何か動きはある？」

「ほら、わたしは蚊帳《かや》の外だから。でも、標本が発送されてきたから、いつものように仕分けを手伝ってる」話をしながら、眼鏡の底を通して何か植物を見ている姿すら思い浮かぶ。

「それってインターンがやる作業じゃないの、デローレス？」

「まあね。でも、あの人たちだけに任せると、わたしのシステムをぐちゃぐちゃにしちゃうだけだから。監視してたほうがいいのよ。変わりはない？」

ただ話がしたい、なんてデローレスに通用するわけがなかった。「たいしてないわ」

「お母さんの具合は？」

「あまりよくない」　〝お母さんを大事にしてね、ロニ〟「母がハーブの庭を持ってたこと話したっけ？」

「聞いてないと思うけど」

「よく茂ってるの」はじめてハーブの詩を読んであげたときに母の目に兆した光が、いままたよみがえる。

「ねえ、デローレス、あなたの机のそばにある下の棚に、古いハーブにまつわる一画があるでしょ？　やっぱりどれもオンラインでは見られないのかな」

「たぶん無理ね。どうして？」

「まあ、ただ母さんに持っていってあげられるものがあるかなと思っただけ」

「ことばの花束みたいなこと？」

「まあね。父方の祖母がハーブの知識が豊富な人で、母は祖母から教わったんだと思うの。わたしがいくつか逸品を見つけて、それを母と共有できたら、ひょっとしたら――」

デローレスがあとを引き取る。「――お母さんとつながれるかも、と思ったのね」

「ええ、まあ……そういうこと」

「何が見つかるか見てみるわ。フロリダ州立大学には近いんでしょ？　図書館同士の相互貸借制度もあるから。さて、もう行かなきゃ」

「了解、デローレス。声が聴けてうれしかった」

14

聖アグネスホームのロビーでは、テレビがついていて、《フロリダ・レポート》にチャンネルが合わされている。わたしがテレビに没頭しがちなのは、子供のころ、母がテレビ反対派だったからだ。母の荷物がはいった箱を運んで、カウンターに置き、テレビでオープンリールのテープと911通報のオーディオからなる動画を見る――女性が泣きわめきながらオペレーターに言う。「寝室の床が抜けて、義弟がそこに吸いこまれたんです！　家の下に！」映像は、警察の規制線テープに囲まれたコンクリートの小さな家に移る。膝にえくぼのある黄色い髪のレポーターが、節をつけて語りながらカメラに向かって歩いてくる。「男性がべッドで眠っていたところ、突然、大きな穴がその男性を跡形もなく呑みこみました。男性の兄が名前を呼びましたが、男性は消えてしまいました」カメラは、悲しみに顔を歪めながらこう語る兄の顔を映し出していた。「わたしの声はその穴に響いて消えていきました」

　肩に手がふれられ、テレビに見入っていたわたしは引きもどされる。聖アグネスで雇われている西アフリカ出身の女性のひとり、マリアママだ。わたしより十歳くらい年齢が上で、身長が数インチ高い。マリアママが唇を閉じたまま、やさしく微笑んで尋ねる。「お元気？」マリアママは認知症病棟のホールマネージャーで、きのう母さんがリハビリ棟からこちらへ移ってきたときに、わたしとも会っている。きょうは実務的なエピ茶色のスクラブにスニーカーといういでたちで、髪は後ろでまとめて額の高さを際立たせている。そのシエラレオネの訛りは、唇を丸くして発音する母音とやわらかいRがよく響く。

「ええ、まあ元気。こちらの様子は？」

　マリアママが母の部屋のほうへ歩きはじめたので、わたしも箱を手に持ってついていく。マリアママが言う。

「お母さんが活動に参加したがらなくて。でも、それはまあ、かまわないの。不慣れなところですもの」

「とまどってるんだと思う。なぜここにいるのか、まだ理解してないみたい」わたしは言う。

「ええ、ほかの大半のかたよりお若いしね。わたしでも、とまどうと思う」マリアママが微笑む。「〝自分がどこにいるのかわからない〟って顔をしたら、わたしたちはお母さんの気をそらすの。でも、それには、お母さんがどんなものが好きか知っていないといけなくて」

「ええと、ピアノを弾くの、っていうか、弾いてた、ね。手首がなおるまで、ピアノは無理だから。でも、母はクラシック音楽が好きなの」**ほかに何が好きだっ**

た？「あと、クロスワードパズルもする。本も好きね。母の本をもっと持ってくるわ」

「いいわね、それはいい、それって気晴らしの宝庫《アルセナル》よ」マリアママがつづける。「正しくは、アーセナル」わたしは言う。

「あ、それとガーデニング。ハーブにくわしいの」

「そうなの？　役に立つ情報だわ」小さな金色の半月が、マリアママの両の耳朶で輝いている。

歩行器をつけた女性が哀れな声で呼ぶ。「マリアン！　マリアン！」

わたしはさっとマリアママのほうを見るが、言及しないほうがいいのはわかっている。

マリアママが片方の眉をあげて言う。「うちの入居者のユーニス」さっと左へ行って、その女性に付き添う。

わたしが母の部屋に着くと、母は慎ましさとは無縁だった。「この部屋、全部が全部まちがってる。わたしの物が何も見つからないの」

わたしは床に箱を置いて、クリーム色の包みを取り出す。「そうでしょ、だから、少し持ってきたの。母さんのベッドカバーもあるのよ」シングルベッドにかかっているポリエステルの茶色がかった金色のカバーを剝がし、シュニール織りのカバーをひろげてシーツの上にかける。見あげると、母が〝あんたはどうしようもないね〟という表情でわたしを見つめている。

「まあ、ちょっと大きいけど、すごくやわらかいし、厚みがあるでしょ」

母が腕を組んで言う。「床に引きずって、一日で汚くなるわ、それはここのものじゃないの、わかるでしょ」

わたしは手を止め、もとどおりに折り畳む。「母さんがほんとはなんて言おうとしてるか、わかってるから。〝親切にありがとう、ロニ、でもうまくなじむかわからないの〟でしょ」

「いいえ、なじまないわ」

軋轢《あつれき》がマッチを擦る。「いいわ、わかった。じゃあ、ダサイのを使えばいい」シュニール織りのカバーを丸めて、バッグをつかみ、部屋の外へ出ると、ロビーでマリアママとすれちがう。

「どうかした？」マリアママに言われるが、口を開いたら、火を噴いてしまいそうだ。

熱くなった車にベッドカバーを投げこむ。このまま出ていくのを阻むものは何もない。ただひとつ、床の真ん中にあの箱を置いてきて、母さんがそれにつまずきそうなこと以外は。わたしは熱気を吸いこんでその場に一分立ったあと、中へもどる。

ロビーのテレビでは、さっきの黄色い髪のレポーターがすわってキャスターと話をしている。まださっきのシンクホールの話をしているわけではないだろう。小さな町の大きなニュースではあるけれど。

マリアママは廊下で、清潔な洗濯物の山を両手で持っている。「ハイ！」わたしは言う。「さっきは返事をしなくてごめんなさい」

マリアママがタオルを置いて言う。「ああ、急いでたのよね。わかるわ。ところで、小さな嘘《フィブレット》をついているかどうか、うかがってたかしら」

「なんの話？」

マリアママは単語をひとつひとつ明瞭に発音した。

「治療上、必要な、フィブレット」

アクセントのせいかもしれないが、マリアママのいわんとすることがわからない。

「説明するわ。厳密には事実ではないけど、入所者のかたが安心できるような話をなさるご家族もいるの。どのご家族も、とは言わないけど、もしあるなら、こちらも話を合わせたいから」

「ああ、〝ごまかし《フィブ》〟ってこと？」

「ええ、ただし小さなごまかし。小さな嘘」

わたしは顔をそむけて、声を落として言う。「義妹は、母の家の電気系統に問題があると言えと」

マリアマの表情がゆるむ。「なるほど、電気系統。いいわね」

タミーの言うことが正しかったなんて言わないで。

「ほんと妙な感じ」わたしは言う。「母親に嘘をつくなんて」

マリアマが歩きはじめて、ヒャクニチソウの生けてある花瓶の前を過ぎる。「嘘をついてはいけないとあなたに教えたのがルースだった、そうよね」

わたしはうなずく。

「だけど、あなたのつとめは、お母さんの人生を楽にすること。そのためには、フィブレットが役に立つ」

戸口で男性が車椅子から立ちあがろうとしている。

「だめよ、マイロン！」マリアマが目をあげ、両手を掲げて、わたしはその様子に苛立ちを見てとる。それでもマリアマは慌ててその男性の側へ行って、ふたたび車椅子にすわらせようとする。「こけたらいけないでしょ」

わたしが部屋へもどると、母は言う。「そこにあるのは何？」床にある箱を指さす。ベッドカバーのことも、わたしが腹を立てたことも忘れている。

「母さんの好きなものが少し。たとえば、詩とか」

母が唇のあいだから息を吐きだす。「ふんっ」

「余分かな、と思うものもいくつか。だから、選んで」わたしは湯たんぽと浴用のヘチマをひとつずつと、八本のヘアブラシを取り出す。「どれをとっとく？」

母のすわっているビニール椅子のそばまで箱を引きずっていって、言い聞かせる。「ほら、いっぺんに何本もブラシを使えないでしょ。どれが気に入ってるの？」

「全部気に入ってる」

箱の底にあるアスピリンの瓶は、使用期限が二年も過ぎている。わたしはそれをゴミ箱に捨てる。

「そんなふうに捨てないで！　まだ使えるんだから」

わたしは口元を引き締め、洗面用具と衣服を隔てているティッシュペーパーを取り出す。母が何度も着ていたのを見たワンピースを持ちあげる。

「その服はわたしのじゃないよ！」母が声をあげる。

わたしが頭をあげると、母が言う。「ロニのつむじは曲がってる」粗探しは母にとってなじみ深く、作業記憶《ワーキングメモリー》すら必要ないのだろう。

　母の関心が窓へ移ったので、わたしはそのワンピースとその他の服をハンガーにかける。箱の底には、服のあいだに埋もれていて、気づかなかったものがほかにもある。包んでいたティッシュをほどくと、革が見える——ホルスターだろうか。スナップは錆びて、革は長く水に浸かっていたかのように歪んでいる。父のものだ。うわ、まいった。あの日、父が持っていたもの、身に着けていたものだろうか。母が振り返ってそれに目をやり、それからわたしを見る。わたしはそれをすばやく包みなおして、箱のなかにもどす。

15

　ふたたびムラサキバンを探しにいく。わたしが車を乗り入れたとき、カヌーショップのひげの店主が駐車場にいて、トラックの荷台からパドルを取り出していた。「ＤＣから？」店主はわたしが車から降りると、尋ねる。

「いいえ。どうして？」

　店主がＤＣのナンバープレートを見る。プレートはこう叫んでいる。〝観光客！　都会ずれした女！　よそ者！〟

「代車なの」わたしは嘘をつく。「自分の車は店に預けてあって」なぜこの人にどう思われるのかが、こんなに気になるんだろう。

店主はわたしのあとについてきて、クレジットカードを受けとり、カヌーを準備する。でも、ずっとわたしから目を離さない。

朝靄が立ちのぼっている。先日とはちがう沼地のエリアに漕ぎ入れる。〝水のなかに脚を生やしている〟とかつて父が言っていたように、ヌマスギが茂っている場。ヌマスギの天蓋はカテドラルのごとく高く、わたしは光と影の織りなす景色のなかを滑走する。幹からシダが滝のように垂れ、ピンク色の地衣類が麻疹のように点々と幹を覆い、ヌマスギの瘤が水面から突き出ていて、さながら水中に隠れている地の精ノームの帽子のようだ。〝フロリダ・バタフライ〟と呼ばれる繊細な蘭を見つける。中央にハート形の柄がはいっていて、樹木に根を張る植物だ。

三時間、鷭《バン》を探したものの成果がなく、わたしはあきらめて船着き場へもどる。カヌーショップの店主は迎えに出てこない。店内で、ひとりの男と話している。もみあげとつながった頬ひげを生やし、すり切れたデニムのベストを着て、腕に蛇やナイフの恐ろしげなタトゥーを入れた男だ。ドアの向こうに、黒の四輪駆動車が駐車スペースをふたつ使って斜めに停められているのがちらっと見える。頬ひげの男はわたしの顔を見て、そこから下へとながめおろし、視線をまた上へもどす。それから店主のほうへ向きなおる。「じゃあ、さっき話したとおりで」そう言って外へ出ていくと、黒いトラックに乗りこむ。先日フィルとタミーとわたしをこわがらせたあのトラックと同じ走り方か見ようと、去っていく男の姿をじっと見つめる。

店主がカウンターの奥から出てくる。「何かいいものが見えるのか」

わたしは店主のほうを向く。「沼で、ってこと? もちろん、いつもそうよ。ただ、ある鳥を探してて」

店主が窓の外をながめる。

わたしは自分がまだパドルを持ったままであること

に気づく。「これ、掛けてくるわ」

「あ、いや、それはおれの仕事だから」店主はパドルを受けとって、わたしの横をかすめていく。「見たとおり、開店休業状態だけど」

困っているんだろうか。店主はパドルを外に掛けたのち、中へもどってきてドアを閉める。わたしはクレジットカードが返却されるのを待つ。

タラハシーで、監督者であるエステルに会うことになっていた。ところが、科学博物館に着くと、エステルはオフィスにいない。助手が言うには、大学出版局に行ったらしい。

「〝でも、帰さないで〟とおっしゃってましたから！」助手は若くて熱意のある女性だ。いまだに名前が思い出せないのだけれど。

「了解。ブリジットのアトリエにいるわね」

「あ、すみません」助手が言う。「エステルから〝プロジェクトに取り掛からないようにって伝えて〟とも強く言われています」やっぱり笑顔で言う。

「じゃあ、ここで待つ」わたしは助手の向かいにある箱型の深い椅子に腰かける。わたしたちが〝居眠りの輪〟と呼んでいた、フロリダ州立大学の図書館にある椅子とそっくりだ。あの椅子で、何度口をぽっかりあけて夢を見たことだろう。わたしは布張りの肘掛けで指を打ち鳴らす。笑顔の助手は笑みを浮かべたままだ。もしスマートフォンを持っていたら、メールをチェックしたりできるのだけれど、自分の携帯電話はあえて口が利けないものにしているため、なんでもいいから何か読むものはないかとバッグを探す。小さなノートに手がふれる――母の〝ガーデン〟だ。きょう渡すつもりだったのに、ごたごたしていて忘れてしまった。エステルの助手のきらきらした笑顔を避けるためにも、ノートを開く。

ローズマリー——告別の花
レモンバーム——慰め
ウツボグサ——傷を癒す

〈パーソンズ種苗園芸店〉にはウツボグサがなかった。それなら、思い出のためにローズマリーを。勿忘草《forget me not》みたいに萎れたりはしないだろう。ボイドは言った。なんでそんなにカリカリしてるんだ、ルーシー。たかが草じゃないか！　あの人に理解できるわけがない。あの人もそこにいて、あの子を抱いたのに。忘れないで、わたしを《forget me not》。いま、ボイドがわたしのおなかに手をあてて言う。男の子だと思う、女の子だと思う？　いつロニ・メイに言うべきだろう、と。ああ、一年経ったのだ、とわたしは気づく。今回は新たなチャンスだ。だけどまだ恐ろしいことが起こる可能性はある。だから、わたしは庭へ出て、汗をかく。きのうボイドはこう言った。ルーシー、そんなとこを掘り返す意味があると思うのかい。こういうことから、トキソなんとかになるって聞いたんだが——けれども、わたしは途中でボイドをさえぎって、こう返事をした。ボイド、それを言うなら、トキソプラズマ症だし、手袋をしてるかぎりだいじょうぶ。すると、ボイドの表情が曇るのがわかった。ボイドの誤りを正すような愚かなことはしないほうがいい。でも、ボイドはわたしを庭から遠ざけるようなことはしないだろう。

「ハーイ」エステルが言う。スカーフをなびかせながら颯爽と通り過ぎる。わたしはノートを閉じて、深い椅子から腰をあげ、エステルのあとについてオフィスにはいる。「読む物を持参してくれてよかった。待たせてごめん。大学出版局長と会ってたの」大声で言う。

「すごく興奮したんだから！」自分のデスクまで

行って着席する。「どこで食べる？　〈グレートアース〉、それとも〈フレンチズ〉？」早送りでエステルが言う。書類を脇へよけて、顔をあげる。「ねえ、なんでそんなに顔が赤くなってんの？」

「別にそんなことないわよ」わたしは自分の顔に手をあてる。「ええと……〈グレートアース〉がいいかな」「ところで」エステルが言う。「出版プロジェクトがあるの」

エステルの頭脳はギガビットの速さで、わたしのほうはまだダイアルアップ回線だ。「どれの話？」

「まず、あんたの絵を見せて」エステルが言う。

机の上に絵を置くと、エステルは指先だけでそれらを持ってひろげ、まずマングローブカッコウ、それからヒドリガモの上にじっと視線を漂わせる。ツルモドキを見て、ゆっくりとうなずく。〝ムラサキバンはいったいどこにあるの〟とは言わない。ただ「いいわね」とだけ言って顔をあげ、微笑む。「でも、何か問題があったの？」

「別に何も」

「嘘はやめて」

「エステル、話してくれないかな……プロジェクトのこと」

「わかった。でも、まず出発しよう。一時半のミーティングまでに、ここにもどらなくちゃいけないから」エステルが薔薇色のパンプスと合わせたきれいなハンドバッグを手にとると、わたしはカヌー用の服装のままそのあとにつづく。

〈グレートアース〉では、店の隅にある背もたれの高いブースにさっとすわる。エステルは何か話しているが、わたしの耳にはまだ、日記のなかの若い両親の声が聞こえていて、母にウツボグサや勿忘草《わすれなぐさ》が必要だったことについて考えている。

「どうして、あんたが話を聞いてない気がするのかしら」エステルが言う。

「いや、聞いてるよ。胸躍るプロジェクトの話、もっと聞かせて」自分が話さなくていいように、エステルに話を振る。

エステルが息を大きく吸いこむ。「フロリダの自然史に関する五年生向けの教科書を提案してくれ、と州議会から依頼を受けていてね。州のすべての小学校の見本になるようなものなの」エステルが〝見本〟というからには、本気でそう思っているのだろう。

「なるほど」

「ロニ、これってわたしの念願よ！　博物館のカタログにとどまらず、ほんとうの意味での出版に携わるの。人々に届く本の出版に」目つきを鋭くして、身を乗り出す。「ねえロニ、あたしたちがそれをどうして出版する必要があるか、理由がわかる？」

〝あたしたち〟と聞いて、右のこめかみあたりに鋭い痛みが走る。

「一日に何千という人がフロリダにやってきて、クソを流し、沼地を埋め立て、醜いタウンハウスを建てて、高速道路で路線変更しまくって、そういう人たちがいちばん近くで接する野生動物といったら、路上で車に轢かれて死んだものだからよ」

「まるでわたしみたいな物言いね」わたしは言う。

「でも、そういう人たちがフロリダ人の新世代を生み出してもいるわけ。子供たちは、自分が水上スキーボートで轢いたマナティーにビッグマックの包み紙を投げつけるようになるか、あるいは」――ゆっくりとした声でつづける。「あなたの輝かしい鳥たちに目を見開き、沼地の野生の湿気や、われわれを取り巻くこのすばらしい野生の生態系を知って、それが失われてしまう前に保存することができる人間になる」

「たったいまようやくあなたに周波数を合わせたところよ、エステル」

エステルがにっこり笑う。「無知なる人々を改心させなければ！」

「五年生の無知なる人々?」

「ちゃんと聞いてたのね。プレッシャーをかけたくはないんだけど」これからプレッシャーをかけるという予告だ。「これに関して、あなたにやってもらいたいことがたくさん出てくる。鳥の絵をたくさん……」期待に満ちた表情を見せる。

「でも、残念ながらわたしはその場に居合わせることはできない」わたしは両手のひらをテーブルにつく。

エステルがちらっとメニューに目をやる。「あたしは種を撒きたいだけ。返事はすぐじゃなくていいから」

「すぐ言うわ。無理」

「さあ、どうかしらね、ロニ」

「エステル、わたしをフロリダに永住させようとするのはやめて」

ウェイターがわたしの背後から近づいてくる。ざらざらした声だ。「おふたりさん、お決まりで?」わたしの目の高さにウェイターの腕があり、その腕は青い蛇とナイフで飾られている。目をあげると、そこにこりともしていないウェイターの顔がある。カヌーショップでアドレーと打ち合わせをしていた男だ。黒い四輪駆動車を運転していた男。わたしはすぐにパンプキンスープを注文して、メニューをウェイターに手渡す。

ウェイターがわたしをまじまじと見る。「おれはガーフ。何か用があったら呼んでくれ」そして背を向け、のろのろと厨房へ向かう。

わたしはゆっくりとエステルのほうへ頭を向ける。

「大変。ガーフっていうんだって。きっとジュニア、息子よ」

「え?」

「ガーフ! ガーフ・カズンズの息子!」

「このテーブルのウェイター? あんたのタイプじゃないでしょ、ロニ」

わたしはぐるりと目をまわす。「いやいや、だから、ガーフって名前の人、ほかにだれかいる？」

エステルは椅子に体を預ける。「さっきの男に訊いてほしいわけ？」

「もう！　さっきの男の家族がうちの家族を憎んでるの。ガーフ・カズンズは父さんを殺すって脅してたんだから！」わたしは背後のキッチンを横目で見やる。「何か別の話をしよう。リラックスしておいしいランチをとってるふうに振るまうだけでいいの」

「いまそうしてるでしょ？　フィルとタミーの様子は？」

わたしは息を吸う。「タミーにいらいらさせられないようにしてる。で、フィルは州からもっとお金をとろうなんて妙なことを考えてる」わたしは声を落とす。「でも、わたしとしては気に入らない。すべてを台なしにしたうえ、知りたい情報以上を弟に与えてしまう可能性がある。言うまでもなく、わたしたちの懐《ふところ》を満たすどころか、空っぽにする恐れさえも。だめだと言っても、知ってのとおり、フィルはわたしの忠告を聞かない」

青い蛇とナイフがふたたび現れると同時に、ガーフが食事を運んでくる。いまの話、聞かれていただろうか。ガーフが一分余計にテーブルの横にとどまる。

「ありがとう」わたしは言う。

「どういたしまして、ミス・マロー」わたしのラストネームをやたらと強調し、ニコチンに染まった歯を見せて笑みを浮かべる。

ウェイターが去ると、エステルは大きな声で話を再開する。「実際に何が起こったかを突き止めるのは、そんなに悪いことかな。あんたが思ってたのとはちがう、っていうようなことを言ってる人がふたりいるわけでしょ」

「しっ。ふたりって？」

「ピンクのステーションワゴンの女と、沼地で会った風変わりな男」

わたしは膝にナプキンを置いて言う。「かなり信頼できるふたつの情報源。それに、もし〝わたしが思ってたこと〟が、かつては幸せだった弟フィルにとって白黒を決するようなことだったらどうする？」

「ロニ……」

「ねえ、聞いて。わたしはそれについて知ってるせいで、すでに悩み、調子が狂って、困惑してるわけ……」

エステルがサンドイッチを咀嚼する。

「言いたいことがあれば、いつでもわたしを止めて」

エステルが噛み終えて言う。

「フィルはいつか突き止めるだろうとは思わない？　そしたら、なぜ隠していたのかって、あんたに腹を立てるかもよ」

「かもね」わたしは金色のスープをすくって味わう。ナツメグとタラゴンに、かすかに唐辛子。**それと、慰めのためにレモンバームを。**

食事を終えたのち、わたしたちはお金を合わせて、勘定書の上に置いていく。ガーフ・カズンズ・ジュニアはドア枠にもたれて、わたしたちが去るのを見ていた。

16

今回はテネキーまで別のルートをとり、鹿の石膏像の大群が、小鳥の水浴び用に使われる大量の水盤とともに並んでいるコンクリート・ワールドを通っていく。だれかにジョークを言いたくてたまらない。コンクリート・ワールドの隣に酒屋を開店する予定なの。（ひと呼吸おく）店の名前は、スピリット・ワールドにするつもり。

カーラジオはＡＭ局に合わせてある。大袈裟なＤＪが、〝マイティ１２９０の選ぶもうひとつのロックセット〟を流している。ニュースやジングルが多いものの、わたしがかつて高校の友達と、尖ったパルメットヤシの絨毯を踏みながらこの道路を走ったときに大音量で聞いた歌も流れてくる。向かっているのは、フランク・シャペルの家だ。訪ねてこいと言われたからでもあるけれど、フィルの無駄足を止めることができる唯一の人かもしれないからだ。フィルは事故の報告書に〝勤務中〟と記されていると言った。論理的に考えれば、その欄を記入したのはおそらくシャペルだ――そう書かなければ、わたしたちに与えられなかった便宜がいくつかあって、寛大に処理してくれたのだろう。

シャペルの電話番号は知らないが、かつてこの小さな町では、事前の連絡なしに人を訪ねていっても問題はなかった。

シャペル局長の家は、二階建ての家々が並ぶこの通りには不釣り合いな、物語に出てくるような大きな石造りの家だ。背の高いトキワギョリュウの木が落ち着きをもって並んでいる。フロリダではよく見られる木だが、水を含んだ土地をなんとかするためにはるか昔に持ちこまれて、増えていったものだ。そのふわふわした葉先が微風に揺られて、さらさらと音を立てている。私道には、漁業局のサバーバンの隣に、今年のモデルではないものの、いかした銀色のキャデラックが停まっている。ポーチには緑と白の縞模様の天蓋があって、甘い香りのスイカズラの蔓が垂れさがっている。

ドアベルが短く鳴る。漁業局の家族でバーベキューをするときには、シャリ・シャペルが応対に出てきたものだ。赤褐色の長い髪の、ほっそりとした高校生で、ホストとして完璧なマナーを具えていた。

だれかが中で動く音が聞こえたあと、ドアが開いた。背の高い男が網戸の向こうに立って、厳しい目でこちらを見おろしている。

「ハイ、シャペル局長」

相手の顔が笑みに変わる。「やあ、こんにちは。どうぞはいってくれ、ロニ・メイ」

その名前で呼ばれたくなかった。父が使っていた呼び名だったからだ。でも、わたしは押しかけてきた身で、連絡もしないで立ち寄ったのだ。

中は薄暗く、シャペル局長がフロアランプをつける。かつては豪華な家だったが、いまはダマスク織りのカーテンがだらりと垂れさがり、窓から差す日差しのなかで小さな埃や塵が光っている。「休みの日になんてうれしいサプライズなんだ」シャペルが言う。「来るとは思ってたけど、やっぱりうれしいね。何か飲むかい。クランベリージュースがある」横を向きながら、キッチンへと歩いていく。

「お願いします」

満たしたグラスを二杯持ってもどってきて、それをコースターに置くと、わたしにすわるよう促す。「クランベリーは味がするんだ」向かい側に腰をおろしながら言う。「最近は何を飲んでも味がしなくてね」

「そうなんですか」

シャペルはくわしく語らなかった。「連れがいるのはいいもんだ。ひとりだと、恐ろしく静かで。スティーヴィーとわたしで……この数年ふたりで住んでんだが」表情が曇る。

わたしはためらったのち、口を開く。「おさみしいでしょう」

シャペルはわたしの背後を見る。「想像を絶するよ」

「お気の毒に」

「いや、いいんだ。前に話したとき、庭を見せるってきみを招いたんだったね」両の手のひらを膝にあてて立ちあがる。

「ええ、拝見したいです」

裏の戸から出て、木の階段をおりる。シャペルの足取りは速く、背中が広くて、この年齢のたいていの男性のような余分な体重は微塵もない。家のそばの庭には、雑草のメヒシバや乾いた地面が点在している。

「そこは見ないでくれ。この辺からましになるんだ」緑、紫、ピンクのキャベツ大の背の高いアジサイが咲き乱れているところを指さす。「ほら、同じ株なのにちがう色が咲く。土壌の酸度次第なんだよ」

オレンジ色と赤色のツバキが、庭のまわりに並んでいる。前庭のむせかえるような甘いにおいとバランスをとるかのように、ツバキには香りがない。「先日、きみのお母さんの家の前を車で通ったんだけどね。貸してるのかい？」

わたしはうなずく。

「なら、きみはどこに泊まってるんだ？」

「ええ……タラハシーのほうに」

シャペルが首をかしげる。「タリーに？　タリーのどこだい？　それに、どうして？」

「どこに、については、カルフーン・ストリートのすぐそば……なぜか〝キャピトルパーク〟って名前の建物に。緑豊かな草地か、七階建てのガレージみたいな名前ですよね」わたしはそう言って笑う。

「で、どうしてタラハシーに？」

「ええ、そっちで仕事があるから。あら、あれルバーブですか」わたしは、かつてはまっすぐ植わっていた、濃い緑色の葉と赤い茎の野菜が何列か並んでいるのを指さす。

「ルバーブは好きかい。ちょっと切ってこようか」ポケットから折り畳みナイフを取り出して、刃を出す。

わたしは固辞したが、シャペルはすでに片膝をつき、虻《アブ》に悪態をついて追い払いながら、ルバーブの茎を切っている。茎から赤い汁が出て、シャペルの手に垂れる。

「妻は最高のルバーブパイを作ったもんだ」そう言いながら、片膝に手首を乗せて、前方を見やる。

当時、シャペルの離婚はゴシップの種だった。ある日、シャペルが仕事に出ているあいだに、妻のリタは荷造りをして子供を連れ、出ていってしまったのだ。お金に関するいざこざもあったようだ――わたしにはさっぱり理解できなかったが、その件がわたしの父に与えた影響についてはわかる。ある夜、父は母にこう言った。「フランク・シャペルのような男とどうして別れられるんだ？　しかも、子供たちまで連れていくなんて」

ルバーブの茎がシャペルのナイフに屈する。

「父はあなたのことが大好きでした、シャペル局長」

シャペルが顔をあげる。「それがきみのお父さんの愚かなところだ。わたしはそんな善人じゃない」

それにはどう答えていいかわからないので、思いきって尋ねる。

「シャペル局長、父が死んだとき――」

シャペルは顔をあげもせずに、話をさえぎって言う。

「ほんとうに悲しかったよ、きみのお父さんが亡くなったときは」

「局長、あなたはあのあと、わたしたちにとてもよくしてくださった。いろいろと便宜をはかったり、給付を受けられるようにしたり」

膝をついた状態のまま、シャペルがわたしを見る。その目は鮮烈な青色で、視線はぶれない。

わたしはごくりと唾を呑んで言う。「ただ話しておきたくて、ほんとうは何が起こったのか、わたしはわかっているって」まばたきをする。

シャペルが立ちあがって、視線を落とす。身長は六・三フィートで、わたしよりゆうに八インチ高い。片手にポケットナイフを持ち、もう一方の手には汁の滴《したた》るルバーブの茎を持っているが、表情は影になって見えない。

「ロニ・メイ、聞いたことすべてを信じているわけじゃないんだね」

「ええ、たぶん」わたしは言う。太陽がまぶしくて、わたしは顔をあげないようにする。「あの、中へはいりませんか」

シャペルが裏の階段まで歩いていって、網戸から手を離して閉まりかけたところをわたしが受け止め、さっと中へはいる。シャペルはルバーブを持ったまま、椅子に腰かける。わたしはふたたび籐椅子にすわる。

「シャペル局長、こういうことなんです。弟のフィルは知りません……父の死について細かいことを。そして、できればそのままにしたいと思っています」

シャペルは何も言わない。

「でも、フィルはこう考えているんです。父さんは〝勤務中に〟」――空中で指を使って引用符を描く――「亡くなったから、母は新たな給付金を州から受け取る資格がある、って。弟は……わたしにはよくわからないけど、書類を提出するか、何かを試してそれを得ようとしています。父が、あの……亡くなったとき、ほんとうに勤務中ではなかったんだとわたしから弟に話そうとしたんですが、はっきりさせるのがいいことなのかどうか。フィルはわたしの言うことに耳を傾けませんが、シャペル局長のことばなら――たとえば、弟に話してもらえたら、あなたが何をしてくださったかを……」

シャペルは椅子にすわったまま身じろぎして、顔をそむける。

「……書類に、事故の報告書に、当時……」

シャペルは窓の外を見つめている。

わたしはしゃべりつづける。「局長をむずかしい立場に追いこみたくありません。だから、完全に非公式でいいんです。すべてが起こったときフィルはあまりに幼かったので、ただ〝出勤中〟か〝休暇中〟かっていう問題についてだけ話してもらえたら。あとは……」わたしはかぶりを振る。「ええ、わたしから話します……もし……そのときが来たら」

シャペルが噛みしめていた顎をゆるめ、微笑んだ。

「いいとも、ロニ」その声は穏やかだ。「わたしから話してみるよ。非公式でいいなら」

わたしはうなずき、バッグから紙切れを取り出す。

「これ。フィルの電話番号です。職場と携帯の」お互いのあいだにあるコーヒーテーブルの上にその紙を置く。

シャペルはルバーブを示して言う。「ところで、調理の仕方は知ってるんだろうね。やわらかくなるまで茹でるんだ。砂糖はたっぷりな。でないと苦い」立ちあがって、キッチンのほうへ行く。

「あの、シャペル局長?」シャペルの背中に話しかける。わたしの舌はからからに渇いてビスケットのようだが、いま言わなければ後悔する。父が死んだわけについて、何か知っているかもしれない人なのだから。

「訊いてもいいですか……」

シャペルはもうキッチンにいて、ルバーブを包むための白いフリーザーペーパーを取り出している。

「あの……ほら、母に言いにきてくれた夜……何があったかを……」わたしはシャペルの背後、キッチンカウンターのそばにいる。「教えてほしいんです……つまり、その前、職場でどんな……父がどんなふうだったか」

シャペルがルバーブを包みながら、首を巡らせて言う。「きみはきみのおじいさん、つまりお父さんのお父さんであるニュートのことを知っているのかな」

「ほんの少し」

「ニュートはぶらぶらしてるギャンブラー……あの古い歌、このあとどうつづくんだっけ?」シャペルが笑ってみせるが、わたしの知らない歌だ。「とにかく、きみの家族を悪く言う気はないが、ボイドは父親とそりが合わなかったんだ。ニュートは早くに出かけて、もどってくるのは、酒がなくなって、それを買う金がなくなったときだった。ほら、きみと聖アグネスで会ったとき、おれが親友を失い、きみが父親を失ったあの恐ろしい日のことが思い浮かんだ。そのとき、はじめて思ったんだが、ニュートが町をぶらついてたのは知ってるかな、直前……事故の直前に。ニュートがなんらかの理由でボイドを動揺させた、ボイドを怒らせて、あの災難につながったんじゃないんだろうか。きみも知ってのとおり、ボイドは水上では隙のない男だったからね」

父の肺を満たす茶色の水。わたしはいったん目を閉じ、また開く。

シャペルはわたしのことをじっと観察している。

「ボイドはいい男だったよ、ロニ・メイ」

シャペルが包んだルバーブをわたしの手に押しつける。「次に来るときはパイを期待しているよ」シャペルが玄関へ向かい、わたしもそのあとにつづく。「お母さんの具合はどうだい」

「ええ、だいじょうぶだと思います」

「老けこまないこと」シャペルが網戸をあけながら言う。「それがおれのモットーでね」

わたしはすでにポーチにいる。家から吐き出されて、甘いスイカズラの香りのなかに出ている。「じゃあ、またお邪魔します」わたしは言う。自分の車のところまで行って、白い包みを振る。「ルバーブをありがとう。それと……フィルへの電話をお忘れなく！」

シャペルはわたしが車に乗りこむのを見ている。わたしは母から教わったマナーを駆使し、バックで私道から出ていく。「じゃあ」わたしは手を振る。ルバーブパイと砂糖。欲しくもなかった包みをひとつと、欲しかった答えをひとつ持って去る。それなのになぜ、カヌーの上で立ちあがったような気分なんだろう。

17

四月三日

なじみのない殺風景なアパートメントでようやく目覚めたものの、セオにお願いした七日間の延長があっという間に過ぎ去ろうとしていることに気づく。無数の段ボール箱の中身を選り分ける、というメインのタスクに集中しなくてはならない。ペイズリー柄のラヴシートにすわり、ハムスターのケージから漂うヒマラヤスギの削りカスみたいなにおいを嗅ぐ。〝服〟のラベルがついた段ボールを開いて、母のせまいクローゼットに吊るすワンピースを数着取り出す。ワンピースの下に、パンツとトップスがあって、状態がいいものもいくつかある。箱の底に、薄手の白いドレッシングガウンがある。母が着ているものなんだろうか。それとも、中古品にまわすべきなのか。

その日最初の判断で、行き詰まってしまう。新鮮な空気を吸おうと外に出るが、サウナ状態だったので、遠くまで歩けない。ロビーには金属の郵便受けがあり、わたしの部屋の2Cには、まるで永住するかのように〝L・マロー〟のステッカーが貼られている。

アパートメントにもどり、ラヴシートの肘掛けから足をぶらさげて、体を横たえる。ドレッシングガウンについての決定をくだすかわりに、目を閉じて、頭のなかで映写機をまわす。

わたしは九歳か、十歳くらいだろうか。ちらつく閃光が、寝室の窓を縁どっている。わたしは眠っているはずだが、一瞬室内が昼間のように明るくなったかと思うと、暗くなり、また明るくなって、暗くなる。窓の外でだれかが、空のスイッチを付けたり消したり、不規則なリズムでつづけている。ごろごろという低い音とともに小雨が降りはじめるが、まだ落雷はともなわない。洗濯物が物干しロープに干されていて、人形用みたいな小さな服が風にはためいている。網戸が音を立てて開いて、明滅している空の下へと母が駆けだしていく。薄手の白いドレッシングガウンをたなびかせながら。

父が戸口に立っている。「ルース、ほうっておくんだ」

母は小さなシャツをとろうと手を伸ばす。またゆっくりと訪れた雷鳴が家を揺らし、こんどは大粒の叩きつけるような雨が落ちはじめる。母が両手を脇に垂らす。いまなお閃光がひらめき、砲弾のような嵐が屋根を叩くが、母は動かない。物干しロープの下に突っ立って、ずぶ濡れになっている。髪も、ドレッシングガウンも、洗濯物も雨の重みで垂れさがっている。

父がゆっくりと階段をおりて、土砂降りのなかにはいっていく。そして母に両腕をまわし、長いあいだ抱きしめている。

わたしはスケッチブックをとって、細い稲妻を描き――そこに物干しロープを加える。さらに何度か鉛筆を走らせると、伸ばしている腕が現れ、やがて踝丈《くるぶし》の薄手のローブの上に流れる長い髪が見えてくる。

絵はみずからの望むところへわたしを連れていくが、それも母の顔までで、その顔は小さなシャツに隠れてしまう。視点の問題だ。わたしはスケッチブックからその紙を破き、くしゃっと丸めて、ほうる。

一分ほど鉛筆を叩いてすわっている。それから、丸めた紙を回収して、皺を延ばし、その紙を参考にして新たに描きはじめる。これは解決できる問題だ。ふたたびその場面を描く。階段をおりて雨のなかへ出ていく父。物干しロープのたるみ。泥まみれでびしょ濡れになったドレッシングガウンの裾。わたしは母の腕と、前かがみの肩を描く。でも、顔がどうしても描けない。

積みあげた段ボール箱を見あげる。脇道にそれてしまった。**優先すべき作業を思い出して。**わたしはスケッチブックを置いて、ショッピングバッグを手にとり、リサイクルショップへ持っていくものを詰める。ドレッシングガウンを手にとり、掲げてもう一度見たのち、母のところへ持っていく箱に入れる。

聖アグネスへ行って、ワンピースを数着と、そのドレッシングガウンを箱から出す。それをクローゼットにかけていると、母がわたしの後ろ姿に向かって言う。

「ありがとう」

わたしは振り返る。「何？」

「ありがとうと言ったのよ、ロニ」

母のおでこに手をあてて調べた。「だいじょうぶ、母さん。熱でもあるんじゃない？」

「やだ、ないわよ」

「まあ、いいのよ……気にしないで」わたしはハンガーを手にとる。

「ありがとうって言ったことなかった？」

わたしは肩をすくめる。

「わたし、いつもあなたのこと大切にしてきたわよね？」

心の準備ができていなかった。まるで、人が死の床で言うことじゃないか。

「あなたは父さんと似てるわ。父さんはいつもわたしを大事にしてくれた」

雨のなか、母を抱擁していた父が頭に浮かぶ。さらに別の場面が、心の目にだけ見える。錘をいっぱい入れた釣り用ベストを着て、カヌーの上で立ちあがる父。

「父さんは母さんを大事にしてたわ」発言に疑問を差しはさまないよう気を付けて言う。**そうでなかったとき以外はね。**

中身をあけた箱の底に敷いたティッシュの下を探り、出し忘れたものがないかたしかめる。せめて、父は善人であったと告げてくれる何か、父がほんとうにわたしたちを大事にしてくれていた、わたしたちのことを重荷に思っていなかったと告げてくれる何かがないかと思って。わたしはティッシュと箱をたたんで、自分の荷物をまとめる。母がわたしのあとについて部屋から出てきて、公共スペースにはいる。例のごとく、テレビがついている。『汚名』という映画が映っている。母が腰かけて、わたしも好きな場面だったのであたりをうろうろする。ケーリー・グラントがついにクロード・レインズからイングリッド・バーグマンを奪いにくる場面だ。毒を盛られて、弱った状態のバーグマンがケーリーに「わたしを愛してるのね、わたしを愛してるのね」と言い、ケーリーが「ずっと前、最初からずっとだ」と言う。見るたびに、胸が震える。

駐車場で、わたしは自分の車を探すが、見つからない。いったいどこだろう。と、そのとき思い出した—

―公園のそばの道路に停めたんだった。〈F&Pダイナー〉を過ぎて、鍵を探りながら、思わず後ろへよろめく……うわっ！……何かの山につまずかないようにする。あれはなんだろう。近づいて見てみる。鳩だ――六羽か七羽――切断された死体。わたしの車の左前輪のそばにひと塊にして置かれている。首が妙な角度で垂れ、脚は切り落とされているようだ。

「なんで！」わたしは声をあげる。

身をかがめてみると、死体が細い綿糸でつながれているのが見える。一本残っている脚に、昔風の値札みたいなカードがぶらさがっている。裏返してみると、筆記体でこう記されていた。〝飛び去れ、L・M〟

L・M？ わたしのイニシャルだ。三十代くらいの若い男が、競歩くらいの速度で勢いよくわたしのほうへ向かってくる。短い巻き毛に、ジンジャー色の口ひげをたくわえた、ほっそりした男だ。「何してんだ？」男はわたしに怒鳴る。「何やってくれてんだよ」近づいてくるにつれて顔が赤らみ、男は大きな声を出す。「ぼくのベイビーたちを！」そしてわたしを指さして言う。「虐待者め！」

わたしは立ちあがる。振り返ると、食堂のベネチアン・ブラインドにあいている菱形ののぞき穴がさっと閉じる。

ジンジャー色のひげの男は泣き叫びながら、かがんで、鳥にさわろうとしている。それから携帯電話を取り出して、数字を三つ押す。わたしから目を離さず、電話に向かって言う。「殺しの通報だ！ 虐待者をつかまえた！」いったんことばを切る。「いま、公園のそばのウォルター・ストリートにいる」また中断したのちつづける。「わかった。ここで待ってる」男はゆっくり立ちあがって言う。「いいか、逃げようとするなよ。いま警察を呼んだから」

「でも、わたしはその鳥を殺してない」

「いや、あんたがやったんだ」

「ちがうの、そこに転がってたのよ。わたしは鳥を愛してる。そんなこと絶対に……」

「あんたはぼくのロフトに来たんだ、向こうの」――指さす――「ぼくが仕事に出てるあいだに。で、ぼくの鳥を盗んだんだろ！　どうしてこんなことしたんだよ。なんで結んだんだ？　ああ、かわいそうに。あんたは怪物だ！　雛のころから教えこんできたのに！　あいつら、かならずもどってくるんだ。一羽残らず」

サイレンの音がして、パトロールカーがわたしの車のそばに停まる。市役所はすぐそばで、歩いて警官がやってきてもおかしくないくらいだ。

たくましい黒人の警官がパトカーから現れる。

「ランス？」わたしは走っていって、警官にハグをする。ポリエステル製の制服がちくちくして硬い。

「ロニ？　帰ってきてるなんて知らなかったよ。フィルが何も言わないからさ。ここで何してるんだい？」

赤毛の男の顔がくしゃくしゃになる。「この女がしたことを教えてやる。殺しだよ！」

「ええ、何か恐ろしいことが起こってるの」

ジンジャー色の口ひげの男が言う。「この女がぼくの鳥を殺したんだ！」

ランスがその男のほうを向いて、鳥の死骸を見おろし、それからわたしに向きなおる。

わたしは首を横に振る。「ちがうの、わたしじゃない。でも、このタグを見て」

ランスがかがんで、小さなカードを裏返す。わたしの上司のセオと体格が少し似ているけれど、セオより若くて、もっとがっちりしている。ランスが声を出して読む。「〝飛び去れ、L・M〟。L・Mってだれだ？」こちらを見あげる。「ロニのこと？」

わたしは肩をすぼめる。「なんでこんなことになってるのかさっぱり……」

ランスがふたたびタグに目を落とす。「だれかの署名である可能性もある」鋭い目でわたしとジンジャー色の口ひげの男を見る。「アルフィ、だれかの怒りを買ったことは?」

「ないね。この頭のおかしなクソアマ以外は。ぼくの鳥にあんなことをするような人間はいない」

ランスが背筋を伸ばして、フットボールの選手みたいな背丈になり、両手を腰のガンベルトにかける。

「アルフィ、ことば遣いを慎んでくれると助かるんだがな。逮捕されるのはいやだろう?」

アルフィは口を閉ざすが、頭のなかで声が響く。ミスター・バーバーの声だ。〝いいか、嬢ちゃん、あんたはさっさと町を出ていくんだ〟

18

四月四日

首が折れ、脚を切られて、全体がねじまげられた鳩のイメージが浮かび、夜明け前に目が覚める。いつも鳩の死体を取り扱っているけれど、それはきちんと処理されたものばかりだ。また寝ようとしたけれど、きのうの出来事が渦を巻きはじめる。

アルフィが警察署で口汚い証言をしたあと、ランスはデータベースとテネキーの小さな電話帳とを調べ——まだ印刷されたものだ——わたし以外に〝L・M〟というイニシャルの者がいないかどうかをたしかめた。成果はなかったけれど調査はつづける、とランスは言った。

「ねえ、その電話帳見せてもらえる？」わたしは言った。〝ヘンリエッタ〟を探して何ページも指でたどってみたけれど、ひとつも見あたらない。

その後、ランスはわたしの要望に応え、自分の携帯電話を取り出して、双子の娘の最近の写真を見せてくれた。まあ、わたしがこの町に滞在する期間は短いので、フィルの学校の友人にはほとんど会わない。でも、ランスとフィルは昔から仲が良くて、いまも同じ住宅団地に住んでいる。だから年に何度か、そこここで出会う間柄だ。ランスはわたしがアルフィの鳩を殺すわけがないことを知っている。

わたしが警察署を出たとたん、太り過ぎの金髪の男性が道ですれちがいざま、上機嫌で言った。「よう、ロニ」

最初はだれなのかわからなかった。前歯が一本だけ、ほかの歯より白い。

男は言った。「きみが町に帰ってきてるってロザリアに聞いてさ」

「ハイ、えっと……ブランドン」フィルの事務所のしゃがれ声の受付係、ロザリア・ニューバーンと結婚したブランドン・デイヴィスは、最後に会ったとき以来、ずいぶん胴まわりが大きくなっていた。

「何してんだ？」ブランドンが言った。

「ええ、まあ、母を訪ねてきただけで……」

「警察にいたんだろ？」

「えっ？」

ブランドンが警察署のドアを顎で示した。

「ええ……別になんでもないの」

これで、ブランドンがロザリアにしゃべって、ロザリアが女友達にふれまわることになる。町じゅうに噂が行きわたったころには、わたしは足枷をつけて、オレンジ色のつなぎ姿で、高速道路の草刈りをしていたという話になっているだろう。

ブランドンは少しばかり陽気すぎる笑みをたたえた。「鳥の事件だって？」アルフィと話してきたにちがいない。ブランドンはこぶしを口元にあてて、笑いをこらえた。「じゃあまた、会えてよかったよ！」

きのうの妙な出来事を繰り返すのをやめて、ふたたび眠れたらいいのだけれど。また時計を見る。午前四時。殺風景な寝室で、照明をつけて、スケッチブックを手にとり、鳩の虐殺を陰惨な詳細まで描く。鳩のことなら知っている。一生つがいで行動し、四百マイルを平均時速九十マイルで飛べて、見知らぬ場所から放されても、どんなに遠くからであろうと、まちがいなく帰巣する。しかし、だれかがそれを血のにじむ汚らわしい、ばらばらの死体にして、そこにわたしのイニシャルを添えて歪んだ声明を残そうとした。

わたしは起きあがり、バスルームの鏡に映る疲れきった自分の顔を見る。髪はぐちゃぐちゃだ。だれに見られるわけでもないけれど、ブラシで髪を撫でつける。まだ夜中なのに、目が冴えてしまったので、体が疲れるようなことを何かするのがいいかもしれない。きのう博物館からこっちに、本の箱をすべて運んできていたのだった。

段ボール箱をあける。**〝保存〟に分類する本の国への旅。**ここにある物語と二色刷りの挿絵は、子供時代のわたしを魅了したものだった。アラビアン・ナイトや、ルイス・キャロル、『ハーメルンの笛吹き男』『ロッキンヴァー』、どれも内容が濃くて、子供に好奇心を抱かせる。アンドルー・ラングの童話もいくつかある。父がこんな話をしてくれたことがあった。物語を暗記していたため、父は本を置いて、沼地の真ん中に棲む妖精の女王の話をしてくれた。女王は美しくも恐ろしく、ときには怒り、ときにはやさしく、人間の目にふれることはめったにない。いつもは、大青鷺《オオアオサギ》の形をとって、みずからの王国とそこに棲むすべての生き物を観察している。女王の助けによって来世への道を拓いた者以外、ほとんどの人間を軽蔑している。しかし、もし生きている人間に心からの願いがあり、それを崇高なものだとみなした場合、妖精の女王は真の姿で沼から立ちあがる。サルオガセモドキの髪と、きびしい日差しのような瞳をした女王は、不可能に近いことをしてみせるよう、その人間に要求する。もし人間がそれを果たすと、女王はその願いを叶えてやる。

外に目をやると、いつの間にか空がピンク色を帯びはじめている。〝保存〟の山が大きくなりすぎつつあることは、とうにわかっている。もっと冷静にならなくては。そうすれば、自分の家へもどれる。DCのローガン・サークルにある心地いいアパートメントへ。カウチにはアイルランドのモヘア織りのブランケットがかかっていて、壁にはわが友クライブ・バイヤーズの描いた猩々朱鷺《ショウジョウトキ》の絵が飾ってある。54系統バスの運転手が懐かしい。十四丁目で毎朝乗りこむと「おはようございます！」と声をかけ、コンスティテューションで降りるときに「行ってらっしゃい！」と声をかけてくれるのだ。スミソニアンの同僚たちと、その自然界への深い関わり合いも懐かしい。仕事のあと、たまにデートすることもあるが、お互い唯一の相手というわけでもない。ところが、ここフロリダでは、わたしは孤独に物を分類する者であり、義務に縛られる娘であり、反抗的な姉だ。この仕事をさっさと片づければ、それだけ早く自分自身にもどれる。

わたしはジェラードの『ハーバル』の小型版を手にとり、スナップ写真がはさまれたページを開く――八歳か九歳のわたしが、亜鉛メッキのジョウロを持って、満面の笑みをたたえている。わたしの背後の庭には、湧き水を汲みあげる古い手動ポンプが見える。すごく暑い日には、わたしが口をあけているところへ、母が汲みあげて飲ませてくれたものだった。

写真をもとにもどすと、別の写真が落ちてくる。またわたしで、さっきの一年後くらいだろうか、かなり成長している。まだ十歳なのに、乳歯のある栄養不良の十四歳に見える。のんきに写真を見ている場合ではない。さっきの写真を合わせてもとの場所へもどし、はさまれていたページを読む。

カレンデュラ（キンセンカ）。子供じみた病を治す。

カレンデュラ。母の〝ガーデン〟の日記で見ただろうか。勝手にのぞきたくはないけれど、母が参考にしていたジェラードの『ハーバル』と、母自身の手書きのノートに関係があるかもしれないとしたらどうだろう。母の本質を知る手掛かりになるかもしれない。たとえば、祖父のタッドの鳥の本は、祖父がみずからの環境とどう関わり合いを持ったかを教えてくれた。同じように、母ルースの小さなノートは、母と自然史との関わりを教えてくれるものだ。わたしは日記を掘り出す。

キンセンカ（カレンデュラ）――太陽のハーブ。多年生ではない。コスモスに似たアプリコット色だけれど、コスモスは背が高く、ひょろ長い。カレンデュラはしゃきっと整っている。ロニの花だ――ボイドが出産後にかわいい鉢に入れて、病室に持ってきてくれた。毎年種をとって、植え替えているのに、ロニは気づきもしない。ジェラードの『ハーバル』によれば、花びらは食べられるらしい。母親に対する態度が明るくなるように、カレンデュラのケーキというのはどうだろう。ロニがわたしに対して不機嫌なのは理不尽だと思う。わたしが怒っていたのはたしかだ。でもそれは、あの医師と、腹立たしいほどの冷静さに対して、また、生きている赤ん坊をわたしに押しつけた教会のあの女性に対して、そして陳腐なことを言うマッデン神父に対してだった。「天国にまたひとり新たな天使が」と神父は言い、わたしの手を軽く叩いて、こうつづけた。「また授かりますよ」怒鳴りつけてやりたかった。なんにもわかってないくせに！　わたしが望むのはあの子なの！　あの子だったのに！　わたしが悶々としているあいだ、ロニはずっと平気で遊んでいた。それが何よりつらかった。

わたしは本を閉じる。胸のあたりがいつものようにぎゅっと締めつけられる。わたしはさっきの二枚の自分の写真をもう一度見る。一枚目。庭でお手伝い。二枚目。無知な厄介者。ある時点から、わたしが何をしようと、母を喜ばせることはできなくなった。母が赤ちゃんを亡くしたことを、どうしてだれも言ってくれなかったのだろう。母が亡くなった女児のことを嘆き悲しんでいたころ、わたしは透《す》きっ歯《ぱ》で不器用な、癇《かん》にさわる邪魔者だった。

アパートメントの床じゅうに本がひろがっているのに、何ひとつやり遂げていない。かつては祖母のローナのコーヒーテーブルに置いてあったジョン・バルデッサリ（アメリカのアーティスト）の作品集を手にとり、ページをめくって、何度も見入ったことのある白黒写真で手を止める。郊外で、若い男が一本のヤシの木の前に立っている。その写真の下にブロック体で〝まちがっている《WRONG》〟と記されている。いま見ると、視覚的なジョークなのだとわかる——よい写真を撮るためにコダックが示したヒントをもとにしたパロディだ。男の頭から木が生えているように見える。でも、バルデッサリの意図するところはもっと深い。だからこそ、子供のころのわたしはこの写真に惹かれたにちがいない。男が気づいていたそのことに、わたしも気づいていたのだ。つまり、男は何もしていないのに、それでも〝まちがっている〟ということ。母さん、ありがとう。あなたのおかげで芸術の味わい方がわかった。

　床から身を起こし、パジャマを脱いで、服を着る。この時間でも、人はどこかで意義あることをしている。朝早すぎるけれど、わたしにはタラハシー科学博物館の奥の小さなアトリエが必要だ。エステルは正しい。行くところがあるのはいいことだ。

　サリヴァン・ロードの端に車を停める。朝のこんな時間でも、むっと暑苦しいが、外に出ているのはわたしだけじゃない。はるか前方に、水玉のワンピースにスニーカーといういでたちの女性が、何か目的がありそうにひょこひょこ歩いている。背が低くてずんぐりしていて、ちょうど爪楊枝を二本挿したジャガイモみたいで、ジョリーン・ラビドーに似ている。もう一度よく見てみる。ひょっとして、ほんとにジョリーン・ラビドーじゃないだろうか。わたしは走って追いつこうとする。足取りと青い静脈の浮き出たふくらはぎから判断して、歳もぴったりだ。見こみはわずかだが、もしジョリーンなら、ヘンリエッタに関することを聞けるし、あの手紙の謎を解き明かす手伝いをしてもらえるかもしれない。それに、なぜラビドー夫妻が真夜中に引越ししたのかもわかるだろう。少し追いついたときに、向こうが振り返ったが、まだ距離がありすぎて、ジョリーンかどうかわからなかった。相手は木々のあいだの貝殻石の道へはいっていった。その脇道にわたしもたどりついたが、女性の姿はなかった。完全に見失ってしまった。

　科学博物館の空調のせいで、鳥肌が立つ。わたしはエステルのリストにあった五番目の鳥、大反嘴鷸《オオソリハシシギ》の標本を準備する――わたしと同じ、フロリダにやってくる渡り鳥だ。嘴を頭の二倍にして、先端に向かって細く、編針くらいの太さに描く。それから背中と羽を、茶と黒と白の人造大理石《テラゾ》のまだら模様に塗る。脚は長く、首は優美だ。人目につくところに展示されればいいのに、と思う。

二枚目の紙には、黒っぽい髪をシニョンにまとめた若い女性が、こっちに背中を向けて、黒い土の上にひざまずいているところを描く。大切なヤグルマハッカ、カッコウチョロギ、ヘンルーダに群がる雑草を抜いている。その人は手袋の泥を避けて、手首の甲で頰をぬぐう。

きょうは母のところへ行かなくてはならないのに、正直言って、そんな気になれない。たしかに、母は家から追い出された老人で、孤独を癒してくれるだれかが来るのをあてにしているのだろう。でも、あの日記の文言……〝わたしが悶々としているあいだ、ロニはずっと平気で遊んでいた〟……のせいで、わたしはいままで以上に用心深くなる。

オオソリハシシギ。シナモン色の華麗な翼を見せて、北へと飛んでいく福々しい姿を描く。

聖アグネスへ行くなら、スケッチブックを持っていこう。複雑な母の〝ジズ〟をとらえてみよう。目の前にいるのに、母をとらえないわけにはいかないだろう。そして絵を描いているかぎり、母もわたしを傷つけることはできないだろう。

19

聖アグネスで、静かな日常をスケッチしようとするけれど、母はずっとこんなふうに言いつづける。「なんでこんなとこに連れてきたの？　まるで監獄じゃないの！　わたし、何か悪いことした？」

気をそらそうといくつか試みるが――クロスワードパズルや本――どれも母を慰めることはできない。そのうちに、マリアマがドアから顔を出して言う。「ここにいたのね！　ルース、ランチの準備ができたわ。きょうはとってもおいしいわよ」母をうまく言いくるめて食事に連れていこうとしている。

ランチタイムだけで帰っていいだろうか。けさは早く目が覚めてしまったため、きょうはもう一生ぶん生きた気がしている。スラッシュパインを抜ける道を走っていると、ハンドルを握ったまま眠りそうになってしまう。

アドレーがカヌーを出してくれる。アドレーがカヌーのへりをつかむと、前腕の腱がぐっと浮きあがる。わたしが身を乗り出して、カヌーを水辺へ押し出すのを手伝おうとすると、アドレーは余計なことはするなとでも言いたげに、眉をひそめてこちらを振り向く。それでも、わたしがカヌーにおさまると、アドレーは「今回は見つかるといいな」と言い、ちょっと横をむいてうなずく。ムラサキバンのこと、前にアドレーに話しただろうか。

沼地の奥へはいっていくと、ミスター・バーバーの家に近づいているのではないかと思う。なぜミスター・バーバーにヘンリエッタのことを訊かなかったのだろう。

木々のあいだを進むせまい水路から開けた場所へ出

ると、向かい風が吹いてきてカヌーを漕ぐ手に力をこめる。ジョンボートで釣りをする男がひとり、指を二本立てて振っている。ボートマンの最小限の挨拶。男は長袖に帽子、サングラスといういでたちだが、〈グレートアース〉のウェイターみたいに、もみあげとつながった頬ひげをたくわえている。まさかガーフ・カズンズだろうか。

わたしはすばやく脇の水路へ漕いでいって、葦の茂みにたどり着く。けれども、そこでカヌーの速度を落とす。いままで見つからなかった鳥が、ようやく姿を現したからだ。ムラサキバンは竹馬に乗っているみたいに、鮮やかな黄色の脚で一本ずつ垂直に生えた葦をつかんでいる。これから食べようとしているカタツムリに気をとられているので、こちらに気づいていない。

パドルを膝に置いて、惰性でカヌーをできるだけ対象に寄せ、ゆっくりとスケッチブックに手を伸ばす。ムラサキバンのキャンディコーンそっくりの嘴が——先端が黄色で、目のほうへ行くにつれてオレンジ色になっている——水線を指し、青と緑の羽が日差しにきらめいている。ムラサキバンが頭を水のなかへ浅くさっと突っ込み、カタツムリを呑みこんで、ぶらぶら歩きつづける。そして水蓮の葉から葉へと歩いたあと、葦の茂みのなかにはいってしまったので、どうカヌーを操っても見えなくなる。行ってしまってから、わたしは自分の絵を見る。「やった！」声に出して言いながら、ムラサキバンの動きと視線の強さをすばやく描きこむ。頭と胸はアヤメを思わせる青色で、背中と羽の水色が先端のほうではオリーブ色になり、下のほうは真っ黒だ。

この瞬間をだれかと分かち合いたい。大学院でわたしたちのグループはときどき調査旅行に出かけた。カーキ色のバードウォッチ用の服ではなく、断裂防止のREI（アウトドアブランド）を身に着けている点がちがうだけで、まるで《ビバリー・ヒルビリーズ》のミス・ジェーン・ハサウェイのようだった。〝やった〟の瞬間がたくさんあったものだ。
大脳のような形の地図があっても道に迷いやすいことを知っていたので、わたしは葦を掻き分けながらパドルを漕ぎ進める。最近も、〝沼地で行方不明に！〟という見出しが《タラハシー・デモクラット》紙に躍った――愛犬を連れた小さな女の子が迷いこんだのだ。ジャーマンシェパードは夜じゅう女の子の上に寝て、彼女が濡れず、体温がさがらないようにしていたのだということ。けれども、人はもっと頻繁に沼地にわざと〝迷いこむ〟。たとえば、ネルソン・バーバーのように。バーバーはどういうつもりなんだろう。何から逃げているんだろう。このごちゃごちゃした沼地は、たとえば父とその友人たちが話していたように、飛行機から干し草を落としていくようなろくでなしにとって、いい隠れ場所になっている。その梱を回収するためにやってくる悪党たちにとっても。

ある日、父さんとわたしは、カヌーをしまってある釣り小屋へと小型のジョンボートを走らせていた。釣り小屋まで行くのにモーターボートを使い、カヌーは釣りをするのに使っていた。「モーターの音をさせながら魚にそっと近づくことはできないからね」父さんは口癖のようにそう言った。釣り小屋から遠くないところで、ぴかぴかの真新しいボストンホエーラーに乗っている二人組の男たちとすれちがった。こんなときたいてい父さんは笑みを浮かべ、釣りに関する情報を得るため、また釣り人同士の挨拶のような意味で「調子はどうだい？」と声をかける。ところがこのとき相手は、にこりともせず、ただ一瞬小さくうなずいただけだった。すれちがった父さんがそっちを振り返ると、向こうもこっちを見ていた。父さんは釣り小屋でわたしを降ろして、ドアを施錠して言った。「ロニ、ここにいなさい。すぐにもどってくるから」そしてスピードをあげて出ていった。

わたしは水面に突き出た小屋の前まで歩いていった。それから、砂地に小屋が固定されているあたりまでもどると、窓はライヴオークの枝で覆われていた。その後、もう一度小屋の前まで行った。見おろすと、船着き場に水が打ち寄せていた。そんなことを何度も繰り返した。魚が跳ね、木の枝がきしんだ音を立てた。遠くから蛙やコオロギ、風や水の音が聞こえた。こうした音は、父さんと一緒なら、頭を休ませるためのやわらかい毛布のように感じられる。でも、その日は、自宅からどんなに遠くにいるかを物語る音だった。わたしは網戸と風化した壁にふれ、気づいた——どうしたって、自力でこの沼地から出ていくことはできないのだ、と。

だいぶ経って叫び声が聞こえたが、物音が遠いかと思うと近くで聞こえ、近くかと思うと遠くで聞こえた。そして父の声がした。「手を挙げろ!」

そのあとまたボートの音がして、またしても叫び声がした。しまいに、おそらく遠くから父さんの五馬力の小型ボートがカーブを曲がる音がして、わたしはドアへと走っていった、父さんが鍵をあけた。汗びっしょりでにっこり笑っていた。

「よし、釣りの準備はできたか」父は、まるでわたしのほうが父を待たせていたかのように言った。

「何があったの?」わたしは言った。

「刑務所暮らしに飽き飽きして、休暇をとろうと考えたやつらがいたんだ。シャペル局長に手伝ってもらって、そいつらがいるべき場所へもどしたんだよ」

「さっきすれちがった人たち?」

父さんはうなずいた。

「なんでわかったの?」

「ただの直感さ」

「どんな直感?」

「タトゥーに気づいたかい? 腕にでっかいイエスがあった」

気づかなかった。

「つねに刑務所のなかにイエスがいるわけさ」父さんは説明しないで、ただ笑顔でかぶりを振った。「時間の無駄だ。さあ、釣りをするぞ！」

翌日、レイフォードからボートを盗んで逃走してきた者たちを父さんがどんなふうに発見して救援にいったかを、新聞が報じた。父さんとシャペル局長が逮捕したらしい。派手なことがいつもあるとは言えない仕事だ、と父さんは言っていたが、刺激的なことが起こる可能性だってあったのだ。


いま、太陽は空の低い位置にあり、おそらくカヌーショップの近くまでもどっている気がする。マングローブの薄暗いトンネルを過ぎ、特に低く垂れさがっている枝の下を漕いでいく。枝がカヌーのなかにまで垂れ落ちてくることはないが、この枝には葉が一枚もない。しかも動いている！


一刻も早く、この茶色くて光る危険なものを水のなかへ落とさなくては。大きいだけで無害な水蛇なのか、それともヌママムシなのか、それを知る唯一の方法は……まずい！　大きな白い口が攻撃してくる。パドルで蛇の頭を叩いて、向きを変えさせる。愕然としていたけれど、考える時間はなく——パドルのブレードをヘラ代わりにして、でるだけすばやくボートからその生き物の体を掬いのける。と同時に、蛇の頭が驚くべき筋肉のコントロールを見せ、こっちへ向かってきて、わたしは思わずたじろぎ、蛇が右から突き出てくると同時にわたしは左へ体を傾ける。すると、蛇の胴体が茶色い水のなかへするりと落ちて、頭を後ろに向けて去っていく。わたしは猛烈な勢いでパドルを漕ぐ。

どこをどう通ったのかわからないまま、船着き場にもどっている。

わたしがデスクに近づいていくと、アドレーが微笑む。

「きょうはどうだった？」

「それが、すごかったの」わたしは言う。「たったいま何が起こったか、きっと信じられないわよ」

カヌーが壊れたのではないか、とアドレーはわたしの背後をちらちら見ている。わたしはさっきの蛇について話しはじめる。息を切らしながら説明していると、ことばがこぼれ出し、アドレナリンが肌を刺す。

彼の閉じた唇に、笑みがそっと浮かぶ。

「おかしいと思ってるの？」わたしは言う。

「いや、君の話し方がさ、なんていうか……生き生きしてて」笑いをこらえている。

「ちょっと、楽しんでる場合じゃないでしょ」

アドレーが目をぱちくりする。「おれは……いや、ただ、その……」手に持った短い鉛筆に目を向ける。「勘定を書かないと」

瞼の裏でこの数分のことが跳ねまわる。

「じゃあ、八ドルで」アドレーがようやく言って、領収書から顔をあげる。

「カードでお願い」わたしは言う。「待って。いま何時？」時計を確認する。「午後じゅう借りてたのね。半日の料金は十八ドルでしょ？」スケッチブックをカウンターに置く。

「いいよ、奥さん」

奥さん？「いいえご主人、借りてた時間ぶんの料金を払うわ」

アドレーは腐ったクルミを食べたみたいに、口元をゆがめる。「ご主人なんて呼ばないでくれ」

「なら……」

「アドレーと」

「こっちも〝奥さん〟と呼ばないでもらえるなら」

アドレーはわたしがつづきを言うのを待つ。

「ロニよ」わたしは手を差し出す。

「了解」船着き場に引きあげてくれたときと同じ力強い手を差し出す。

「よろしく。ところで、八ドルでいいの？　わたしが百番目のお客か何かなわけ？」

「おもしろいな」そう言いながら、微塵も笑っていない。「何度か来てくれたけど、いつも平日ばかりで、暇な時間なんだ。大量購入割引みたいなものかな。きみと、きみの乗客用ぶんだよ」カウンターに置いてあるわたしのスケッチブックを首の動きで示してみせる。

「とにかく、きょうはきみの勇気と機転に免じて！」両眉をあげる。

アドレーがおもしがっているのは困るけれど、その笑みはおそらくわたしが待っていたものを与えてくれた――毛皮の下に隠しているものを垣間見せてくれたのだ。アドレーは顎ひげのある容貌から思っていたより若そうだ。

20

四月五日

きょうはもう何時間も仕分けをしているので、休息が必要だ。シュニール織りのベッドカバーの上に横たわる。母の日記がバッグにはいっている。いいことではないし、見るべきじゃない。でも、好奇心に勝てない。手にとって、読みはじめる。

マジョラム――死者よ、安らかに眠れ
ラヴェンダー――子供たちの庇護者
ワタチョロギ／カッコウチョロギ――〝コートを売って、カッコウチョロギを買いなさい〟

中心はラヴェンダーで、背の低いマジョラムでまわりをぐるりと囲む。カルペパー（イギリスの有名な植物学者）は墓にマジョラムを植えろと言うけれど、わたしには墓はない。いちばん外側の端には、やわらかいワタチョロギを据える。

中心に配置するラベンダーを抜いていたら、巣から落ちたばかりの、さっきまで息をしていた雛を見つけた。脚は投げ出され、首が長く伸び、黄色い嘴は頭部のなかで大きすぎる硬い笑みを浮かべている、小さな体は、やわらかな潜在力の塊だ。でも、もうそこから命は抜けている。ボイドなら言うだろう。埋めてあげよう、ルース、蟻《アリ》がたかる前に。でも、わたしにはあとほんの少し、時間が必要だ。雛と一緒にいる時間。さよならを言うためじゃなく、ただ抱いていてあげるための時間が。雛の目は――閉じられていて大きく、頭はやわらかくて、皮膚は湿ったティッシュペーパーみたいに透けてみえる。皮膚の下の黒っぽいところは――心臓と内臓だろう。あの子の肌もそんなふうだった。黒っぽい流れが見えたのは、ついさっきまで送り出されていた血液だった。雛よ、わたしはあなたをこれからつくる草の輪の、マジョラムの下に休ませてあげよう。あの子のお墓の代わりに。

シュニール織りのベッドカバーに頬をあてる。母に要らないと言われたので、いまはもうわたしのものだ。この何もないアパートメントでは、親しみを感じさせてくれる避難所に等しい。目を細くして見ると、クリーム色の生地の凹凸が、綿畑の模型のように見える。わたしはスケッチブックに手を伸ばして、このミニチュアの穀物を描こうとするが、筆が生み出すのは別のもの、巣から落ちたばかりの雛だ。

日記のなかで、母は悲しみに対処している。物質を構成要素に分解し、ことばにできないものを理解しようとしている。自分も同じように考えると言うつもりはないが、そのプロセスはわかる。それは、わたしが毎日製図台の上でしていることだ。

母は、父が亡くなったあとも、こんなふうに日記を書いていたんじゃないだろうか。わたしが学校にいない時間で、赤ん坊だったフィリップの世話もしていない時間はほんのわずかしかなかったが、そんなとき母とは家の端と端に離れていた。わたしは悲しみをひそかに胸に秘めていた。母は悲しみをどうしていたのだろう。

日記を最後まで飛ばして見てみたが、いちばん最後に書き込まれていたのは、フィリップが生まれる前の日付だった。そして、父がわたしたちのもとを去ったのは、その六カ月後だ。ほかにも日記があるのでは？メインの部屋へ行って、本の箱を漁ってみるが、それらしいものは見あたらない。

でも、見つけたものがあった。実録犯罪物のペーパーバックのページのあいだに、間に合わせの栞がはさまれていて、手描きのメモが記されていたのだ。電力会社のフロリダ・パワー・アンド・ライトの差出人住所がはいった、窓つき封筒だ。そのなかに、父の筆跡でこう記されていた。〝マーヴィン∨双方向〟。それから、〝FGC LED〟の文字と、その下に、走り書きがあって、一分にらんでいるとそれが道案内であることがわかってきた。〝ルート319から263。コモンウェルスをR〟。父の遺品をあまり持っていないため、この紙切れは、大事にとっておくべきものに思える。父が左手で鉛筆を握りしめて、斜めに文字を書く様子が目に浮かぶ。

電話が鳴る。フィルからだ。

「ねえ、走らない？」フィルが言う。

すると、社交辞令ではなかったということか。一緒に走ろうと言ったのは、本気だったわけだ。「ああ……そうね」わたしは言う。「いま？」

「いや、五時半ごろでどう？　ぼくの家からスタートして」

「了解」

お互いに電話を切る。フィルがわたしを誘ってくるなんて、まだどうもなじめない。

わたしはさっきの封筒を見て、その視線を時計へ移す。フィルに会う前に、この道案内がどこへたどり着くかたしかめるだけの時間はありそうだ。

21

ランニング用の服はどこにあるだろう。DCでは――少なくともヒュー・アダムソンが来る前は――週三回、昼休みに走っていた。最後にわたしが走りにでたとき、われらが若き効率屋は、走り終えてもどってくるのをわたしのオフィスのドアの前で待っていて、昼休憩は一時間のはずなのに十分超えている、と言ったのだ。

でも、DCでのランニングは精神の調子を保ってくれていた。体調の面でも、スミソニアン内のソフトボールのゲームに役立っていて、わたしは自然史チームの女性主砲だ。それに、ヒットを打てたって、走れなければなんの意味もない。それで、月、水、金と走っていたのだ。たいていナショナルモール国立公園を横切ってスミソニアン協会まで行くところからはじめる。航空宇宙博物館を通り過ぎて、国会議事堂まで行ってそこをぐるっとまわる。ワシントン・ナショナル・ギャラリーの東棟の先を過ぎて、彫刻の庭を通ってクールダウンする。夏は、ナショナル・ギャラリーの噴水から何エーカーもの水が噴きあがっているのが見える。噴水には、シーワールドの鯨槽ほどの円形の人工池があって、八エーカーもの水が高さを変えて噴きあがり、中央の水の高さは周囲のシナノキの高さにまで及ぶ。それがピークに達すると、徐々に低くなっていって、しまいに水が噴出しなくなる。水が盛りあがっては引いていくのを、わたしはもどらなくてはならない時間まで見る。

　ここフロリダでは、昼食時に走ろうなんて考えさえしない。なんであれ屋外スポーツをするなら、心臓発作が起きないようにちゃんとタイミングを見計らう必要がある。スーツケースの底から、ランニング用のシャツとパンツがようやく姿を現す。わたしはそれを身に着けて、靴を手にとり、早めにフィルの家へ向かう。

　車の助手席には、フロリダ・パワー・アンド・ライトの封筒が置いてある。父が319号線から263号線を走ったとすれば、タラハシーへ行くことになる。でも、父は、心の底からタラハシーをきらっていた。わたしはキャピタル・サークルへ向かう。263号線の、空港のそばで曲がっているところだ。自分自身はあまり行かないあたりなので、父がなんの用でこんなところに来たのだろう、と思う。大学から遠く、松の木が点在する開けた州都のはずれで、見るからに工業地帯らしい。わたしは父が紙に書いていたとおり、コモンウェルスを右折するが、指示には番地がないため、父がどこに行こうとしていたかがどうしてもわからない。コカ・コーラのボトリング工場？　ボーイズタウン・ノース・フロリダ？　父が生きていた時代にはここになかったものもいくつかあるはずだ――ソフトウェア会社や、敷地面積の広いバイオテクノロジー企業。少し走ってから、方向転換する。その途中、フロリダ州魚類・野生生物保存協会の看板と、フロリダ漁業局の記章がちらっと見える。わたしは長い側道に車を走らせ、いままで気づきもしなかった低い建物の前の駐車場を進む。

封筒を手にとる。〝FGC　LED〟。ガラスのドアになんと印刷されているか、目を細めて見る。〝漁業局《Fish & Game Commission》、法執行部門《Law Enforcement Division》〟。父は訓練のためにここに来ていたのだろうか。わたしは腕時計を確認する。もう五時。車から降りてドアをあけようとしてみるが、施錠されている。自分の車へもどり、スケッチブックを持ってボンネットにすわる。

建物は無機質で、こういうのを描くのはあまり得意ではない。四角いドアと、ガラスに記された文字を写す。午後五時の太陽がファサードに反射し、小さな木々が駐車場に点在している。こんな絵を描いているとランニングに遅刻してしまうけれど、それでも真相が知りたい。局員の女性がひとり、鍵をあけて、大きな鍵束をじゃらじゃら言わせながらドアから出てくる。わたしと同じくらいの年齢で、急いでいるようだ。わたしはボンネットから飛びおりて、その女性局員に近づいていく。

「すみません……」

局員が振り返る。

「うかがっていいのかわからないんですけど、ええと、このオフィスは何をしてるとこなんですか。つまり、法執行部門というのは」

局員は駐車場のほうへ目をやって、それから自分の腕時計を見る。

「お時間をとらせてすみません、ただ……」

局員は決まり文句にちがいない文言を唱える。「ここでは訓練、記録の保管、内部告発者の報告、実績データ、調査官による監査、週報などを担当しています。通常の営業時間内に改めてお越しいただければ……」

「ええ、そうします」

局員は慌てて去る。もしかすると、わたしと同じように、だれかとの約束に遅れているのかもしれない。


マナティー・ラグーン館は市の公園に隣接している。玄関をノックすると、フィルが出てくる。ふたりで公園への道を歩いていると、フィルが靴紐を結ぶために立ち止まる。ランス・アシュフォードが制服姿で自宅から出てくる。

「やあ、フィル。やあ、ロニ」

「ハイ、ランス」

ランスはわたしに鋭い視線を向ける。「トラブルは避けてもらえると助かるな」

わたしはフィルに、不気味な鳩の事件のことを話していなかった。ランスはフィルと握手をしたあと、軽く肩を叩く。それから、わたしに向かって言う。「弟に行儀を守らせてるかい、ロニ。むかしからすごくきびしかったからな」ランスがパトカーに乗りこんだので、わたしは助手席の窓へ近寄り、声を落として言う。

「何か進展はあった？　伝書鳩の件」

ランスは首を横に振る。「紐に白くて長い毛がからまっているのが見つかったんだが、歩道に落ちていたのかもしれないし、ロニが見つける前に、毛むくじゃらの犬が近寄って鳩のにおいを嗅いだのかもしれない」

白い毛むくじゃらの犬と聞いてわたしが思いつくのは、犬だけではない。

「つまり、たいして進展はないんだ、あいにくね」眼前にある何かに目を止め、ランスが笑みを浮かべる。そしてフロントガラスをのぞきこんで、右手の指を振る。その視線の先を追うと、自宅の大きな窓の向こう側に小さな娘がふたりいて、おかしな顔をしながらげらげら笑っているのが見える。

わたしはフィルと公園まで歩く。フィルはまた靴紐を締めなおしている。たぶんランニングは、フィルをまともな人に保つ役に立っているのだろう。なんと言っても、彼は会計士なのだ。わたしもおかげで鳥の仕事を忘れられる。

「準備はいい？」幼稚園児だったころと同じ笑顔でこちらを見あげて言う。大学進学のために実家を出たあの日、六歳のフィルがわたしを見あげて「行かないで」と言ったときのことは一生忘れられない。本来ならかがんでフィルと目の高さを合わせ、ちょくちょく帰ってくるよ、さよならじゃないんだよ、と説明するべきだった。それなのに、実際は背を向けてバスに乗り、それ以降の互いの関係に影響をもたらす決定的な瞬間から逃げたのだった。

それでも、運動することで絆ができる。少なくとも、わたしはそう期待している。わたしより脚が長くて、十二歳も若く、いつも鍛えているから、フィルのほうが有利だ。こちらはもう三週間ほどジョギングを休んでいるので、頑張らないとついていけない。わたしたちは、小さな湖をまわりつつ、短い距離を走る。

「このくらいのペースでいいかな」フィルが言う。

わたしは大きく息を呑んで言う。「ええ、ちょうどいいわ！」

フィルが自分の腕時計を指さす。

「ほら、これで距離や走行時間、おまけにＢＭＩに基づいた消費カロリーまでわかるんだ」数字を計るのがつくづく好きな男だ。

「ねえ、少しだけスローダウンしてもいい？」

ありがたいことに、フィルは速度を落としてくれた。それから言う。「そうそう、バートがきょう訴状を提出するって。あまり長くはかからないと思ってるってさ」

「バートが……何をするって？」

フィルはまだ息もあがっていない。「ほら、州との件。裁判所を通して、ちょっとした訴訟みたいなものを起こしたほうがいいって。そのほうが、母さんに早くお金が渡るから。父さんが勤務中だったってことをたしかにできれば……」

わたしは走る足を止める。「フィル、だめだって言ったよね！　シャペル局長から電話が来たでしょ？」

「局長……？」フィルは足を止めず、わたしがふたたび走りだすまで、振り返って後ろ向きで走りつづける。

「フランク・シャペルよ」追いつきながらわたしは言う。「父さんの昔の上司の」

「なぜ局長がぼくに電話を？」前へ向きなおる。

「フィル、バートにその訴えを取りさげてもらって——なんとしても止めて」

「なぜ？　何が問題なの？」

「不正が問題なのよ、フィル。父さんが勤務中だったってことでお金をもらったら、偽ったことになる……」法律用語を知っているという言い方をしようとしたのに、とにかく早口でまくしたててしまう。ほぼまちがいなく、二十五年前におこなわれた不正が、この愚かな〝ちょっとした訴訟〟によって明らかになり、口では言えない感情の波が押し寄せるだろう。

フィルは一定のペースを保っている。「ロニ、このあいだも言ったけど、書類にちゃんと記されているんだ、〝勤務中〟って」

「そこにフランク・シャペルの署名があるんでしょ？」

フィルは肩をすくめる。

「不正に基づいていたとしても、かまわないっていうのね」

上空から甲高い鳴き声が聞こえてくる。〝ティーケトル・ティーケトル・ティー！〟。茶腹眉鷦鷯《チャバラマユミソサザイ》だ。

「ロニ、訴訟せずに、どうして母さんの維持費を払うんだい？」

「維持費？」わたしは息を吐きだす。「冷たい言い方ね」

フィルが隣で走っている。足音、ブレス、足音、ブレス。打楽器奏者のリズムで。「ぼくのいわんとすることわかるだろ。全部自分で抱えこむつもり？」

「競争しよう」わたしは言って、トップスピードで駆けるが、フィルはスケートボードに乗っているかのようにに楽々とわたしを追い越していく。結局、こういうことが家族の争いの種なのだ。お金、真実、誠実さ。でも、おもにお金。このままフィルが追及をつづけると、死亡給付金が消滅する可能性があり、フィルは思ってもみない真実を知ることになるだろう。それにしても、シャペルはなぜフィルに電話をしてくれなかったのか。

22

シャワーを浴びたあと、電話番号案内でシャペルの番号を調べる。電話をかけるが、応答はなく、いつまで待っても、出ない。わたしたちに給付金がおりるように〝勤務中〟と書いた、とフィルに言ってくれればいいだけなのに。そんな大それた頼みだっただろうか。

一時間おきに電話をかける。夜になってもかけつづける。振られた恋人みたいに電話をかけ、切ったそばからまたダイヤルする。ばかばかしくなって、ようやく就寝する。そして朝起きて、また電話をかける。

そのとき気づいた。家に行ったとき、シャペルはわたしに伝えようとしていたのに、わたしは遠慮して真意を尋ねることができなかった。クランベリージュースを出してくれたとき、ほかは味がしないと言っていた。病気か、あるいは死にそうなときに、そういうことが起こるものじゃないだろうか。見るかぎり、とても元気そうだった。でも、意識を失っているとしたら？　倒れたら、だれが手を貸してくれるのだろうか。何日も倒れたまま、だれにも知られることはないだろう。

わたしはシャペルの家へと車を走らせる。空はどんよりと曇り、垂れさがる蔦がポーチに影を落として、さながらノワール映画の一シーンのようだ。呼び鈴を鳴らして待ったのち、ノックする。さらに待ち、さっきより強くノックする。もし死んでいるなら、何をしたって応答するわけがない。わたしは網戸をあけて、ノブをまわしてみる。テネキーの人がドアに施錠をしないのが信じられない。わたしは忍び足で中へはいる。

「シャペル局長？」

もしシャペルが生きていて、着替えをしているところを驚かせてしまったらどうしよう。相当気まずい。わたしは大きな声で言う。「シャペル局長？」そのとき、ちゃんと服を着ているが、床に倒れているシャペルの姿が目に飛びこんできた。脚が廊下に出て、残りはキッチンの床に伸びている。**大変だ。**わたしはかがみこんで、シャペルの胸に耳をあてる。心臓は動いているが、顔は血まみれだ。

「シャペル局長」大きな声で言う。唇は腫れあがり、その上にあるカウンターには血がついている。頭の横に、ドアの側柱と同じ形の大きなみみず腫れができている。携帯電話を取り出して、911にかける。小さなテネキーの町でも、緊急事態がどんなことかはわかるだろう。

救急車が来たので、わたしも同乗して病院へ向かう。途中で、シャペルの目がふわふわと開く。「ロニ・メイ！」そう言ったものの、何が起こっているかわかっていないようだ。〝そういうふうに呼ばないで〟といまはそんなことを言っている場合ではない。「おれは気を失ったんだな」シャペルが言い、それからまた気を失う。病院に到着すると、シャペルがどこかへ連れていかれる。わたしはすわって、親戚でもないのに、恋人を思うみたいに気を揉んでいる。

しばらく経って、医者が待合室に出てくる。「処置を終え、ミスター・シャペルの容態は安定しています」わたしの顔を見る。「その場にいらっしゃったんですか……ミスター・シャペルが怪我をしたとき」

「いいえ、わたしが見つけたんです。電話をしたんですけど、ちっとも出ないので訪ねていったら、倒れていて……」

医師がわたしを見つめる。高齢者への虐待ではないか確認する必要があるのだろう。わたしはシャペルの怪我とはなんの関係もないのに、後ろめたさを覚えはじめる。

医師はさっとカルテに目をやり、また視線をわたしにもどす。「転んで怪我をした可能性もありますが、ほかに……疑わしいところがある場合は、報告しなければならないんでね。キッチンカウンターに血がついていたとのことですが」

「ええ、気を失ったんじゃないかと思います、よくわかりませんが。ドアの脇にぶつけて、そのあとカウンターの角にぶつかって、それから……」自分が医師の立場でも、わたしの言うことは信じないだろうと思う。

「本人と話せますか」

「まだしばらくは眠っているでしょう。いったん帰宅して、あとでまたお越しになったらどうですか。ちゃんとお世話しておきますから、あなたの……」医師はそこでことばを切って、わたしがふたりの関係を告げるのを待つ。その顔はこう問うている。**父親？　おじさん？　それともパトロン？**

「家族ぐるみの友人です」

「なるほど。いつまでもここにいる必要はありません

が、お帰りになる前に、ヨランダと話をしてくださ
い」医師の背後からスクラブを着た若い女性が歩み出
る。「あなたの連絡先を控えますから」
　ヨランダに狭い部屋へ通され、情報を書き留められ
るだけでなく、いろいろなことを訊かれる。「患者さ
んとはいつからのお知り合いで？」とか「あなたが患
者さんのおもな介護人なんですか」とか「ミスター・
シャペルはお住まいや経済的な支援の面であなたを頼
っておられるんですか」とか。
　シャペルの銀行口座にアクセスできるか訊かれたと
き、わたしは言う。「あのですね、家族ぐるみの友人
なんですよ。しかも、わたしはこの町に住んでいませ
ん。ここでは善きサマリア人なんです。実際……あな
たがおっしゃられているような者ではないんです」
「わかりました、ミズ・マロー。どうか落ち着いてく
ださい。こちらとしては、従うべき手順に従っている
だけでして」
まいった。わたしはバッグを持って外へ出る。

23

四月七日

　点滴、輸液、水分補給とも言う。朝日がシャペル局長のベッドのそばに吊るされている透明な液体の袋にあたり、その液体がビニールチューブからシャペルの手の針へと流れている。深刻な脱水症状だったようで、それで気を失った可能性もある。それでも、わたしにはなお、若い医師の疑いのまなざしが感じられる。そのせいできのうは帰りづらくされたのに、抵抗感を覚えながら今朝もここに来ている。

　シャペルの目は片方閉じていて、もう一方の目はドアの脇かカウンターにぶつけたところが腫れて紫色になっている。唇に貼られた縫合テープが、まるで試合に負けたボクサーのようだ。機械音を発するモニターが、シャペルのヴァイタルサインを測っている。

　ここでのわたしはどんな立場なんだろう。つい最近まで、テンポの速い都会で人も羨む仕事をする、多忙な鳥類画家だった。それがこのところは、のんびりした町で、か弱い老人を、ひとりは介護施設に、もうひとりは病院に訪ねている。

　シャペルの見舞客はあなただけだ、と看護師に言われた。シャペルには自宅で床に倒れていても起こしてくれる人さえいない。この役はわたしにとってまったく心地いいものではなく、シャペル局長がたくさんの管やら線につながれているのを見るのは苦痛だ。それでも、モニターが生命の兆候を示しているのがうれしい。

　ついに、シャペルが目をあける。はじめ、わたしを見て驚いたようだったが、そのうちに霧が晴れた様子だ。シャペルがしゃがれ声で言う。「ロニ・メイ」

「シャペル局長」

シャペルが片手をあげて、わたしはその手をとる。力強い手だ。「それにしても」シャペルが言い、ひと息入れてつづける。「どうなっていたことだろう……きみが家に寄ってくれなかったら」

「実は、お宅へ行ったのはうかがいたいことがあったからで――」

「きみは守護天使のようなものだ」しわがれ声で言う。

わたしはため息をつく。「そんな。父が亡くなったあと、あなたはわれわれの守護天使でしたから」

長い沈黙がおりる。「きみのお父さんに起こったことと、ロニ、すまなかったよ」

「あなたのせいじゃありません」

「いや、わたしのせいだ。お父さんを見たんだ。どんなに彼があのとき……」目を閉じ、眠りより深い状態まで沈みこんでいるように見える。

「シャペル局長」わたしは言う、それからもっと大きな声で繰り返す。「シャペル局長!」肩にふれる。

「フランク?」さっきの話のつづきを聞きたい。

モニターの電子音は規則的だ。もう一度名前を呼ぶが、シャペルは死んだように眠っている。でも、死んではいない。だったら、何を言おうとしたか、また尋ねるチャンスもあるだろう。わたしはかたわらにすわっていたが、ついに面会時間が終わり、看護師に追い出された。

タラハシー科学博物館の小さなアトリエへ向かう。週末は静かで、時間外の警備員はすでにわたしのことを知っている。警備員がわたしに会釈をする。

わたしはローマンシェードをあげる。製図台の前にすわるが、すぐには描かない。さっきのシャペルのことばがそばに漂っている。〝お父さんを見たんだ。どんなに彼があのとき……〟。なぜ最後まで言わなかったのだろう。やさしくて愉快な父がなぜわたしたちを残して去ったのか、その理由をきっぱり答えてくれそうだったのに。

精神を集中する。鳥。草地姫鳥《クサチヒメドリ》の小さな剝製を置いて、祖父の図鑑を見る。〝クサチヒメドリ　地上をよく歩く。驚かされると草地に落ちて、逃げていく〟。余白も、祖父のタッドのていねいな字でこう記されている。〝一九七二年十月二日　ワクラ・スプリングスからまっすぐ北へ半マイル〟

エステルのリストはフロリダ独自の鳥に集中しているが、クサチヒメドリはどこにでもいる鳥だ。それでも、わたしはクサチヒメドリが帯びている小さな威厳を正確に守ろうとする。黄色いアイシャドーと白い胸にある茶色い縞。クサチヒメドリが留まっているスパルティナの葉を描き、微風がその長い茎をたわませたり垂れさせたりする動きをとらえようとする。風の音が絵を満たし、父の声が聞こえてくる。


「ほら、見ろ、ロニ・メイ」

わたしは葦の上で揺れている小鳥から目をそらし、父さんの釣り糸の先にぶらさがって、身をもだえさせながらくねくねと尾を曲げている魚のほうを見た。

父さんがにっこり笑った。「二ポンドくらいだな」

ぶち模様の魚が跳ねて日差しを受け、銀と青と緑の混ざった体を金色に光らせる。父さんが魚の口から釣り針をはずし、尾を持ってボートの側面に魚の頭を打ちつけようとした。

「やめて！」わたしは言った。魚が父さんの手から離れ、跳ねながらカヌーのくぼみに落ちた。

父さんは別の釣り針に餌をつけ、わたしが魚を見つめる様子をながめていた。鰓《えら》がぱくぱく開いたり閉じたりして、数分後には動きが鈍くなっていた。体の色も褪せて、体をくねらせることも減り、しまいに目が曇っていく。

父さんは言った。「魚にとっては、ああいう方法のほうがいいんだ」

その後、釣り小屋で、父さんは魚の切り身を持ちあげて、小麦粉をまぶし、ジュージュー音を立てるフライパンに投入した。一緒に来るようになる前は、父さんが料理をするところなど見たこともなかったし、網戸の代わりに自分たちが蚊に食われ、ひと晩じゅう蛙が近くで遠くで鳴きつづけるこの湿った木の小屋で父が何を食べているのか、不思議に思いさえしなかった。

父さんの調理した魚をひと口食べて、呑みこみ、わたしは言った。「いつもここで暮らせたらいいのに」

父さんはケチャップに手を伸ばした。「庭がないと母さんはうまくやってけないんじゃないかな」

わたしはフォークを宙に漂わせた。「母さんは向こうに残ってもいいよ。庭のあるほうに」

父さんは頭をこっちへ向けた。咀嚼し、首をかしげる。

わたしが簡易ベッドにはいると、父さんは言った。

「いいかい、ロニ・メイ、たまには、きみのことをもどかしく思う人もいるかもしれないが、それはその人がきみのことを思っていないからじゃないんだよ」父さんは布団を掛けなおしてくれた。父さんのフランネルのシャツは、夕食と、新鮮な空気と、古い葉っぱのにおいがした。「お休み、ダーリン」父さんがわたしのおでこにキスをした。

頭上で足音がする。たぶん、博物館の来場者だろう。クサチヒメドリの横に置いた二枚目の紙には、網戸の網目模様と、古びた白い梁《はり》に縁どられた父と、青い天井が描かれていた。わたしがいちばんよく知っているのは、ここでの父だ。今回だけは、二枚目を破らず、丸めず、捨てもしない。わたしは荷物をまとめて、電灯を消す。

24

四月八日

朝、けっして自分のものだと感じることのないアパートメントで、がたがたするキッチンテーブルについている。フィルには、〝ちょっとした訴訟〟の根拠になる書類、事故の報告書を見たいと言ったのだった。ところがいまなぜか、その書類のはいった十号の封筒を手にしている。きのう玄関にある〝L・マロー、2C〟と書かれた郵便受けから持ってきたのに、いまも開封しないままキッチンテーブルに置いてある。わたしは何をこわがっているんだろう。封筒を破り、三つ折りの紙を取り出すと、二枚がホッチキスで止められている。この紙が指先を炙るわけでもなければ、網膜を焼くわけでもない。折り目を伸ばすと、それは単に州の書類の粗いコピーだった。小さな項目がいくつもある。わたしの目は大文字の文言をさまよう。〝事故による溺死〟たしかにそのとおり。〝勤務中〟そう、そこに〝局長フランク・P・シャペル〟の署名がある。二ページ目を見る。

〝書式537bの補遺〟よくある類いの文書だ。真ん中から下くらいのところに〝コメント〟とあり、その下に手書きのメモが記されている。〝遺体から約百フィート離れた陸上で故人の財布が発見された。内容物：フロリダ州の運転免許書、フロリダ州の入漁許可証、漁業局バッジ／ID、写真二枚。財布のなかに現金はなかった〟。この補遺には、副局長のダニエル・J・ワトソンの署名がある。

窓台の剝がれたペンキの塊を見つめる。〝陸上で財布が発見された〟というのはどういうことだろう。岸に流れ着いたのか。この世のものと最後に別れを告げようとして、父さんがみずから財布を捨てたのか。想像したくない。

　頭のなかのイメージを変えようとして、鳥のリストを出す。次に描くのは、山魚狗《ヤマセミ》。あのぼさぼさの鳥冠の色を出すのに、酸化クロムの緑色か、フッカーズグリーン（緑色顔料、英国の挿絵画家フッカーの名にちなむ）を買って、コバルトブルーと混ぜ、アイボリーブラックを少し加える必要があるかもしれない。大変だ。

　わたしは立ちあがり、窓際まで行って、継ぎはぎの草地を見つめる。黒椋鳥擬《クロムクドリモドキ》がちょろちょろ動いて、虫を探して地面をつつき、エアコンのうなりに負けずさえずっている。

　〝財布のなかに現金はなかった〟。ワトソンという男は、どういう意味で書いたのだろう。父さんは沼へ出かけるとき、お金を必要としなかった。わたしは書類を手にとる。ワトソンの署名の日付は、父さんの死から丸二カ月後だ。一ページ目にもどってみる。シャペルの署名のあとの日付は、〝事故〟の三日後だ。フィルは二ページ目についてはいっさい何も言っていなかった。それに、副局長ダニエル・J・ワトソンとは？

　一瞬わたしはまっすぐ前を見つめる。それから床に置いてある書類を集めて、古い切り抜きのはいったフォルダーを見つける。何枚か見てみて、父さんとシャペルが握手をしている光沢のある写真にいきあたる。そこでその名前を見たのだった。〝ダニエル・ワトソン副局長、社交的なオフィサー・オブ・ザ・イヤー〟にこりともせずに、ふたりの背後に立っている。

　エステルがわたしのノックに応じて出てくる。「ロジャーのコンピューターを使わせてもらっていい？」わたしは言う。さいわいロジャーは留守だ。豪華な二画面のパソコンの前にすわって、検索ボックスに入力する。〝ダン・ワトソン　テネキー　フロリダ〟

エステルが客間の入口でぶらぶらしている。「いったい、どうしたの？」

わたしは事故報告書をエステルに見せる。「二ページ目を見て。なぜ財布が陸上で見つかるんだろう、父は……」

エステルがわたしの考えを引きとる。「……水のなかにいたのに。盗まれたと考えられてるわけ？」

わたしは人間工学に基づいたデスクチェアにすわったまま、エステルのほうを向く。「普通は沼地って財布を持っていく必要はないの。だけど、持っていくと言っても、だれも止めやしない。父さんと一緒のときに、脱走してきた囚人と会ったこともあったし」

「ああ、そうだったね」エステルはその一件があった直後に、話を耳にしていたため、うなずいた。そして改めて事故報告書にざっと目を通し、わたしのかたわらに置いて言う。「用があるなら、部屋にいるから」

わたしは画面に向きなおる。〝ダン・ワトソン テネキー フロリダ〟で検索しても、意味のありそうな結果は表示されなかったので、検索欄に場所を入れずにただ〝ダン・ワトソン〟と入力すると、千人のダン・ワトソンの笑顔のプロフィールや新聞記事、さまざまな情報が返ってくる。そこで〝ダニエル・ワトソン副局長〟を試してみると、殉職者追悼ページと呼ばれるサイトが出る。職務中に死亡した法執行官のリストだ。つまり、ワトソン副局長自身が父さんの死について教えてくれることはなさそうだ。

そのサイトには、ワトソンの死亡時の年齢（三十二歳――父さんより若い）、死因（銃撃）、事件発生日、犯人の状況（該当なし）が記されている。このインデックスの隣に、事件の簡潔な説明がある。〝ワトソン副局長は、夜間に密漁していた者を逮捕しようとして、顔面を撃たれた。FSUメディカルセンターに搬送されたものの、傷がもとで死亡した。容疑者はいまだ逃走中。遺族は妻〟

だめだとわかっていながら、自分ではどうしようもなかった。わたしは父さんの名前を検索欄に入力する。インデックスにはこう記されている。〝ボイド・マロー局員。年齢三十七。死因は溺死〟。事件にまつわる簡潔な説明。〝局員のマローはボートで警邏中に溺死〟

たったそれだけ。

わたしは立ちあがって、室内を歩きまわったのち、また椅子にもどって画面の右上の×印をクリックする。右下にきょうの日付がある。四月八日。ありえない気がする。セオに、四月九日にかならずもどると言ってあるのに。

セオの携帯電話にかける。

「ロニ、あした出勤できないと言うつもりなら……」

わたしはロジャーの洒落たパソコンの画面から目をそらす。「そう、そう言おうと思ってたんです、セオ。迷惑をかけてるのはわかってます、でも……」

「すると、わたしはきみが提出した書類のほうを信用すればいいのかもしれんな、きみを信じるんじゃなく。書類によれば、休みは八週間だが、これだときびしい──」

「信じてください、セオ。こっちでちょっと面倒なことになってて──」

「いいかい、介護休暇中の人につらい思いをさせるつもりはないんだよ。だけどロニ、こっちでは大きなプロジェクトが進行してる。それにわかるだろ、きみが申請した日付を一日でも過ぎたら、ヒュー・アダムソンのやつ、きみを解雇してスヌーピーのハッピーダンスを踊るぞ。そうならないよう、わたしは強く望んでいるんだ」

気にかけてくれている。腹を立てているけれど、それでもセオは気にかけてくれているのだ。

「わたしもです、セオ。同じ気持ちです。でも、心配しないで。五月十日のずっと前に、かならずもどりますから」

「ずっと前ね」セオが信じられない様子で言う。

「ええ、前に。約束します」これまででいちばん好きな上司だと告げるべきだろうか。セオの敬意と関心は、わたしが何より価値を置く資質であると話すべきだろうか。「セオ」わたしは言う。

けれども、セオはもう電話を切っていた。

エステルが戸口に現れる。「何か手伝える?」

「わたしの気を紛らわして。励まして。わたしの人生をシンプルにして」

エステルがしばらく考えて、それから言う。「来て」

エステルについて居間へ行くと、エステルはクリーム色のやわらかい絨毯に寝転ぶ。

「さあ」そう言って、少し横へずれると、ふたりで天井を見あげられるようにする。それからヨガインストラクターみたいな声を出して言う。「目を閉じて」

「エステル――」

「しゃべらないで。言われたとおりにして」

わたしは従う。

「では、なんの心配もなかったときを思い浮かべなさい」

「エステル――」

「自分が何をしてるのかはわかってる。あ、でもはじめにすべきことを忘れてたわ」エステルの声がまたゆっくりになる。「深く息を吸って」

わたしは息を吸いこみ、それから吐き出す。

「もう一度」

言われたとおりにする。

「床に身を委ねるの。自分の筋肉をいっさい使う必要はない。支えるのは、すべて床に任せて」

わたしは深く息を吸いこむ。

「想像をひろげて、あんたが自由だった瞬間を最初はぼんやりと思い浮かべて。あんたはいまどこ? そこにはほかにだれがいる？　返事は要らない。想像をめぐらせるだけでいいから。この満ち足りたイメージを受け入れて」

わたしは息を吸いこんで、ぼんやりしたイメージに溶けこむ。極細の針を持つ、自分自身の小さな手。その針の先で小粒のガラスビーズを掬って、透明な糸にひとつひとつ通していく。幼いエステルが向かいにすわっている。エステルも細い針を持っていて、砂粒のようにきらめく小さなガラスのビーズがはいったトレイにその針を突っこんでいる。

目をあけると、エステルはいなくなっている。わたしはゆっくりと上体を起こす。

エステルが自分の部屋から出てくる。「リフレッシュできた？」

「ええ、なかなかよかった。どれくらい寝てた？」

「二十分くらい」

わたしは床から立ちあがる。「ありがとう」わたしは自分のバッグを持ちあげる。「ねえ、母の書いたものを聞きたい？」わたしは〝ガーデン〟のノートを取り出して、付箋を貼っていたページを開く。エステルはソファにどさりとすわって耳を傾ける。

わたしは読む。


ロニの小さな友達エステルがやってきて、女の子ふたりが庭を駆けまわり、ボイドが持ち帰ったサトウキビの茎を齧っている。ふたりは大きな声で笑っている。


エステルが微笑んでうなずく。「あたしたちのことね」

わたしはつづきを読む。


いつものふさぎ込んだロニではなく、楽しんでいる姿を見るのはいい。こうして見ていると、世界のなかであの子がどんな人間なのかを感じることができる。小さなエステルと比べて、ロニは自信がなさそうだけれど、ひょうきんだ——ゲームや機知でエステルに引けをとるまいとしている。エステルに対して、ロニはわたしにはめったに見せない溌剌とした素直な様子を見せている。それでも、先週のある夜、わたしがお休みを言いにロニの部屋に行くと、しばらく読んでいなかったものを読んでもらいたいとせがまれた。お伽話の一冊を手にとり、娘の横に腰をおろして、ストッキングを穿いた脚をベッドに載せると、わたしたちは同じ空間で想像力をさまよわせた。ロニが身を乗り出して、にわかにわたしの腕にキスをして、それから顔をあげた。怯えたウサギのような顔だった。わたしはふたたび読み聞かせにもどったけれど、あまり文字は見ていなかった。娘はそんなにわたしのことを恐れているの？　わたしはこの愛らしさに心を閉ざしていたのだろうか。まとまりの最後までできたので、ここでやめるかと尋ねてみる。一気に読んでしまうことはできないだろう。でも、もう一度読もうかと提案すると、ロニは言った。うん、いいよ。

　こんなふうに、友達と笑っている時みたいなロニは、幼くて無邪気で、それでいて自信に満ちた、わたしとは関係なく成長している謎めいた子供に見える。また本を読んであげよう。ふたたびこういう時間を持とう。

　エステルが顔をしかめる。「実際どうだったの？」

「何が？」

「また本を読んでくれたの？」

　わたしはエステルのきびしい視線を避けるために立ち上がって、バッグにノートをおさめる。「さあ。なかったかもね。父さんがたまに読んでくれた。まあ、自分で読めるようになったし……肝腎なのはそこじゃないでしょ」

「そこでしょ――」

「あのころのあなたとわたしのことが書かれてるから、気に入ってくれると思っただけ」わたしはカウチにもどり、いくつかあるクッションのひとつをつかむ。

エステルの靴下は目玉焼き柄だ。「何年生くらいのときだっけ、三年、四年？」

「そんなとこかな。いや、母さんのおなかにフィルがいたから、わたしたちは十一年生だね」

「なるほど。そのころから、あんたのお母さんちょっと……なんていうか……とげとげしかった？」

「そうね。でもたぶん……そうしないように気を付けてたと思う」わたしはクッションの縁取りを弄ぶ。

「いずれにせよ、母さんの日記を読むべきじゃないよね」

「でも、それであなたたちの関係が解き明かせるとしたら――」

「エステル、〝わたしはあなたの精神科医です〟って感じの言い草ね」

「まあ、あたしの言うことに耳を傾けるべきね、あたしは物がわかってるから」

「ねえ」わたしは言う。「子供のころのあなたの話だから気に入るかなと思っただけ」

「あたしがコメントを許されるのはその部分だけってこと？」

わたしはエステルをにらむ。

エステルが髪をくるくるねじる。「はいはい。当時のあたしたちはかわいくなかった。走って走って、食べて食べて。そんで浮かれ騒ぎ」

「ましなコメントになったわ」

25

四月九日

ネルソンの狩猟用品店で、指先のないパドリング用の手袋をふた組持って比べていたとき、強烈な体臭がして、気づくと、すぐ隣にこの店の店主だった男が立っている。

「さっさと出てけって言っただろ。嘘つき野郎の嘘も、糞野郎の糞も許されねえ」

最後のことばと同時に、わたしの首の横に唾の飛沫がかかる。振り返ると、白くて薄い髪と無精ひげの生えた顔がある。ミスター・バーバーがわたしの左手の棚からぎざぎざの歯の鋭い狩猟用ナイフをとりあげていた。矯《た》めつ眇《すが》めつしながら、それが日差しを浴びて光る様子をながめている。

ミスター・バーバーの視線がそれたほんの一瞬のあいだに、わたしは何がおこっているのか横目で見ている店員がいるカウンターへ突進する。ネルソン・バーバーがついてくる。

ほっそりした店員は訛った鼻声で、わたし越しにミスター・バーバーに話をする。「さあ、それを置いてくれ。ミスター・バーバー。あんたにそれを買う金がないことはわかってるんだ」

ネルソンがより低く、ざらついた声で怒鳴り返す。「なんだって、え？　いいか、金なら持ってる。散弾銃の弾をおとなしくおれに売ってくれ」

店員が怒鳴る。「バーバー、この店に足を踏み入れるなって何度も言われてるだろ。あんたに散弾銃の弾を売るなんて冗談じゃない」

バーバーが言う。「おまえらハゲワシみたいな連中みたいに襲撃してくるやつから身を守る権利がおれにだってあるんだよ。おまえらは人から生業《なりわい》を奪ったんだ！　このハゲワシどもめ！」

奥の部屋から別の男が出てきて、さっきの店員と一緒にネルソンを店から追い出そうとする。大柄な男にナイフをもぎとられ、バーバーがわたしを振り返って言う。「だれも信じるなと言ったはずだ！　なのに、こんなところへ来て！」

大柄なほうの男がバーバーを突き飛ばし、白髪の男が痛めつける。

店員が声を荒らげる。「ここから出ていけ、この変人！」

こめかみのあたりが動悸を打っている。ナイフがバーバーの手から離れてよかった、バーバーから距離ができてよかったと思う。わたしは手袋を握って、バーバーが出ていくまでじっと見ている。

きょうはバーバーのところへカヌーを漕いでいって、ヘンリエッタのことを訊いてみようと考えていた。でも、向こうがわたしを探しに来たことがわかったので、カヌーで遠出するのをやめ、アパートに引きこもって荷物の仕分けをすることに決める。千の決断による死のほうが、狩猟ナイフによる死よりも絶対にましだ。

とる。どこかに寄付するべきだと思う。楽しんでくれる人がいるかもしれない。『沼地に生まれて』の裏表紙を読む。母がよくあきれて目をまわしていたパルプ小説らしい。いつもは丁重に本を扱うのに、ついその本を隅にほうってしまい、ぱっとページが開く。しゃがんで置きなおそうとしたとき、小さな紙切れが落ちているのに気づく。やはり栞代わりにはさまれていた、色褪せた〈パーソンズ種苗園芸店〉のレシート。裏面に父の筆跡でこう記されている。

フランク＞エルバート＞ダン
ウォーキートーキー
ほかにだれが？

26

わたしは幅木に沿って、背表紙を上にして本を並べた。母がばかげたブラシを捨てられないのと同じように、わたしは本に対する所有欲が強い——全部とっておきたい。でも、それには理由がある。個人の蔵書は、指紋のようなものだからだ。ここにある本をちょっと読むだけで、母や父や祖父の人生を旅することができる。

わたしは部屋をぐるりと歩きながら、背表紙を読む。分類し、並べ替えをする。でも、羽目板張りの書斎と梯子のある田舎の家を買わないかぎり、苦渋の決断をしなくてはならない。

父のペーパーバックミステリのなかから、『沼地に生まれて』とマングローブ・ミステリシリーズを手に大きなベルの音がして、最初はどこで鳴っているのかわからなかった。紙切れを手に持ったまま、キッチンの壁掛け電話のほうへ歩いていく。「もしもし？」

「また走る準備はできた？」

フィルだ。ここの番号を教えたのを忘れていた。携帯電話の無料通話ぶんは使ってしまって、レンタルオフィスはこの古い固定電話の回線を切っていない。電話番号は電話器に印刷してあるのだから、使わない手はない。

「ええ、フィル。もちろんよ」翌朝会うことで話がついた。電話を切って、〈パーソンズ〉の小さなレシートをテーブルまで運んで、開いたスケッチブックの何も描いていないページに載せる。それから、父さんが賞をもらってそれをダン・ワトソンが見つめていた新聞の切り抜きをとってくる。不安定なキッチンテーブルに着席して描きはじめる――フランクと父が握手をしていて、ダンがその背後で渋い顔をしている。平面の粗い画像からではわからない、三人の表情についてもっと理解しなければ。わたしのスケッチは、フランク・シャペルの角張った笑顔や、父さんの顎の上向き加減、ふたりの握手の力強さを明確にしていく。

わたしはその絵を、前の住人が置いていった小さな林檎のマグネットで冷蔵庫に留める。そして同じように残されていたプラスチックの洋ナシのマグネットで、父のメモがあるレシートを貼りつける。

じいちゃん御殿へ行く途中、道端に花売りのスタンドがあるのに気づき、スピードを落として車を止めた。

母は部屋ですわって《ザ・プライス・イズ・ライト》を観ていた。小さなテレビを持ちこむのをわたしはいいことだとは思わなかったが、タミーのほうが強かった。番組が終わって、わたしがテレビを消すと、母が顔をしかめる。

「ハイ、母さん！　チューリップを買ってきたの」

「北からのものじゃないといいんだけど」口元が不機嫌そうになる。

「それは知らないけど、高速道路の途中で買ったのよ」

「黄色は好きじゃない、ってよく知ってるでしょ」

わたしは口を引き結ぶ。**反応してはだめ。**バスルームへ行って、花瓶に水を汲んでから、冷たい水の流れの下に両手首をさらす。三十まで数えたあと、花を生け、部屋へもどって母のそばに花瓶を置く。

母が言う。「きれいね。どこ産のもの？」

自分へのメモ、母の出方を待つこと。「ねえ、本も持ってきたの」

「ああ、ロニ。もう本を読む根気がないの。目がすごく疲れちゃって」

それなら、一日じゅう何をしているつもりなんだろう。テレビ番組を観る？「いいわ。だったら、わたしが読んであげる」母の詩の本を一冊開いて、気に入りの一節を読みあげる。「世の仕事は、泥のようにありふれている――」

母が割ってはいる。「それは……ええと……マージ・ピアシー（アメリカの進歩的な活動家であり作家）ね」そして、つづきのすばらしい三行を暗誦する。

わたしはうなずく。「覚えてるじゃない、母さん」すると、母は完全に忘れたわけではないということだ。母が不機嫌なときは静かにしていて、本を読んであげるしかない。母さんには善を貯めてある、目に見えない貯蔵室があるんだ、とかつて父さんが言ったが、正しかったのかもしれない。それは蒸し暑い沼地で、ひんやりしたエアポケットを待つようなものなのだろう――いつ出現するかは予測できないが、いつでも大歓迎だ。

27

四月十日

けさ走りはじめると同時に、フィルは時計のボタンを押した。実際のところ、フィルの気晴らしに付き合っている。前回同様、フィルの家のそばの公園で、小さな湖のまわりを走ることにする。

「ねえ」フィルが言う。「たった三キロしかないんだ。二周してみるべきだよ」

「あるいは」わたしは言う。「近所を遠まわりして、アップダウンする道を走って、どのくらい行ったかわからなくなったら、コースにもどる」

フィルが唾を呑む。「ロニがそうしたいって言うなら……」

わたしは笑う。「冗談よ、フィル。合わせるわ。二周でいい」

完璧に二周走ることで人生の秩序が保たれるとでもいうように、フィルは少し緊張を解いたようだ。

フィルがエステルの絵について尋ねる——何枚仕上げたのか、と。フィルには、数がすべてなのだ。

「三枚渡して、もう三枚仕上げたとこ」

「じゃあ、六枚か」算数もできないと思っているかのように言う。「残りは？」

わたしはフィルの歩調に合わせようとして、呼吸に神経を集中している。「ええと、説得して、十四枚に絞ってもらった。最初は十八枚、それも——」

「じゃあ、ほぼ半分終わったんだ」

わたしは首をかしげる。「ええ。ありがとう、フィル。そういう言い方、好きだよ」

ふたりしてしばらく無言で走る。そのうちにフィルが言う。「訴訟の件、話してもかまわないかな」

「かまわないかってどういうこと？」わたしはフィルに足並みを揃えようとする。

「だって、その話をすると怒るだろ、理由はわからないけど」

「フィル、わたしはたいてい怒ってるの」

冗談かどうかわからなかったのだろう、フィルがこちらをちらちらっと見る。

「簡単そうだ、ってバートは言ってる。書類は揃ってるし、勝算はかなりあるって」

「フィル、言ったよね、やめとくほうがいい――」

「ただ……でもさ、ロニ、どう言ったらいいかわからないけど……父さんの死は事故だって確信が持てないんだ」

ああもう。わたしの足が歩道のでこぼこに引っかかる。**やっぱり。**

「あの書類の二ページ目を見た？」フィルが言う。

わたしはうなずく。

フィルが息を吸いこむ。「財布は、陸上で、遺体から離れたところにあった……変じゃない？　バートはこう考えてる。ひょっとしたら……犯罪がらみじゃないかって」

わたしは何も言わず、ただ腕を強く振りあげる。

「その後、その補遺を書いた人物が殺された。犯人は見つかっていない」

ふたりの足がアスファルトを踏み、例の〝殉職者〟のページがわたしの目の前にホログラムのように浮かびあがる。

フィルが話しつづける。「そう、ただの会計士に、何がわかるっていうんだ？　でも、職場のパソコンをいじってたら、その人物の名前が出てきてさ」

「その人物って？」

「ダン・ワトソン副局長、父さんの財布を見つけた人。わが社がその人物の税金を処理してたらしい。いまも遺された妻のぶんをやってる。その人、ロニの数学の先生かなんかじゃなかった?」

「ワトソン? どうかな……ちがうと思うけど」アオサギが大きな翼を動かしてゆっくりと湖から飛び立つ。

「それで、ワトソンが何年に死んだのかを調べたんだ、楽じゃなかったよ――はるか昔のデータはマイクロフィッシュだからね。でも、いいかい」フィルが息を吐きだす。「ワトソンが死んだ年に、その妻は書式706を提出してる」

会計の話だ。

「彼女は夫婦共有財産に対して税金を支払う必要はないのに、妙なことに、709も提出してるんだよ」

フィルは子供のころのように、きらきらした瞳で話をしている。わたしは立ち止まっても、会計士の話すことばを解読できない。

「ロニ、書式709っていうのは、贈与税に関するものなんだ。彼女はその年、高額な贈与を受け、それは亡き夫からではなかった」

「走るスピードを落とすわ。フィルはそのまま走って。ゴールで会おう」

フィルは歩幅を狭めて、わたしのペースに合わせる。

「ロニ、だれかがワトソンの寡婦に家を一軒贈ったんだ、彼女の夫が亡くなったその年に」

「だれがそんなことを?」

「ところが、それが定かじゃない。普通は贈与者が贈与税を支払う。でも、まれに、受贈者が支払うことを許される」

フィルがなんの話をしているかわかればいいのに、と思う。

フィルは爪先で走っている。「それで、ぼくが税の記録を調べているあいだに、バートが父さんの事故報告書を手に入れた」

汗の滴が目に沁みる。「父さんの何?」

「ほら、検死の、報告書だよ……」フィルは〝検死〟

という単語を、たとえばアイスクリームとか、ランニングシューズみたいに言った。「それで、おかしなことがわかったんだよ、ロニ。調査がおこなわれていないんだ。ただ、報告書で事故だと断定し、その二カ月後、ダン・ワトソンが加えたあの奇妙な補遺があるだけで」

二周目の最後に近づいている。フィルにはちょっとだまって、考えさせてほしい。事故の報告書。検死なし。ミセス・ワトソンの家。どういう意味なんだろう。

〝ボイドの死についてあなたに話しておかなくてはいけないことがあります〟。だれなのかわからないが、なかなかつかまらないヘンリエッタが助けになってくれるかもしれない。

「スピードをあげよう」フィルが言う。

「待って」わたしはそう言って、フィルを追いかける。速く走りたいからではなく、いまフィルが言ったことを理解したかったから。

フィルは走り終えて、円を描いて歩いている。わたしは追いつき、早く息がもとにもどればいいと思う。

「それじゃ、こうしよう」フィルが言う。「まず、ミセス・ワトソンと話をする」

わたしはうなずく。まだ少し酸素が足りていない。

「それじゃ、いいんだね？」フィルが両眉をあげる。

わたしはあえぎながら言う。「どういう意味、いいんだね、って？」

「話しにいってくれるんだろ？」

「まさか、そんなこと言ってない」

フィルが言う。「でも、ぼくの会社は彼女の税金を処理してるから、ぼくが話すわけにはいかない。ロニなら何気なく訊けるだろ。ロニの先生だったんだから」

「それは、ちがうと――」

「放蕩娘のご帰還だ。当然、訊きたいことが山ほどあるる」

「放蕩？　ねえ、フィル。たとえその人がわたしの先生でも、なにを訊いたらいいのか見当もつかないんだけど」まだ息が切れている。

「ぼくに任せて」汗をかいたわたしの背中に、フィルが手をあてる。「ありがと、ロニ」

ほんの少し呼吸が整ってくると、弟のほっそりした顔をまじまじと見る。わたしはいったい何に同意してしまったんだろう。

28

四月十一日

「ミセス・ワトソン？」

その家はコンクリートの上に化粧漆喰を塗った地味な造りで、近隣の家よりわずかに大きい。玄関の脇に、ピンク色の金属椅子が二脚置いてある。網戸の奥の楕円から声がする。「どなた？」

「こんにちは、ミセス・ワトソン。ロニ・マローです。ボイド・マローの娘の」

ミセス・ワトソンが姿勢を正す。「長らく聞いていない名前ね」

パラトカへのバンド旅行のために世界最高級のチョ

コレートを売り歩いているような気分だ。「ミセス・ワトソン、お邪魔してほんとにすみません。少しだけお時間いただけますか」

「少しだけね」ミセス・ワトソンは中へ招き入れてはくれない。

「玄関で結構です」わたしは言う。

「ああそう」ミセス・ワトソンは動かない。白髪頭のてっぺんにバレッタを飾り、その後ろの髪の毛を小さなお団子にまとめている。おそらくわたしの義妹の作品なのだろう。まちがいなく、この人はわたしの数学の教師ではない。先生はミズ・ワトキンズで、ワトソンじゃなかった。わたしにはここにいる口実がない。

「奥さん、信じてください、ご迷惑をおかけするつもりはないんです」ポケットにフィルの手書きの質問リストがなかったら、まわれ右をしているところだ。もしこの人が何か新しい情報を持っているなら、ぜひとも知りたい。そしてそれがひどい情報なら、どれくらいフィルに知らせるかはわたしが選べる。

「ミセス・ワトソン、このあたりの人が過去の話をするのがきらいだってことは知っています。それはわたしも同じです。〝前を見ろ、後ろを振り向くな！〟っていつも言ってるくらいですから」

うつろな沈黙。

「でも、わたしの父は、ご存じのとおり亡くなりました……沼で」

「ああそう」ミセス・ワトソンはわたしの背後に目をやっている。

「もうずっと前の話ですが、ひとつちょっと突き止めたいことがあって」網戸から中をのぞく。「ご主人が――」

「主人は亡くなりました。もう何年も前に」

「そうですよね、お気の毒に。わたしはただ、ご主人が何かおっしゃってなかったかどうかを――」

「あの、そろそろほうっておいてくださらない」

「でも、ひとつだけお願いします、ミセス・ワトソン……」わたしは十号の封筒を開いて、ミスター・ワトソンの署名がはいった書類のコピーを取り出す。ところが、ミセス・ワトソンはすでに網戸の内側の木のドアを閉めていた。わたしはミセス・ワトソンが立っていた場所に向かってその書類を振った。

「ミセス・ワトソン。ミセス・ワトソン！」

だめだ。時間の無駄だった。

　わたしがいい娘なら、町に出てきたこの瞬間を使って、母に会いにいくだろう。でも、わたしのバッグには、タミーがホワイトボートを撮った写真があって、それによると、きょうはわたしの番ではない。だから、自分の好きにしよう。

29

　アドレーがファイバーグラスのカヌーを抱えておろす。「もうきみにはアルミニウムじゃない！　弊社のポリシーで――三週間半レンタルで乗ってくださったお客さまには、アップグレードを」

　アドレーがトネリコ材のパドルに手を伸ばす。

「うわ、長すぎる」わたしはぼそりと言う。

　アドレーが振り向く。「何か？」

「いえいえ、〝ラッキーだな〟と思って」わたしは話題を転じる。「ねえ、あなたの名前、アドレー・スティーブンソン（米国の政治家）にちなんでるの？」

　片眉をあげた仕草で、多くの人から同じ質問を受けたのだとわかる。「それ、じいさんの名前なんだ」

「あらすてき」そう言って機嫌をとる。

アドレーはうなずき、外へ歩いていく。ふたりでカヌーを船着き場まで運び、アドレーがカヌーを安定させる。わたしが乗りこもうとしたそのとき、シラサギが鏡のように穏やかな水面を低く飛んでいく。全身が白くて、頭と尾に細い房がある。わたしもアドレーも動きを止めて見入る。シラサギは長い首を畳んで体に沿わせ、輝く水に翼がふれそうだ。まるで鏡のようだ――上にシラサギ、下にシラサギ。はばたくごとに空気が水を揺らし、シラサギが通ったあとに黒っぽい環をいくつも残していく。

「なんていう名前なんだい」アドレーが、きっと知っているのに尋ねる。

「ユキ――」わたしは言う。「雪小鷺《ユキコサギ》」

「あれも描ける?」

「たぶん」

シラサギが林のほうへ跳びあがり、アドレーの視線はその羽ばたきを追う。「好きな景色なんだ」アドレーが言う。シラサギが行ってしまうと、アドレーがこっちを見て、カヌーのほうへ手を伸ばしながら言う。「きみの馬車が待ってる」

乗りこむと、アドレーがカヌーを押し出す。わたしはアドレーのほうを振り返って言う。「ありがとう」

アドレーは指をおでこにあてて小さく敬礼したのち、尻ポケットに両手を入れ、わたしが前を向いて漕いでいくのをながめている。

堪《こら》えて、ロニ、堪えて。

いまとなっては、通る水路のいくつかに見覚えがある。あるいは一度通ったことがあるのだろうか。カーブを曲がったら、かつて父とわたしが釣りをしていた場所に出るんじゃないか、と思いつづけている。でも、このあたりの水路は、父とふたりでカヌーを漕いだ水路とは交差さえしていないかもしれない。むろん、あらゆる水はたとえ地下のみであれ、どこかでつながっている。そしてきょう、ワシントンDCにいる上司のおかげで、ここで地下での水のつながりを調査することになった。

この前の日曜日にセオに電話をかけて、休暇が三週間では足りないと連絡したとき、愚かにもわたしはこう言った。「あの、もしなんであれ描く必要があれば、ここでも作業はできますから」

セオはため息をついた。「ああ、仕事は山積みだよ。だが、きみにそれを割りあてるわけにはいかないと思うんだ。人事部には介護休暇に関する規定があるから」回線の向こうから、紙を繰る音が聞こえてきたあと、セオが少し元気づいて言った。「もしボランティアで……完全無償で……何かしたいっていうなら、地質学部のボブ・グスタフソンから頼まれてることがある」

わたしは思った。**岩部？　岩部のために最後に何か描いたのはいつだっけ？　それも無料で？　わたしが**
いないあいだ、だれが鳥を描いているんだろう。

「グスタフソンは陥没孔と、フロリダのいくつか水没した洞窟の絵が要るらしくてね。きみがすでにそっちにいるなら――」

「セオ、そういうつもりじゃ――」

「おいおい、何かすることが欲しかったんだろ。人事部には言わないように。あと、われらが友人のヒューにも」

「気をつけます。ヒューとは毎日おしゃべりする仲なので」

最終的には受け入れたが、ほんとうに意味のないことだった。電話を切ったとき、胃がむかついて、自分の仕事の長所と妥協についてわずかに思い出された。

グスタフソンは、わたしがいまカヌーを漕いでいる表流水ではなく、フロリダの土壌の下、スイスチーズのような石灰岩を流れる水を描くことを望んでいる。沼地を潤す地下河川は、半島の先カンブリア期の過去の一部だが、それを紙に描くのは楽しい作業ではなさそうだ。それでも同意してしまった以上、曲がりくねった水路に多少迷いこんだところで、スケッチブックを取り出す。まず、沼の水路からはじめよう。いちばんなじみがあるのだから。

〝わたしの好みではない〟出された料理がきらいなとき、大人に気に入ったかと尋ねられたらそう答えろ、と母に教えこまれた。〝わたしの好みではない〟なら、嘘をつかず、礼を失することがなくてすんだ。〝きらいだ〟と言うことは許されなかった。つまり、この水を描くのは〝わたしの好みではない〟。できれば、自分の背景も知られたくない。わたしは鳥を描き、だれかほかの人がその鳥の成長する乾ききった砂漠や、針葉樹の森、荘厳な雪山の頂を描くのがいい。

それでもわたしはカヌーに乗り、テーマにはいりこめるかを確認しながら、沼の水を描こうとする。形は？　存在しない。水の上に何があって、中に何があるのかはわかっているが、水そのものは連想させるしかない。色は？　茶色で、そこにはナマズ、ザリガニ、川底の生物がごちゃ混ぜに含まれている。ワニや蛇もいる。ああもう、はっきり言おう。これは〝わたしの好みではない〟どころではなく、〝だいきらい〟だ。泥だらけのところも、水が少なくてにおうところもきらいだ。ブーツをとられるところも、引き抜こうとするといやなビチャッという音を立てるところも。一歩ごとに地面がぐらつくところも、土とも水ともつかないところもだいきらいだ。

でも、自分にできるかぎりうまく水路を描き、カヌーの舳先と、その向こうに葦を加える。カヌーの内部も描く。肋材、前の腰掛け梁、舷縁《げんえん》にもたせかけたパドルのハンドル。ブーツをひとつ、それにもうひとつ描いたあと、そこから伸びるカーキのワークパンツ、さらに左右不均等に袖をまくったフランネルのシャツ、赤みを帯びた前腕の毛、週末ぶんのむさ苦しい無精ひげを足す。耳、目……わたしの父。

カヌーが重い音を立てる。岸に乗りあげてしまったのだ。

この水路をきらいな理由は無数にある。この絵に描いたカヌーは、いま乗っているものではない。父とわたしが多くの時間を過ごしたもの、父が神に出会う直前に乗っていたもの。そのカヌーをわたしがつぶしたのだ。

葬儀のあと、シャペル局長がそのカヌーをオークションで売ろうと言い、母は異論も何も、わたしになんの相談もなくその申し出を受け入れた。わたしは母にはいっさい何も言わず、そのオークション会場に出かけた。ふたつ向こうの町だった。自分が持っているお金を掻き集め、合わせて百十三ドル五十七セントを携え、シュウィン・バーシティに乗っていった。自転車で行くには長い道のりだった。わたしはカヌーが登場するまでオークション会場ですわっていた。最後にオークションにかけられたのがカヌーで、わたしは入札した。おさげのわたしをじろじろ見たり、忍び笑いをしたりする人たちは無視した。反対側にいる太った大柄な男が入札額をあげるたびに、わたしも高い声で応じ、入札するたびに顔がどんどん熱くなった。

しまいに、丸々したおなかの男はため息をついて言った。「百ドル」

わたしは言った。「百十三ドル五十七セント！」それでだれもが大笑いした。顔が燃えあがり、心臓がばくばくしたけれど、それは笑われたからではなく、わたしのほうが勝っていたからだ。それ以上はだれも入札できるわけがない。

一瞬静寂がおり、それから男が言った。「百二十ドル」

わたしは競売人を見て言った。「無理！」

競売人にもたぶん子供がいて、わたしの後ろ盾となる大人がだれもいないことをおそらく見てとっていたのに、何も文句を言わなかった。なぜなら結局、わたしは負けたからだ。カヌーでオークションは終わりだったので、みんな帰宅しようと立ちあがった。だれもが楽しんだ。でも、わたしは本来わたしのものであるはずのカヌーのそばに立ち、太った男が近づいてきたので、わたしはカヌーのなかにすわった。

競売人が言った。「いいかい、お嬢さん。その男の人にボートを渡しなさい」

しかし、わたしは動かなかった。

「百十三ドル払います。それで、わたしの自転車と交換しましょう」ほぼ新品の自転車は、クリスマスにもらったものだった。

男は自転車のほうを見やった。わたしは〝カヌーに乗るには太りすぎでしょ〟と言ってやりたかったけれど、売りこみの役に立つとは思えなかった。その男にも子供がいたにちがいない。というのも、男は光沢のある塗装を見つめて、スポークを一瞥したあと、サドルを持って、ペダルをまわしてみたからだ。ほかにもあれば差し出すところだったが、わたしは何も持っていなかった。

男がわたしを振り向いて言った。「現金はあるのかい？」

わたしはうなずいた。

「きみはほんとうに、あのカヌーが欲しいんだね」

そうだと答えると、男は言った。「わかった、それはきみのものだ」男はずっと含み笑いをしながら、自分の車までわたしのシュウィンのシートを持って、カチャカチャとサドルの音をさせながら押していった。

そのあと、競売人が帽子をかぶり、眉をひそめて言った。「どうやって家へ持って帰るつもりなんだ？」

わたしは言った。「持って帰りません」なぜなら、そんな先のことまで考えていなかったからだ。競売人はただかぶりを振って、歩き去った。

太陽が熱を失いはじめるまで、わたしはそのカヌーにすわっていた。でも、そのときのわたしには計画があるわけでもなければ、どうすればいいかもわからず、わかっていたのはただ、そのカヌーが自分のものであるということと、自分の好きなようにできるということだけだった。オークション会場の隣の広場に、半分に割られた木が積まれていて、そばに立てかけられていたのは、斧だと思っていたが、柄の短い手斧《ちょうな》だった。そうは言っても、それを持ちあげたとき、足をとられそうになった。わたしはこの一時間ずっとすわっていたあたりまでその手斧を運び、できるだけ高く持ちあげて、カヌーの側面へ振りおろした。もう一度高くあげて、振りおろす。手斧は重くて、こわかったけれど、いったん穴があくと、足を使ってさらに船体を壊した。それからまた別の場所に手斧を振るった。わたしは父が愛していたボートを叩き壊したが、やり尽くすまで、悪いとも思わなかった。それから、穴だらけになったその物体のなかに寝転んで、目が溶けるかと思うほど泣き、階下からのあの会話を聞いたとき以来はじめて気持ちが晴れた。〝おかしなところはなかった？　落ちこんでたとか〟

家へ帰ろうと歩きはじめたときには、外は薄暗くなっていた。道はわかっていたけれど、行きは自転車で来て、その自転車はほかの人のものになってしまった。道のりは長かった。一台のトラックがわたしのそばでスピードを落としたときは、心臓の鼓動が速くなった。うちのポーチでジョリーン・ラビドーと母がしていた話を思い出した。連れ去られ、それ以来二度と消息を聞かない若い娘たちの話。わたしはまっすぐ前を見据えつづけた。トラックは横に並んで付いてくる。わたしは足を速めた。窓があけられる音が聞こえた。

運転手が言った。「やあ、ロニ・メイ。何してるんだい」

シャペル局長だった。

シャペルが家まで送ってくれて、わたしを降ろしたとたん、母の雷が落ちた。一日いったいどこにいたんだ、暗くなってから帰るなんて、何を考えてるのか、と。母はわたしも死んだのではないかと想像せざるをえなかったのではないか。それくらい心配したにちがいない。自転車を置いてきて、家出娘みたいにシャペル局長に道端で拾われることになるなんて、いったいどういう世界での話なのか。それでもわたしは何も答えないで自分の部屋に直行して、ドアを閉め、翌朝まで出ていかず、出ていっても鉄のようにひややかで、自分が何をしてきたのかはエステルにさえ話さなかった。

「きょうは短かったな!」ずいぶん早くもどってきたわたしを見て、アドレーが驚いて言う。

「ええ、沼日和じゃなかったみたい」わたしは言う。

アドレーは死海文書を抱えるかのようにわたしのレシートの上に覆いかぶさる。そして、死海文書の筆写者のようにすばやくレシートを書く。

わたしは言う。「急いでくれないと、ワニレスリングに間に合わない」

アドレーが顔をあげる。「え、いま、なんて?」

「道端の看板に〝ワニレスリング、毎日正午に開催〟ってあるでしょ。毎日かよってるの」

アドレーは目を細め、わたしが皮肉を言っているのかどうか見極めようとする。はるか昔、両親と一度だけ行ったことがある。「行ったことある?」わたしは言う。次は、フロリダの観光事業の低俗さについて、それがいかに関係者と州を安っぽくしているかを語って聞かせよう。自分の機嫌の悪さを、まあ、少しくらいおすそ分けしたってかまうまい。

「きみのような都会の人にはおもしろいんだろうね」わたしがお店の小さなカードにエステルの家の住所を書いたため、わたしのことをタラハシーの都会育ちだと思っているのだ。

「たまたまだけど」アドレーが言う。「お昼休みに店を閉めるんだ。一緒に行くよ」

「いや、でも、実は……別にあなたは――」

「いいじゃないか。きみも行くんだろ？　ついていくよ」

　この綱引き、わたしのほうが足を滑らせかけている。わたしが嫌みを言っていることに、アドレーは気づいているはずだ。じっとにらむと、アドレーもにらみ返してくる。

「わかった、〝いいじゃないか〟を受け入れるわ」わたしは言う。アドレーはたぶん、わたしがワニをこわがっていると思っているのだろう。それか、アドレーを。

　自分の車のロックを解除するが、アドレーが言う。

「ほら、おれが乗せてくよ」

　わたしは渋々、アドレーのトラックに乗りこむ。イグニッションがまわり、カーラジオからパッツィー・クラインが哀愁に満ちた歌声を響かせる。

　会場は車でわずか十分の距離だ。大きな看板以外、これといって何もない。砂利敷きの駐車場、金属のフェンス、チケット売り場。この前レストランで見た、もみあげとつながった頬ひげを生やし、青い蛇のタトゥーを入れたガーフという男が、チェーンのリンクを背後にぶらぶらしている。その男がアドレーと視線を交わす。

「あの人と知り合いなの？」わたしは言う。

「ああ」

「ラストネームはカズンズ？」

「ああ」

　アドレーはそれ以上何も言わない。ガーフ・カズンズ・ジュニアはここで何をしているのだろうと思ってきょろきょろしているあいだに、アドレーが入場料を払ってくれる。

「いや、出してもらうわけには――」

「まあ、気にしないで」アドレーは言って、わたしがはいってくるのを待つ。

まばらな観客が、人工芝の敷かれた傾斜路を進んでいって、わたしたちは腰くらいまでの高さのコンクリートにもたれる。そして白い砂で覆われ、堀で縁どられたコンクリートの浅い大きな穴を見おろす。本物のショービジネスの世界だ――屈強な男がひとり出てきて、筋肉をぴくぴく動かしたのち、モップの柄のようなもので若いワニを挑発する。ワニが大きく口をあける。

もちろん、男はワニが大きな恐ろしい声をあげるほどには挑発しない。ワニは本気で脅かされると、胸をふくらませて、突然大きな震えるような音を出す。わたしは、火を噴くドラゴンの物語を思い出させるような、そんな音を期待していた。つまり、〝もう一歩近づいて、係員が自分自身を餌にするべきだ〟と思っている。動物を利用する気なら、自分自身をほんとうの危機にさらすべきだという考え方だ。でも、少ししかいない観客の大半は、これで満足しているようだ。乱杭歯の顎、鞭のようにしなう尾、大きくて鋭い歯と、先史時代のごつごつした鼻。偽の池からワニを誘い出した上半身裸の男を、観客たちは軽く恐れている。

けれども、どんな大きさのワニであれ、わたしはわざと近づくようなことはしない。とはいえ、ここでは〝毎日正午に開催〟しているのだから、それほど脅威ではないのだろう。あらかじめ決められたポイントで、観客が〝うわー〟とか〝ああ〟とか言うようにショーを構成しているのだ。男がしまいにワニをひっくり返して、胸をさすって意識を失わせたとき、このショーの魅力は漠然と性的なものだと気づく。仰向けにして、おとなしくなるまでお腹をさすることで、動物を征服するからだ。

「もうもどらないと」アドレーが言い、わたしの腰に手をかけて自分の正面に誘導する。火花が走る。

「わわっ！」わたしは言う。人工芝の静電気のせいだ。ちがったのだろうか？

30

フロリダ州立大学のストロージャー図書館に少々とりにいく物があり、キャンパスに車を停めて、パーキングメーターにありったけの小銭を入れる。カヌーのあと、ワニレスリングの会場で日向に立っていたため、汗でべとべとだ。中庭を歩いて、書店を通り、画材を見る。もう何年も前に、父さんがここでわたしにはじめてのスケッチブックを買ってくれて以来、商品の配置は変わっていない。

ある日、ふたりでキッチンテーブルにすわっていたとき、父さんがわたしを見ていた。わたしは窓台に載せた粒餌《つぶえ》をついばむ鷦鷯《ミソサザイ》の姿をとらえようと、舌を口の隅に張りつけるようにして一心に描いていた。父さんはわたしの肩の上から学校の罫線ノートをのぞきこんで言った。「うまいもんだな、ロニ・メイ」次にわかっているのは、ふたりでトラックに乗ってタラハシーへ向かっていたことだ——それは一時間の道中で、向かう先は、窮屈だと言って父さんがネクタイや靴をきらっているのと同様に避けていた場所だった。それでもわたしは大学のキャンパスにいて、女子学生クラブの親睦会や水泳の練習へ向かう学生たちのなかで、大学に通う見こみもない三十代の男が中庭を進むのに後れることなくついていこうとしていた。わたしにとって、そこにいた若者たちは、未知の種《しゅ》だった。

書店のなかで、父は控えめに尋ねた。「画材はどこかな」若いレジ係はそちらを指さした。

わたしはさまざまなスケッチブックのなめらかで重い紙を撫でていて、やがて父さんが小さな子供のように足から足に体重を移し替えているのに気づいた。父さんは言った。「さて、どれにする?」

わたしは中くらいの大きさの上質皮紙の一冊を選んだ。「これは?」

父さんはうなずいて、レジ係の女子学生にお金を払い、わたしとふたりで店を出た。父さんは大股で中庭を進み、わたしは新たな貴重品をつかんだままあとに従った。

トラックに乗りこむと、父さんは運転席でエンジンを始動させずにすわっていた。ハンドルを握って、キーを右手の親指に引っかけたまま、フロントガラスの向こうを見つめている。「みんながおれの知らないことばを知ってるようだ」父さんは言った。それからわたしのほうを向いて言った。「でも、おまえもそのうち知るようになる」

わたしは顔をあげた。わたしのことを責めたんだろうか。

「忘れるなよ」父さんはわたしと目を合わせた。「大学の大ぼらがわかるようになっても、いま知ってることを忘れるんじゃないぞ」イグニッションにキーを挿し、息を吐き出して言った。「さあ出発だ！」

父は沼にそのスケッチブックを持っていくように言い、わたしが鳥を描いているのを見ると、できるだけカヌーを近づけて、学校から支給される二号の鉛筆をわたしに寄越して、こうささやいた。「自分の絵を描け、ロニ・メイ」

わたしは書店のウィンドウから身を引き剝がして、ストロージャー図書館へ向かう。もう何年もここには足を踏み入れていない。煉瓦造りの建物で、ロビーには光があふれ、二階ぶんくらいの本が詰まっている。特別に魅惑的な場所でもない。でも、みずからフロリダ州立大学に来るようになる前に、祖母のローナがここに連れてきてくれたことがある。父さんとはちがって、祖母はキャンパスに完璧に溶けこんでいた。一階のこのオープンエリアを占めていた、カードカタログの重い抽斗のなかを見せてくれた。いまわたしはパソコンの前にすわって、〝ハーブとハーブの伝承〟と入力して検索する。偶然《セレンディピティ》の発見の可能性は低くなるけれど、ヘルニアのリスクも低くなる。画面に表示された二、三の数字を走り書きしたのち、書庫のほうへ向かう。

エレベーターがやわらかく軽い音を立て、わたしは足を踏み出して、本の埃のいいにおいを吸いこむ。棚と棚のあいだを歩き、ハーブに関するセクションの背表紙を読む。大プリニウス、ディオスコリデス、パラケルスス、ターナー、聖アルベルトゥス・マグヌス、パーキンソン、カルペパー。ジョン・ジェラードの本は、母が参考にしていた『ハーバル』より少し大型のものまであった。

大学時代、植物学者の教授がフェミニストで、こんなことを言っていた。ハーブの特性を文書化してきたのはおもに男性だが、知識を口伝で何世代にもわたって継承してきたのは女性だった。若い娘に教養は必要ないとされた時代にも、〝ルリヂサは勇気をくれる〟〝イラクサを抜いて、ギシギシを植えろ。ギシギシがイラクサの棘を取り除く〟など、母親が口ずさむ韻律のおかげで女たちは豊かな知識の持ち主となった。村のなかで、ハーブにくわしい女は〝賢女〟と呼ばれた。

棚からいい本を数冊とって、図書館の相互貸借を見つけようとエレベーターで一階へもどり、デローレスが送ってくれていた宝物を確認する。サインをして、持っていた本の束の上に加えたあと、腕が重くなったため、すわれる場所を求めて、少し歩く。資料室がどこかにあるはずだ。

中へはいっていくと、やっぱりそうだった。居眠りの輪。エステルのオフィスにあったような深くてすわり心地のいい椅子は、結局捨てられずに、資料室へ移されただけだった。わたしはその椅子にすわって、ハーブの本の一冊を開く。本はパリパリして埃っぽく、すばらしいアドバイスがあふれていた。〝ベンケイソウ……雷から守ってくれる……。妻が夫のポケットにキャラウェーの種を入れておけば、夫はけっして道に迷わない……〟ページをめくる。〝オオアザミ……メランコリーの治療薬〟

メモをとる。

まじないや治療法は、眠っているあいだに聞いたことがあるみたいに、ぼんやりとなじみがある。〝ノコギリソウは恋愛のお守りに使われる〟。たぶん、本物の賢女である、祖母のメイが言っていたのを聞いたことがあるのだろう。祖母に自分の庭に連れ出され、湿った葉を顔に押しあてられたことがある。祖母のお団子にした髪のほつれ毛が、朝日を浴びて輝いていた。

「ハゴロモグサの露で顔を洗うと」祖母は震える声で言った。「力強い女になるのよ」

そんなことがあったよね、おばあちゃん？　わたしにはまだいろいろな力が欠けている。父の最期を理解する力も、弟に対して正直になる力も、最後に母とつながる力も。ハーブに関するちょっとした知識が扉を開いてくれるだろうか。わたしはぼろぼろのページを開く。

〝カッコウチョロギは……水蛇、恐ろしい夢、絶望から守ってくれる〟なるほど、祖母のメイがよくこう言っていたのもうなずける。「コートを売って、カッコウチョロギを買いなさい」母さんが好きそうな記述もある。〝パラケルスス（スイスの医学者、錬金術師）は、すべての植物は地上の星であり、すべての星は霊化された植物であると信じていた〟。わたしは幼い姪のヘザーの言い方をまねして、思わず「超かっこいい」とささやく。

そんな伝承を見ていくうちに、ちょっとした韻文、祖母のメイが教えてくれたハーブの記憶が頭をノックする。ドラマチックでもったいぶった読み方をして、祖母を笑わせたこともある。どんな詩だっただろう。タイムに関する詩だった。わたしは洞窟のような椅子から重厚な本棚の先へ目を移し、外で風に吹かれている木々を見やる。ことばが形をとってきて、わたしは小声でその韻文を口にする。最初は途切れ途切れだが、いったん浮かぶと一気に弾みがつく。

タイムは〝楽園の夜明け〟
死者とともに行かん
人はほかのだれかの手によって死ぬ
その魂がわがベッドに眠る

死を笑い飛ばせる気楽な日々。わたしは立ちあがって出ていこうとする。本の重さにまいりつつ、中庭を引き返す。自分の前を歩く父のワークブーツを思い浮かべると、胸になじみの後悔が渦巻き、ほうっておくと、わたしを生きたまま食い荒らす。なぜあの日、父さんについていかなかったんだろう。ミセス・ラビドーが来れたかもしれない。そうすれば、わたしも行けたのに。

　また書店の前を通ったとき、川蟬《カワセミ》用の絵の具が必要なことを思い出す。ペインズ・グレー（青みを帯びた濃い灰色。水彩画家のウィリアム・ペインにちなむ）。わたしはそれだけを考え、ガラス戸を押しながらつぶやく。〝カワセミ用のペインズ・グレー、カワセミ用のペインズ・グレー〟。ああ、鳥！　わたしの癒し。

「お客さま、あの、本はどうぞこちらに置いてください」そう言ったのは、レジ係だ。わたしが四角い整理棚に荷物をおろすと、レジ係の女性から番号を渡される。絵の具を選んで料金を払い、ふたたび重い本を持ちあげたのち、自分の車のほうへ歩いていって、トランクをあけ、荷物を中に入れる。運転席の側へ向かう途中、駐車違反の取り締まりなのか、タイヤにチョークの跡がついているのに気づく。ところが、複数の文字が白字で走り書きされた、奇妙な跡だ。わたしはよく見ようとかがむ。黒い壁に描かれた落書きのようなもの。〝北部の人間《ヤンキー》は帰れ〟

31

　わたしがしつこくアパートメントのドアをノックすると、エステルが応答する。

「ストーキング……か何か、されてると思う」わたしは言う。

「え？　とにかくはいって」

　最後にオフィスに会いにいったとき、エステルはエメラルド色のジャカード織りのスーツに、パール色のシルクのブラウスといういでたちだった。いまは、リサイクルショップのチアリーダーみたいだ。藤色《モーブ》のテニススカートと、ほぼ同じような色のトップス。ロジャーは留守だ。

「だれがあんたのあとを尾《つ》けたがるわけ？」

「いい質問ね」エステルのあとについてキッチンにはいりつつ、タイヤについていたチョークのことを話す。「〝ヤンキーは帰れ〟って書いてあったの。しかも、気味の悪い鳩には〝飛び去れ、L・M〟って札がついてて、だれかがわたしを帰らせようとしてるのはまちがいなさそう」

エステルがポップコーンの袋を電子レンジにほうりこむ。「ねえ、ええっと。あんた、だれかを怒らせた？」

わたしはエステルをにらむ。

エステルは電子レンジを作動させたのち、わたしを見る。「自分にその気はなくても」

わたしは居間のほうへもどっていく。「まあ、鳥の男のほうは、これといった理由もないわね」

「鳥の男ならたくさん知ってるでしょ、ロニ。もっと具体的に教えて？」

「あの、伝書鳩の飼い主は、自分のペットをわたしが殺したと思ってる」

「アルフィね？　彼の家の隣にだれが住んでるか知ってる？　ロザリアと、あなたの長らく音信不通の恋人、ブランドンよ」

「ああ、ブランドン。あのロマンチックなゲロ男、懐かしい」

エステルがカウチにどさりとすわり、膝の上でクッションを弾ませる。「ほら、タラハシーの平均的な人のなかには、ワシントンの人間がきらいな者がいるのよ。特に、北部の人間をね。だれかがあんたのDCのプレートを見て、おもしろがってるんじゃないの」

「さあね。〝帰れ〟とわたしのイニシャル付きの〝飛び去れ〟が、無関係であるという可能性はどのくらい？　それに、鳩を縛ってた紐に長い白髪が交じってたってランスから聞いて、ミスター・バーバーじゃないかって思ったの。わたしが子供のころはすごく親切だったのに、いまの彼は怒りっぽくて偏執症で、たぶん危険だわ」

「なるほど。認知症を疑われる男が、タイヤにそれを書くためにタラハシーまであんたを尾行したと思う？」ポップコーンのかすかに焦げたにおいがアパートメントを満たし、エステルがポップコーンをとりにいく。

「わたしのほうが偏執症っぽく聞こえる？」

「ちょっとね。でも、念のためランスに電話して、話しておいたほうがいいよ」

わたしは冷蔵庫をあける。「ココナッツ・トリーツは残ってる？」

エステルは冷蔵庫の奥深くに手を突っこんで、箱を取り出す。「食べちゃって。食べないなら、持って帰って。毒だから」エステルはポップコーンのはいったボウルを居間へ運び、第二段の麻酔、テレビをつける。エステルがチャンネルをザッピングしてみるが、退屈なリアリティショーくらいしか見つけられなかったので、チャンネルをトークショーに合わせて音量をさげ、その音に負けないように言う。「ほかに何があるかな。証拠は？」

歩いていたときの汗が蒸発しはじめる。「まあ、ストーキングはそれだけ。でも、まだあるの。ミスター・バーバーからナイフで脅されたんだから」

「えっ？」

「そう、脅そうとしたのよ、店内で」

「それは、まちがいなくランスに話しとかなきゃ」

「そうする。もう話しとくべきだったな。ミスター・バーバーがちょっと雑に扱われてた」

「だれに？」

「店員たちに」

「ほかには、あんたに腹を立ててる人いない？」

「そうねえ、わたしと話をしたくない女の人に会いにいったんだけど。その人がわたしの高校のときの数学の先生だった、ってフィルが言うもんだから。でも、ワクラ高校にミス・ワトソンはいなかったよね？」

「うん、ミス・ワトキンズはいたけどね――代数IIの先生だったよ」エステルが言う。

「そうそう、わたしも同じ。それでその女性がドアをノックされて、わたしに腹を立ててる可能性はある。でも、その人がタイヤの前にかがんでそんなことを書いてる姿はちょっと想像できない。ほかにも、だれかを怒らせた可能性はあるかな」

エステルはあいまいに微笑み、しばらくして言う。

「で、お母さんの調子は？」

「母さん？」わたしの視線はテレビ画面をさまようが、無理やり引き剝がす。「突然本を読みたがらなくなって」

「大変！」

わたしはポップコーンに手を突っこむ。「でも、代わりの方法を見つけたかも。短い一節を選んで、読みあげてあげるの」

「それで反応は？」

「最初はすごくよかったの。その後、いくつか読んだら飽きちゃって。でも、レオナルド・ダ・ヴィンチに反応しないでいられると思う？」ポップコーンを咀嚼し、バッグから本を取り出して、声をあげて読む。「〝水はときに健康をもたらし、ときに毒となる。水は通った場所と同じ数の性質に変わる〟。ねえ、これ以上ぴったりのことばがある？　大人になってからずっと沼のそばに住んでた母さんなら、きっと気に入るって思うでしょ！　でも、なんの反応もなかったの」

「何を気に入ったの？」

「詩。いっぺんに一行か二行をね。母さんの目に薄く光が差すのを見ることで満足感が得られるなんて、思いも寄らなかった。でも、たとえつかの間で消え去る光だとしても、少なくともここにいるあいだはつづけるつもり」

エステルが言う。「いいことね」

わたしはココナッツ・トリーツに手を伸ばす。「そういうわけで、そもそもキャンパスへ行ったの。ストロージャー図書館へ行って、もう少し作品を集めるために。それで思い出したんだけど――」バッグのなかを掻きまわす。「ヘンリエッタについてわかったことがあるかも」

エステルが膝を曲げて脚を組む。「話して」

「それが、母さんが日記のなかで話してたの」わたしはページをめくる。「ここよ」

> あの人！ 遺産だかなんだかを受け取ったのか知らないけど、財産が増えたせいで、鼻持ちならない嫌な女になって。きょうテネキー薬局で会ったら、調子はどうって言われて。元気だって答えたら、彼女は言った。ねえルース、マタニティウェアが必要なら、すてきなのを縫ってくれる人がいるわよ。わたしは自分の大きなお腹を見て、ストレッチの効いた茶色のスカートの上に着ていた、二枚のブラウスの一枚のボタンを引っ張って皺を伸ばした。ヘンリエッタが身重だったときにそんなにおしゃれをしていた印象はないのに、いつの間にか、町の女たちの長、裕福な歳上の親戚みたいにふるまいはじめるようになった。わたしは言った。ありがとう、ヘンリエッタ。ご親切に。それからわたしは目あてのカーマインローションを買って、薬局から出た。

「ふーむ」エステルが天井をにらむ。「すると、たぶんヘンリエッタはあたしたちとたいして歳のちがわない子供を持つ人だってことよね……あと、お金を持ってた。ひょっとして、テネキーを離れて、どこか別の場所にもっと大きな家を買ったのかもしれないわね」

「さあね」わたしは言う。日記をバッグにもどす。「母さんがヘンリエッタのラストネームか、なんなら住所を書いててくれたらよかったのに」

エステルがポップコーンのボウルをとり、弾けていない粒のままのコーンをよける。「話題を変えるわけじゃないけど、アドレーって人のほうはどうなってるの?」

「話題を変えるわけじゃない?」わたしはテレビ画面を観る。トークショーのホストが別のゲストを迎えている――わたしが名前を知らないテレビタレントだ。

エステルが言う。「まだ隅に追い詰めてないのかと思って」

「そうよ。一度一緒にワニレスレングに行っただけ。そろそろ襲いかかるころだと思ってるんでしょうけど。現実的に考えてよ」わたしは両手を膝にあてて立ちあがる。

「いや、まじで」エステルはわたしをカウチへ引きもどす。「はじめてのデートにワニのショーってとてつもなくロマンチックじゃない」――片眉をあげる――

「ふたりの共通点はカヌーなんだから。いつか一緒に行こうって誘えばいいのに」

「エステル」

「で、人気《ひとけ》のない木陰にカヌーを止めて――」

「エステル、だまって」

両手のひらを上向きにする。「あたしはただ励ましてるだけ!」

「落ち着かないし、意味のわかんないカヌーセックスについて?」

エステルが笑う。「落ち着かないなんてだれが決めたの?」

「エステル、どれもあなたの夢であって、わたしのじゃない」画面では、テレビタレントが脚を組んでいったん視線をさげたのち、ホストに目をやった。

エステルが言う。「わかった。じゃあ、あんたの思う楽しみ方は?」

「これって、〝真実か挑戦〟なわけ?」

エステルはわたしの返事を待つ。

「もし答えたら、いろいろ質問するのをやめてくれる？」

エステルがうなずく。

「いいわ。わたしの思う楽しみ方はこう。第一に、しかるべき相手と。第二に、事前にデートを何度も重ねて。最後に、しかるべきときに」――息を吸い、さっと吐き出す――「ぐらつかないマットレスに糊の効いたシーツをかけた、白い天蓋つきのベッドで」ふたりして声をあげて笑う。

エステルが言う。「カヌーの人がその夢をすべてかなえてくれるんでしょ」

「もう訊かないって言ったでしょ」わたしはテレビ画面に目をやる。「インタビューされてるこの男の人ってだれ？　見覚えはあるんだけど……」

「友情からはじめればいいじゃない」エステルが言う。「アドレーにカヌーに関するこまごましたことを手ほどきしてくれって頼めば」

「ねえ、ものすごく大事なインタビューを見ようとしてるんだから。この人……だれだか知らないけど、興味深い人なのはたしか。だから邪魔しないで」わたしはテレビ画面を見つめる。

エステルが視線でわたしのこめかみのあたりに穴を穿《うが》つ。

わたしは仕方なくそっちを向く。「エステル、アドレーにカヌーに関するこまごましたことを手ほどきしてくれなんて頼むつもりはない。アドレーには、怪しげな……仲間がいるの。ガーフ・カズンズ・ジュニアとぶらついてるみたいで、わたしはガーフのことが恐ろしいの。それにとにかく、カヌーに関するこまごましたことなら、自分で知ってるから。よっぽどじゃないかぎり、男の人とカヌーには乗らない」

「どうして……」

「どうしてかっていうと、カヌーを操ることは腕力の問題だと考える男がいるから。男の人は、舟を操ろう、筋肉を使おう、相手より自分のほうがカヌーにくわしいと証明しようとしたがる。そういう人たちが見落としてることがある。カヌーで大事なのは、制することじゃなく、合わせることだってこと」

「それで、そのもじゃ男さんがあんたと合わせないってどうしてわかるのよ」

スタジオの観客が拍手をして、クレジットが流れている。さっきの俳優がだれなのか、結局知ることはないままだろう。

エステルがさらに迫る。「あんたの問題はね、ロニ、あんたの言う基準は、どんな人にもかなえられない不可能なものだってこと」

「わたしの問題はね、〝あんたの問題は〟からことばをはじめるだれかさんとつるんでることよ」

「それと、見こみのありそうなどんな関係からも逃げ出すこと」

「逃げ出してないよ、エステル。例を挙げてみて」

「アンドルー・マーズデン」

「大学時代のボーイフレンドの？　いいえ。あれは逃げたんじゃない。わたしは用心深かったの。彼は危険を冒す人だった」

「あんたのルームメートの猫がきらってた、あのアリゾナのキュートな彼は？」

わたしは天井を仰ぐ。「猫ってものすごく敏感な生き物でね。人の真の性質を理解するの」

「DCであんたがデートに誘ったけど、相手から週末に会おうと言われて、やっぱりやめた人は？」

「あの人、わたしが遅くまで仕事をすると、自分のスケジュールのさまたげになる、って言ったの。残念だけど、スミソニアンを理解してなかったのね」

「ロニ、あんた逃げてばっかりじゃない。向き合わなくちゃ。いろんな関係から逃げてる」

わたしはリモコンを手にとって、エステルが録り溜めている番組をざっと見る。「《ビバリー・ヒルビリーズ》は録画してあるよね？」学部生のとき——わたしが授業のためにそれについて書く前に——この番組をはじめてわたしに紹介してくれたのがエステルだ。

「あんたのために録ってあるわよ」

わたしが再生ボタンを押すと、フラット&スクラッグスがテーマ曲を爪弾きはじめる。

エステルが言う。「ねえ！ 実はアドレーは億万長者かもよ、ジェド・クランペットみたいに」

「冗談はやめて！ わたしがジェド・クランペットとデートすると思う？」

エステルが鋭い目でわたしを見る。

わたしはチョコレートとココナツのお菓子をもうひと口食べる。「ジェスロはあっても、ジェドはない（ジェド、ジェスロ、ミス・ジェーンは《ビバリー・ヒルビリーズ》の登場人物）」

エステルが笑う。「そうね、ミス・ジェーン」

ハイ・カルチャー（大衆文化〔ポピュラー・カルチャー〕の対語）。それがわたしたちの友情を支えている。

32

四月十二日

　フロリダで四週間が過ぎようとしている。まもなくこの何もない小さなアパートメントを離れ、本物の家にもどることになるため、最小限の食料品があればいい。タラハシーの〈ウィン・ディキシー〉で、シリアルの通路にいたとき、顔をあげたら、博物館の近くのサリヴァン・ロードで見かけた女性――ジョリーン・ラビドーそっくりの人――がいた。ベビーフードの瓶ふたつを前に、悩んでいる。

　わたしはシュレッドウィート（細切りの小麦のシリアル）の箱をショッピングカートにほうりこみ、その女性に並びかける。「種類が多すぎますね」

　相手がこっちを見て、わたしは確信する。

「ミセス・ラビドーですよね？」

　女性の目がわずかに見開かれる。

「わたしはロニ・マロー――ルースの娘です」

　女性が深呼吸する。「ああもう！　なんてこと！　おちびさんが立派に成長して！」

　向こうのほうがわたしよりずっと背が低い。

　わたしは尋ねる。「いまもタラハシーにお住まいなんですか」

　彼女は手に持った二本の瓶に目をやり、それから顔をあげる。「ええ、そうよ……あなたが幼いとき以来。道理でわからないわけだわね！　いまどうしてるのか、聞かせてくださいな」

　母さんのためにフロリダにもどっていることを説明しはじめると、彼女はこう言ってわたしをさえぎった。「じゃあ、ロニ、会えてよかったわ。マーヴィンが家にいるから帰らなくちゃ。ひとりで置いとけないの。たまたま会えてよかった！」そしてさっさとカートを押して行ってしまったので、こちらから彼女のことは何も訊けなかった。なぜベビーフードなのか、なぜあっという間に引っ越したのか、このあたりにずっと住んでいるなら、なぜ大学や大学院時代に一度も出くわさなかったのか。そして何より――ヘンリエッタとはだれなのか。「ミセス・ラビドー！」わたしは呼んだが、彼女はもう洗剤の通路に消えていた。あとを追いかけるが、姿をとらえたと思うたびに、彼女は角を曲がってしまう。しまいに、入口のドアのそばに荷物を満載したカートが放置されているのが目にはいり、タイヤのきしむ音が耳にはいると同時に、車が猛スピードで駐車場から出ていった。

どういうこと？

わたしはチェダーチーズ、パン、バター、リンゴ六個、牛乳、シュレッドウィートを持ってアパートメントへもどる。それからテネキーまで車で向かう。

聖アグネスへ行く途中、ジョリーンの昔の家の前を通った。いまなお打ち捨てられ、空っぽのまま建っている。白いペンキが洗い流されて、灰色の筋が残っている。網戸は蝶番ひとつでぶらさがっている。タラハシーにいるなら、なぜラビドーはこの家をほうっておくのだろう。

母さんの家の前で、車のスピードを落とす。賃借人の手に二週間委ねられただけで、家はすでに別の雰囲気を帯びていた。生垣が刈りこまれていない。どんなに正気を失っても、母はイクソラの茂みをきちんと刈っていた。賃借人のためにガレージに植木ばさみを置いていったのに、簡単な整備の手間すらかける気もないらしい。

這うように車を進めると、横のドアから男がひとり出てくる――ミスター・メルドラムだ。わたしたちが掃除をしていた日に、急かすためだろう、妻とふたりでやってきた。夫は真ん丸で、妻はしまりがなく、赤らんでいた。ミスター・メルドラムが手で目庇《めびさし》を作りながら目を細め、あいまいに手を振る。わたしだとわかったんだろうか。わたしはぎこちなく手を振り、徐々に車のスピードをあげる。

聖アグネスで、わたしは母に挨拶をする。「ねえ、外の小径を散策したくない？」

「小径があるの？」母が言う。

もっと早く提案すべきだった。ここの庭は実際すばらしい――木陰があって、松の木やベンチがある。ふたりで散歩をしながら、わたしは言う。「ジョリーン・ラビドーを覚えてる？」

「喫煙者だったわね」母が言う。

「引っ越しの理由、聞いた？」

「ジョリーン・ラビドーが引っ越したの？　ここへ？この施設では喫煙不可なのよ」

「ちがうの。夜逃げか何かみたいに、突然引っ越していった、って母さん言ってたでしょ」

母が言う。「何言ってるの？　あの人はすぐご近所に住んでいるのに」

わたしは目の前を見つめながら、歩道の線を踏み越える。

母は言う。「だけど、彼女の旦那は信用しちゃいけないよ。ずる賢い人だから」

ジョリーンは食料品店で夫の名前を口にしていた。

「マーヴィン？」わたしは言う。

「ジョリーンはよくあの旦那に耐えてるけど、穿鑿好きな人でね。笑って相手を背中から刺すような男だよ」

「その人も漁業局で働いてたの？　父さんもその人のこと、好きじゃなかったのかな」

けれども、返事はなかった。これ以上質問を受け入れないということなのか、それとも気持ちが移ろったのか。

「ねえ、最近だれがうちに来たか知ってる？　ヘンリエッタよ。覚えてる？」

　母さんが顔をそむける。「ヘンリエッタがうちに来たことはないよ。そうよ、あの人がうちの敷居を跨ぐわけがない」

「そうなの？　どうして？」

「彼女は町の反対側に住んでたの」

「へえ、どの通り？」

「なんだか仰々しい通りだったよ」母さんが目玉をまわす。「小径の先まで歩かなきゃいけないかしら」

　部屋にもどると、わたしはもう一度試してみた。

「それでね、ヘンリエッタのことだけど」

　母さんが鋭くこちらを振り向く。「どうしてあのひどい人のことばかり話すの？　それより、いつも描いてる絵を見せて」

　わたしは深呼吸したが、言われたとおりにする。いちばん最近描きあげた鳥の絵を取り出す——オオソリハシシギ、クサチヒメドリ、ムラサキバン。母さんは腰をおろして、絵を受け取ろうとして手を伸ばす。そうでないと考えたい気持ちは多々あるけれど、ホームアートプロジェクトを母さんにもたらしたいという気持ちはやはり強い。

　母さんが沼の鳥を気にかけたことはなかったけれど、どの絵も慎重に扱い、情報より色を楽しんでいるようだった。母さんが絵を返して言う。「上手に描けたね」その母さんの口調は〝一所懸命やれば失敗しない〞といわんばかりだ。母にすれば、誉めことばに近い。

　母さんをランチテーブルにすわらせながら、もう一度ヘンリエッタのことを尋ねるが、母さんにとってその話題は終わっているようだ。

　フィルとの〈F&Pダイナー〉でのランチまでまだ少し時間があるので、縦型ブラインドが閉まっているエルバート・パーキンズ不動産の前で車を停める。中へはいってドアを閉めるが、事務所内には人気《ひとけ》がない。

「ミスター・パーキンズ？」

ミスター・パーキンズは奥の部屋のドアに、お腹から先に出てきた。

「やあ、ロニ、どうして欲しい？」

セックスにまつわるジョークだろうから、無視するのがいちばんだ。「ミスター・パーキンズ、ほら、メルドラム夫妻に貸してる家について質問があるの」

パーキンズは背の高い金属のファイルキャビネットのそばへ行く。「少々お待ちを」きょうはちがうブーツを履いている。ドレスパンツの下に、スネークスキンのブーツだ。パーキンズがフォルダーの詰まった抽斗を、読書用の半眼鏡でざっと見る。「これだ」一冊を取り出す。「すわらないか」そう言って、自分も淡い黄灰色の机の反対側にすわる。「それで、質問というのは？」

「賃貸借契約には、賃借人とその維持管理責任について言及はないの？　けさそばを車で通りかかったら、家の前の茂みが刈られてなかったの」

パーキンズが半眼鏡越しにこちらを見る。下顎が突き出ている。パーキンズは賃貸借契約に目を向け、ページに沿って人差し指を動かしていって、目あての文を見つけて読みあげる。「〝賃借人は家屋を清潔で、衛生的で、良好な状態に保つものとし、借用期間終了時には、通常の摩損を除き、賃借人が居住していたときと同じ状態にして家主に返し〟……なんとかかんとか……〝使用あるいは放置したことによる家屋への損傷は、家主に弁償する〟」

「そこよ」わたしは言う。「放置。あの人たちはすでに、イクソラの茂みを放置してるの」

ミスター・パーキンズは大きな胴体に空気を満たす。「これはおもに家のことで、本来は庭のことじゃない。つまり、ゴミだらけだとか、古い車が並んでいるとかほんとうにひどい状態なら、ひょっとしてそういうこともあるが……そのうち時間を見つけて草木の手入れをするさ。メルドラムはガーデニングが好きだと聞いているし。たぶん忙しいだけじゃないかな、ハニー」

〝ハニー〟という言い方に、愛情がこもっていたようには聞こえなかった。むしろ〝おれの時間を無駄にするのはやめてくれ〟とでも言いたそうだ。

わたしは言う。「いつまで待てば、こっちから何か言える？　これが第一の質問」

「少なくとも、あと二週間待ってくれ。このあたりじゃまだ、善意ってもんが大いに価値を持ってるんでね」

だけどあんたは善意ってものが価値を持たない〝地域〟の人間だろ、とでも言いたげだ。

パーキンズが腕時計に目をやる。「第二の質問もあるのかい？」

ここに目まぐるしいほどの仕事があるかのようだ。

ほんとうに訊きたい第二の質問は、なぜラビドーの家はずっと空っぽのまま建っているのか、ということだった。パーキンズなら答えを知っているだろう。けれども、わたしは迂回することにした。「もしわたしが土地を買う立場だったらどうなるの？」

パーキンズが両眉をあげる。「この界隈の？」

「あくまで、もしもの話よ」いまやわたしはひどい厄介者だろう。

パーキンズがまたわたしを数秒間、値踏みする。

「土地だけが欲しいのか、それとも土地つき家屋が欲しいのか、どっちだい」含み笑いをして、丸みを帯びたフロントカウンターの下の長い脚を伸ばして立ちあがる。ブーツにあたってズボンの裾に皺が寄っている。バインダーを持ってデスクに歩いてくる。「最近のリストだよ」デスクにどんと置き、それからすわる。

「テネキーか、それとももっと広くワクラ郡で考えてるのかい」

「テネキー中心で。まずはそこからはじめようかと」

パーキンズはいくつかの説明と、売り主が引っ越す理由をさしはさみながら、バインダーをめくっていく。タンパに転勤だから。ジョージアに娘がいるから、と。ジョリーン・ラビドーのあの、蝶番ひとつで網戸が留まっていた家は、そのなかにはない。

「古いラビドーの家は？」わたしは言う。

パーキンズの目が右を向く。「放置された家もあるんだ。所有者が不明でね。ああいうのはいやだろう、ハニー」

また例の〝ハニー〟だ。

「ちょっと興味があっただけ。母の家の近くだから」

パーキンズが眼鏡をとる。「すると、ほんとうに大都市からもどってきて、われわれ小さな町の市民と仲良くしてくれるってのか」

わたしは痛烈な皮肉を無視する。「ひょっとしたらね。その古い家のことを教えて」

パーキンズは口を開いたものの、ほんの一瞬ためらう。「わかってるといいんだがね」そう言って、大きな作り笑いを浮かべてみせる。パーキンズのどこが変わったかわかった。歯の治療が終わったのだ。うわべだけの笑み。

わたしはすわったまま、笑みを返して待つ。

「なあ、ロニ、かまわなければ……あんたのあとに次の客が控えてるんだ」パーキンズはデスクのいちばん上の抽斗をあけて、ボールペンを取り出し、抽斗はあけたままにする。ホルスターにおさめた拳銃がちらっとのぞく。

わたしの眉があがったのだろう、パーキンズが言う。「あんたたちワシントンの人間は、こういうのはきらいなんだよな。憲法修正第二条（武器保有権を保障する条項。〝規律ある民兵は自由な国家に必要であるから、人民が武器を保有し携帯する権利は侵してはならない〟）を信じちゃいないんだろ？」

「ミスター・パーキンズ、わたし、何か気に障ることした？」

「全然」またチェシャ猫のようなにやにや笑いを浮かべ、抽斗を閉める。

33

フィルは〈F&P《Franny Pete》〉でわたしを待っている。F&Pというのは、実際にフラニーとピートのイニシャルだ。フラニーはクッションのついたスツールにすわったままレジ係をつとめているが、かつてはゴム底の白い靴を履いてフロアを歩きまわり、ピートに大声で注文を告げ、子供ひとりひとりに〝スウィーティー〟と——やさしく——声をかけたあと、ホットカラメルサンデーかビスケット・アンド・グレイヴィーと注文を書き留めたものだ。

自分の料理が運ばれてくると、フィルは皿の上の、フライドレバーとオニオンの横にホットマスタードを塗る。あらゆる食べ物のなかでレバーはコレステロールが高いってことを、フィルに教えるべきだろうか。わたしはまったく食欲も湧かないまま、自分の皿のグリルした魚料理に目をやる。フィルはタマネギを切って、レバーにマスタードをこってり塗り、その三つをまとめて口のなかへ入れる。ほかにだれがこんな食べ方をするだろう。

そのとき、光線のようにその景色が頭に浮かぶ。父さんもそんな食べ方をしていた。四角く切った肉、塗りたくったマッシュポテト、ニンジンひとかけ。すべてをフォークに載せれば、味蕾は同時にそれを楽しめる。その傾向は、フィルの遺伝子に刷りこまれているにちがいない。フィルは顔をあげて、笑顔でわたしを見る。「何？」

「なんでもない」

フィルは三つの食材を一気に呑みこむ。

わたしは自分の魚にレモンを絞る。「それで……きょうだい愛からランチに誘ってくれたの？」

フィルは満面の笑みを浮かべる。「もちろん」いったんことばを切ったのち、本題にはいる。「でも、財布とあのダニエル・ワトソンのこともずっと考えてる」〝父さん〟ということばは出さない。

「なるほど」わたしは言う。「でも、ミセス・ワトソンには鼻先で戸を閉められたけどね」

「ふうむ」フィルはまたレバーを切って、食べ物の小さなセットを作りはじめる。「葬儀場で、ミスター・ハプステッドは何か言い忘れたことがあったんじゃないかな」レバー、マスタード、タマネギのセットを口にほうりこむ。

わたしはいまでもなお、車で走るとき葬儀場を避けている。

「だって……検死がなかったんだから」フィルがフォークで身ぶりをつけて言う。

「やめてよ、フィル！　ハプステッド？　悪いけど……どんなにひどかったか、あんたは覚えてないから」

「よし、ロニ。ひどいのはロニに譲るよ」

きょうだい愛ももはやこれまでだ。武器にならないように、手に持っているナイフやフォークを置く。でも、そこでフィルが口調をやわらかくする。「いいよ。心配しないで。ぼくが話してくる」

わたしは皿の上の食べられない料理を見つめる。ミスター・ハプステッドが何を言うかは神のみぞ知る。ポケットがびしょ濡れで、重い物がいくつもはいっていた、と。

「いいよ」わたしはすばやく言う。「わたしが行く」

フィルが自分の料理から顔をあげる。「ロニが？　でもさっきは……」

「気が変わったの」

フィルがわたしの顔をじろじろ見る。

わたしは言う。「ほら、わたしが自分の役割をいかに果たしてないか、フィルとタミーからいつも言われてるでしょ。だから、これはやるわ」

まったくの嘘だ。葬儀場へ行く気などさらさらない。理屈抜きに、言いようもなく葬儀場がきらいなのだ。でも、行くと言っておけば、ミントの香りのするわたしの弟は、いつなんどき襲ってきてもおかしくない有害な灰色の雲を招きかねない情報を知らずにすむかもしれない。

フィルはナプキンを口にあてて言う。「最高だよ、ロニ。ありがとう」

鬱陶しくてたまらない弟なのに、心からの笑顔ひとつで、即刻わたしを満たせるのだ。

店の外で、別れの挨拶をしたのち、フィルは通りを渡り、スモークガラスのドアをあけて自分のオフィスへはいっていく。ドアが閉まるや、怒れる竜巻女タミーが歩道を近づいてくるのが見える。その破壊の道は、明らかにわたしに向かっている。タイトスカートにヒールといういでたちでも、少しもスピードが落ちない。

じゅうぶん近づくと、タミーが言う。「ロニ！　話がある！」

「タミー、元気？」友好的な関係ってやつを実践する。

タミーは角を曲がってフィルのビルから見えなくなる場所へとわたしをいざなう。「モナ・ワトソンのこと、何か調べようとしてるでしょ？」いまやタミーはわたしのすぐそばにいる。風を受けてもヘアスタイルがびくともしない。「お客のひとりだから、知ってるのよ」

そうか、なるほど。わたしが友人にいやがらせをしたという理由で、タミーはお怒りなのだ。「ねえ、タミー……」

タミーが声を低くする。「髪をいじってるあいだに、人からなんでも聞き出せるの」

「そうなの？」わたしは動揺する。

「モナは毎週予約がはいってる。シャンプーとスタイリングでね。ロニがモナの家に行くってフィルが言ってたけど、それじゃ情報は得られない」タミーはことばを長く引き伸ばす。「わたしのやり方はもっとずっと巧妙よ」

「ありがとう、タミー、でも――」

「不正があったのなら、フィルも知りたがる。もちろん、あたしもね」タミーが言う。

「タミー、わたしとしてはむしろ……」

「真相を探られたくない？」一瞬視線を交わす。タミーは化粧の下で汗をかいている。

「あの……歩かない？」わたしは言う。ふたりで公園のほうへ向かう。タミーはすごくヒールの高いサンダルを履いているのに、わたしと歩くペースが変わらない。

タミーが言う。「お義父《とう》さんについて、知られたくないことをフィルが知ることになると恐れているなら、あたしに言わせれば――あたしが小さいころ、そういう噂はもう出まわってた」足を止めずに、いったんことばを切る。「フィルからその話が出たことはないわ。

でも、あたしの母は、結婚式の週に、自分が何をしようとしてるかをよく考えろと言ったの。そういうことをした人の息子は、みずからそういうことをするかもしれないからって。だまってて、って言ってやったわ。フィルはあたしのボーイフレンドで、フィル以外のどんな人とも結婚する気はないって」

わたしはもたらされた情報に衝撃を受ける。タミーの足とわたしの足、サンダルとスニーカーが合わせて歩道を踏んで進んでいくのを見つめる。もはや建物の日陰ではなくなって、わたしたちは立ち止まる。

タミーがマニキュアをした鋭い指でわたしの腕にふれる。「それがなんであれ、お義父さんにまつわる真実から弟を守れるのは自分だけだと思ってるんでしょうけど、あたしだってフィルに悪い知らせは聞かせたくないの！」タミーの前髪が湿っている。「そういう噂をきっぱりと終わらせたい。まず、第一に」長い指を使って数える。「お義父さんはボートからただ転落したとは思えない。そして第二に、あたしたちは、お義父さんが飛びこんだとは思いたくない。第三に、汚い取引があったなら、この町のだれかがそれについて知っている。第四に、悪いニュースがあって、フィルに法廷でその真相を突き止めさせたくないなら、ロニとあたしが協力して、いち早く情報をつかむべき」

わたしはタミーが立てた四本の指を凝視する。

「どう？」タミーが言う。「ロニは調べられるかぎり調べて、あたしはあたしにできることをする。そうすれば、フィルが嗅ぎつける前に、あたしたちふたりで醜悪な情報を見つけられるかもしれない」

わたしは公園に足を踏み入れ、自分の車のあるほうへ向かう。公園にはいれば、タミーのヒールは沈むだろう。「了解。またあとでね、タミー」離れようとしながらも、新しい世界――義妹がわたしを助けようとしている世界――になじもうとする。

いま聞いた情報を処理しながら、車を走らせる。

仰々しい通りの位置さえ突き止められれば、ヘンリエッタにたどり着き、すべてが明らかになる。わたしは何も考えず、葬儀場の前を通過する。柱があるだけのただの建物だ。葬儀場がわたしを傷つけることはできない。それでも、わたしは車のスピードをあげる。

家具のまばらなアパートメントへもどると、遠くで雷が鳴っているのが聞こえる。エアコンの電源を落として、窓を全部あけて、シュニール織りのカバーの上に寝転んで考える。風が吹きつけてブラインドを叩き、腕に鳥肌が立つ。フィルに頼まれたとおり、ハプステッドのところに行っていたらどうだったんだろう。あの葬儀場に対するわたしの嫌悪は、古くて深いものだ。最後にあの場所にいたのは、わたしが十二歳のときで、二度とあそこへは行かないと誓ったのだった。外の風が雨に変わる。あの恐ろしい場所で過ごしたあの最悪の日にそうだったように。

「ほんとうにロニは気丈だこと」クラスメートの男子の母親だ。わたしは彼女のワンピースの襟に施されている茶色のパイピングを凝視する。わたしの母が彼女と握手をする。棺の向こう側には、儀仗兵よろしく警官が立っている。

教会の女性が母に言う。「ご長女の存在が慰めになりますね」町の大人全員が列を成して通り過ぎていく。「お母さんを手伝って、赤ちゃんの面倒を見てね」大人たちがささやく。まるで、そんなことにわたしが気づいていないかのように。まるで、わたしが腰にフィリップを抱いていないかのように。

長身でごつごつしたミスター・ゼノンが次だ。「大きくなったな、お嬢さん」その後ろにいるのが、背が低くてずんぐりしたジョリーン・ラビドーで、わたしよりたいして背が高くない。ジョリーンが言う。「彼女はもうお嬢さんじゃないわ、若い娘さんよ」わたしの母はライヴオークにすわって、ジョリーンがわたしの母にあれこれ言うのに耳を傾けていた。わたしをどうしたらいいのか、どうすればわたしをしっかりさせられるのか、未然に摘んでおくべきはなんなのか。たいていジョリーンはわたしにばつの悪い思いをさせるが、いまはこう声をかけてくる。「しっかりしててえらいわ。危機に陥っても冷静で、あなたはそういう人」ジョリーンがわたしの髪を撫で、その手がわたしの汗をかいた髪に引っかかる。

ジョリーン・ラビドーのあとは、なんにでも耐えられるだろうと思う。わたしにかけられる、〝立派ね〟にも〝涙を見せない〟にも〝しっかり手伝ってる〟という声にも、母にかけられる、〝ご主人は宝石のような人だった〟にも〝お悔やみ申しあげます〟にも、〝ルース〟とただ母の名を口にするのにもすべて。一部の人は、それだけしか言わない。漁業局のほかの局員の人はみなアイロンの効いたぱりっとした服を着て、わたしの頭か肩に手を乗せる。いかにもあの人たちらしい。でも、ちがう。ほんとうはこう尋ねたい。父は溺死したが、どうしてそんなことがありうるのか。わたしが階段の上で聞いたあの会話は、どういう意味なのか。〝家での様子におかしなところはなかったかい。落ちこんでたとか〟。説明して！　でも、みんな何も言わないし、わたしも何も言わない。

わたしはフィルをベビーカーに乗せる。フィルはわたしがよく知るふうに顔をしかめはじめ、一分後、全員におしめのにおいがわかって、それはすなわち、わたしがこの恐ろしい部屋を離れられることを意味する。わたしはベビーカーに手をかけて押す。わたしが通りかかると、列に並んでいる人たちは悲しそうに微笑む。オムツ替えがうまくないことをみんなが知ってさえいれば、と思う。母はけさ、わたしに言った。「あなたの手伝いをわたしがほんとうに必要としてる日だってわかるでしょ、ちゃんとできるわよね！」

葬儀場の出口に、わたしのミサゴの絵を買った男、ミスター・バーバーが立っている。母を慰めるための行列には並んでいない。ほかの人たちから離れて、全体をにらんでいる。わたしがベビーカーを押して出口を抜けると、ミスター・バーバーは向きを変えて出ていく。

　バスルームで、おしめを替えているあいだ、フィリップは泣きわめく。わたしだって泣きわめきたい。じとじと湿って暑い。ただ父さんと沼に出たい。そのときすべてが現実となる。

34

四月十三日

　きょうこそ仕分け作業を完了させて、箱と自分自身をここから出さなくてはならない。アパートメントで、数えてみる。まだ二十一箱ある。しかし、自分を駆り立てる新たな方法を考えてあった。自然史博物館に送られてきて、開梱の必要がある鳥の剥製のように扱うのだ。いつも複雑な気持ちなのは、生きている鳥は好きだけれど、送られてくる鳥は死んでいるからだ。しかも、わたしたちの知識を豊かにしてくれるものだ。いましているこの作業は、とにかく疲れる。それでも、ときには思いも寄らない喜びを与えてくれる。たとえば、いまあけたばかりの箱には、フィルの幼稚園のころの宿題がはいっていた。円形の画用紙と、ふちをフリンジ状にカットした硬い黄色いページ。〝お母さん、大好き、フィリップ〟。フィリップはこういうふうにすなおで、他人の話に耳を傾けられる子だった。わたしがいつ部屋にはいっていっても、フィルは自分の隣にすわらせようとして、にっこり笑って自分の隣の床か、カウチか、椅子を叩いたものだった。それが変わってしまったのは、大学進学のためにわたしが出ていってからだ。フィルを置いていくのは、体の一部が引きちぎられるようだったが、それでも母の非難から逃れられるのは大いにうれしかった。その後、帰省のたびに、最初はよそよそしく、そのうちに昔のフィルらしくなって、わたしが去るころにはまたクールになった。けれど、この工作品は昔のもの、すなわちみずからの感情を守る必要がなかったころのものだ。わたしはこの作品を、タミーのメモリーブックのために脇によけておく。

タミー。彼女が噂を知っていることが、わたしには信じられない。〝そういう噂はもう出まわってた〟

フィルの工作の下は、シャツの箱だ。蓋をあけて、薔薇の花びらのにおいを吸いこむ。祖母のローナの古い家の空気にちがいない。中には、手袋もあった――長い物も短い物も、刺繍のはいった物も。

〝だまってて、って言ってやったわ〟

さらにふたつ、丸い箱に六〇年代の帽子がはいっている――ヴェルベットとシルクの葉で覆われた繊細なワイヤー細工の帽子と、ネットのついたネイビーブルーのトーク（縁なしの婦人帽）。母は父の実録物のペーパーバックを毛嫌いしていたのに、それを一冊残らずとってあったように、避けていた祖母の思い出も保管してあったのだ。

〝それがなんであれ、お義父さんにまつわる真実から弟を守れるのは自分だけだと思ってるんでしょうけ

早川書房の最新刊

5
2023

●表示の価格は税込価格です。
＊価格は変更になる場合があります。
＊発売日は地域によって変わる場合があります。

ハリウッド一《いち》の悪役俳優の壮絶すぎる人生！

世界でいちばん殺された男
――ダニー・トレホ自伝

ダニー・トレホ&ドナル・ローグ／柳下毅一郎監修・倉科顕司訳

eb5月

死ぬ役か悪役では彼の右に出る者はいないと言われる俳優ダニー・トレホ。10代の頃から薬物中毒であった彼はいかにして立ち直り、映画俳優となって『マチェーテ』で主役の座をつかんだのか。半生を振り返りつつ、薬物依存の子供たちを助ける活動についても語る

四六判並製　定価３９６０円［23日発売］

『チューリングの大聖堂』著者が導く、自然と機械が融和する新たな世界像

アナロジア
AIの次に来るもの

ジョージ・ダイソン／服部 桂監訳・橋本大也訳

eb5月

0と1で世界のすべてを記述することは本当に可能か。デジタルの限界が露わになる時、アナログの秘めたる力が回帰する――。カヤックビルダーとしても著名な科学史家が博覧強記を揮い、ライプニッツからポストＡＩまで自然・人間・機械のもつれあう運命を描く

四六判上製　定価３３００円［20日発売］

ハヤカワ文庫の最新刊

ど〟

わたしは帽子を持ってバスルームの鏡の前に背筋を伸ばして立ち、傲然と顎をあげながら、帽子をかぶってみる。姪のヘザーは曾祖母のことを知らないけれど、おしゃれ用品を入れたこの箱を見るかぎり、影響を受けているのだろう。

祖母のローナは傲慢な態度になることがあった。ストッキングにローヒールといういでたちの女友達を集めて昼食会を開き、政治や薔薇の栽培について話し合ったりしていた。そんなとき、祖母はよくわたしを手伝いのためにタラハシーに誘った。わたしがサラダを給仕したり、銀のサモワール(ロシアのお茶用湯沸かし)からティーカップを満たしたりすると、客として来ていた女の人たちは、やさしい声を出して喜んだ。

お客さんがすわって話しているあいだ、わたしはその場を辞して、サンルームへ行き、サイドテーブルから雑誌を手にとった。〝スミソニアン〟と書いてあった。最初のページのいちばん下に、〝S・ディロン・リプリー〟とサインがあった。上のほうにはスケッチがあって――銃眼つきの丸い胸壁を持つ建物の絵で、〝城からの眺望〟ということばが添えられていた。ミスター・リプリーは早朝にタイダル・ベイスンに鳥を見にいくつもりだと書いていた。わたしは自分の家の背の高い雑草と水を含んだ地面を思い浮かべ、自分の知っている鳥のおしゃべりの声を聞いた。そのままミスター・リプリーのコラムを読んだあと、雑誌全部に目を通し、写真のひとつひとつまでながめた。

お客さんが帰ると、祖母のローナは休んだあとに、フロリダ州立大学の図書館に連れていってくれた。

「好きな本を借りなさい」祖母はそう言った。

わたしは言った。「雑誌は?」

祖母は天井を仰いだ。

わたしがどの雑誌かを告げると、祖母は「まあ!」と言い、定期刊行物の書庫にあるテーブルにわたしをすわらせた。祖母がギリシアとローマ神話講座の試験を採点しているあいだ、わたしは重厚な赤い表紙がまとめて置かれた《スミソニアン》誌のバックナンバーを見ていた。そして動物や宝石、ジャングルに棲む人々について学んだ。でも、わたしの背筋をぞくぞくさせたのは、一日何もしないで鳥の絵だけを描いている、博物館で働く人たちの記事だった。

図書館のあとは、祖母のローナを手伝ってサンルームを片づけた。わたしは言った。「おばあちゃん、母さんはどんなふうに父さんと出会ったの？」

いつもわたしが父の話題を出すと、祖母は片方の眉をあげて、「どうかしらね？」と言う。でも、その日は、カウチのクッションをふくらませる手を止めて、遠くを見つめた。そして、過去を巻きもどすかのように言った。

「あなたのお母さんは、フロリダ州立大学の第三学年を終えたところだった。大学の機関紙《フランボー》の編集者で、フロリダ各地でピアノのリサイタルを開いていたのよ。あの子の目の前には輝かしい音楽のキャリアが開けていたの。ところがある日、アイスクリームショップでのバイトから、ずっと走ってきたみたいになんだかきらきらしてもどってきたの。そしてぼんやり宙を見つめて、ピアノの練習を忘れるようになった。何時間もよぶんに、バイトでアイスクリームを掬うようになったわ。何かおかしいと思ったけれど、騒ぎ立てるようなことはしなかった。なぜって、あの子の関心を惹くようなフロリダ州の男の子は全員知っていると思っていたから。もっと気をつけるべきだったのに。知ってのとおり、あなたのお父さんは大学に行っていないものね」いったんことばを切る。「彼はタラハシーでトレーニングコースにかよっていたの。銃の扱いやらそういうようなことね。コースが終了すれば、おしまいだと思っていた。ところが彼、土曜日ごとにバスでテネキーからタラハシーまでかようようになってね」

わたしは口をはさまなかった。部屋のなかを動きまわる祖母の、伸びた背筋とブルーグレーの髪型のなめらかさを見つめている。

「その青年はひどく哀れなことに、あなたのお母さんに恋をしていたの」祖母は言った。「なぜなら、ルースのような娘が自分を好きになることはないとわかっていたから」そこでことばを切り、わたしのほうへ顔を向ける。「そしてだれもが、少なくともわたしは驚いたことに、ルースも恋をした」そう言って、最後のクッションをほうった。

祖母には美点がいくつもあった。でもひとつだけ、お高くとまったところがあった。祖母はわたしの父のことを――いわば、わたしがタミーのことを思うのと同じように考えていた。

〝ロニとあたしが協力して〟

わたしは最後の帽子を手にとる。繊細な、鳥の剥製を思わせる帽子で、羽根が重なって、尾の房が正面のアクセントになっている。首のまわりに斑紋のある雉《キジ》科のオス。複雑な気分だ。美しい鳥が帽子のために命を与えた。気むずかしい祖母が、わたしを愛するキャリアへ導いた。そしていくら抗おうとも、長年冷たい態度をとってきた義妹がわたしに助力を申し出て、わたしはイエスと答えなくてはならない。


車に乗りこみ、カヌーショップへ向かう。沼は唯一、頭が明瞭になるところだ。それに、エステルの絵を仕上げなくてはならないし、着想を得る必要もある。

〝ワニレスリング、毎日正午に開催〟の看板を過ぎると、アドレーに手をふれられたときの火花をふたたび感じる。

図書館から持ち帰ったハーブの本の一冊に、ハーブと欲望にまつわるおもしろい章があった。エリザベス朝では、ローズマリーの束は密会の約束をするのに使われ、リンゴはみだらな意思を示すものだった。わたしはカウンターにローズマリーの小枝やジューシーなリンゴが置かれていたときのアドレーの反応を想像する。むしろ、沼から〝フロリダ・バタフライ〟という蘭をとってくるほうがいいかもしれない。同じハーブの本では、性欲をそそる蘭の特性について一ページまるまる割かれていた。雌花は〝開放的、誘惑〟、根の雄花は〝塊茎を生じて伸びる〟、そしてこの植物全体では〝熱くて湿っていて活動的〟とあった。

原生地からとってきた蘭を見たら、アドレーは怒るだろうか。それとも花びらにやさしくふれて、小声でわたしにお礼を言い、森の日差しのなかの白い天蓋ベッドに導いてくれるだろうか。

反対車線を猛スピードで走ってくる黄色いシボレーに気づかず、シェルロック通りを左折する。相手がクラクションを鳴らし、わたしの頭はアドレナリンでいっぱいになる。わたしはアクセルを踏んで砂利を蹴散らし、すんでのところで衝突を避ける。シボレーのクラクションが背後で次第に遠ざかり、わたしは心臓をばくばくさせながら荒い呼吸をする。

新人ドライバーさながらハンドルを握りしめ、砂利道を進む。車を止めて二、三度深呼吸して、闘争本能の進化に感謝する。いまは前頭葉を働かせるときだ。この車のなかから出ることのない、ありえない愚かな妄想のせいで、ついさっきぺしゃんこになりそうだったのだから。カヌーを借りるためにショップへ行っても、冷静に対応しよう。単なる客らしく。植物と鳥、それ以上はなしだ。

「やあ、うちのカヌーの漕ぎ手ナンバーワンじゃないか」アドレーは、わたしがはいっていくと、にっこりと輝くような笑みを見せる。

堪えて。「こんにちは」わたしは言う。この人だって赤の他人なのだ。だってこの人のことを何も知らない。結婚してるかもしれないし、七人の子供の父親だったりして。わたしはアドレーのむき出しの左手に目をやる。きっと性格に許しがたい欠点が千個はあるのだろう。ならず者と付き合いがあるし。わたしはクレジットカードを手渡して、カヌーを持ってきてくれるのを待つ。

アドレーが腕組みをする。

わたしは、アドレーに観察されていないかのように振るまう。何か言うのを待たれていないかのように。虫除けスプレーのボトルが並んでいるところに目をやり、ひとつを手にとって、ラベルを読む。

「ああ、そう！」アドレーが言い、立ちあがる。

これでいい。彼は彼の仕事をして、わたしはわたしの仕事をする。わたしは鳥を描くためだけにここに来ているのだから。

船着き場から、アドレーはやけに強くカヌーを押し出す。

「何……」わたしは首をそっちへ向ける。

アドレーはこぶしを腰にあてて両肘を突き出し、かぶりを振りながら立っている。わたしはすばやく漕いでいく。

何度か脇道にそれたのち、自分がどこにいるかを理解する。水路標識があるくらい広い湖の岸に沿って進む。交通量のある深い水路にちがいない。ぴかぴかの新しいスピードボートがスロットル全開でやってくる。船体の横に気の利いた名前が記されている。〝リアル・エステート・パークス〟。わたしは顔をあげて、だれが運転しているのかを見る。エルバート・パーキンズだ。長い脚に、大きなお腹。テネキーみたいな小さな町で不動産を売って、どうしてこんなに儲けられるんだろう。ボートの通った跡がわたしのカヌーを沈めそうになるが、わたしは舳先をまわして漕ぎ、激しく上下する迷惑な波をなんとかかわす。

次の脇道で、マングローブが水上に張り出し、影をまだらに水面に映している狭い水路を見つける。そういう枝の下を、父と一緒に釣り小屋まで漕いでもどったときのことを思い出す。おもに父さんの力強いJストロークで、ボートが自分の下で動くのを感じながら、水を自分のほうへ引いていた。

「ちょっと」父さんがすわっている場所から呼びかけ、わたしはそちらを向いた。父さんはパドルを漕ぐ手を止めず、目配せしてから、かすかに頭を振って、右肩の先にあるものを示した。わたしは顔をあげた。二羽の黒っぽい鳥がカヌーの後ろを滑るように飛んでいた。二羽ともとても大きく、二羽の距離がとても近かった。ところが、わたしに見られているのに気づき、体を傾けて、木陰に着地してしまった。「五位鷺《ゴイサギ》だ」父さんは小声で言った。

父さんはわたしに鳥をくれたし、沼をくれた。あるときから、父さんはわたしに釣りのこまごましたコツを教えようとするのをやめた。沼についてわたしが何を気に入っているのかに気づき、それを描く手段を与えてくれた。葦のなかで紫色のものが動いて、小さなロケットが水面すれすれにわたしの前を飛んでいった。〝翡翠《カワセミ》だ〟と思ったが、父さんは〝沼の鶏《ポンド・チキン》〟だと言った。

そして一度だけ、同じ口調でこう言った。「沼の少女だ」

わたしはすばやくそっちを見た。

「おまえさんのことだよ、ロニー・メイ」父さんは横目でわたしを見て、笑った。父さんの頭上のサルオガセモドキのあいだから日差しが差しこんでいた。「いや、ちがうな。もっとぴったりの名前を考えた。沼の女王だ」

わたしは唇のあいだに空気を押しこんで微笑んだが、そのあと背筋を伸ばしてすわり、遠くへ手を伸ばして、さらにパドルで水を掻いた。

広葉樹のハンモックのカーブを曲がったところで、二羽のサギが――オオシラサギとオオアオサギが――縄張り争いのようなことをしているのを目撃する。カヌーの速度を落とす。また別のシラサギが餌をとらえようとしているのか、どちらが勝つのかを見定めようとしているのか、少し離れた浅瀬に立っている。シラサギとアオサギは互いに警告を発しようと、羽の角度を変えながら飛びあがりつづけているので、光が片方にあたり、次はもう一方にあたる。

わたしはその様子をすばやくスケッチし、鳥の動きの意図せぬ優雅さとともに、決死の力強さを記録しようとする。力や縄張り、餌場にこだわる一方で、二羽のサギはこの戦いがいかに自分たちを美しく見せているかに気づいていない。とりわけアオサギはあらゆる角度から豊かな色を見せてくれる。

しまいに、互いに少し離れた浅瀬に落ち着き、わたしはスケッチブックを押しやる。船着き場にもどるころには、疲労と強い高揚感を感じている。

アドレーが片手を差し出すが、その顔は無表情だ。

「すばらしい光景を見たの」わたしは船着き場に足を着く。

アドレーは背を向けて、中へ歩いていく。

デスクで、わたしはスケッチブックを開いて、アドレーに二羽のサギを見せる。

アドレーはその絵を見て、わたしを見てから言う。

「へえ」二本の指でわたしのクレジットカードを持っている。

なんてくだらないんだろう。けさの仕返しのつもりだろうか。わたしは勢いよくスケッチブックを閉じて、クレジットカードをつかんで出ていく。

人々が友好的で、気候も〝温暖〟の範囲にあるところへもどるのが待ち遠しい。この暑さのなかの一カ月で、わたしの脳みそはきっと溶けてしまったんだろう。

35

四月十四日

　母に会いに寄る。手首のギプスがはずれ、理学療法《physical therapy》がはじまっていたが、母はうれしそうではない。いくらか本を持ってきていたけれど、母のほうはそんな気分ではないらしい。

「ねえ、PTは仕事なのよ、母さん。楽しいわけがないの」

「励ましをどうも」母は目玉をまわす。

「母さん、ちょっと言っていい？　母さんはずっとわたしに対してそうしてきたけど……」喉が詰まる。

「してきたって何を？」

「そういう目。わたしの言うことはまったく価値がないとでも言いたげな」

「別に……」

「ううん、別にじゃない。やめてって頼んでるの」わたしの声が震える。こんなにはっきり告げたことはない。

　母はいつものように、わたしから顔をそむける。

　ドアがノックされる。マリアマがドアを半分あけて、片手を自分の胸のほうへまわす。

　わたしは言う。「ちょっと席をはずすわね、母さん」そして廊下へ出ていく。

「お邪魔してごめんなさい」マリアマが言う。

「全然」わたしはドアを閉める。「あなたと話がしたかったの。調子はどう？　ご家族はお元気？」前にマリアマから、大学でコンピューターサイエンスを勉強している息子さんのことを聞いていた。

　訊かれてうれしかったらしく、マリアマが微笑む。

「みんな元気です。ありがたいことに、ヘールは元気いっぱいで」

「それで、息子さんはやっぱりどの授業でも優秀なの？」

「技術に関してあの子の言ってることとの半分は、わたしの頭を越えて飛んでいくの。わたしにはヒューッて音しか聞こえない」

ふたりして笑う。

「ルースのことなんだけど」マリアマは言う。「ニッカズがもっと要るの」

「ニッカーズ？」

「そう、パンティー。下着ね。二枚しかなくて」

「だけど、十枚新しいのを持ってきたのに。名札をアイロンで留めることまでして」

マリアマがためらったのち、言う。「うーん。混乱していたんでしょうね、洗濯の汚れ物入れじゃなく、箱――ゴミ箱のことよ――に捨ててしまったみたいなの。今後は気を配るけれど。とりあえず、少し持ってきてもらえるかしら」

「すぐに用意するわ」

わたしはのんびりと車を走らせ、モールに駐車する。ガヴァナーズ広場、アメリカの大量消費主義を祝うタラハシーの大規模な室内店舗、エレベーターで聞こえる音楽、噴水の流れる音、子供たちの叫び声、化粧品売り場やブースから漂ってくる強烈な香水のにおい。人々はぶらぶらと、不要なものに向かって歩いていく――キラキラ光るヘッドバンドを売る店が三つ、めちゃくちゃ安い財布を売る店が四つ、すごい高さのヒールの靴を売る店が十九。〝いらっしゃいませ！ 不要なものを買って！ ガラクタを溜めこんで！〟

わたしは白い綿の〝女性用ヘインズ〟のブリーフを買いに、メイシーズへ向かう。ほかの種類のものを買っていったら、母は憤慨するだろう。

「ええ、袋ください」わたしは言う。

メイシーズのでこぼこの階段を一段抜かしでのぼっていくと、目の高さに、紳士用リーバイスの尻ポケットが現れる。このモールでようやく価値を見いだせるものを見つけた。その男性がエスカレーターから降りると、立ち止まってわたしがどちらへ行くのか見ている。うわ、まいった。

「やあ、こんにちは」その男性が言う。アドレーだ。きのうわたしに向けたのと同じ、うんざりしたような表情を浮かべている。

「あら！」わたしは言う。「ここで何してるの？」

アドレーは半笑いで、ひげを弄ぶ。「どういう意味？」

「ごめんなさい、ただ……いつもあなたのそばには、ほら、カヌーがあるから」わたしは半透明の袋を背後に隠す。

「ああ、おれは自分のカヌーがほんとうに好きだから。でも、ほかの場所に行くことも許されてるんだ」

「ええ、そうよね……」わたしは大きく息を吐き出す。ことばが出てこない。自分の愚かさから意識をそらそうとする。「あの……何を買うの？」

「ずいぶん、立ち入った質問だね」手に持ったバッグを開きながら言う。「シャツとネクタイを買ったんだ。きみは？」

「ええ、ちょっと」――袋は背後に隠したままだ――「母のものを」咳払いをする。

アドレーは上の歯で下唇をそっと噛みながらうなずく。「まあ、会えてよかったよ、ほら、いつもの世界の外で。カヌーのそばにいるときだけしかきみが存在しないとは思いたくないからね」

世界は生意気な人間に微笑む。「そのことば、そのまま返すわ」わたしは去ろうとする。

アドレーが声をかける。「じゃあまた。きみが姿を見せてくれたときに」

「そうね」

まだ少しうろたえたまま、駐車場に足を踏み入れる。わたしが入れたカテゴリーから、みんな出ないでいてくれたらいいのに。

道路を渡ったところに〈パネラ・ブレッド〉があるので、そっちへ歩いていく。母に必需品を届ける前に、もう一カ所寄ることにしよう。病院で会って以来シャペル局長に会っていなかったので、頭のなかで——母の——こんな声が聞こえた。〝何ができるか訊くんじゃなく、ただ何かすればいいのよ〟。母にとっては、その何かはキャセロールだったかもしれないが、わたしにとってはテイクアウトのスープだ。


テネキーへもどると、ややあたたかいパネラのバッグを持って、シャペル局長の家のポーチまで階段を三段あがり、スイカズラの香りを吸いこむ。対応に出てきたシャペルは少し痩せたようだが、顔は治りかけていて、もう普通に近いように見える。父の知っていた強い男のままだ。

「シャペル局長。ご気分はどうです？　スープを持ってきたんですけど」

シャペルは少し時間をかけたのち、網戸を押し開いて、わたしを招じ入れる。「こんなに親切にしてもらっちゃ悪いな」

「そんな。でも、ちょっと冷たくなっちゃってるかも。あたためましょうか」

「いいのかい？」シャペルはそう言って、ドアを閉める。「きみも一緒に食べていってくれ」

キッチンで大きな片手鍋を見つけて、買ってきた一クォートのスープを注ぎ入れる。病院でシャペルが言ったことについて、いまも疑問に思っている。父さんの死について、シャペルがどう考えているのか。シャペルに質問するために来たわけではないけれど、それでも気にかかる。

深皿をふたつと、マット、ナプキン、スプーンをふたつずつ見つけて、テーブルに置く。シャペルが腰かけて、スプーンに掬ったスープを吹く。

わたしは地元についての雑談が何かないか考えようとするが、しばらくは互いにスプーンを深皿に浸し、ただそのスプーンを口に運んでいる。しまいにわたしは言う。「よくなってるみたいですね」

シャペルは鼻を鳴らす。「当分は、美を競うコンテストで優勝できそうにないがね」

「あの、お医者さんは疑っていたようですね……殴られたんじゃないかって」

シャペルは深皿の上でスプーンを静止させ、それから言う。「自分でやったんだろうな。いつものジムのルーティーンをこなしたあと、横手の庭の茂みを刈って、一ガロンの水とまともな夕食をとる代わりに、ジョニー・ウォーカーをロックで少々やったんだ。何も腹にはいってなかったから、それでノックアウトされて伸びちまったんだろうよ」

シャペルのこめかみにある、ドアの側柱の形をした傷をながめる。

「でも、きみには感謝してる」――うなずいて、わたしのほうを示す――「伸びたままほうっておかれなかったんだから」

わたしはうなずく。**いまだ。**「シャペル局長、病院で、局長は理解できないことを言ってました。父さんの身に起こった出来事に対して責任を感じていると言ったんです。それはなぜ――」

「わたしがそんなことを？　病院で与えられる薬は、幻覚を見せる。薬は悪いものだよ、ロニ。避けるべきものだ」

「わたしはだいじょうぶです。ただ――」

「いいかい、きみが覚えておかなくてはならないのは、お父さんが正直な人で、法執行者だったことだ。お父さんはわたしが相手にしている多くのならず者たちとはちがって、善良な男だった。だから部署の通常の葬式だけですませないよう取り計らったんだ。何もかも最高の男だったから」シャペルがスプーンをスープに浸す。

「ありがとうございます。わたしも父が……」**ここで負けてはだめ。**「善良な人だったことは知ってます」

「そしてそれはきみのなかにもある」シャペルが言う。

「現に、きみはお父さんにとてもよく似ている」わたしを見つめたあと、椅子を押し出して、空《から》になった皿を、わたしのぶんまでキッチンへ運ぶ。

　わたしはシャペルのあとについていく。「でも、あの、あなたは父をよくご存じでしたし、直前にも……職場で毎日……気づきませんでしたか、父がどんな……」

「ロニ」シャペルが皿をシンクに入れる。そして身ぶりで、居間を通って玄関へもどるよう促す。「きみがお父さんについてできるだけ知りたいと思うのは当然だ。きみのお父さんの父親であるニュートが訪ねてきたことが影響した可能性もあるし、いくつものことが重なって……お父さんが不注意だったとも考えられる。知らないからこそ平穏でいられる時期があるんだ。人は逝くときに持っていくものがあってね、それはわれわれに理解できることではないんだよ。わたしのスティーヴィーのようにね」シャペルが頭を前後に何度も振る。

　もうふたりとも玄関のドアのところまで来ていた。この人は息子を失い、苦しみ、ひとりぼっちだ。さよならのハグをしようと手を伸ばしたとき、最近入院していた相手なのに、その肩や腕に力強さがあった。もしまだ生きていれば、この年齢の父を抱きしめるのはこんな感じなのだろう。

　聖アグネスにもどると、鉄色の髪を軍人ふうに整えた高齢の男性入居者に、廊下で止められた。「ちょっと手伝ってもらえるかな」

わたしは言う。「ええ、何か？」

「騙されてここに連れてこられたんだ」

介護士を探してあたりを見まわすと、マリアマが指導している人のひとり、カーリーンがやってくる。

「ねえ、聞いて、ハロルド！　調理師があなたを探してる。ラムチョップをあなたの好みの味で準備してくれるんですって」わたしは味覚というのは、脳が最後まで持ちつづける感覚であり、体を維持するための動物の本能なのではないかと思う。散歩でもしているみたいに、カーリーンがハロルドの腕を持って連れていこうとする。ハロルドは一緒に歩いていくが、首だけこっちを向いている。

部屋へ行っても、母はいない。包みからやわらかい綿のブリーフを取り出して、母のドレッサーの上に置き、一枚一枚バンドに油性マーカーで〝ルース・マローー〟と書く。それからそのブリーフを畳んで、抽斗にしまう。

両親の結婚式の写真の前で足を止める。父がシンプルなダークスーツとネクタイというでたちで、満面の笑みをたたえている。入口のほうから母の声がしてそちらを見る。「気が進まないと言ったのに、強引に連れていくから」

マリアマがわたしに向かって肩をすくめてみせる。「手芸クラブは楽しめると思ったんですけど……」

「まあ、いいじゃない」わたしは言い、母は椅子に腰を据える。

「母さん、いいものを持ってきたの」いま抽斗にしまったもののことを言っているのではない。もっと本も持ってきていたのだ。母に本を読むことをあきらめるつもりはなかった。

「わたしを連れていこうとするのをやめて、ってあの人に言ってちょうだい――」

「彼女の名前はマリアマよ」わたしは母の向かい側にすわる。「ほら、聞いて。これはヘンリー・ソローの書いた『サー・ウォルター・ローリー（英国の探検家、軍人）』よ。準備はいい？」

母はため息をつく。

「〝人の血液は、枝分かれした静脈によって全身に運ばれており、水と似ていると言えるかもしれない……水は、大小の流れによって運ばれて地上に行きわたる。人の呼吸は空気に、人の自然な熱は、大地が持つ、閉ざされたぬくもりに似ている〟。適切な考えじゃない？」

反応はない。

「そういうふうに考えたのは、この人だけじゃないの。ウィリアム・キャクストン（英国の印刷業者、政治家、翻訳者）という人も……」わたしは母の顔を確認する。なんの表情も浮かんでいない。

「わかった。じゃあ、次へいこう。メイおばあちゃんを思い出させるものなのよ」

「メイ？」母が何かに気づいたのか目を輝かせながら言う。

「〝わたしたちの先祖は、実用的な情報と神秘的なハーブの伝承の守護者であった。その者たちはわたしたちのなかで年長者であることが多く――賢い女たちだった〟」

母はうなずく。

わたしはジョン・ジェラードの『ハーバル』を取り出す。「きっとメイおばあちゃんも知っていたレシピを見つけたの。〝カレンデュラ――花と砂糖で作ったジャムは、朝に摂ると心臓の震えを治す、疫病のときに与えられる〟」

母の唇がわずかに上向きに動いて、かすかに笑ったようになる。母が言う。「万一の疫病のための備え」

36

四月十五日

きょうは個人所得税の申告期限日なので、フィルは仕事に大わらわだ。わたしは簡単だったため二月にすませてきた。必要以上に長く見なくていいように。

セオにメッセージを送り、もどりの日付を四月二十三日に延ばしてほしい旨を知らせる。メッセージならセオから失望したと言われるのを聞かずにすむし、若きヒュー・アダムソンについての話をまた耳に入れずにすむし、洞窟と地下水について話さなくてもすむし、官僚という寄生生物がわたしたちの愛する組織を内側から食い破ろうとしていることへの、抑えてはいてもはっきりとわかる恐れを、セオの声に感じなくてもすむ。

アパートメントの賃料も、あと一週間ぶん払った。タラハシーは住宅の供給過剰が起こっているので、ロジャーの友人のチャーリーは一時的にでも、わたしの賃料がはいってほくほくだろう。

朝早く起きて、すぐに仕事にかかり、リストにこだわって、雑念と闘うことで、来週ワシントンへもどるのに備える。忙しすぎて、葬儀場のミスター・ハプステッドと話はできない。たとえフィルに尋ねられても、〝ええ、行ったわ〟と嘘をつこう。

エステルの博物館にある小さなアトリエで、閉まっているローマンシェードのまわりを朝日が縁どっている。蛇鵜《ヘビウ》は、エステルがリストに挙げた九番目の鳥で、曲線を描く長い首が水面から潜望鏡のように突き出し、首の先端には長剣のように鋭い嘴がある。それ以外の体は水面下に隠れている。ヘビウの黒い蛇のような首を描きこみ、それから前進するのにともなって水面に何十もの弧がひろがる様子を加える。「ヘビウ」と小声で言ったが、わたしに聞こえるのは父さんの声だ。

「ヘビウ、十時」父さんは指さしながら言った。

わたしがすばやく首をまわして見ると、三つ編みが顔にあたった。浮草の塊の前で、細長くて黒い園芸ホースみたいな首がさっと水のなかへはいり、視界から消える。

「どうしてあんなに長く息を止めていられるの？」わたしは尋ねた。

「自然の神秘だよ、ハニー。泳ぎが魚並みなうえ、空を飛んで、地面を歩ける」父さんはさっき鳥が消えた水面のほうへ首を傾ける。「おれが鳥になるなら、あいつがいいな」

のたうつ魚を鋭い嘴で貫いて、数ヤード先を近づいてくる。

「見てごらん、ロニ・メイ。あいつはおれたちふたりよりずっといい釣り師だ」ウィンクをして言った。父さんは、わたしが釣りより絵を描くほうが好きだとわかっていた。そして、父さんはたいていのものより釣りが好きだった。父さんはリールを巻いて、プリズムのように光るスピナーベイト（ルアーの一種）に手を伸ばした。「こっちもランチの時間だ」父さんはカヌーの縦方向に釣竿を置いて、ピクニックバスケットを持ちあげると、わたしにワックスペーパーで包んだサンドイッチを差し出した。ハムとチーズのサンドイッチにピクルスが添えられたものだ。父さんは自分のぶんの包みを剝がした。「母さんはなんてすばらしい女性なんだ、ほっぽり出して逃げ出したのに、おれたちの世話をしてくれるなんて」父さんが身振りでサンドイッチを示す。「水に潜らなくても食事が手にはいるようにしてくれるんだからな」

わたしは皺のある父の目の背後で、ヘビウが枝に留まり、魚を呑みこもうとしているのを見た。

製図台の上には、黒い目玉、ヘビウのまわりの輝く水が描かれている。父さんは単なる沼の訪問者ではなく、あの場所の一部だった。鳥や月桂樹《ゲッケイジュ》やマングローブは、ともに育った友達だった。父さんの根も、あの水の下に伸びている。

そしてあの水の下へ、父さんはもどっていった。描きかけの絵を放置して、鍵を手にする。弟に嘘をつくとか、気が散るのを避けるとか、そんなことどうでもいい。わたしには答えてもらわなくてはならない質問があった。わたしはバッグをつかみ、昔の誓いを破ろうとする。

37

スミソニアンの奥の廊下のように防腐剤のにおいがするものと思っていたが、葬儀場の裏口からはいると、書類の散乱した簡素な事務室がある。ミスター・ハプステッドはワイシャツ姿で立ち、ホワイトボードに何かを書いている――たぶん、〝行事〟のスケジュールだろう。ひょろ長い体は少し曲線を描いている。

歳をとるのは、さみしいことだ。母と同年代の仲間は減っているようで、たぶん内心そう感じているんだと思う。病気をしていない人、いつもの生活をつづけられている人、鏡の前でだらだらと過ごしたりせず、細かい作業をするのに眼鏡を手元に置いている人たちは、自分たちがどれほど歳をとったのか、意識していないのかもしれない。それはたぶん、ハプステッドにも言える。わたしたちと同じ教会にかよい、家族ぐるみの友人でもあって、昔から口数が少なく如才のない人だ。

「ミスター・ハプステッド、こんにちは！　きっとわたしのことは覚えておられないでしょうけど」

ハプステッドが目を細くしてこちらを見る。「きみは、ロニ・マローだね」いったんことばを切ってつづける。「なんでそんなに歳をとったんだ？」

わたしは声をあげて笑う。如才のなさもここまでだ。ほかには何が脇に追いやられてしまったのだろう。ハプステッドにとって三十六歳のわたしを見るのは、わたしにとって背の曲がった老人を見るのと同じくらいの衝撃にちがいない。でも、向こうがずけずけくるなら、こっちだってそうすればいい。「ミスター・ハプステッド、記憶力は衰えてませんか」

ハプステッドは痩せた尻を机にもたせかける。「目から鼻に抜けるようだよ、なぜだい？」

「父のことでひとつお訊きしたいことがあるんです」

「ふむ。わたしの男っぷりに惹かれてやってきたのかと思っていたよ」ハプステッドがひと息入れたのち言う。「きみのお父さんはほんとうに立派な男だった」

「ええ」わたしは言う。「ミスター・ハプステッドが父の……葬儀を取り仕切ってくださったんですよね」

「なんでだれもが〝葬儀〟って単語を悪いことばみたいに言うんだ？　葬儀、葬儀、葬儀。でも、お父さんのことは気の毒だったね」自分の台詞を思い出したらしく、付け加える。

「何か……いつもとちがうところはありませんでしたか」わたしは聞きたくないかもしれない情報のほうへ、ふらふらと向かっていく。

「いつもとちがう？　ちょっと思い出さないとな」ハプステッドは壁と天井の交差部あたりを見る。それから一分して言う。「ほんとうにいい葬式だったよ。何もかも最上級だった」

ハプステッドはすわるようわたしに促さない。「ええ、シャペル局長から聞きました……よぶんに払ってくれたって」

「あの人が。わたしの記憶によれば、漁業局の奥さんがたが集めた基金じゃなかったかな。フランクも寄付したにはちがいないが」ハプステッドは脳内のデータをスキャンしているのだろう、少し遠くをじっと見つめている。「そうだ、あの年は大きな葬式がふたつあってね、どっちも野生動物保護管理官だったんだ。どっちも最上級の式だったよ」突然、記憶を断ち切ったらしく、メールを開くために着席する。

わたしもすわる。「ミスター・ハプステッド、これは覚えておられないかもしれませんが……」

ことばに気をつけるんだな、お嬢さん、とでもいわんばかりの視線を、ハプステッドはわたしに投げる。

「何か妙なことはありませんでしたか、あの、父の亡くなり方に」細かいところの記憶についてはあいまいであってほしい、と少なくともわたしの四分の三は望んでいる。

ハプステッドがため息をつく。「この仕事では、わたしの記憶力は呪いのようなもんだよ。たいていの人は詳細を望まない。だから、全部ここにしまっておかなきゃ」こめかみを叩く。

「たしかに、それは理解できます。ただ弟が、あの、調べていて……その……検死について何か覚えていませんか」

「たしか、きみのお母さんが検死を望まなかったんだ。だが、それをだれが責められる?」そこで口をつぐむ。

胸がぎゅっと締めつけられる。**この人は知ってるんだ。**わたしは思い切って尋ねる。「溺死だったとだれもが知っていますが――」

「ああそうだ、溺死だったよ」ハプステッドは眼鏡の奥からまた遠くを見つめる。「だが、傷を閉じたり、ほら、分泌液や防腐処理やら……」こちらを向いて言う。「まあ、ほら、きみが知りたいことじゃ――」

「傷？」

「頭のね」

待って。なんの話をしてるの？　脳内に小さな明かりがともり、あらゆる子供っぽい仮説がつぎつぎと浮かんでくる。釣り糸に絡まった父が、カヌーから後ろ向きに倒れ、瘤のようなイトスギの根にぶつかる。あやうく声を出して言いそうになる。そうだわ。それで頭を打ったの！　一瞬それが明白な事実に思え、あとがすべてまちがいだったように思える。

「ミスター・ハプステッド、ダン・ワトソンが報告書のなかで――」

「ああ、ダン・ワトソンのが、さっき言ってたもう一件の葬式だよ。同じ年だった。やっぱり高級な棺、捧げられた花輪もデラックス仕様、何もかも最上級だった」

ハプステッドはいくら荒稼ぎしたかを思い出している。そして、わたしは〝事故〟だったという妄想の地にいる。父にとってひどく憂鬱な日で、湿地へ行っても気持ちを高揚させられなかったことは、言われなくてもわかっている。父は錘を体につけて、財布を放り出し、不安定なカヌーから落ちて頭を打ち、〝しまった、自分は父親なんだから、逝ってはだめだ〟と思うことさえせずに去ってしまった。わたしのお腹のなかで胆汁が湧きあがる。

ハプステッドがしゃべりつづける。「そうだ、ワトソンはほんとうに大変だった。溺死とちがって、至近距離からショットガンで顔を吹き飛ばされていてね、溺死は長く水に浸かっていた皮膚をどうにかする――」

喉が焼けて、わたしはドアが音を立てて閉まるに任せて外へ出る。駐車場で、体をふたつに折り曲げ、緑色の水たまりに向かって不快な声をあげて吐こうとする。やっぱり来るべきじゃなかった。震えながら深呼吸をして、体を起こし、まっすぐ自分の車まで向かう。もうこの町から出なければ。

自分の家の前を勢いよく過ぎる。ジョリーン・ラビドーの家の前では、廃墟になっただけでは足らないといわんばかりに、だれかが古い樽を捨てはじめていた。ほとんど何も考えることなく、わたしはカヌーショップへ向かっている。もう時間も遅いので、漕げる時間はほぼない。それでも、この恐ろしいイメージをほかの画に差し替えずにはいられない。沼にだろうか、それともアドレー自身の姿に？　アドレーはきっとわたしのトラブルを聞きたくないだろうし、わたしも別に話したくない。ミスター・ハプステッド、ダン・ワトソンの吹き飛ばされた顔、父のふやけた皮膚と分泌液の滲み出す傷。そういうものを消し去る必要があった。

太陽はいまも熱いが、空の低いところにある。ボトルの水を口に含んで、砂利の上に吐き出し、デンティーンガムを噛む。だれもいないショップを通り抜けて外へ出る。アドレーは格納庫のそばにいて、ファイバーグラスのカヌーを磨き、修理している。こちらに背中を向けてかがんでいるが、シャツを着ないでオーバーオールを着ているので、オーバーオールの脇からきれいな体のラインが見えている。たとえ自分とはまったく合わない人でも、思わずうっとりする。

そのためにここに来たんだろうか。自分自身の最悪の性質に従って？　自身の混乱や恐怖から気持ちをそらしてくれるアトラクションに飛びこむために？　前にもそうしたことがあって、いい結果には終わっていない。アドレーは何ヤードか距離のあるところにいて、わたしはひと言も発していない。もし音を立てずに車にもどれば、アドレーはわたしが来たことを知らないままだ。

けれども、わたしの気配を感じたのだろう、アドレーーが振り向く。少年のような顔だ。ひげを剃り落としている。顔にペンキが点々と小さく付いている。

「やあ!」アドレーが言う。

「こんにちは」

アドレーが顔を赤くして、こっちへ歩いてくる。

「正装で失礼」にこりともせずに言うので、しまいにわたしは声をあげて笑ってしまう。

ひげのないアドレーの顔はほっそりしていて、わたしとしては、手を伸ばしてアドレーのなめらかな頬にさわらないようにするのが精一杯だ。「ひげ、どうしたの?」わたしは言う。

「ご婦人には受けないって相棒が言うからさ」

「ご婦人が何人いるわけ?」

「ひとりだけ、それが肝腎なとこでね」アドレーは顔をそむけない。

わたしは言う。「どうかなって……つまり、ほんの三十分だけでもカヌーを出させてもらえないかなと思ってやってきたんだけど」

「でも、もうじき日没だけど」

「そうね」**ここにいちゃいけない。**

「すまないね」アドレーが言う。「ただ、もし何か起こったら――」

「ええ、いいのよ、わかるわ」手をポケットに突っ込むと、指がやわらかいものにふれた。ネルソンの狩猟用品店で買ったハイフローティング・バブル・ガム・ワームを取り出す。「これ、あの……プレゼントを持ってきたの」ショッキングピンクのルアーをアドレーの手に載せる。「洗っといたから、すごくきれいよ」

「お、ワーム。すごく感傷的なプレゼントだね」

「こういうものが好きなの」わたしはばかみたいに前歯を鳴らす。「手ざわりが」

アドレーが首をかしげる。

「さて、じゃあ」わたしは振り返り、ショップのなかを歩いて駐車場に出る。もう少しで車まで着くというところで、砂利を踏む足音がして振り返る。アドレーが足早に歩いてきて、わたしとぶつかりそうになって突然足を止める。

「あの」アドレーが言う。「ひとつ手があるけど」

アドレーが一歩後ろにさがり、ふたりの距離が少しだけ遠くなる。「変なふうに考えないでもらいたいんだけど……つまり、おれも一緒なら、それならかまわないんじゃないかな……問題はないだろ。ほら……責任を負える」

わたしはアドレーを値踏みする。たしかに、感じはいい。でも言うまでもなく、連続殺人犯のなかにも感じのいい人はいる。ただ、アドレーに対する気持ちは、もう〝感じがいい〟どころの話ではない。

アドレーは返事を待っている。誠実で、そわそわとして、わたしをダンスに誘おうとするティーンエージャーのようだ。どんな男性でも一緒にカヌーに乗るのは危険なんじゃなかった？

「オーケー」わたしは言う。

アドレーは頭をほんの少し後ろへ引く。「オーケー！」さらにつづける。「よし、じゃあ。おれのカヌーに乗ろう」

ふたりでショップへもどり、アドレーがまだあけていない虫よけスプレーの缶をわたしにほうってよこす。

「いちばん虫の多い時間だから。知ってのとおり」

アドレーが格納庫の鍵をあけにいって、もどってくるときにわたしに見えたのは、むき出しのきれいな体にオーバーオールを身に着けた彼が頭の上にカヌーを逆さに伏せて持っている姿だ。そして川岸に着くと、カヌーをおろし、わたしに向かって微笑む。「樺《カバ》の樹皮で造ったカヌー、バーチバークだ」そう言って、ボートを示す。

「ええ。いまどきはあまり見かけないわね」

「注意深く扱わないと、かびて腐っちまうから。メンテナンスは大変だけど、水中ではほかとは比べ物にならないくらい敏感に反応する」少年らしくもたくましくもあるこの人には、表示灯さながら揺るぎない、明らかな自信がある。わたしは虫よけスプレーをかけ終えたあと、缶をアドレーに手渡す。アドレーは腕、首、耳、胸にスプレーを塗りつける。それからその缶をカヌーにほうりこみ、わたしが乗りこむあいだボートを支えていてくれる。

シートがないため、膝を折ってすわる。わたしが前にすわる——気乗りがしないのは、バーチバークの操縦法をくわしく知りたいからだ。でも、アドレーのカヌーなのだから、やむをえない。それに、前に乗る人はどうすればいいか、わたしはよく知っている。

男性とカヌーに乗ることについて、エステルにはあいうふうに言ったけれど、もうひとつ考えられるシナリオがある。最善の状態だと、互いの動きに反応して、スローダンスを踊っているような気分になる。いまはわたしがジンジャー・ロジャースで、フレッド・アステアが後ろからリードしてくれている。でも、ダンスよりカヌーのほうがいい。なぜなら、カヌーの場合は、立場を交代できるので、つねに同じ人がリードするわけではないからだ。

船着き場から離れるにつれ、アドレーが戯れのつもりではないことが明らかになる。前と後ろのバランスをとるなかで、わたしは彼が信頼してくれているのを感じることができる——互いのストロークがぴったり合って、カヌーは水を切って楽々と進む。彼がわたしのリズムに合わせ、わたしが漕ぐと、彼も漕ぐ。わたしはアドレーがパドルと水の圧力を安定して均等に保ち、流れのなかで絶妙に舵をとっているのを感じる。水面は穏やかだけれど、たとえば風のなかで湖を渡ったり、早瀬を漕いだりするようなもっとむずかしい状況でも、ふたりならうまく進める気がする。わたしたちにことばは必要ない。

38

四月二十日

きょうはヘザーとボビーの日だ。小学校で、子供たちのお迎えを任せる旨を書いた、タミーの署名入りメモを運動場の監督者に見せると、ふたりが走ってくる。ワクラ高校のプロムの日で、タミーのサロンにとっては一年でいちばん忙しいのだ。高校生がおもに従事している放課後のボランティア活動は中止だ。わたしも、母の荷物の件とエステルの鳥の件をどちらも棚上げにして、きょうの午後は子供たちと過ごせる。

弟の家へもどり、みんなでおやつを食べたあと、わたしが持ってきた祖母のローナの帽子と手袋を使って、おかしな仮装ごっこをする。ボビーはすぐに飽きて、外で鬼ごっこをしようと言う。「いいわよ。ふたりではじめてて。すぐにわたしも行くから」ふたりが裏庭に駆けていくあいだに、わたしは帽子を布に包みなおす。

わたしがふたりに合流しようとスライド式のガラス戸をあけた瞬間、ヘザーが弟に言う。「ボビー、さわっちゃだめ！」

ボビーは家の後ろの隅あたりをのぞいている。「眠ってるからだいじょうぶ」ボビーが言う。

「ボビーは何を見つけたの？」わたしはトカゲか蛙だろうと思いながら、ヘザーに言う。ボビーの背後に近づくと、ボビーが指一本ででこぼこの巨大な尻尾の先にふれようとしているのが見える。

「ボビー、だめ！」大声を出したが、遅かった。ボビーが指をふれ、ワニがあいた口をこっちへ向ける。

わたしはボビーを両手で抱きあげて、叫ぶ。「ヘザー！　中へはいって！」わたしがヘザーのあとから敷居を跳び越え、ガラス戸を閉めたと同時に、ワニが到着し、大きくあけた鼻面の根元を反射ガラスにぶつける。ドアをロックしてセキュリティバーをおろしたあと、三人でガラスから離れて身を寄せ、ワニがガラスに映る自分に体あたりする様子をながめる。

ワニは人間より速く走れるが、こっちを追いかけはじめたときにせまい場所でちがう方向を向いていたため助かった。怪物は背を向け、何度も怒って打ちつけるようにしたあと、庭をのたのた渡っていく。わたしは手のなかに、ふたつの小さな鳥の脈動を感じる。わたしの脈もそれと比べてさほど遅くはない。

ヘザーがわたしを見る。その顔はまだ恐怖でこわばっている。

「ひゃあ、どきどきしたわね」わたしは言う。

ボビーは目を見開いている。

わたしは険しい顔を見せて言う。「ワニの尻尾をさわったらどうなるか、わかったでしょ」

ボビーは首を何度も上下に振り動かす。

フィルに電話をしたほうがいい。でも、その前に、わたしたちを助けてくれそうな人たちを紹介してくれるよう、電話番号案内にかける。オペレーターから、漁業局ワニ害ホットラインにかけるよう言われる。

連絡をして、あとは待つ。

ドアをノックされ、わたしはふたりの男を玄関へ招き入れる。ふたりのうち背が高い人は、下唇を噛んだのか、そこが腫れていて、若いほうの人は、礼儀正しいけれど、エンジンを空吹かししている車みたいに、とにかく早くはじめたがっている。ワニは庭の反対側にいるので、わたしはふたりのためにスライドドアをあけて、またさっと閉める。わたしと子供たちは、小さな木の椅子を三つ引き出してきて、様子をながめている。アドレーと見にいったワニレスリングとはちがって、この人たちはほんとうに危険にさらされているし、わたしたちのリアクションのために動いているわけではない。戦略的にワニを追いこみ、尻尾をつかみ、何度か試みを失敗したあと、ワニをひっくり返す。しまいに背の高いほうの人がワニの上にすわり、顎を頑丈なロープで縛りあげる。

それから拳銃を取り出す。わたしは立ちあがり、子供たちの正面に立ちふさがって視界をさえぎる。「わたしたちに何が必要かわかる？　ポップコーンよ！　ほら、作るの手伝って」

ふたりがポップコーン・ポッパーのありかを教えてくれて、ヘザーが別の戸棚をあけようと踏み段をのぼったとき、外から銃声がするのを聞いて、手を止める。ヘザーとボビーが視線を交わす。するとヘザーは慌てておりて、ふたりしてガラス戸まで走る。

小柄なほうの人が木のフェンスにきれいにあいた、犬小屋くらいの四角い穴から這い出て、死んだワニを後ろに引っ張ってくる。フェンスの向こうの水路が、光を浴びてきらきら輝いている。

「あの人、殺しちゃった」ボビーが言って、わたしを見あげる。

わたしが玄関のほうへまわると、ふたりはトラックの荷台にワニを引きずり載せようとしている。

「十フィートほどか」背の高いほうの男が言う。

「どこかへ移すのかと思ってました」わたしは言う。

「いやいや」下唇に煙草が張りついているため、はっきり話せないらしい。「やつら、いっぺん悪さをしはじめると、繰り返し来るもんなんで」

ほんとうなんだろうか、とわたしは思う。「それで、フェンスはなおしてもらえるんでしょう？」

「何を？」

「フェンスにあけたあの穴……」

「穴？　あそこから人懐っこいワニがはいってきたんで。おれらがあけた穴じゃない」

「じゃあ、だれが？」

「さあ。でも、切るのに時間がかかっただろうね。でかい穴だから」

隣人たちが集まってきた。彼らと一緒に、子供たちとわたしは、ふたりがトラックの荷台にワニを尻尾から先に載せているのを見つめる。硬い頭の後ろにひとつ赤い傷痕がある。口から何かが突き出している――太いゲージの釣り糸だ。

「このワニ、いったんだれかにつかまえられたのね」わたしは言う。

若いほうの男が釣り糸を調べて言う。「そのようだ」

わたしは言う。「それで、あなたがたの報酬はどこから支払われるの? 漁業局?」

若いほうの男は横を向いて笑う。「そう、おれたちの報酬はそこから出てる」

ランス・アシュフォードがパトカーでトラックの隣まで来て駐車し、車から降りてくる。若いほうの男が言う。「お疲れさまです。われわれはフロリダ州から正式に、ワニ害対策課に委託を受けてきた者でして……」

「肩の力を抜いてくれ」ランスが言う。「わたしは勤務中じゃなく、このへんの住人なんだよ」わたしのほうを向く。「どうした?」

「これ見て」わたしはワニの口から出ている太い釣り糸を指さし、それからランスをフィルの家の庭の奥まで連れていって、切りとられたフェンスを見せる。三百ポンドの怪物がぴったり通れるくらいに、のこぎりできれいに切られている。切りとられた板は、フェンスの損傷を受けていないところに立てかけられている。

ランスがしゃがんでその板を調べる。

「ランス、だれかがわたしを――わたしたちを――こわがらせようとした。そしてそれに成功してる」

ヘザーとボビーが、ランスの広い肩に小さな手を置きながら、前へ出てフェンスの穴を調べようとする。

「やあ、きみたち」ランスが言って、順番にふたりを見る。「うちの娘たちを見たいかい」

みんなでランスの家へ歩くあいだ、わたしはフィルに電話をかける。

「いったいどういうことなんだ？」フィルは一度ならず言う。

わたしは全員無事だと請け合い、フェンスをなおすのに必要だとランスが言っていたアイテムのリストを告げる。

ランスの奥さんのシャリーンと小さな娘ふたりのもとを訪れる機会ができてよかった。わたしはカウチにすわって、四人の子供が遊ぶ姿をながめる。ボビーとヘザーはずっとちらちらこっちを見ている——わたしに気を遣っているのか、それとも自分たちふたりのためなのか、ある種の確認作業のようなものなのだろう。

タラハシーにもどったころには夜の七時になっていて、夕飯を食べる気力も、そんな気持ちも失せている。

ただベッドカバーにごろりと横になって、天井を見あげる。起こっていたかもしれないことを考えると、動転してしまう。あの恐ろしい顎で、あのやわらかい肉体を。〝だけど、起こらなかった〟のだと自分を安心させる。起こらなかった。みんな無事だった。

でも、だれがあんなことを——子供を危険にさらすようなことをするんだろう。それになぜ？　わたしの愛する人たちを傷つけようとする、悪意ある力がわたしについてまわっているんだろうか。心が回転木馬のようにぐるぐるまわる。心を占め、緊張を止めるような読み物で気持ちをそらそうと手を伸ばす。母の〝ガーデン〟の日記帳だ。

こちらから友好的な態度を試みるたびに、舌打ちと軽蔑を受けるところから、朝食をはじめるしかないんだろうか。わたしはただ、町に新しい服を買いにいこうか、と誘っただけなのに、あの子は、いま着ている服のどこが悪いのと言った。何もあなたのワードローブを批判しているわけじゃないのよ。するとあの子は小声で、批判してる、と言う。わたしは思わず口走ってしまう。その態度を改められないの？　自分がいやになる！　あの子はハリケーンのように出ていって、音を立ててドアを閉めた。いまは二階の自分の部屋にいて、地団駄を踏んでいる。そしてわたしは庭に出てきた。

メイは怒りについてこんなことを言っていた——いらいらしたら……種を投げ……どこに落ちようといっさい心に留めないこと。必要なのがバジルなら……あなたの憎しみをそこに注ぎなさい。だからわたしは種をひと袋持っている。メイがまちがうことはめったにない。わたしは小さな種を親指で地面に植えつけるたびに、侮辱のことばを考える。とるに足らない種。哀れなもの。ちっぽけで！　皺々で！　じきにわたしはくすくす笑いはじめ、そうした響きこそが、怒りに効くハーブであることを理解する。

もやもやを晴らそうと、買い物にいこうと申し出たのだった。ゆうべ、亡くなった赤ちゃんについて話をしようとしたら、ボイドは言った。そのことで、くよくよ考えるのはやめるんだ、ルーシー！　この家には、きみを必要とする生きてる娘がいるんだから！　そんなふうに言われたら、わたしはひとりぼっちだ。だからここで、種のはいっていた空の袋を手に、庭のベンチにすわっている。じゅうぶんに生育するまで六十六日。発芽まで五日から十日。

あれはなんだったんだろう。キック？　赤ちゃんがお腹のなかからわたしを蹴って以来、長く不幸な時間だった。わたしはまたキックされるのを待っている。

ロニは蹴る子だった——生まれ出るその瞬間まで。彼女を渡されたとき、すべてが押しつぶされてむくんでいて、唇をすぼめてまだ動いている感じがして、信じられなかった。おなかがすいてるんじゃないかな、とボイドが言った。胸をあてがってやると、母乳を求める彼女の姿が奇妙でもあり、当然でもあった。彼女はまさにわたしが持っているものを求め、わたしはまさに彼女が必要としているものを与えていた。授乳を終えると、ボイドがわたしの手から彼女を抱きとり、うろうろ歩きまわりながら膝のあたりをとんとんしたり、背中を軽く叩いたりした。わたしが自分の腕を見ると、そこに貝殻のように、わたしの肌に残った彼女の小さな耳の跡が見えた。

ああ、ロニ、わたしのもとにもどって。この新たな赤ちゃんのキックを感じてみて。

わたしは日記を置く。きょうは母に会いにいかなかった——あのワニ騒動であまりに狼狽していたからだ。でも、少なくとも電話はできる。窓辺に立ってダイヤルしながら、刈り株だらけの中庭を見おろす。呼び出し音が二回、三回、四回。切ろうとしたとき、だれかが荒い息で電話をとった。でも、だれも話さない。

「母さん？」

「あなたよくも！」

「何？　母さん、ロニだよ」

母の声はガサガサにしわがれている。「あなたがだれかはわかっています。逆らうことは許しませんよ！あなたのあとを追うばかりでいいと思ってるの？——木の上だか、沼のなかだか、どこにいるのかだれも知らないのに。帰ってきなさい、ロニ、いますぐ！」

わたしはいったん電話を耳から遠ざけたあと、また耳にあてる。「母さん、聞いて……」

「口答えしない！」

「母さん」

「迎えにいかせないで！　なぜそこにいたの？　これまでのなかでも、とりわけ愚かな行為よ」

「母さん……」

「ローナ・メイ・マロー、わたしに口答えをしないで。そのブーツを一度にひとつずつ拾って。足を泥から抜きなさい。できないとは言わせない！」

母の声の何か、昔からの計り知れない何かがわたしを震わせる。わたしは耳から電話を離し、ボタンを押して、通話を切る。

高校時代、何度も名前を呼ばれて叱られる夢を見た。その夢を見ると、震えながらベッドから出て、夢うつつのまま家のなかをさまよった。朝起きると、フィルの部屋にある編みこみのラグの上で丸くなっていて、どうやってここに来たのか考えるうちに、夕べの夢の恐怖を思い出すのだ。だれの声なのかを突き止めたことはなかったけれど、いまの電話の声は鋭くて、痛烈だった。

あの夢のことは、もう何年も考えたことはなかった。でも、母がわたしの洗礼名を口に出すだけで、全身がふたたび震えだす。

39

四月二十一日

わたしは四角いタラハシー公園に隣接するカフェにすわっている。この大きな一枚ガラスの窓から鳥を——家雀《イエスズメ》でもミソサザイでもなんでも——観察できればいいと思ったのだ。ゆうべ汗まみれになって夢を見て苦しみ、朝はあの薄雲がじわりとせまってくるような状態で目が覚めた。カフェインも助けになるけれど、鳥を見つけるほうがより確実に心が癒されるだろう。タミーの決めた割りあてにしたがうと、きょうはわたしが聖アグネスを訪れる番なのだが、夕べの電話のあとでは、わたしにとってはうれしいことじゃない。

カフェの外では、何台もの車がマディソン・ストリートを猛スピードで走り、信号の前で減速して停止する。通りかかった一台が、紛れもないピンク色だ。わたしは立ちあがったものの、だれが運転しているのか見る前に、信号が変わってしまう。

自分の車まで駆けていってイグニッションをまわし、ピンクの車が向かった方向へ車を走らせるが、ピンクの車は消えている。スピードを落とし、脇道に差し掛かるたびにそちらを見るが、しまいに後ろからクラクションを鳴らされ、わたしは危険な運転をやめる。南へ向かう頃合いだ。

まもなく〝小さくとも自慢の町、テネキーにようこそ〟の表示を過ぎ、聖アグネスへの到着を遅らせるほかの方法を考えようとする。わたしはテネキー公立図書館の前で車を停める。母とわたしがよく——ふたり一緒にではなく、ばらばらに——行って満足した場所。天井が高くて、昔はエアコンがなかった部屋には、頭上にシーリングファンがあって、日が差しこんでいた。そのころわたしはスモーキー・ベア読書クラブに所属していて、読んだ本ごとにつけてもらえる金色の星がカードいっぱいに貼ってあった。

公立図書館は、フィルのぴかぴかのオフィスがはいっているのと同じメインストリートにあるが、図書館の両隣にあった建物はなくなっていて、草ぼうぼうの一画が背後の草地に溶けこみ、しまいには湿った雑木林になっている。図書館の奥には、組まれたばかりの木材が置かれ、造りかけの新しい部屋のようなものが見える。

重い玄関扉を押し開く。公立図書館にはいまやエアコンが装備されているが、天井が高く、シーリングファンがあるのは昔のままだ。薄い色の木の棚のあいだをぶらついているうちに、米国地質調査所のパンフレットが詰まっているスタンドを見つける。セオのために描くはずの地下水の件に、これが役立つかもしれない。数冊パンフレットをとって、傷のついた木のテーブルにひろげる。

細長い刊行物には、甘美な響きのタイトルがつけられている。北部フロリダ帯水層の透過率……フロリダ帯水層系の透過率一覧および貯留特性……炭酸塩帯水層の特性評価……表層およびフロリダ帯水層系における地下水流と水の流入と流出状況……炭酸塩帯水層の間隙率および浸透性。

ステージ・ボリューム・エリア・ペリメーターのチャートには数字が入れられていて、それぞれのパンフレットは、水圧特性データ、蒸発散、雨水、浸潤、河川水レベル、地下水流、帯水層のリチャージ、水流測定基準、時期依存的な降雨、不飽和帯の水流、湿地の生物地球化学的要素などのセクシーな問題を扱っている。しかし、どのビジュアルもわたしが絵を描けそうなものではない。わたしはすわって目をつむり、事実を頭のなかにぼんやりと浮かべる。瞼の裏で、鮮やかなヒートマップがカラフルな層状のケーキと溶け合う。さながら地表の土と青い水を、層と層のあいだのアイシングのようにあしらう、サイケデリック・アーティストのピーター・マックス張りの地面の断層図だ。岩部のボブ・グスタフソンは、鮮やかな蛍光色で多孔質の石灰岩を描いたら、どんな反応をするだろう。わたしは目をあけて、パンフレットをもともとあった場所にもどす。

空いたパソコンの前にすわって、電子メールを確認する。特に博物館にいないときは、インターネットとは縁遠くなる。携帯しているのはスマートフォンじゃないし、唯一持っているデスクトップパソコンは、ワシントンのアパートメントに据えられている。DCでは、いつ二十一世紀にはいるんだとみんなに訊かれるけれど、ここテネキーではだれもこの話題にふれない。図書館のホームページにはリンクがいくつも張ってあって、そのなかには "郡による公文書" もある。証書は公文書だろう。ジョリーン・ラビドーの家を買った人物を突き止められるかもしれない。そこでクリックして、見ていく。

〝タネキーのミスター不動産〟ことエルバート・パーキンズが言うには、ラビドーの地所は〝所有者不明〟らしい。でも、パーキンズみずから口にする以上に知っているのだと思う。この二、三十年のあいだ、この小さな町で売られた不動産は、ほぼすべてパーキンズが扱ったはずだ。

〝証書〟のつぎに〝ワクラ郡、フロリダ〟をクリックすると、日付の範囲と名前を求められる。〝ラビドー〟と入力し、父さんが亡くなってまもなく、一家が引っ越していったのが何年だったかを考える。ラビドーとはいっさい関係のない証書のリストが表示されたが、買い主、売り主、日付、郡、図面番号のカテゴリーがあったので、調べる方向はまちがっていないのだと思う。二、三ほかの年も試して、見つけた。売り主の下に〝ラビドー〟とある。買い主の下には〝インヴェストメンツ・インク〟とある。

〝インヴェストメンツ・インク〟をグーグルで検索するが、四千百七十万五百三十二件の結果がヒットする。〝インヴェストメンツ〟と〝インク〟を含むことばばかりだ。ふたつの単語のみの結果は。最初の数ページには見あたらない。パーキンズのいう〝所有者不明〟とはどういう意味だろう。〝証書〟のディレクトリにもどり、郡名と〝インヴェストメンツ・インク〟と入力すると、いくつかもっと不動産が出てくる。そのうちのふたつは、この図書館のすぐ近くのようだった。ひょっとして、さっきの空き地ふたつだろうか。

図書館のドアを引きあけて外へ出て、すぐ隣の空き地を見る。ここは以前なんだったんだろう。覚えていない。いまも雑草のなかに割れたコンクリートや錆びた鉄筋が散らばっている。インヴェストメンツ・インクが再開発しようとしたものの、破産してしまったとか、そういうことだろうか。

通りの先のオフィスビルから、フィルの事務所の不機嫌な受付係、ロザリア・ニューバーンが姿を現す。八〇年代ふうのカチカチに固めたヘアスタイルが熱風に煽られている。わたしは車に乗りこんで、エアコンをかける。ロザリアはおそらく何かを手渡すためだろう、エルバート・パーキンズの不動産事務所まで歩いていって、中へはいったまま、出てこない。

じいちゃん御殿まで歩いていけるが、あまりに暑いため、わたしはすわって、もったいないけれどエアコンの涼しくて快適な空気を楽しむ。しばらくしてから、わたしは快楽主義的に車を運転して角を曲がり、聖アグネスの駐車場に車を停め、さらに二、三分冷たい空気を浴びて、中へはいるのを避ける。いまならもう、母はゆうべの電話を忘れているかもしれない。でも、わたしは忘れていない。

とうとう、そのときがやってくる。

「母さん！　きょうはどんな調子？」

母がわたしを見る。「いいわ」

割合頭が冴えていて、差し迫った敵意はなさそうだ。

「散歩したい気分？」

外では、強い熱風が、そよ風にまでおさまっている。しかもありがたいことに、道は日陰だ。母はまったくしゃべらず、会話の主導権をわたしに委ねている。

「とうとうセオに話したの」わたしは言う。

「ボーイフレンド？」

わたしは赤面する。どうして知ってるんだろう……なぜ、ボーイフレンドがいると思うんだろう。「ちがうわ、母さん。セオはスミソニアンの職場での上司」

「あら」

「絵の課題をくれた人」

「それで、あなたはわたしの元を去れるわね」

混乱の雲のなかでも、母はときどきかなりの冴えを見せる。「まあね、もうすぐワシントンへもどらなくちゃいけないけど、これはここでやってくれって言われてる課題なの。フロリダの珍しい鳥を描いてくれって言われたらいいなと思ってたんだけど」

「へえ」母は足元を見ながらゆっくりと動いている。

「ところが、セオはわたしを地下水探しに送り出したの！」

「それで、見つけたの？」

「まあ、調査はしたけど」

母が顔をあげる。「見つけたの？」

「まだ。いまのところはただのいたずら書きだけ」

「見せて」

わたしたちはベンチにすわり、テネキー図書館に吸いこまれる前に描いた三枚の絵を取り出す。

母が言う。「これはトカゲね」

「ううん、洞窟サンショウウオ。一生暗闇に棲むから目がない」

わたしはこの動物が洞窟に棲むさまをとらえようとした。目は見えないが、岩石層とそのあいだを流れる水に沿って進むさまを。この動物はどの表面が滑りやすいか、どこに水の流れがどれくらいあるかを知っている。

「これは何？　洞窟？」

「そう。でも、絵は完成してない」トンボが一匹、ベンチの肘掛けに留まる。

母が絵を返して寄越す。「洞窟好きのボーイフレンドがいたわよね」

母の記憶が怪しいなんて、だれが言ってるわけ？

「そのとおりよ、母さん。アンドルー」

「そうそう、わたしはアンドルーのこと気に入っていたの」

わたしもだ。でも、エステルに先日アパートメントで話したとおり、アンドルーはありえないような危険を冒すところが、受け入れられなかった。アンドルーはわたしが描こうとしているような水中の洞窟に、スキューバの装備で潜った。アンドルーとデートしていたところ、少なくとも、彼の仲間の洞窟探検家のふたりがその洞窟で亡くなった。せまい水路で方向感覚を失い、酸素がなくなったのだ。どっちが上でどっちが下かわからなくなってしまうために、そうした洞窟では毎年人が死んでいる。

わたしはほんとうにアンドルーのことが好きだった――大学時代、はじめて夢中で恋をした相手だ。親切で頭もよくて、無邪気と言えるくらいで、運動神経も抜群によかった。細身なのに筋肉質で、危険なことをしたいという思いに劣らず、わたしのことを本気で愛してくれていた。わたしたちは離れがたく、一緒になるものとだれもが思っていた。けれども、洞窟潜水がわたしをおかしくした。横になっても眠れず、最期の数分を頭に思い描いた。酸素が少なくなっていくなか、水の上を目指して奮闘するが、窮屈な水路が上に向かって延びているという判断ミスを犯すのだ。夢のなかで、水中にとらわれているのはわたしだった。

わたしは絵をバッグにしまう。「もどろうか」

母が言う。「アンドルーに電話をすればいいじゃない。きっとまだこの近辺に住んでるでしょ」

たしかに、アンドルー・マーズデンがいまも元気で、妻と三人の子供がいて、わたしと別れたとたんに洞窟潜水をやめたことが突き止められればいい。電話帳でアンドルーを探して、家に電話を掛けたら、三番目の子供が「ちょっと待ってて」と答えるから、そしたらわたしはこう言うのだ。「こんにちは、アンドルー。洞窟ってほんとうはどんなふうなの？　水は？　あなた水を描ける？」

母とわたしは建物のなかにはいり、母の部屋へ向かって歩く。母が口を利かないので、わたしが空白を満たす。「カヌーをしてるって言ったっけ？」

「そうよ、お父さんとね。ふたりだけで、わたしを置いていつも湿地に行っちゃうのよね」

またた。「ちがうの、ほとんどはひとりで行ってる」

「ほとんどは？」

「うん、一度カヌーを貸してくれる男性と乗ったことがあって」母の部屋のドアを押し開く。

「かっこいい人？」

「まあ、そうね」

エステルと母はふたりしてわたしをけしかける。エステルはカヌーでセックスをしろと言うし、母は母で長くて白いヴェールを想像していることだろう。もしIGAのスーパーでわたしの食料品を袋詰めしてくれた男性のことを言っても、ふたりは「本気なの？」と訊いてくるだろう。

母はビニール椅子にすわって言う。「お父さんと一度だけカヌーに乗ったの。一度だけ」それきり、だまってしまう。

わたしはブラインドをなおしながら、アドレーがバーチバークをどれほどうまく操っていたかを考える。「どうして一度だけ?」母のほうを向くと、その目に涙があふれ、こぼれ落ちそうになっている。うわっ。母は泣かない人なのに。

「母さん、どうしたの?」母の腕にふれる。

母はわたしの手を振り払う。「ほっといて!」

「でも……どうすれば……」

「ほっといてって言ったの! 英語がわからないの?」

「ああそう!」

わたしは歩いて暑熱のなかへもどる。プライバシーが欲しいというなら、そうしてあげよう。でも、どうしてあんな言い方をしなくちゃいけないんだろう。ここに来るまでにあんなに時間をかけたのは、ただああいう声の刺々しさのせいなのに。きょうは感じがいいと思いはじめた矢先に、また〝出ていけ〟とくる。どうしてだろう。慰めようとしたからだろうか。母が泣いている理由さえ、わたしにはわからない。母が話してくれることはないだろう。父の葬式ですら泣かなかったのだ。それがなぜ、きょうは涙を? 父と一度だけカヌーに乗ったことがある? わからない。母のことが何もわからない。

40

四月二十二日

アドレーは最後のレンタルカヌーを片づけて、ライフジャケットをかけたのち、ふたりで出かける前に、店の戸締まりをする。今回わたしは人生の不満を解消するのに男性を頼みにしたわけではない。アドレーのほうから電話がかかってきたのだ。わたしの電話が鳴り、アドレーが名乗ったとき、驚いた。**番号、教えたっけ？** でも当然、はじめてカヌーをレンタルした際に小さな申込用紙に書きこんだはずだ。住所はエステルのを使ったけれど、携帯電話はわたし自身の番号で、最初に購入したフロリダのエリアコードのもので、タラハシー在住だという印象を与えられる。アドレーがカヌーデートを計画して、実際にわたしを誘おうとしていると気づいたとき、相手の思いちがいを正さなくては、と思った。でも、アドレーの声を聞いた瞬間、うれしくて、ちがうことを言っていた。「もちろんよ、楽しそう。何か食べ物を持っていくわ」

ちょっとくらいデートをしたからって、なんの害があるだろう。小川も淀みもあるわたしの人生のすべてを、アドレーが知っている必要はない。

アドレーが重いほうのカヌーのひとつを持ちあげて格納場所におさめ、押しあげる。「この仕事、長くやってるわけじゃないんだ」アドレーが言う。「二年前にはじめたばかりでね。保険のセールスマンになりたくなかったから」こちらを見て微笑む。

「どういうこと？」

「父と兄たちがブロワード郡で保険事務所を経営してる。繁盛してるよ。でも、おれはひねくれ者でさ。エヴァグレーズ（フロリダ州南部にある米国最大の湿地帯）を救おうと十年を費やした。やめたら、会社に加われと兄たちにまた誘われたけど」

「どうしてやめたの？」

アドレーが後ろの空間へ手を伸ばし、アッシュパドルを二本取り出す。「エヴァグレーズの保護活動を、ってこと？　デイド郡の州の機関で働いていたんだ、自分にも何かできると思って」アドレーがパドルをカウンターに立てかける。「政治家たちはエヴァグレーズを救いたいって言うけど、ほんとうに救いたいのは自分たちの大事な尻《ケツ》であって、成長を阻害しても人気はとれないからね。それで連中は、死んだ鳥や水銀を呑んでる魚のほうを選ぶ。おれまでそんなことをはじめても意味がないだろ。おれは完全なる皮肉屋になる前に、サウス・フロリダを出るしかなかった」

「で、ノース・フロリダはまだマシ？」

「まあ、環境保護について言えば、まだ希望はある。それに、いま、こっちにいる自分のほうがマシだ」アドレーがまた目を合わせてくる。灰色の虹彩の中心に金色の強烈な日光が差している。どういう色の晶洞石なら似合うだろう。「ちょっとごめん」アドレーが言って、背をかがめてほかの部屋にはいっていく。

着替えているあいだ、わたしは外をぶらついている。太陽の前を雲がよぎり、一瞬暑さが和らぐ。アドレーが出てきて、ドアに鍵を入れてまわしたのち、バーチバークをとりに格納庫へ向かう。わたしもついていって、カヌーを運ぶのを手伝う。カヌーは軽いけれど、玉の汗が胸の谷間をつたうのがわかる。

「こんどは舵をやる？」アドレーはわたしに船尾を勧める。

わたしがカヌーを押さえているあいだに、アドレーが前に乗りこむ。ふたりとも席に落ち着くと、船着き場から離れる。アドレーが着替えてきた、やわらかい黄色のTシャツが広い背中に張りついている。その力強くて規則正しいストロークは、後ろから見ていて心地いい。バター色のシャツは彼の体にぴったり合っているため、わたしは彼の上半身の動きを観察する。肩から腕の部分では、パドルで水を掻こうと前に手を伸ばすとき、筋肉が収縮する。進化という意味で言えば、魚の場合は胴に鰭《ひれ》がついている部分、鳥で言えば翼の付け根だ。わたしはこの筋肉の動きをながめながら、アドレーとストロークを合わせつつ、掻いた最後にわずかにパドルをまわして、ゲッケイジュが茂るカーブのほうへまっすぐカヌーを進めようとする。ふたりで絶え間なく漕ぐ。アドレーが指さし、わたしは指示された方向に進路をとる。行く先はアドレーが知っている。わたしが見たことのない沼を見せてくれようとしている。天蓋のように、木が低く垂れこめるせまい水路を通る。エステルの言う、愛のトンネルといったところだろうか。進むにつれ、日陰にはいってもなお水の色は茶色っぽさが薄れて、透明になっていく。水底にアマモが揺れている。沼の水が透けて見えるのは、はじめてだ。

カヌーは開けた場所に出る。これまでより深いのに、それでも透明だ。前方では、ぐらぐら煮立つ鍋の湯のように、水面が揺れている。そこへ進めると、カヌーが揺らめく。アドレーは水からパドルを抜いて、体の前に置く。わたしも同じようにすると、カヌーは泉のふちをふわりと漂っている。見渡すかぎりのアイスブルー。

この泉は一分間に四十万ガロンの水を噴きあげる、とアドレーが教えてくれる。「ここが間欠泉になっていない唯一の理由は、のぼってくる途中に迷路のような洞穴を通らなければならないからなんだ。でも、そんなこと、たぶん知ってたんじゃないかな」

「よく知らなかったわ」

「ここは、下から上まで十六層もの洞穴がある」

「くわしいのね」

「マイアミ大学で水文地質学を学んだから。この学科はつねに流動的だと言ってたものなんだ」わたしがジョークを理解するのをアドレーは待っている。

でも、わたしは笑わなかった。手を止め、アドレーの科学者としての新たなイメージを立てなおす。

「どうした？」アドレーが言う。

「別に。ただ、思ってなかったから……」

「おれが大学へ行ったとは思ってなかった」

「それは……その……」

「もし行ってなかったら、どうなの？」

アドレーの言うとおりだ。何週間ものあいだ、狭量な偏見と先入観だけをかかえてアドレーのカヌーショップに行っていた。「いいえ、ただ、そんなつもりじゃ……」

アドレーが顔をそむける。

そのとき突然、胸がうずく。「あの、あなたが洞窟に潜ったりしないといいんだけど」

アドレーが顔をこっちへ向ける。「おれは精神を病んでないから」反応を待っているのを見て、ジョークなのだと気づく。わたしが笑みを浮かべると、アドレーも笑う。

別のカーブをまがると、アドレーが平らな砂地を指さしたので、わたしはカヌーの舵をそちらへ切る。アドレーが船首から飛び降りて、カヌーを砂地に引きあげてくれたので、わたしは足を濡らさずに陸地にあがれる。よけいな気遣いだが、うれしい。わたしは食べ物を渡す。町から来る途中に買ってきたデリの料理だ。わたしはブルーベリーパイ作りで有名なわけじゃない。

小高くなっている広葉樹の林まで、岸をのぼっていく。頭上のライヴオークの枝から木漏れ日が注ぐ。ここは、家の裏庭にあったわたしのライヴオークが百年前に根をおろしたのと同じ、乾いた土地だ。本人は気づいていないが、アドレーはわたしを育った環境にもどそうとしている。アドレーは色褪せたインド柄がプリントされた綿のベッドカバーを持参していて、そのふたつの角を持ってパラシュートのようにふわりと振って落とす。それからひざまずいて、ビニールの買い物袋から食べ物を取り出す。その瞬間わたしは、《オズの魔法使》のドロシー・ゲイルのように、両側から開くようになっている、ちゃんとした籐のピクニックバスケットでランチを持ってくるんだった、と思う。

「いい感じだな」冴えないパッケージにもかかわらず、アドレーが言う。「きゅうりのサラダ……パストラミにライ麦かな？　パストラミが好きなんだ」自分のリュックサックに手を伸ばす。「うちの近所のパン屋で、うまいジンジャーブレッドを買ってきた、あと、マンダリンオレンジをふたつ」

「裏庭でなってたのを？」

「いや、ＩＧＡで買ったのを。木はあるんだけど、実がなる季節じゃなくて」知らないのか、とでも言いたげにわたしを見る。

もちろん、知っている。でも、なぜか頭がうまく働かない。

「チリ産かな」アドレーが言う。

「タンゲリヌス・チレンシス」わたしが言うと、アドレーが微笑む。

わたしたちはピクニック中の子供のカップルのようだ。まだら模様の天蓋が、クラブハウスのようにわたしたちを囲んでいる。ほかのだれもはいれない。がつがつと食べて、ふたりの会話は、口いっぱい頬張ったまま「うーん」とか「うまい」とか、もっぱらそんな感じになる。ジンジャーブレッドクッキーは、黒っぽくてしっとりしていて、糖蜜がたっぷりかかっている。

食べ終わると、わたしは仰向けになり、守ってくれる手のように頭上に枝を伸ばすライヴオークを見あげる。そして息を吸いこみ、この広葉樹の丘はアドレーと自分だけのもので、その価値を知っているのはわたしたちだけだという気持ちになる。

「なんでおれがここに来たかわかるだろ」アドレーが言う。「きみはどうして？」アドレーはまだ、わたしがタラハシーに住んでいると思っている。

「わたし？　ええと……」もうここの住人でないことを告げるべきだろうか。頭の片隅では、真実をすべて話すべきだと自分を責める。ところが残りのわたしはこう言っている。**いまを楽しめばいいのよ。**「ねえ、アドレー、ここはわたしの生まれ故郷よ」自分の口から発されるときの彼の名前の響きが好きだ。

アドレーは横向きに転がり、わたしに体を寄せる。そして低い声で言う。「すてきな場所だね」

わたしたちはキスをする。まるで、話に聞いたことはあるけれど、一度もしたことがないことを試してみるみたいに。

数分後、頭上で木の葉に雨があたる音がする。わたしたちはその音を無視し、濡れた唇に夢中になり、肌が濡れるのもかまわない。でも、空が遠慮なく雨を降らせれば、わたしたちに選択肢はない。笑いながら体を離し、できるだけすばやくピクニックを片づける。大きなライヴオークの根元で雨宿りをして、綿のベッドカバーを頭上にひろげる。

「雨、だいじょうぶ？」アドレーが言う。

わたしは首を振る。「ええ」

「よかった」アドレーが言って、ふたりで雨が沼に激しく叩きつけるのをながめる。

41

四月二十五日

三日つづけて、刺激剤としてのコロンビアコーヒーと、しびれ薬としてのレンタルテレビとの組み合わせのおかげで、仕分けがはかどった。アパートメントにはケーブルテレビの配線が来ていたが、いままでは気晴らしが欲しいとは思わなかった。画面に心を奪われないようにする唯一の方法は、前に見たことがあるものを見ることだ。そうすれば、片方だけ耳を傾けて、ときおりちらっと動きに目をやりながら、やるべき作業をつづけられる。たいていはノスタルジー・チャンネルを夜中過ぎまでつけっぱなしで、ゴミか、お宝か、リサイクルショップ行きかに分けた。冷酷無比にガラクタを仕分けしたので、思いなおす前にここから運び出さなくてはならない。フロリダで五週間半が過ぎ、お金と正気とまっとうな判断力が尽きる前に、現実の生活にもどらなくては。

もちろん、残していくのを残念に思うものもある。あのアドレーとのキスもそのひとつだ。あれ以来、やむをえずアドレーからの電話を何度か無視している。でも、しょうがない。わたしはここに住んでいるわけではなく、そういうややこしい関係はいまの自分には必要ない。実際、あのピクニックのせいで、セオに休暇の延長を告げるのを忘れてしまった。月曜日、こんなメッセージを受けとった。「どうした？」

そこで、こちらから電話をかけてぺこぺこ謝ると、セオは言った。「いいかい、ロニ。きみが電話をかけてきて休暇を延ばすと言うたび、われらがヒューのやつ、喜びを隠しきれないんだ。わたしに言えるのはせいぜい、きみは五月十日までにもどってきたほうがいいってことだ」

昔の自分の部屋のクローゼットの棚から持ってきた箱をあける。色つきのビーズのはいった容器がいくつか、リリアン人形、干からびたゴムボールひとつとメタルジャックス（おもちゃ）が十個、小さな銀色の鍵がひとつ。底のほうに古い《スミソニアン》誌が一冊あって、わたしはそれを開いて、リプリー事務局長のコラムを読む。少女のころ、この雑誌をはじめて手にとったときから、いまのわたしはどれほど変わったことだろう。実際にその後リプリー本人に会うことになる、とだれにわかっただろう。

リプリーはわたしがスミソニアンで働きはじめる何年も前に引退していたが、スミソニアン城内にオフィスを維持し、自分の選んだ特別プロジェクトに取り組んでいた。セオはリプリーの弟子のひとりであり、わたしがリプリーを崇拝していることを知っていた。在任資格を得た当初、わたしは姫緑啄木鳥《ヒメアオゲラ》（学名ピクス・キロロロフス）を描いていた。複雑な緑色の鳥で、後頭部と首に優美な黄色のひだ襟状の羽が生えている。標本とそっくり同じように、とさかに赤い線を描こうと集中していて、顔をあげると、戸口にセオと一緒に立っている人がいた。長身でやさしそうな人で、ほかのだれとも見まちがうはずがない。協会に革命をもたらした鳥類学者であり冒険家、美術史家でもあり政治家でもある。事前に言われていれば、気の利いたコメントもできただろう。けれども、ブルース・スプリングスティーンにばったり出会ったみたいな感じだった。人はそういうときどう言うか。ヘイ、あなたの作品好きよ、だ。

セオに紹介され、わたしは絵筆を置いて、こう言った。「お会いできてうれしいです」

「同感だ」リプリーは言って、描きかけのヒメアオゲラに目をやり、それから二本の指で標本のタグを持ちあげた。「よく描けている」

セオが――彼に神のお恵みを――言った。「ミズ・マローは若手の鳥類画家のなかでも特に優秀な人材のひとりなんです、事務局長」

リプリーはさらに注意深くわたしを見て、言った。「同士を見つけるというのは、いいものだね」

同士！わたしは胸の内で小躍りした。しかし外面《そとづら》ではおだやかに微笑み、こう言った。「ありがとうございます、サー」

ふたりが出ていったあと、十五分ほど部屋の壁全体が震えていた。

その日それから、記録保管係に話があってスミソニアン城まで足を運ばなくてはならず、その途中にリプリーのオフィスがあった。ドアが開いていて、リプリーが声をかけてきた。「マローだね？」

引き返していくと、リプリーは手ぶりで室内に招き入れてくれた。

デスクの上いっぱいに本と書類が散らばっていた。「協会の歴史をまとめているんだ」黒っぽい羽目板張りの部屋だが、日差しがデスク上の古い地図を照らし出していた。「南北戦争の最中、ワシントンへの攻撃が目前に迫ったとき、協会の科学者たちは避難するよう言われて、スミソニアンの家宝を持って逃げたのを知っているかね？」リプリーの顔は、知識と子供っぽい喜びに輝いていた。

わたしは両眉をあげた。

「標本と大事な卵を！」机の真ん中をペンで叩く。「コレクションのなかで、自分がいちばん大切だと考えるものを持ってここから出ていくことを想像してみてくれ。きみなら何を持っていく？」

「うわ。博物館が脅威にさらされるなんて考えるのもいやです」わたしは言った。

「だが、ひとつだけきみが守ることができるとしたら」

わたしは遠くを見つめて、心のなかで博物館の目録を調べた。

リプリーは言った。「きみを待ち伏せていたんだ。いま答える必要はないが、夜遅くここで、自在ランプの下で絵を描いているときに考えてみてくれ。きみはずいぶん熱心だと、セオから聞いたよ」

わたしはそれになんと答えればいいのかわからなかったが、事務局長が沈黙を埋めてくれた。

「昔、上級の科学者たちも夜遅くまで残っていたが、それは彼らが実際には博物館の上階に住んでいたからなんだ。わたしがここで働きはじめたころ、まだ数人がバスローブ姿でホールをうろうろしていたものだ」

「ピクス・キロロロフスです」わたしは言った。

「いまなんと?」

「それを持っていきます。ヒメアオゲラを。あなたが先に持ち出せていなければ、の話ですが。サー、あなたもあの鳥をコレクションなさっているとセオに聞きました」

笑みがリプリーの顔にひろがる。「きみの保護下にあると聞けてよかった」

その後、リプリーはワシントンを去り、しばらくしてわたしは彼の葬儀に参列した。それでも、リプリーとの出会いは宝石のように輝き、燦然と光を放った。昔話をすることで家族は一緒にいるのだと聞いたことがある。長きにわたる伝統のなかで、卵をつかんでいった人たちから、バスローブ姿でホールをうろついていた人たちまで、リプリーからセオ、デローレス・コンスタンティン――植物学図書室の賢い女性――まで、スミソニアンの家族は、わたしの体に腕をまわし、いまだに抱きしめてくれている。

古い《スミソニアン》誌を〝宝〟に分類し、ポットにコーヒーを作ろうと立ちあがったとき、コーヒーの残りが少ないのに気づく。半マイルほど先に市場があり、そこまで散歩するのは体にいい気がした。バッグと鍵束を手にとり、アパートメントのドアをあけたとき、そこに奇妙な光景がある。エステルがいままさにノックをしようとしている。

「ヘイ」わたしは半歩下がって言う。「防犯扉はなかった？　どうやってここまで来たの？」

「ああ、だれかがあけたのね。わたしはそのままはいってきただけ」エステルは滑るようにわたしの脇を通って、殺風景なアパートメントのなかへはいる。背中に花柄の刺繍がはいった白いTシャツに、桃色の短パンといういでたちだ。室内を見まわす。「あんたの装飾の仕方、好きよ。アーリーアメリカン調の段ボール」

「ハハハ」エステルをこの部屋に招かなかったのは、まさにこういう理由だ。わたしの部屋には、やわらかいラグもないし、アースカラーもないし、投げられるクッションもない。ただ箱だらけの部屋。

エステルはこの部屋にある唯一の家具、ラヴシートに体を伸ばしてすわる。わたしに避けられていることに、エステルは気づいているはずだ。エステルの教科書プロジェクトに乗り気ではないときっぱりわたしが告げたあと、エステルはわたしがすでに同意していたイラストを教科書に使えるよう工面した。そのうえ、ページ数の都合上、残りの四羽の場ちがいな鳥を一本の木に描いてくれと言い、わたしはそれを拒んでいる。それなのにエステルはここに来て、すっかりくつろぎ、わたしにホストの役割を期待する。

「水か、スキムミルクか、コーヒーなら出せるけど」

「いつからコーヒーを飲むようになったの？」エステルは立ちあがって、寝室までぶらぶらと歩き、中をのぞいたあと、小さなキッチンを見てから、古い留守番電話のボタンを押して、機械音をさせる。そのとき、わたしがフォーマイカのぐらぐらするテーブルに置いておいた標本と、予備のスケッチブックに気づく。

「へえ」エステルが言う。「ここで描くほうが好きなの？」

　わたしは返事をしない。

「ねえ、最後の四羽についてだけど、聞き分けのないことを言ってるわよ」

「ダーリン」わたしは言う。声に棘が混じる。「科学的に正しくないことは、正しくないの。烏帽子熊啄木《エボシクマゲ》鳥《ラ》と白頭鷲《ハクトウワシ》とアオサギとカナダヅルは、けっして同じ木に棲息しない」

「だから、あたしが用意した素敵なアトリエじゃなくて、安っぽいキッチンテーブルで絵を描いてるわけ？」

　わたしはカフェインでハイになっているせいで、少々喧嘩っ早くなっている。「舌打ちしないで。この件に関してはわたしが正しいよ、エステル」

　エステルがこちらを向く。「相手は五年生なの。生徒たちが想像力に満ちた絵をあちこちで手にしたら、それはつまり、あたしたちが手を抜いてないって証拠。それで問題ないじゃない」

「なんでそうでたらめなの？」わたしは言う。

　エステルは自分の服を見る。

「服の話じゃなくて。話がずれてるってこと。細かいことに目がいって。いつもの……エステル節炸裂！」

　エステルは窓際まで歩いていって、外を見たのち、ラヴシートに腰をおろす。顔を歪めている。

「どうしたの？」わたしは息を吐き出す。

「ロジャーは子供が欲しくないんだって」

　わたしはエステルの隣に腰をおろす。「結婚について話したことある？」

「ううん、子供についてはある。とにかく、どうすれば子供が持てるかわからないの。彼は旅行ばっかり。この五年、いまからどこへ行くのかって訊いてばかりだもの」

　わたしはうなずく。「子供について、前に話し合ったことは？」

「あったとあたしは思ってた。でも、今夜ロジャーがそう……宣言したの」急にわたしのほうを向く。「正直に答えて。あんたはロジャーのことどう思う？」

わたしはためらう。「さあ。いい人そうだとは思うけど――」

「あの人、皮肉屋になるよね」

わたしはもう一度うなずく。

「もううんざり。それに、子供たちに対して皮肉な態度だったらどう？」エステルが遠くを見る。

「でも、彼は子供を欲しがってないんじゃ……」

「それは子供の自尊心を傷つける可能性がある」エステルが立ちあがってうろうろ歩く。「あの人をお払い箱にするべきかな」

「エステル、それはわたしが答えられる質問じゃ――――」

「どっちも女の子を産んで、子供たち同士も親友になるって話をしてたじゃない？」

「ええ、でもふたりともハンソン・ブラザーズの三人全員と結婚するって計画してたのよ」わたしは華やかな彼らのキャリアのなかで〝トップ・フォーティ〟級のヒットになった歌いはじめる。「ンーバップ！ ブッパ・ドゥ・ンーバップ……」

「そうね」エステルは上の空でわたしを見て、手をドアノブにかける。「出版社に見せるために、最後の四羽が必要なの。だから、その万能の木に取り掛かって」

まったく、エステルは切り替えが早い。プライベートと仕事は別だというふたりの約束も、もはやこれまでだ。エステルがドアを閉めたとき、風が吹いた。

わたしは市場へ行くのをやめた。その代わりに、この苛立たしさと、残っているカフェインを利用して、忌々しい最後の四羽を仕上げることにする。テレビを消して、いちばんぐらぐらするテーブルの脚の下に紙を敷く。頭のなかで叫ぶ声は無視しようとする。〝こんなのまちがってる〟。クマゲラは飛んでいるところを描きたい。はばたき——静止——降下、はばたき——はばたき——静止——降下を連続する動作。でもエステルは木に留まらせたいというので、わたしは背の高い赤い花形帽章の輪郭を描き、クマゲラが選んだ食物源の上でコツコツ音を立てる姿を想像する。

地下水と洞窟は描けないかもしれない。一本の木に四羽の別種の鳥が留まっている光景さえ、生命のない水や岩に比べたら描きやすいにちがいない。エボシクマゲラを描いているあいだ、いたずら書きのページに植物や魚、水に浮かぶカヌーなんかを走り書きする。背後のミズアオイ。わたしの母の背中。これは記憶じゃない。母がカヌーに乗っている姿を見たことはないから。これは単なる推測であり、ルース・マローが見せたきわめて稀な現象——涙——のわけを考える方法だ。

電話が鳴り、わたしは絵のほうに意識を集中したまま電話に出る。

「ロニ」鼻にかかった女性の声が言う。

「そうですが？」

「あたしよ、タミー」

「ああ！　ハイ！」義妹はこれまで一度も電話をかけてきたことがない。

「ところで、モナの洗髪とスタイリングの予約が毎週金曜日の三時半なの。その前にサロンに来てくれたら、何が突き止められるかわかるわ」

「待って……」いまタミーが言っていることと、手伝うと最近申し出てくれた話が結びつくのに、少し時間がかかる。〝髪をいじってるあいだに、人からなんでも聞き出せるの〟

「だけど……子供たちのお迎えは？」わたしは立ちあがって、部屋のなかを歩きはじめる。

「いいのよ。高校生が放課後のボランティアでやってくれるから」

タミーにとっては、ただの気晴らしかもしれない。だけど、結婚に反対されて自分の母親に〝だまってて〟と言ったという話を聞いて、タミーの株もあがる。たぶん、スパンデックスとヘアスプレーだけの人間ではないのだろう。

「じゃあ、三時にここに来て、達人の仕事ぶりをながめてて」

「だけど、わたしがいたら、ミセス・ワトソンは話しにくいんじゃ――」

「あら、ロニは隠れるのよ、心配ご無用」

わたしはテーブルにもどって、二枚の絵を見る。世界に何が起こっているんだろう。四羽の場ちがいな鳥が同じ木に留まり、タミーが電話をかけてきて助力の申し出をし、無表情な母が涙を流す。わたしは母がカヌーに乗っている姿を描き、その下に、水で満たされた洞窟を加える。多孔質石灰岩のなかを蜂の巣状に幾重にも走る流れ。

この課題のために調べたところ、こうした地下水がどうしてそんなに危険なのかを思い出した。それは何も水中洞窟探検家にとってだけではない。水は穏やかに流れ、やがて大地《テラ・フィルマ》を浸食して、沈下を起こし、その陥没孔に家や木や、安全な場所だと誤解している人々を呑みこむ。《フロリダ・レポート》で報道されていた男性のように、ベッドで寝ていたら、その一分後に影も形もなく消えてしまうことがある。フロリダに足を踏み入れたら、どこにいたってわたしにもそういうことが起こる可能性がある。ずるずると滑って消えてしまうかもしれないのだ。

42

四月二十六日

「ロニ？」

明るいウェービーヘアの若い女性が、テネキー公立図書館でわたしの前に立っている。わたしは図書館の雰囲気のなかでもう少し調べてみようと思って、改めてやってきたのだった。声をかけてきた女性に心あたりはない。

「わたしはケイ・エリオット」その女性が言う。「弟さんと同じ学校にかよってました」

半秒のうちに千の光景が脳裏を駆け巡り、ひとつの場面で止まる。フィルが教室から駆け出してくるのをわたしが立って待っていたとき、タイツにレインブーツというういでたちの、ぼさぼさの金髪の幼稚園児がわたしの手にしわくちゃの紙を押し付けてきたことがあったのだ。そのメモの送り主は、息を切らしてこう言った。「あたしはケイ。フィリップに遊びにきてもらえるように、電話してきてほしいんだ」紙切れを開くと、下手な字で電話番号が書きつけられていた。わたしは昔から生意気な女性に一目置いている。たとえその人が何歳であっても。

大人になったケイが言う。「ロニ、会えてよかった！　わたし、いま司書をしてるの」幼いころと同じように、いまも軽く息を切らしている。「正式な肩書は〝メディア・スペシャリスト〟なんですけど、それがいやでいやで。昔から、司書になりたいと思っていたから」

「それでこちらに。よかったわね」わたしの母のような言い草だと思うが、そんなつもりはない。

わたしのことを訊いてきたので、仕事のことを説明すると、何度も〝ワオ！〟ということばをケイは空中に吐き出す。

わたしは言う。「この図書館、部屋を増築してるの？　メインの建物の後ろで作業中なのを見たんだけど……」

「そうなの！　ミスター・パーキンズが増築の資金を寄付してくださって」

「エルバート・パーキンズ？」

ケイが首を縦に振る。

あの人はどこからそんなお金を手に入れてるんだろう。

「探し物のお手伝いをできることがあったら、どうぞ声をかけてくださいね」

この好奇心と、他人のための検索熱という、図書館員に共通の特徴に接するたびに、感謝の念に打たれる。洞窟について相談すると、いくつかわたしがまだ調べていない情報源を提示してくれる。それがあるほうを指さして教えてもらい、わたしは言う。「ねえ、本の寄贈は受けつけてる？」

ケイは両眉をあげながらうなずく。

重い扉を引きあけて去りながら、感謝の気持ちをこめてケイに手を振る。階段をおりはじめると同時に、洗っていない髪と濡れた犬の悪臭が鼻をつく。

「おい！」ネルソン・バーバーだ。彼の白髪がいっそう薄く見える。退廃的な顎ひげに、食べ物のカスがこびりついている。最後に見たとき、バーバーの手には鋭い狩猟用ナイフが握られていた。

「少しいいか」ネルソンが言う。

この質問はあまり威嚇的ではない場合でも、何時間も時間をとられてしまう可能性がある。「こんにちは、ミスター・バーバー。三分しか時間がとれなくて、どうしても行かなきゃならないんだけど」わたしは足を一歩後ろへ引く。「ところで、弟の家のフェンスにあいた穴、見ました?」

「聞いたよ、JDが行って、ワニ肉の塊を撃ったそうじゃないか」

「JD?」煙草を貼りつけたまましゃべる男のほうだろうか。

「そのことは忘れるんだ」ネルソンはぶらぶら歩きながら近づいてきて、低い声で打ち明けるように言う。「おれが言いたいのは、やつらがいかにこっそりと少しずつおれの店を奪ったかってことなんだ。エルバートは借り換えをするように言った。魅力的な金利でな」頰の瘡蓋《かさぶた》を掻く。「〝倉庫を拡張しろ!〟やつはおれに言った。〝ストックを増やせ! チェーン店と競合しろ!〟。その後、景気が悪化しはじめて、やつは言った。〝資金が足りない。家を抵当に入れろ!〟って。おれが三十六年住んでたあの家を、だぞ! お次は〝倉庫を賃貸に出せ〟と言い、〝結局は、はした金のために働くことになるんだ。人生を楽しめ、休めばいいさ〟ってな。陰謀だったんだよ! 悪党どもの集まりだ。倉庫をほかの目的に使いたかったんだよ。なんの目的かわかるか」

「いいえ、きっと——」

「フロリダでいちばん金の稼げる取引だ」

わたしは待つ。

「なんだかわかるだろ」

「ええと、観光?」

「ドラッグだよ! 密輸だ!」吐き出すように言う。「エルバートとだれも名前を口に出す勇気のないその強いパートナー、そいつらとその手下たち……ほかにだれがいる? フラニーとピート——暗号名はF&P——あいつらはあのひどい料理に毒を盛ろうとしてる! それだけじゃなく、歯医者はおれの歯を全部抜こうとしてる! 言っただろ? 本物の会計士でさえない、通信販売で学位をとったあんたの弟はさっさとケツを動かして、おれの苦情を国税庁に申し立てはじめりゃいいんだ。やつらなんだよ、あの歯医者を使っておれの歯を全部抜こうとしてるのは。あんな藪医者、とっちめてやらないと！　タマを切り落としてやれ！」ネルソンの頭頂部の髪が突然の風に煽られる。

わたしは横目で様子をうかがいながら、ネルソンがナイフを持っていなければいいが、と思う。だれの何も切り落としてほしくない。「ほんとうに申しわけないんだけど、ミスター・バーバー。どうしても行かなくちゃいけないところがあって、もう遅れてるの。じゃあ、さよなら」わたしはネルソンから背を向けて歩道へ向かい、ちらっと後ろを振り返りながら、尾けられていないことをたしかめる。

ネルソンはぶつぶつ言いながら反対側へ移動し、図書館の背後の新しい建築現場を通って、空き地を林のほうへ向く。ネルソンが神出鬼没なのは、たぶん小さな水路がどうつながっているのか、すべて知りつくしているからなのだろう。あちらの木々のそばを流れる水路は、もっと大きな沼に通じているはずだ。

ミスター・バーバーはわたしの弟にいたるまで、全員を敵だと考えている。脅しているのは、フィルのプライベートの部分だろうか、それとも歯医者の？　ネルソンは町でも有数の感じのいい人たちふたり、フラニーとピートにまで被害妄想をいだいている。それに、まちがいなくわたしにも反感を持っている。〝ヤンキーは帰れ〟あれはネルソンの仕業なんだろうか。では、鳩は？　エルバート・パーキンズが怪しいローンに人々を誘導しているのはまちがいないのかもしれないが、エルバートが単独で小さな町を仕切っているわけではない。

でも、どれもわたしには関係のないことだし、たしかにヤンキーはそろそろ帰る頃合いだ。わたしは州議会議事堂の前を通り過ぎて、タラハシー科学博物館で車を停める。最後の四件の絵についてエステルとまだ喧嘩中だけれど、持っているぶんは提出したほうがいいかもしれない。

エステルはデスクの奥に、制服を着てすわっている——ネイビーブルーのジャケットとそれに合わせたイヤリングをしている。机の下のスカートと靴も、まちがいなく同じネイビーブルーだ。わたしはヤマセミ、簑五位《ミゾゴイ》、ヘビウの絵をエステルの机に勢いよく置く。

エステルは非難の目で注意深くその絵を調べ、わたしはエステルの顔に兆す批評の色に気をとられまいとする。エステルが顔をあげると、わたしは言う。「最後の四羽の件だけど。エボシクマゲラはほぼ完成で、クマゲラの棲息する枯れ木に留まらせた」

「そう、それじゃ……」

「次はハクトウワシを描く。枯れ木じゃなくて、生きてる木に巣を作ってるところを」

エステルが立ちあがる。「その小さな鉤爪を枯れ木におろすことは、死ぬまでに一度もないのね？」

「ああああもう！」わたしはそう言って、帰ろうとする。

「どこへ行くつもり？」

「ブリジットのアトリエに。彼女のこと覚えてる？ブリジットよ？　あなたの本物の鳥類画家の。ブリジットが子供を産んで、復帰して、あなたに文句を言ってくれる日が待ち遠しい。それでわたしはここでブリジットのふりをしてるあいだに、ほかの三羽を燃やすわ！」わたしはオフィスを去り、ホールをのしのしと歩いて、ローマンシェードをあげる。

ハクトウワシ、ハクトウワシ、ハクトウワシ。エボシクマゲラを描いた木に、ハクトウワシを描こうとする。だけど、どうしてもできない。わたしはいっさいの環境を添えずに、ハクトウワシを描きはじめる。

国の偶像《アイコン》であるがゆえに、ハクトウワシは陳腐な決まり文句になる危険をつねにはらんでいる。愛国主義やアメリカ流を喧伝するイメージを持つ一方で、実際の骨と肉を持つ動物としてのハクトウワシは、象徴とはまるで無縁な獰猛さを具えている。毛並みは荒れていることが多く、小さな目は鋭い非難の色をたたえている。目の前の死んだ鳥を描きながら、完璧な空を渡っている姿を見た、生きた鳥を思い出そうとつとめる。

太陽が目にまぶしく、ハクトウワシははるか上空にいたが、真っ青なエアポケットを楽々と渡り、高い鳴き声をあげていた。

父さんはカヌーのパドルを膝に載せていた。

わたしは空を見あげたまま、父さんに尋ねる。「どこまで高く飛べると思う?」

「好きなだけ高くさ」父さんが首を後ろに倒して言う。

「あいつが羨ましいよ、ロニ・メイ。何もかもから逃げ出すことができるんだから」

「あんなふうに飛べたらいいな」わたしは言った。

「だけど、もどってくるだろ?」

わたしはハクトウワシから目をそらした。

父さんは笑っておらず、ふざけているわけでもなかった。「おまえが飛んでいってしまって、おれたちを忘れたら、母さんも父さんもさみしいからね」父さんがわたしと目を合わせた。

わたしは鉛筆を置く。**なのに父さんは何をしたの?**

父はほかのだれにも理解できない方法でわたしを理解していた。なのに、なぜわたしは父を理解できなかったんだろう。父は何から逃げたかったのか。なぜ最後までわたしのそばにいてくれなかったんだろう。

わたしの電話が震える。きっとエステルからで、廊下の先からわたしに小言を言おうというのだろう。

「何?」

「やあ」男の人の声。アドレーだ。

電話に出る前に、だれからか確認すべきだった。最後に話したとき、これ以上の付き合いは無理だと白状するしかない、とわかっていた。ピクニックは楽しかったけれど、それはそれ。わたしはここに住んでいないし、これからも住むつもりはないのだから、どうしようもない。

「どこにいた?」アドレーが言う。

「さあ、忙しかったから」

アドレーが言う。「もっと天気の悪いところを探しにいけたらと思ってさ」

ああ、この人のこういうところが好きだ。

わたしは言う。「すごくすてきなピクニックだったわ」

「ああ」どれほどすてきだったかを、わたしが述べる間《ま》を残している。

でも、わたしはその間を埋めない。静寂のなかで、このままこのやりとりがつづき、見知らぬ世界に対していったんオープンになってみるところを想像しようとする。

「ほら」アドレーが言う。「カヌーのレンタルがここ数日、大幅に落ちこんでてさ」

「わたしの出番だって言おうとしてる?」

「そう言っても差し支えないけど」

ハンサムな男の人がカヌーに乗ろうと誘ってくれている一方で、いまは一本の木に四羽の場ちがいな鳥を留まらせようと奮闘している。いったいどういう選択だろう。わたしは鍵束を握り、賢明な判断なんて無視して、カヌーショップへ向かう。

43

わたしはピクニックも、キスも、なかったかのように振るまおうとした。引き紐のついたぺらぺらの帽子をかぶったひと組の男女が、使ったカヌーの代金を払っている。ふたりが去ると、アドレーは立ちあがって微笑む。「店じまいしようか」

「ええ」わたしは言う。「だけど、わたしのせいで収益に影響があったら……」

アドレーが両眉をあげる。

好意を持っている人と一緒にいると、どうしてああいうばかげたことばが口を突いて出るのだろう。表現を弱めようとする。「つまり、悪い意味でね」

アドレーが声をあげて笑う。「きみは、その気になればぼくの収益に影響を与えられる」

「そういうことを言いたかったわけじゃないの」わたしも笑う。

「バーチバークをとってくる」アドレーが言う。

「わたしもイク」**うわっ。しゃべるのをやめたほうがいい。**

アドレーは笑みを浮かべたが、気を遣ったのか、下品に聞こえることばには反応しなかった。

わたしがせまい格納庫についていくと、カヌーは腰の高さのラックにかけられていた。アドレーは両舷を持ったが、わたしがすぐ後ろにいることに気づかなかったにちがいない、ボートを持ちあげた拍子に、わたしを壁に突き倒した。

「うわっ！」

アドレーは首を後ろへひねり、すばやくカヌーをラックにもどして、わたしのところへ来た。「すまない、だいじょうぶかい？」

わたしが顔を紅潮させて梁にもたれていると、アドレーはわたしの後頭部にふれる。「頭、打たなかった？　血は出てない？」血が出ていないとわかると、やさしい声で言う。「これでよくなるかな」わたしのこめかみと、それから頰にキスをする。わたしが顎をあげると、口にキスをしてくる。ふたりとも最初はためらいがちで、彼の唇はやわらかい。薄暗い格納庫のなかで、どのくらいの時間立ってキスしていたのかわからない。そのうち、カヌーのことや、暮れゆく日のこと、水辺で過ごす時間がなくなるということをアドレーに思い出させないと。でも、いましばらくはこのままで。とにかく大切なことは、この窮屈な空間の外にはなく、アドレーのやわらかな湿った唇と、舌の味、大切なものでも扱うようにわたしの顔を撫でるアドレーの両手にとどめておくことだ。

わたしは彼を引き寄せる。

アドレーが小声で言う。「きみに掻き立てられるよ、ロニ・マロー」

「わたしも同じよ、アドレー・ブリンカート」

アドレーが深く息を吸いこみ、それからまたわたしにキスをする。

外はもうほぼ真っ暗だ。アドレーは体を引き離し、支柱にかかっているカヌーにもたれかかる。胸をふくらませ、食いしばった歯の隙間から息を吐き出す。「オーケー。考える必要がある。自分の頭でね。いまはちょっとむずかしいけど」

「わたしも同じ」わたしは言う。

アドレーが笑う。頭をはっきりさせようとするかのように、首を左右に振る。

「ねえ、来ないかって、あなたが誘ってくれたのよ」わたしは微笑んで言う。

「それできみがやってきた」

「そうよ。カヌーに乗るためだけに」

「それは……」アドレーが格納庫のドアに目をやる。

「もう暗すぎるわ」外を見ようと戸口のほうへ足を踏み出す。アドレーは片手をわたしの腰にまわして、あとからついてくる。「あしたにしたほうがいいかも」

「車にもどるわ」わたしは言う。

アドレーが腰にまわしていた腕をおろす。「ああ、そうだな。それがいい」わたしのあとについて格納庫から出て、カヌーショップを通り、駐車場へ出てくる。

わたしは車のドアをあけて、その後ろに立つ。

「楽しかった」わたしは言う。

アドレーがうなずく。

わたしは運転席に乗りこんで、ドアを閉める。

アドレーが手ぶりで、窓をおろすよう指示する。

「オーケー。じゃあ。さよなら」身を乗り出してきて、わたしの唇をついばみ、そのあとまた繰り返して、いちゃつきはじめる。アドレーはさらに身を乗り出し、わたしの首がおかしな角度になるが、わたしは一向に気にしない。アドレーはキスがすごくうまい。

ようやく互いの唇が離れて、わたしは言う。「オーケー。行かなくちゃ。ええ、そろそろ――」

アドレーは湯気をあげんばかりの顔を、わたしの顔と同じ高さに保つ。

「じゃあ」わたしは言う。「さよなら！」わたしがキーをまわすと、アドレーが背筋を伸ばす。

わたしはゆっくりと車を走らせる。

薄暗がりでも、彼が手をあげて振るのがバックミラーに見える気がする。

44

四月二十七日

タミーのサロンの奥の部屋で、デンプン質のヘアーカラーリング剤のアンモニアくさいにおいが鼻を突く。作業スペースとメインサロンを隔てるカーテンの奥から首を出したら、タミーに言われた。「そっちに引っこんでて！　モナがいつ到着してもおかしくないのよ」

わたしは手持ち無沙汰で、あたりを見まわす。ある点については、タミーの言うとおりだ――つまり、テネキーでだれかに関する情報を得たいなら、ここころが恰好の場所だということ。中休み前に、恋愛事情をふたつ、豊胸手術についてをひとつ、かなりの額の父親の財産をめぐる老姉妹の話をひとつ聞いた。ところが、いまは静かだ。わたしはバッグを漁って、母の小さな〝ガーデン〟の日記帳を開く。

また今週も、ボイドのお父さんが酔っ払ってやってきて、ドアを叩きながら、坊主、入れてくれとか、ケツを引っぱたいてやるとか叫んでいた。ボイドとロニは出かけていたから、わたしはニュートが帰るまでじっと静かにしていた。もう来なければいいのに。いつニュートが来ても、ボイドの沈黙が深くなる。

話してくれれば、夫を慰めたい。だけど、ボイドは話そうとしない。ゆうべ、あきらめるつもりでベッドにはいった。真夜中、だれもいないベッドで目を覚まして、目をこすったら、ボイドが窓辺にいた。おいで、ルーシー、とボイドが言った。

星を見てごらん。わたしがスリッパを履いてそこまで行くと、ボイドはわたしを自分の前へ移動させた。後ろから彼のぬくもりが伝わってきた。ボイドがわたしの大きなお腹に両手をあて、ふたりでしばらく空を見あげながらコオロギの歌声に耳を傾けていた。澄んだ夜の空の下、わたしたちは宇宙のひろがりをながめながら、この体のなかで赤ちゃんが動くのを感じていた。ふたりとも口を利かなかったけれど、ともにそこにいて、互いに気を配っていた。

サロンの玄関ドアが開いて、ふたりの女性がはいってくる音が聞こえる。カーテンと壁のあいだの、四分の一インチの隙間からのぞいてみる。モナ・ワトソンと一緒に来たのは、タミーの親友のジョージアだ。ふたりは年齢はちがうが、体形はよく似ていて、ジョージアのもふもふした髪は、モナのサンドラ・ディー張りの崩し髪よりほんの少しアップデートされている。

ジョージアがここにいるのは偶然かもしれないけれど、わたしはタミーが呼んだのではないかと思う。ジョージアがすわって《ピープル》誌を手にとり、モナは椅子に腰かける。モナとタミーは鏡の前で、フリップ（先端が外巻きのカール）の髪型をどうキープするかを決めている。髪を洗いながら小声で雑談をしたのち、タミーはふたたびモナを鏡の前にすわらせ、半分はジョージアに、半分はモナに向かって言う。「クラウディア・アプルゲイトはご主人を亡くして、ほんとうに気の毒ね。ご主人、とっても感じがいい人で、まだ若かったでしょ？　モナ、お葬式にはうかがったの？」

ミセス・ワトソンは黒いケープを整える。「ええ、ほんとうに悲しかったわ」

タミーはモナの首からタオルをはずす。「若くして亡くなった人を見送るのはいやなものよね！　クラウディアのご主人、あなたの親戚だったんでしょ？」

モナが言う。「姻戚関係ってやつ。あたしの夫のダニーのまたいとこだったの」

「あら、じゃあ、あなたもお辛かったでしょう」タミーが訴えるような声を出す。

モナはタミーが水を向けるとおりに話を進めている。「実はそうなの。いろいろと、ダニーの葬儀のことが思い出されて。夫も亡くなったとき、若かったから」

「大変だったわね」タミーが言う。「どうやって乗り越えたの？」

タミーがハサミを使っているので、モナは動けない。「まあ、知ってると思うけど、強い鎮静剤を与えられて――クラウディアもきっとそうだったと思う。もちろん、鎮静剤っていうのはあたしのアイデアではないんだけど、でも薬を与えてくれた男性がいた幸運に、あたしは感謝してる」

「女友達じゃなかったんだ？」

「ううん、夫の上司のフランクよ。あの人は聖人だった。葬儀の手配にかかった費用も一部負担してくれて」

ジョージアが《ピープル》誌を閉じる。椅子にすわったまま言う。「フランク・シャペルはいまもいい人よ」声を落としてささやきに近い言い方をする。「しかもハンサム」

ミセス・ワトソンは何も言わない。

タミーが言う。「そのフランクがひとりきりで、だれも面倒をみてくれる人もいないなんて、ひどい話よ。奥さんが何年も前に、フランクを置いて逃げたって聞いたけど。モービルかどこかにボーイフレンドがいたとか？」

「人は早呑みこみをするものよ」ミセス・ワトソンがケープをふくらませながら言う。「女の尻を追いまわしてたのは、フランクのほう」

わたしは耳をそばだてる。

タミーが言う。「ほんとに？」

ミセス・ワトソンが笑いそうになる。「あたしにとっては聖人だったけれど、奥さんにとってはちがったのかもね」

シャペル局長を悪く言うなんて、この人はどこの人間なんだろう。

ミセス・ワトソンがつづける。「っていうか、他人のことを、なかでもあたしがつらいときに力になってくれた人だけに、あれこれ言いたくないけど、リタ・シャペルはあたしの友人だったの。夫がタラハシーで派手な女と遊んでると知ると、彼女、子供たちに荷造りをさせて、自分の母親のところへ連れていって、振り返りもしなかった」

わたしはサロンのほうへ出ていって、でたらめなゴシップを流してどうしたいのか、と言ってやりたかった。

タミーが言う。「嘘っ！　タラハシーに女がいたの？」

「地元の女たちとも噂があったけど、それは全部でたらめね。自尊心のある女なら、こんな小さな町で火遊びをしようとはしない」

タミーが言う。「あの感じのいい人が、ろくでなしだったなんて信じられない！　それでミセス・シャペルは新しい生活をはじめたの？」

「ええ、気の毒に。あそこの夫婦、とてもうまくいっているように見えたの。だけど、いつも言ってるように、人と人とのあいだで何が起こっているかは、わからないものよね」

「それはたしかにそう」タミーが言う。

カーテンの四分の一インチの隙間から、ミセス・ワトソンの湿った髪がかろうじて見える。「リタはモービルには行かず、パナマシティへもどった。彼女がこの町から出ていったとき、あたしはとってもさみしかった。ほら、漁業局の奥さん同士って仲がいいから」

「彼女、再婚したの？」タミーがモナのまわりをちょろちょろ動き、わたしの視界をふさぐ。

「いいえ、まだシャペルのまま。まるでフランクのことがまだ恋しいみたいに。離婚後も、フランクがリタを訪ねていったって話を聞いたけど。彼女がフランクを許して、町にもどってくればいいなと思ってたんだけどね。幼いスティーヴィーにもそのほうがよかったでしょうに」

タミーが言う。「息子さんを失ったこと、きっとフランクには堪えたでしょうね」

「あんな死に方をしちゃあね」モナが言う。「かわいそうに、スティーヴィーは本気で人生をやりなおそうとしていたの。なのに、またワゴンから落ちたのね。母親と子供は別の車に乗ってたの。悲しい話よ。みんなでディズニー・ワールドへ向かう途中だったんですって！」

全員がその事実を呑みこむあいだ、静寂がおりる。

モナが言う。「ともあれ、スティーヴィーのお葬式のあと、あたし、フランクにキャセロールを一、二度持っていったの。ひとりで気の毒だと思って。リタはお葬式でとてもつらそうだったから」

タミーが言う。「元妻の？」

「あなたも聞いたんじゃないかな。彼女がどんな場面を演じたか。みんなに聞こえるところで、はっきりこう言ったの。〝息子はあなたのせいで死んだの！〟とかそんなようなことをね」

「そんな！」ジョージアが言う。

「二度目のキャセロールのあとだったかな、フランクが勘ちがいをしてね。ほら、何を言わんとしてるかわかるでしょ。それで、訪問するのをやめたの。夫のダニーが試験をパスしたあと、フランクはとても親切にしてくれたから、恩返しがしたかっただけ。なのに、だれもが、人には理解できないふうにこんがらがっちゃうんでしょうね。あたしのダニーがフランクに苦情を言って。しまいには、始終角《つの》突き合わせてる状態だって、そのうえ、どうしてあたし、しゃべりつづけてるのかしら。こんな古い昔話、だれも興味ないわよね。なんだか感情的になってしまうし」

「ほら、これ」タミーが言う。「どうぞ、ティッシュ」

奥の部屋で、わたしは自分の髪の先っぽをほんの少しだけ容器の白いペーストに浸して、何色に変わるのだろうと考えている。サロンも、たちの悪い噂も、奥の部屋で隠れて神のみぞ知る話に耳を傾けるのも、わたしの得意分野ではない。聞けば聞くほど、混乱してくる。たとえて言うなら、見たこともない鳥を描こうとしていて、羽や卵の殻は見つかるのに、鳥そのものは見つからないようなものだ。そのうえ、目あての鳥ではないたくさんの鳥が飛びまわって、わたしの気を散らす。

タミーがモナの髪に最後にさっとふれる。ヘンリエッタのことを訊いてもらいたい、とあらかじめタミーに言ってある。ピンクの手紙を書いた人物だ。それにタミーはまだ、モナの夫、副局長のダニエル・J・ワトソンが署名した書類についても訊いていない。〝陸上で財布が発見された……〟

代わりにタミーは言う。「さよなら、モナ。また来週！」

ミセス・ワトソンが出ていって、わたしは一分待ったのち、カーテンの後ろからサロンへ出ていく。タミーが床に落ちた細かい毛を掃き集めている。

「タミー、訊いてほしいって言っておいた質問がふたつとも……」

「さて、次はロニ」タミーがそう言って、わたしを椅子にすわらせる。

「何？　やめて、タミー、ほんとに」

「心配しないで。髪型を変える気はないから。ちょっと毛先を整えるだけ」

わたしは髪を切るのが昔からきらいだ。やたらと時間がかか

間がかかるし、第一なんのためにそんなことを？　長く伸ばしておきたい。でも、タミーの作品を見ているのに、わたしは椅子から立ちあがらない。突拍子もない申し出に驚いているからかもしれないし、いま聞いたばかりの話のせいで混乱しすぎているせいかもしれない。

タミーがボトルから何かをわたしに噴きつける。

「心配しないで。その人に似合わないヘアスタイルには絶対にしないから。たとえば、ロニ、タラハシーで最後のビニール盤を買ったビートルズのLPのコンプリートセット、まだ持ってる？」

「は？」

「それをかけるために買った、本物のターンテーブルは？」

わたしはうなずく。「ええ、まあね、でも――」

「ね、どういう髪型にすればいいか、そういうとこから情報を得られるの。一九六八年から七〇年のリンダ・マッカートニーのスタイル。もちろん、金髪じゃなくてね。でも、彼女みたいに、真ん中で分けたストレートで、毛先だけほんのちょっと整える」

わたしをからかってるんだろうか。「いまもそのスタイルだけど」

「ちがうわ。毛先を整えてない」タミーがわたしの髪を梳き、毛先をじっと見る。「奥で何に浸したの？」

そこだけ切りとって、話をつづける。「オーケー、それで何がわかった？　モナはフランク・シャペルとは寝てないみたいね」

「そうだと思ってたの？」

ジョージアが手元の雑誌から顔をあげる。「それで彼女に家を買ったんでしょ？」

わたしはジョージアのほうを向く。「え？」

「そういう噂よ」ジョージアが言う。

テネキーでは噂は駆けめぐる。噂は、町での地位を守る唯一のものかもしれない。それなのに、ジョージアは何も気にしないんだろうか。タミーがジョージアに何も話していなければいいのだけれど——

「ロニ、頭を動かさないで」タミーが二本の指でわたしの頭を支える。

「すると、フランク・シャペルがミセス・ワトソンに家を買ってやったと思ってるの?」わたしは尋ねる。

「同情だけが理由だとしたら、ちょっと高すぎる贈り物でしょ」タミーがそう言いながら、わたしの髪を櫛で顔の前に垂らし、頭皮にまっすぐ分け目をつける。

「待って」わたしは言う。「フランクが家を買ったって、そんなことだれが決めたの?」でも、わたしは髪をいじられているところなので、ふたりともわたしの話には耳を貸してくれない。

「それで当時」ジョージアが言う。「モナの旦那さんとミスター・シャペルはなぜ仲が良くなかったの?」

タミーがわたしの額にかかっている髪を櫛で後ろへ梳かす。「それを、ロニが彼の奥さんのリタに訊くのよ」

「え?」

「ミセス・シャペルに。彼女はだれも覚えていないことを覚えているかもしれない」タミーは先の尖った櫛を斜めに構えながら、鏡に映ったわたしに話しかける。「探っておいたから、あとは糸口をたどって。モナの話を聞いてたでしょ。リタはパナマシティにいて、名前はいまもシャペルのまま。それで彼女を探して! 忘れないでね、これはフィフティ・フィフティの取引よ。あたしもあなたも、やるべきことをする」

わたしは鏡に映るタミーの姿を見る。小説の私立探偵みたいな顔で、自分を見ている——気分は、〝ヘア《Hair》スタイリスト《stylist》のH〟といったところだろうか。

わたしは言う。「あなたたちの話してること、わたしには半分もわからない」

タミーが眉をぎゅっと寄せてわたしをにらむ。こうなると、あっという間に爆発しかねない。

わたしはすばやく後退する。「ありがたいとは思ってるのよ……」

　タミーが梳いたり切ったりにもどる。

「タミー」わたしは言う。「モナから聞き出したかったのは、モナの夫が提出した書類の件だけで……」

　何をまちがったか生徒に諭そうとする教師のように、タミーがあとを引きとる。「……それと、なぜフランク・シャペルが彼女の夫のお葬式の費用を払ったか、それになぜフランクが彼女に家を買ったのかってこともでしょ」

「フランクが家を買ってあげたっていうのはたしかなの？　葬式代を払ったのも？　だってね、ミスター・ハプステッドの話では……」その名前が喉に詰まる。

「だって、募金をしたんでしょ？　頼むわよ、もう。お金持ちがかなりお金を出して、それでいいお葬式ができて、家まで建つんじゃない。忘れないでよ、パナマシティに行ったら、ミセス・シャペルになぜフランクとダンの仲が悪かったか訊いて」

「ちがうでしょ」わたしは言う。「寄付はお葬式のほうだけ」

　ジョージアが甲高い声で言う。「ロニ、ダン・ワトソンは冷酷に殺されて、事件はまだ解決していないの。あなたのお父さんについては、お悔みを言うけど、いわゆる〝事故〟で亡くなった。だけど、もしそうじゃなかったらどうする？　殺されてたとしたら？　あなたのお父さんは、同じギャングの被害者だったかもしれないのよ」

　また小さな光が見えた。別の〝もし〟で頭のなかを照らされたのだ。義妹とその友人が組み立てようとしている入り組んだ陰謀に飛びつくのは、とてもそそられた。温室で、燭台を持った、プラム教授（映画「殺人ゲームへの招待」のキャラクター）のごとく。

「ここでやめない？」わたしは言う。

　タミーが鏡のなかのわたしに向かって眉をひそめる。

「わたしはただ、みんなのために……」

タミーが礼儀正しくなる。「ロニ、あなたが大学に進学するために家を出たとき、フィルは何歳だった?」

「一年生になったばかりだったけど……」

「なるほど」わたしの椅子をまわし、鏡に背を向けて自分のほうを見させる。「あの人はもう大人なのよ、歳の離れたお姉さん。あなたよりずいぶん若い——それは同意する——けど、もう成長した。大人なの」左右の髪を少しずつつまんで、顎のそばへ持ってきて、左右の長さが合っているかどうかをたしかめる。そして身を寄せてきて、毛先を切る。「言ったでしょ。あたしたちはフィルに厄介かつ偽りの情報を聞かせたくない。もし真実が不快なものでも、フィルはそれに対処できる。たとえそれがどんなものであろうと」タミーはわたしの背後にまわり、指でわたしの頭をまっすぐにさせる。「たぶん、それはだれが考えているものともちがってるかもしれない。あたしは真実の追求に賛成。あなたはどう、ジョージア」

「賛成」

タミーが一、二度毛先を切ったあと、椅子をもとどおり鏡のほうへまわす。「できた《ヴォアラ》!」

わたしは鏡のなかの自分を見る。「わお。なんかいい」分け目をまっすぐにして毛先を整えただけなのに、なぜか前よりいい。

「じゃあ、毎日髪をポニーテールにするのはやめてね」

「いつもってわけじゃ……」

「ポニーテールが世界に伝えているのは、〝わたしは身なりを整えるのを気にかけない。きれいな髪をしてるけれど、見えないところに隠してるの〟ってことよ」

いまのは褒めことばだろうか。

「特別な機会があったら、魔法をかけてあげる」鏡のなかからウィンクを送ってくる。「たとえば、結婚式とか。編み込みの三つ編みをはさみこんだら、シンプルだけど優雅でいいかもしれないわね。あ、いや、あなたにはつんつんヘアのほうがいい？　ジェルをたっぷりつけて？　ハハハ、冗談よ、ロニ」

　わたしは声をあげて笑う。いつもの役割と逆転している。わたしはくるくるまわる椅子と、アンモニアのにおいと、苔のように増えてゆく混乱でふらふらする。でも、たとえ意味がわからなくても、ここにはいってきたときより情報は増えているのだろうと思う。

45

　わたしは新しく整えた髪を肩の上で払いながら、自分の家からエステルの家までの二ブロックを歩く。サロンのあと、箱の荷物を全部リサイクルショップの〈グッドウィル〉へ持っていく。もはやボランティアの人たちとは、ファーストネームで呼び合う仲だ。残るは、大事な本について処分を決め、水中洞窟を描き、最後の四羽の絵を終わらせることだけ。

　この〝最後の四羽〟をめぐる対立はさておき、今回エステルが仕事と友情は別、という約束を守ってくれればいいけれど、と思っている。ポップコーンナイトはお互いが中学生のころからの儀式で、玄関のドアをノックしながらわたしは、厄介な館長としてのエステルではなく、友人として、小学一年生のときからの知り合いで、若いころの重要な出来事ほぼすべてを知りつくしている人物としてのエステルに迎えられることになればいいと願っている。お願い。

ドアをあけたエステルは、首元にレースが飾られ、ベルスリーブの薄くて白いAラインのビンテージドレスを着ていて、オートミール色のカウチにふわりと腰かける。わたしはいまなおエステルはほとんどの分野でいちばんの味方であること、まもなくまた穢れなき遠距離友人にもどることを自分に言い聞かせる。

エステルはポップコーンと小さなチョコレートと、湯気の立つハーブティーのポットを用意してくれている。エステルが言う。「よし、あんたの人生について情報を更新させて」

わたしは少しほっとする。仕事の話はなしだ。「ええと……二度と行かない、と誓った場所へ行ったの」

「モンキー・ジャングル（フロリダ州マイアミにある動物公園）？」

「ちがうって、エステル。そんなほっこりする場所じゃなくて。葬儀場へ行ったの」

「あら、それはお気の毒に」

「そう、葬儀屋もそう言ってた。〝お父さんのことは気の毒だったね〟って。でも、心の準備はいい？　奇妙で驚くべきことを発見したの」

「何？」エステルはわたしの話に神経を集中する。

「父は頭に怪我をしていたんだって」

エステルが片手で顎を包む。

「もっと衝撃的なことがあるんだから。タミーが手伝いたいって」

「何を？」

「えっと、まずは、髪を切ってくれた」

エステルがわたしの髪を見る。

「それに、父に関して錯綜するさまざまな情報を嗅ぎつけてね。ワトソン夫人の髪を整えてるあいだに話をわたしにも聞かせてくれたの。ワトソン夫人、わたしにはけっして話をしようとしなかったから」

エステルが大きなベルスリーブを振る。「それで何がわかったの？」

「それが驚きなの！　タミーはわたしが頼んだ質問をひとつも訊いてくれなくてね。パナマシティに住んでるっていう別の女の人に話を聞きにいけっていうわけよ。でも、気が進まなくて」

「たとえ何かがわかる助けになるかもしれないとしても？」

「なぜか、鼻先でドアを閉められるのがあまり好きじゃないのよね」

「一緒に行こうか」

「ううん。話題を変えよう」

「フィルが何かばかなことをしようとしてるって言ってたけど――」

「わかってる。わたしが言いだしたんだけど……」

「わかった、じゃあ、アドレーのことを聞こうじゃないの」エステルはペディキュアを塗った足をカウチに投げ出し、指先を曲げ伸ばしする。

わたしはため息をつく。

エステルがわたしの腕を軽く叩く。「さあ、白状しなさい」

「話すようなことなんてない。高校生並み。キスをたくさんしただけ」

「どこ？」

「唇に！」

「いや、そうじゃなくて、彼の家で？」

「やだ、彼の家に行くつもりはないから」わたしはポップコーンのボウルに手を伸ばす。

「彼、そういう誘いすらしなかったって言うわけ……そうなの？」

「ああもう、エステル、ほっといて。彼はほんとにいい人。いい人そのものよ」

「わかった。あんたがセックスについて変わってるっ

のことも感じとって、慎重になってるのね」

「だれがセックスについて変なのよ。まだ二回ほどデートをしただけ。とにかく、彼と寝るようになってからDCへもどるなんてできない。そんなことしてどうなるの？」

「じゃあ、もどらなきゃいい」

「そうね。でも、自分のことばかりしゃべってて配慮に欠けるわ。ロジャーとはどうなの？」

「ロジャーのことは忘れて。あたしはアドレーとのことが聞きたいんだから」

わたしは息を吐き出す。「そう……ええっと。彼、絵の件で力になれるって言ってた」

エステルが首をさっとまわす。

「あなたに頼まれた絵じゃないの。セオに依頼されたものでね、洞窟と地下水の絵。そういうことにくわしいんだって」

「なるほど、すると、スミソニアンの件も、ワシントンンのことも彼に話したのね。どんな反応だった？」

わたしは電源のはいっていないテレビのほうを見る。

「彼に……ええと……彼には、遠距離の仕事もやってるって言ったの」

エステルは人を殺した人間を見るような目でわたしを見た。

「何よ、別に嘘じゃないでしょ」

「この人でなし！」エステルの目は見開かれている。

「どこに住んでるのか、彼に話すべきよ」

「わかってる」

「正直にならなくちゃ。そうすれば、そこから発展できる」

わたしは冷静になろうと、ポップコーンのボウルを置く。「よく聞いて。わたしたち、二度ほどデートをした。地下水のことについて話した。キスをした。たくさんね。でも、それだけ。深く関わり合う気はないから」

「関わるってかならずしも、物理的な意味ばかりじゃないのよ」エステルがわたしをにらむ。

わたしは立ちあがり、部屋の向こう側からテレビの番組表をとってくる。

エステルも立ちあがる。「だから何もかも終わらせて、この町を出ていこうとしてるのね。いいことが起こりそうなのがわかって、それにどうしても耐えられない。あんたは、いっつもそう。逃げてばっかり」

わたしはくるりと向きを変える。肌がじっとりと冷たい。「だまってて！　仕事にもどらなかったら、馘《くび》になっちゃうのよ！」

エステルはまっすぐわたしの目を見て、ひとつひとつことばをはっきり発音する。「いいえ。逃げてるの。なぜなら、こわがってるから」

エステルのことばは胸のど真ん中に命中した。わたしはエステルをにらみかえす。「うるさいな！　帰る」バッグをつかんで、ドアから歩いて出る。

46

四月二十八日

朝早い時間に、ベッドからおりてスケッチブックに手を伸ばす。マットレスに背中を預けて、膝を胸に引き寄せて床にすわったわたしは、空を飛んで自分のテリトリーを守っているアオサギを描く。目覚めとともに純粋なイメージが訪れるので、それが消える前にとらえなくてはならない。描いていると、父がしてくれた昔話が頭のなかでこだまする。沼の妖精の女王が、この鳥を宿主に選んだのもうなずける。サギは青い羽をまとって堂々たる姿をしていて、大きくひろげた輝く翼でみずからの意思を誇示している。

父さんが亡くなってから、アオサギに出くわすたびに、わたしは願いをかけた。アオサギはあの世界の女王なんでしょう？　生者の地と亡霊の地との見えない境目を越えられるにちがいない。父さんを返してほしい、とアオサギに頼んだ。気高い望みではないか。どんな務めでも、どんな犠牲でも、求められれば応じるつもりだった。それが叶えられないことを理解すると、父さんにメッセージを伝えてほしいと願った。父さんがいなくてさびしい、毎日父さんのことを思っている、と。伝えてくれただろうか。わたしに求められた唯一のむずかしい務めは、父さんなしで生きることだった。その後わたしは、父さんがメッセージを返してくれないだろうかと望むようになった。

けれども何年も音沙汰がなく、わたしは願うのをやめた。アオサギ以外の、なんの願いもかけない、エピソードもない鳥、紙の上にとらえられる鳥、広くて浅い抽斗のなかの鳥に心を向けるようになった。博物館には、アオサギの標本もあるけれど、それを探し求めたこともなければ、さわったことも、標本から絵を描いたこともないし、これからもないだろう。けれどもわたしのスケッチブックには、生きている堂々たるアオサギの姿がとらえられている。

背中が痛くなってきたので、立ちあがって着替えをする。携帯電話のプラグを抜くと、デローレスからの電話を見落としていたのに気づく。なんだろう。わたしは折り返し電話をかける。

「デローレス、電話くれた？」

「こんにちは、ロニ。ええ、したわ。あなたの上司と話したんだけど」デローレスがはじめる。「彼、あなたのこと心配してたわよ」

「ええ、わたしも自分のことが心配。だけど、心配しないで。もうじき終わるから」

「二週間じゃ終わらなかったでしょ」デローレスが何かやっているのか、電話からカサカサ音がする。

「デローレス、〝言ったでしょ〟って言うために電話してきたの？」

「いいえ、それはついで」

「それじゃ……」わたしは言う。

「それで、もうじき終わるなら、よかった。お母さんはそのことをどう思ってるの？」

「何度もそう話して聞かせてる」

「で、お母さんはなんて？」パソコンのキーを叩く音。

「罪悪感を煽ってくる」

「人はみんな自分のことが大事だからね」

「デローレスは娘さんに罪悪感を持たせようとしたことなんてないでしょ」いつもより立ち入った発言だが、引っこめる前に口から出てしまった。距離があるし、電話だし、デローレスの懐かしい声を聞いてほっとしたのもあるしで、箍《たが》がゆるんでしまったのかもしれない。「つまりね、困ってるの、デローレス。母はわたしにとって何が大切なのか、わたしが何を愛してるのかを徹底して訊いてくるの」

「あなたはお母さんに話したの？」

そのことばに、わたしははっとなる。

「ひとつ言わせてね、ロニ。わたしは母親としていくつもまちがいを犯してきた。信じられないかもしれないけど、そうなの。あなたのお母さんもきっとそう。そのことを後悔してるんじゃないかしら。でも、お母さんがほかの方法であなたにアプローチしようとしてるなら、あなたは扉を開くべきじゃないかな」

「うーん」わたしは小さな沈黙を残す。デローレスはこれまで仕事に関するアドバイスをくれたけれど、けっして穿鑿したり、余計な口出しをしたりしない。こんな状況で話をすることも、こんなコメントをもらえることも珍しいから、訊くのがいちばんだ。「デローレス、娘さんは何をしてるの？」

「ええと……設計の仕事をしてるの……衛星の。ええ、そういうこと」

「カリフォルニアで？」

「まあね。でも、どうして？」

「気になっただけ」

「あの子は昔から天文学者だった。わたしの頭を四六時中占めている葉緑素や光合成は好きじゃなかった。娘はわたしの仕事を憎んでいた」

「仕事が、娘さんからデローレスを奪ったからでは？」

「まあ、理由は言わなかったわね」

「あ、そう言えば、星について最近知ったことがあって。図書館の相互貸借で送ってもらったハーブの本の一冊からなんだけど。娘さんにも使えるかも。聞きたい？」

「どうぞ」

わたしはフロリダ州立大学のストロージャー図書館で、あの日作ったメモをめくる。「これ。〝パラケルススは、すべての植物は地上の星であり、すべての星は霊化された植物であると信じていた〟」

「かなり超自然現象っぽい話ね」

「ええ、でも接点にはなるかもしれない」

「了解。もう行かなくちゃ、ロニ。人事と連絡をとってね。そして、進捗状況を報告して。あなたが期限を守れないんじゃないかって、セオは心配してる」

「ありがとう、デローレス。あなた最高よ」

「そう、じゃあね」

わたしはベッドの上にどしんとすわり、天井を見つめる。デローレスが電話をしてきたのは、実用的な理由からだった。でも、わたしが従うべきは、それ以外の彼女のアドバイスだ。〝お母さんを大事に〟〝歩み寄って〟〝扉をあけて〟

わたしは起きあがり、母に読んであげようと付箋を貼っておいた本を二冊ほど手にとって、それをバッグに入れ、ドアから外へ出る。足の下でカサカサ何かが音を立てる。粒餌を踏んでいる。粒餌が線状にわたしのアパートメントまで撒かれていて、階段の下へつづいている。**いったいどういうこと？**　それを追って階段をおり、ていねいに撒かれた細い線を追ってロビーに出て、通りへの長い歩道を歩く。粒餌は鳥がついばんだせいで、コンクリートの上にわずかに散乱しているが、線自体はだんだん太くなり、やがて歩道のわたしの車のところで終わっている。フロントガラスに石鹸が塗られていて、渇いた白いコーティングの上に文字が描かれている。〝ＤＣへ行くぞ！〟。リアウィンドウに茶色い膜が張っている。わたしは鼻を近づけて、においを嗅ぐ。だれかがわたしの車のウィンドウに、うんこを塗ったのだ。

市役所の階段をあがって、テネキー警察署のドアを勢いよくあける。「ランス・アシュフォード、いる？」

ランスが受付に出てくる。

「拘束命令を出してほしいの」わたしは言う。

ランスはわたしを自分の机に連れていって、すわらせる。「オーライ、ロニ、落ち着いて。それで、だれに対する拘束命令が必要なんだ？」片方の眉をあげる。

「ネルソン・バーバーよ！　あの人、おかしい」

ランスは縦型のファイルから書類を取り出す。「その人物があなたを襲ったか、あなたにさわったりした？」

「いいえ、でも脅すようにナイフを構えてた」わたしは粒餌の奇妙な跡と、いまの車の状態について話す。それから、死んだ鳩と、タイヤへのチョークの書きこみについても思い出させる。「弟の家のフェンスにあいたあの穴のことも忘れないでよ。ボビーはワニに殺されかかったんだから！」

ほかにやることのない警官が数人、やってきて、耳を傾けている。

ランスが申請書に目を落とす。「店でのナイフ以外、この人物が何か……いたずらをしているのを見た？」

「いたずら？　これはいたずらじゃない！」ランスが言う。「ロニ、気持ちの整理をつけてくれ。それでこっちで書類を記入させてもらえないか」

わたしはまわりに立っている警官たちを見る。「個人的な会話なんですけど？」そう言うと、その場から去っていく。わたしはランスに向きなおる。「結局、何もできないってことね？」

「この記録は提出できる。でも、その男を拘束するには、実際に何かしているところをつかまえる必要があるんだ」

「だれが二十ポンドの粒餌を買ったか、店を調べてみるのはどう？」

「すばらしいアイデアだ」ランスが言う。「それじゃ非公式に……目を光らせとくよ」

　わたしの電話が振動する。〝A・ブリンカート〟と画面に出ている。「行かなくちゃ」わたしは言う。市役所の柱まで歩いていく。出るべきじゃない。でも、電話に出てしまう。朝のトラブルのせいでまだ動揺しているせいかもしれないけれど、ティーンエージャーみたいに胸がざわざわする。

「おれのうちでディナーでもどうかなと思って」アドレーの声は冷静だ。

　わたしはごくりと唾を呑む。この誘いが意味するところはだれでも知っている。「楽しそう。でも、レバノン料理は好き？　タラハシーにザハラって店があって……」

　少し間があいたあと、アドレーが言う。「おれが何かおかしなことをしようとしてるんだって心配してるなら、夕食だけだから」

　ほんとうに、行くべきじゃない。家へ帰って、粒餌を掃除し、町を出ていく準備をするべきだ。なのにわたしは家へ帰って、歩道から通路、階段、玄関ホールまで点々と散っている粟や亜麻、ヒマワリの種を箒《ほうき》で掃いたのち、シャワーを浴びて、デートの準備をする。

そばかすが隠れるようにたっぷり化粧をしたものの、やっぱり全部落として、チークだけにする。一張羅のジーンズを穿き、見苦しくないトップスを着て、それでじゅうぶんだ。

うーっ。デートは好きじゃない。デートと言うと、ほかの何よりありきたりなものになる可能性が高い。それなのになぜ、わたしは神経質になっているんだろう。陽気で気さくな雑談や会話ならできるのに。たとえ、それが本来の自分とはちがっているとしても。一度でいいから、こういう自分をやめてみたい。

アドレーの家は、イグサで隔てられた湖のそばにある。ライヴオークの木々はエアプランツで飾られ、サルオガセモドキが一九二〇年代から三〇年代に建てられた木のバンガローを縁どっている。わたしはアドレーに奇妙な粒餌の件は話さない。代わりに、家のなかを見せてもらう。アドレーは自分で手掛けた修繕を見せてくれる。キッチンを拡張して、奥側に並んだ窓とフレンチドアを設置したのだ。

「すてきね」わたしはぼんやりと言った。「請負業者がいい仕事をしてるわ」

「お褒めに与《あずか》り、光栄だよ」

「全部を自分でやったわけじゃないでしょ」

アドレーが首を振る。「おれの知ってる、完全に正直な請負業者は、おれひとりだよ」

「そう」わたしは言う。「ほんとうの正直者なんてもう存在すらしないんじゃないかと思うときがある」

アドレーが窓からこちらを見る。「いまも存在してると思いたいね」

わたしは両眉をあげる。ばかげたおしゃべりをやめたいのはわたしのほうだ。「あなたはどうなの？　人生の一分一秒ずっと正直だった？」

アドレーは寄木のカウンターにもたれかかる。「一分一秒？　それは無理だな。悪ガキだったから。若いころはいろいろやらかしたし」

「じゃあ、いまはどうなの？」カヌーショップでガーフという男がアドレーに話しかけていたことを思い出す。

「いま？」アドレーが言う。「おれの第一のルールは、絶対に嘘をつかないことだ」

「待って。絶対に？ 絶対に嘘をつかない？」

「家のなかをほかにも見てみるかい」アドレーが方向を変えて階段のほうへ歩いていく。

　ふたりで階段をのぼり、アドレーは屋根を高くして、光にあふれた風通しのいい寝室を見せてくれる。ツリーハウスにいるような気分だ。だけどもちろん、わたしがいるのは彼の寝室。誘惑というものは、半面の真理——少なくとも自己欺瞞——に基づくことが多い。もしアドレーがキスしてきたら、帰るつもりだ。なぜってわたしは自分のことがわかっていて、そこでは止められないとわかっているからだ。

「ついてきて」アドレーが言う。すでに階段を半分おりている。

「ああ、ええ」わたしは言う。「そうね」

　階段には作り付けの書棚が並んでいて、階段をおりながらわたしは本の背を読む。『荒涼館』。『アルゴ号の乗組員の話』。プラトンの『国家』。『シエラ・ネヴァダのフィールドガイド』。『フロリダ州のセミノール』。『パイの物語』。『水の読み方』。『ルイス・キャロル全作品』。『安息角』。個人の蔵書が指紋のようなものだとしたら、わたしはこういう本を蒐集している手が好きだ。

　階下でも、正直さについての話がつづく。「それじゃ、絶対に嘘はつかないって言うの？」

「それっていいことだ、とたいていの人は思うんじゃないか」アドレーがオープンキッチンへ歩いていく。

　わたしは自分自身がふたつみっつ、嘘をついていることを言っていない。ひとつの大きな嘘は、フィルに対して、父の〝事故〟について伝えていない点があること。もうひとつは、無言の嘘と言っていい――母の日記を母にだまって読んでいること。それに、自分が住んでいる場所をまたアドレーに伝え忘れたことを、エステルなら不正直だと言うだろう。

「ええ、もちろん、いいことよ」わたしは言う。「正確さが文明社会を生み出すんですもの。でも、たいていの人はときおり過ちを犯す」

「考えてみてくれ。つねに真実を話すと決めていれば、混乱は少なくなる。そうすれば、人生がよりシンプルになるんだ」

わたしはカウンターにもたれ、アドレーが冷蔵庫から食べ物を取り出すのを見つめる――チャイブ、トマト、カボチャ。「なるほど。でも、だれかがほんとうにひどい髪型にされて、その人に〝この髪、どう思う？〟って訊かれたら？　どう答えるの」

アドレーはガスコンロに火をつけて、フライパンにオリーヴオイルを注ぎ入れる。「励ますように笑顔を浮かべて、〝切ったね！〟って言うさ」

「それじゃ、答えになってない」

「いいかい」アドレーが言う。「気づいてるだろうけど、おれはおしゃべりじゃない。おれが何かを言ったら、それはほんとうだと思ってもらっていいんじゃないかな」

でも、アドレーが不愉快な事実を含まないようにするなら、それはわたしが彼との会話で省いてきたこととそれほどちがいがあるのだろうか。アドレーが切った野菜をフライパンに入れる。

「オーケー。こういうのはどう。あなたの上司の男性が美容整形を受けたとして、その人だとわからないくらいに変わってしまっていたら？」

アドレーが体の向きを変える。「そういう経験が？」

「全然」

「まず、上司がいると仮定して、こう言うだろうね。〝あんただれだ、もうひとりに何をした?〟って」

わたしが声をあげて笑うと、アドレーは短く大笑いした。そして抽斗から木のスプーンを出して、フライパンの中身を混ぜたのち、蓋をして言う。「あとちょっとだ。すわらないか」身ぶりでカウチを示し、わたしの隣の、近すぎず遠すぎないあたりにすわる。

「じゃあ、きみの家族のことを話して」アドレーが言って、会話の角を曲がる。

「ええと」わたしは間を置く。「そうね、スプリングクリークっていう、テネキーのすぐ近くに弟がいる」

アドレーはさらに聞きたそうだ。「母はテネキーに」また間をあける。「父は亡くなった」わたしはカウチの網目をじっと見る。

いままであたたかかった会話に、氷柱《つらら》ができるのを感じる。それでも、わたしの話をしたら、自分で重々わかっていることでも、アドレーにあきれられてしまうだろう。それでわたしは遠まわりをする。「いま興味があるのは、水文地質学」

アドレーはその変更に乗ってくる。「まあ、そうは聞こえないかもしれないけど、すごく有益な学位なんだ。たとえば」感情をこめずに言う。「だれもフロリダの沼地をおれに安売りしようとはしない。おれがフロリダの沼地を欲しがらないかぎりね」アドレーはわたしが微笑むのを待つ。「前に州を渡る旅をしたとき――」

「アリゲーター・アレーを渡る旅ってこと?」

「いやいや、車じゃなくて、カヌーで」

「カヌーでフロリダを渡ったの? 州じゅう?」

「一度だけね。前に話した自然保護団体のために、資金集めをしていたんだ。ともかく、ひとりの時間がたっぷりあって、地上も地下も、この州のあらゆる水について考えたよ。水は寛容なものだと思った。多くの複雑なシステムを支えているからね。植物を、動物を、鳥を、われわれを」

アドレーが遠くを見る。それから視線をわたしにもどす。「一回の旅であれほど多くの蚊に刺されるんだから、その旅で自分が変わらないわけがない」微笑んだのち言う。「ある晩、小さな湖に日が沈んでね、二度と見ないような光景を見て、ふと思ったんだ。自分はすでに十年間、自然保護の政策に携わってきた。遅れないよう最新の科学知識を採り入れ、土地利用委員会や市の協議会で証言し、こちら側の口やかましい人々とこの問題について議論し、夜目が覚めると、人がいかに貪欲でずる賢く、目先のことしか考えず、ひどく愚かになれるものかと考えた。旅に出る直前には、ひとりで事務所を構えるよう依頼されてた。でもその夜、湖を見渡して、自分ひとりで湖を渡り切ることが、おれにシンプルさについて教えてくれたのがわかった。翌日、おれは進路を修正して、ムーア・ヘヴンで補給し、東じゃなく北を目指しはじめた」

わたしはバーチバークのカヌーに乗っている彼を、肩の筋肉が水を掻き、ストロークを繰り返す様子を想像する。

「漕いでるあいだじゅう、水にどこかへ導かれている気がした。行き先はわからなかったが、従うつもりだった。やがて補給品が底を尽きそうになったとき、〝売り家〟の標識がついているあのカヌーショップを見つけたんだ。空腹で疲れていても、自分が正しい瞬間に正しい場所にいる、と強く感じてた。それで家へ帰って、資金状況を確認して、あの店を買ったんだ」

「そうね、そうしてくれてよかった」わたしは自分が受けてきた値引きについて気の利いた冗談を言おうとする。

ところが、アドレーは片手でわたしの顔をやさしく包みながら、わたしを止めて言う。「おれもよかったよ」親指でわたしの頬を撫でる。「ラッキーだった」さらに身を寄せてくるが、そのときキッチンタイマー

強い口調になる。「おいしかった」

が鳴る。

「食事ね」わたしは言い、食卓へ向かおうと立ちあがる。

手製のクリームブリュレで締める完璧な夕食を終えると、わたしはお礼を言い、アドレーが外まで歩いて送ってくれる。わたしはアドレーにさわらないよう気をつけていて、それを向こうも感じとったのだろう、わたしの車のそばまで来たとき、アドレーはただおずおずとお休みのキスをして、片手をとるだけだった。わたしのほうから彼を引き寄せ、深いキスをする。サルオガセモドキが垂れかかるライヴオークの木の根元に立っていると、時間が消えていく。欲望で死んでしまう前に、これを止めなくてはいけないけれど、まだ少しこのままでいたい。

ようやく互いに体を引き離して、息をつくと、わたしは鍵束に手を伸ばす。「ディナー」思っていたより

47

四月三十日

じいちゃん御殿を出るとき、殺人と暴力に満ちたテレビのお昼のニュースと、前にも見た黄色い頭のレポーターに気をとられる。背を向けかけたそのとき、レポーターの名前が画面の下に表示される。もう一度見てみるが、名前はすでに消えている。ラビドーだっただろうか。母の隣人のジョーリーン・ラビドーとか？　あのレポーターはわたしと同世代だ。でも、ジョリーンには子供はいないはず。

わたしはレポーターの唇の動きをじっとながめる。ラビドーにはタラハシーから来ていた姪がいて、ジョリーンはわたしと彼女を遊ばせていた。たしかキキィだったたかカーキだったたか、妙なファーストネームで、外遊びが好きではない子だった。わたしは湿地のほとりでいつものごっこ遊びをしようと誘い、『本の国からの旅』の好きな物語を演じようとしたのだけれど、彼女は家のなかにはいろうと言い張り、フロリダの部屋の編み紐の絨毯に大量のバービー人形をぶちまけ、人形の妙にねじれた手にきらきらの水着をかぶせるあいだじゅうずっと、沼地の男たちにつかまった子供は奴隷にされるという恐ろしい噂話をわたしに語ったのだった。その口調は、おばのジョリーンがわたしの母とポーチでニュースのトップ記事について話し合っていたときとそっくりだった。

テレビに出ているこのレポーターがあの子だなんてことがあるのだろうか。レポーターは禍々《まがまが》しい地元の殺人事件について、口元にかすかに笑みをたたえながら語っている。

マリアマがやってくる。「やれやれ」かぶりを振る。

「おかしな世のなかだよね」マリアマはこれを〝よなか〟と発音する。

画面が司会者にもどる。「ありがとう、カキ」

建物の外に大きな看板が出ている。〝ダラハシー・ニュースチャンネル5〟。わたしはロビーにはいり、きらめく受付机へ近づいていく。二十代の小柄な女性が、細いヘッドセットをつけている。コンソールのライトが点灯する。「少々お待ちください」ボタンを押しながら電話の相手にそう言い、わたしのほうを見あげる。

「こんにちは。カキ・ラビドーにメッセージを残したいんだけど」

受付係がボタンを押すと、その声がスピーカーから聞こえる。「カキ・ラビドーさん、受付までお越しください。カキ・ラビドーさん、受付までお越しください」

「あ、いや別に……そこまでしなくても……ここにいるんですか?」

「ご心配要りません、まもなく参りますので。受付にたいした力はありませんが、わたしが呼べば、みんな駆けつけてきますから」そう言って、にっこり笑う。

たしかにそのとおりだった。まもなく、カキがロビーにやってきて、受付係を見たあと、わたしに目を移す。

「カキ?」こんなに簡単に会えるとは思っていなかった。

「ええ、どうも」カキはわたしの手を握る。テレビで観るよりもっと背が大きくて、もっと鮮やかなブロンドだ。

「どうも! わたしは、あの、ロニ・マロー」

「そう」カキはカーブした白いカウチのほうへ向かう。

「どうぞ、すわって。会社とのあいだで、何かコンタクト5に調査してもらいたい問題が？」太い脚をもう一方の脚の下に畳む。

「コンタクト5？　ちがうの、わたしは……ええと……覚えてないかな、小さいころ一緒に遊んだんだけど。テネキーで、あなたがおばさんのジョリーンを訪ねてきたときに」

少し間がある。カキは首を引っこめる。

わたしは話しつづける。「うちの両親が、あなたのおじさんとおばさんのお宅から遠くない沼地のそばに家を持ってて。ロニ・マローよ」

カキは記憶を掻きまわしているようだ。そのうちに、カキの声が艶を失う。「ああ、そうそう、思い出した。おばはあなたのこと、〝野生児〟って呼んでたわ」片手をカウチの後ろにかける。

「ほんと？」わたしは言う。「へえ」

「まあ、もうずいぶん昔の話よ。引っ越したの？」目の上と下に引かれたカキのアイライナーは完璧で、顎のラインには光沢のある赤っぽいメイクが施されている。

わたしはうなずく。

「不正をした企業をオンエアで追い詰めてくれ、っていうんじゃないのね？」

「ちがうの。実は、あなたのおばさんを雑貨店で見かけてね。連絡をとりたいんだけど」

カキは好感度を気にする一面をいっさい捨て去る。「ええ、まあ、毎日接してるわ。おばと、おばの二百ポンドのオーク材のテーブルと、壁サイズの鏡と、自分の子みたいにかわいがってる四十九株のセントポーリアとも ね」そこでいったんことばを止めて、わたしの反応を待ち、それからつづける。「花を、たとえばハーマンとか、プルーデンスとか、セントポーリアの株のひとつを、で呼んでるのよ！　ディックって名前なんと、ディックって呼んでるの！」笑ったあと、つづける。「意地悪に聞こえるのはわかってる。おばはわたしを手伝ってくれていてね。五カ月前に赤ちゃんが生まれたときに、おばさんとマーヴィンおじさんがノースカロライナから来てくれたの。いま、かわいい写真を見せてあなたをうんざりさせるのはやめておくわね。でも、ジョリーンおばさんは〝一時的に〟移ってきただけだって言ってたわ」

「ほんとに？」すると、タラハシーにずっと住んでるわけじゃないのね？」

「最近まで、長いこと住んでなかった」

雑貨店でジョリーンが言っていた話とはちがう。

「あの、おばさんを訪ねていきたいんだけど……」

カキがわたしを見る。「わたしの家から出ていってくれると思う？」

「昔の家を買いもどす可能性もあるんじゃないかしら」わたしは言う。「ほら、修繕すれば……」

「わたしがそれを提案しなかったと思う？　ジョリーンおばさんとは意見がぶつかるの。赤ちゃんの世話をするには、わたしと一緒にいる必要があるって言うのよ。でも、ここだけの話、おばさんは自分のうちに住んで、わたしが仕事へ行くときだけ来てくれたら、そのほうがうんと楽なのよね」

「でも、ひょっとすると、ミスター・パーキンズが別の家をおばさんに――」

「エルバート・パーキンズ？　不動産屋の？　あの人とも意見がぶつかるの」

「そう」わたしは言う。「ところで、電話をかけてもいいと思う……それか訪ねていっても？」

「ひとつ条件があるの」カキが身を乗り出す。「どこか別の場所に住むよう、おばさんを説得してみてもらえない？　住所を教えるから」カキは立ちあがって、受付係から白紙の付箋を尋ねもしないで持ち出して、そこに走り書きをしてわたしに手渡す。「散らかってても気にしないで、あの人たちのせいだから。それと娘のアンバーに会って！　よろしく伝えてね」

「了解。ありがとう、カキ。いつ行けばいいとかある？」

「ない！　あの人たち二十四時間、週七日いるから。わたしの家を終末の砦か何かみたいに思ってる。マーヴィンおじさんはわたしの椅子にすわって、誓ってもいいけど、リモコンを手に持ってる。わたし、出産して以来、自分でチャンネルを替えたことないんだから」

　わたしはガラスのドアを押しあける。「わかったわ。会えてよかった」

「ええ、わたしも」カキはそう言って、建物の奥へ消える。

48

　その家は、ほどよい大きさの、近所の家と同じくよく手入れされたプレハブ建築で、十字模様のフェンスが一段高い小さなポーチを仕切り、正面では微風を受けてくるくると風車がまわっていた。博物館から程近く、森の反対側だ。わたしは鈍い音を立ててドアをノックする。一分後、横幅の広い小さな頭が黄色いカーテンを押し開く。ジョリーンだ。その目は見開かれている。カーテンがまた閉まって、ジョリーンが言った。

「どなた？」

「こんにちは、ミセス・ラビドー。ロニ・マローです。雑貨屋でこのあいだ会いましたよね」

　ドアがカチャリとあく。

「なんのご用？」

「少しお邪魔して、おしゃべりできたらなと思って」

ジョリーンが左を見て、右を見る。「だれかと一緒なの？」

「いいえ」

「どうやってわたしを見つけたわけ？」

「カキがどうぞって言ってくれたので」

「カキが？」ドアの側柱の隙間が半インチだけ広くなる。「そう……じゃ、はいってもらっても」ジョリーンはすばやくドアあけて、わたしがはいるとすぐに閉める。

男性の声が言う。「だれだい」

「だれでもないわ、マーヴィン！」そして、わたしに向かって言う。「すわったら？」通されたせまい居間には、短いカウチがひとつと大きな椅子がひとつある。カキの言ったとおりだった。小さな家のわりに、家具が多すぎる。セントポーリアの少なくとも一部が、本棚に並べられ、サイドテーブルに寄せ集められているのが見える。

「すてきなお花ね」わたしは言う。

「最高でしょう？」そう言って、はじめて笑顔を見せる。「気むずかしい花たちでね。気分が悪いときは知らせてくれるの」

床に、赤ん坊のおもちゃがいくつかと毛布が一枚ある。

「それで、なんの用？」ジョリーンはすわって、ベージュのニットのズボンの膝に手のひらを押しつける。

わたしは隣の椅子にすわる。「ただ立ち寄りたかっただけなんです」

「そう」

わたしは座席のクッションに身を沈める。ここに来たのは、わたしの父の死についてジョリーンが何か知っているか、ヘンリエッタがだれなのかを突き止めるためだ。

「ところで」わたしは言う。「しばらくこの町から離れていたんですよね？」ウォームアップだ。

　ジョリーンが動きを止めて考える。「カキはなんて言ったの？」

「ただ、赤ちゃんが生まれて手伝うためにやってきた、と」

「そうそう、あの子が目を覚ますまでちょっと待ってね！　アンバーちゃんはママにそっくりでね。とってもかわいいの。泣いているとき以外はね。それに、顔を歪めて、何か文句を言ってくるのよ」ジョリーンが声をあげて笑う。鼻に皺を寄せ、歯と歯を合わせて目を閉じるその笑い方をわたしは思い出す。

「母に会いに来ませんか、ミセス・ラビドー。ほんとうのところ、わたしがなぜここにいるのかはわからないけれど、母はあなたに会いたがるんじゃないかしら」

「テネキーの？」その目はまた大きく見開かれる。

「まあ……いつか、たぶんね」その気がないのがわかる。

「ミセス・ラビドー、テネキーの何かを恐れているんですか」

「わたしが？　そんなことないわよ！」

　ジョリーンがまた話をするまで、わたしは待つ。

「ただ、あわてて出ていったから。まだ怒ってる人がいるんじゃないかと……何も言わないで出ていったこと」

「なぜそんなに急いで出ていったんですか、ミセス・ラビドー」

「ええっと、マーヴィンが手術を受けてね、胆嚢の。それから別の仕事について、ほら、よくある話よ」

「でも、真夜中に出ていきましたよね？」

「いいえ」

「以前の家にもどりたくはないですか」

「いやだ、まさか」

わたしは口をあけるが、ジョリーンがつづける。

「ここにいるのは一時的なものでね。カキを手伝うためなのよ」

「だけど雑貨屋で話したとき、わたしが小さいころからミセス・ラビドーはずっとタラハシーに住んでるって言ってましたよね」

「そんなこと言ったっけ？」目が天井を向く。

なぜ前と話がちがうんだろう。

マーヴィンがナプキンを襟にたくしこんで戸口に現れる。がっしりした体格だが、首と胴まわりが太くて、灰色の髪を横で分けて流している。

「あんたは、どなたかね」漁業局の通信指令係だけでなく、ラジオ放送にも出演するべきだと以前から人に言われていた、よく響く低い声だ。デジタル化される前の時代、父さんとほかの局員にとってこの送受信無線がいかに重要だったかを思うとおかしな話だ。

ジョリーンが立ちあがる。「ねえ、マーヴィン、こちらはロニ・マロー。覚えてる？ ルースとボイド・マローを？」ジョリーンは父の名前をゆっくり発音する。

マーヴィンはわたしをじっと見る。「あんた、娘か」そう言ったあと、口をなかなか閉じない。

わたしはうなずく。

「くだらん」マーヴィンが言う。

「マーヴィン、もどってサンドイッチを食べ終えなさいな。それと、そんなこと言うもんじゃないわ」

「あの人のことと、あの人のことば遣いのことは気にしないで」ジョリーンの指がカウチの肘掛けにかかっているレースの敷物を弄ぶ。「あら、いま赤ちゃんの声が聞こえた気がする！」

わたしには何も聞こえない。

ジョリーンは立ちあがって出ていったあと、眠っている小さな赤ちゃんを腕にあやしながらもどってくる。

「アンバーよ！ こんにちは、アンバーです！」

もちろん赤ちゃんは小さくて何もできず、ただ毛糸玉がいっぱいついているような頭をふらふらさせながらじっとこっちを見つめてくる。あやして揺らされると、小さなアンバーはさらに焦点が合わなくなるだけだ。

「ごめんなさいね。赤ちゃんに食事をさせなくちゃ。でちゅよね、アンバー？　会えてほんとうによかったわ、ロニ。わたしたちに会ったこと、テネキーの人たちには言わないでね？」ジョリーンがわたしと目を合わせる。「さっきも言ったけど、気まずいから」

わたしはうなずきながら、立ちあがる。「あの、ミセス・ラビドー、ヘンリエッタっていう人覚えてますか。その人から手紙をもらったので……」

ジョリーンがまた目を皿のようにする。「あ、いいえ、とんでもない。心あたりがないわね」小さく弾むような足取りで、わたしを出口の方向へいざなう。

わたしは向きを変えて言う。「あの、帰る前に、ミスター・ラビドーにうかがってもいいですか……」ミスター・ラビドーがふたたび居間の出口に、こんどはナプキンなしで現れる。「ミスター・ラビドー。質問があるんです、ダン・ワトソンについて」わたしは事故の報告書を取り出す。「見てください、報告書に署名をして、こんな――」

「出ていけ」ミスター・ラビドーが言う。

「なんですか」

「出ていけと言ったんだ！」

わたしはジョリーンのほうを見る。ジョリーンは肩をすくめる。「とにかく、会えてよかったわ、ロニ。もうお帰りになったほうが……」そしてわたしをドアのほうへ向かわせる。それから、まず黄色いカーテンから外を確認したあと、ノブをまわして、わたしをそっと押し出す。「じゃあ、さようなら」そう言って、ドアを閉める。

わたしは外に立って、カーテンがあけたり閉めたりされたあと、動かなくなるまで見ている。それからふたたびドアをノックする。「ミセス・ラビドー！」力を入れて叩く。「ミセス・ラビドー！」

返事はない。

わたしは自分の車のところまで歩いてもどる。ミセス・ラビドーはまちがいなくヘンリエッタを知っている。否定の仕方から明らかだ。そして、ダン・ワトソンの名前は確実に、マーヴィンの感情を動かした。

ふたりは何を恐れているんだろう。

49

五月一日

じいちゃん御殿の駐車場に車を停めると同時に、電話が震える。セオからのメッセージだ。〝更新？〟セオは長いメッセージを打たない。

わたしは両方の親指を漂わせる。「進展がありました」返信を書く。「すぐもどります」

セオが向こうでタイピングしているのはわかっているけれど、待って待ってようやくメッセージが表示される。〝もう五月だけど〟

〝すぐもどります〟わたしはふたたび入力する。

残り数回の母との面会を明るいものにしようと決意

する。たとえ、わたしが望むようなあたたかみを母からは与えられないとしても。きょうは、一八〇〇年代にフロリダを訪れたバーハイトという人物の古い詩を持ってきた。わたしはそれを腋に抱え、中へはいる。

「ハイ、母さん！」

母は反応しない。

「母さん。来たよ！」

母はビニール製の椅子にすわって、アクアブルーのニットのアンサンブルを着ているが、ヴェルマのドレスショップのウィンドウを飾るマネキンのようなものだ。目はどこかわたしの先に据えられている。わたしはさらに何度か鎧《よろい》を貫こうとする。「母さん。母さん？」

反応なし。

明るくいつづけるのは、無意味なのだろう、と思う。天気のいい日でも——きょうは絶対にちがう——卓越風を変えることはほとんどできない。大人の対応は、試みをやめることかもしれない。

わたしは古いバーハイトをバッグにしまって、スケッチブックを取り出す。母を描いた未完成の絵を次々とめくる——ピアノに向かう背中、庭での後ろ姿、雨のなか物干し竿のところにいる若いころのルースの不正確な姿を何枚か。いまなおわたしは母のことをほんとうの意味では知らず、これからも知ることはないのだろう。

わたしはマリアマを探すが、マリアマはほかの入居者の対応で忙しく、わたしはコーヒーマシンでコーヒーを淹れ、クリーマーと砂糖を大量に入れる。これまでの経験から言うと、十分後に母の部屋へもどったら、なんの問題もないのかもしれない。でも、それまでのあいだ、どうすればいい？　バッグのなかには、読むべきではない母の日記がはいっている。わたしはロビーに置かれているクッションのついた椅子にすわり、日記を取り出す。

このページから聞こえる母の声は、実生活と同じくらい複雑だ。けれども、母がぼんやりとすわって、何も与えてくれないなら、わたしの手に入れられるのはこの日記だけなのかもしれない。

サークル状に配した植物は育ってきていて、タイムとレモンバームの一画はいまのところその形を保っている。わたしが最初に植えたまっすぐな畝とはいまはずいぶんちがう庭になり、ニンジン、タマネギ、キャベツが植わっている。母のローナは絹のスカーフを着けてやってきて、ボイドにも聞こえるような声で、あなた、農作業をやれと期待されているの、と言う。声を落としてくれと頼むが、母は大きな声のままつづける。ルース、田舎に引っ越すってことは、田舎者にならなきゃいけないってことじゃないのよ。

母は〝田舎者になる〟ことを、最大の侮辱と考えていた。

でも、わたしは自分が丹精したビアトリクス・ポター（ピーターラビットの生みの親）張りの畝に満足していた。ニンジンは胴枯病にやられてしまったが、タマネギは持ちこたえ、できたキャベツにはとんでもない使い道があることがわかった。キャベツの葉をブラの内側にあてるといい、とジョリーンが言った。母乳を滲みとるのだという。乳房に吸いついているはずの赤ちゃんのことを体が一秒も忘れさせまいとしているのか、胸がぱんぱんに張る痛みからどうしても解放されたくて、わたしはジョリーンの助言に従った。病院を出たあと、わたしとボイドは家にはいるのに耐えられず、ロニを母の家で降ろした。娘は——十歳なのに——泣き叫び、大騒ぎした——ママ！　ママ！　わたしは耳をふさがずにはいられなかった。

ボイドはわたしを釣り小屋に連れていったけれ

ど、釣りはしなかった。ふたりでカヌーに乗った。あたりは静かで、ただ恐ろしい鳥の声だけがした――その声が赤ちゃんの泣き声に聞こえた。夜になり、ボイドがベッドとベッドをくっつけているあいだに、わたしはブラジャーに手を入れて、萎びたキャベツの葉を、持ってきた新鮮な葉と取り替えた。わたしは母乳の滴る胸にそれを押しあて、ふたりで笑い飛ばそうとした。キャベツの葉なんて！　でも、不在の重さを取り除ける笑いなどなかった。夜になると、さっきの恐ろしい鳥がいきなり三回短く声をあげ、それが五回、六回とつづいた。むせび泣くような声を繰り返しあげる。切れ切れの眠りのなかで、その声をあげているのは赤ちゃんだった。転んだせいで死んだわけじゃなく、お乳を欲しがっていた。なぜわたしは授乳していなかったんだろう。そのうちに夢が変化し、泣き声をあげているのはロニで、母の家から呼んでいた。ママ！　ママ！　あたしのせいじゃない！

その先を見ないで、顔をあげる。あたしのせいじゃない？　〝転んだせいで死んだわけじゃなく〟と書いてあった。それをもう一度読む。ロビーのすぐ先に、ずっと知っていたはずなのに、知るのを拒んでいたことが、陥没孔のようにわたしを呑みこむ。わたしはどんどん落下していくアリスだ。暗闇のなかで断片的なイメージがまわりに現れる。ぺたんこのローファーが一足、奥へと足を踏み入れる。黄色い小さなウェリントンブーツが泥にはまっている。川の流れ、ぐらつく橋の板。湿地を歩いていこうとする十歳の少女。一歩、また一歩、目の高さの草が肌に刺さる。三歩目が沈む。引き抜こうとするけれど、もう一方の足も沈んでしまう。泥にからめとられる。一匹の蚊が耳のなかで音を立て、わたしの腕を刺す。

「ロニ！　ランチタイムよ！」

体をひねると、木の根元に母が見える。「ママ！　ここだよ！」

母があたりを見まわす。

「ここ！」

「ローナ・メイ・マロー！　何をしているの？」

母は小川の向こう側にいる。

「足を引き抜いて、そこから出てらっしゃい！」母は両手を腰にあてている。

「できない」

「ブーツの上を引っ張ってごらん」

試してみるが、がっちりはまってしまっている。

母は立ったまま、しばらくこちらをにらむ。それから、わたしが小川を渡るのに橋代わりに置いた板を渡りはじめる。母は最近急激に太ってきたため、板がぐらぐらする。母の靴が背後でパタパタ動く。母は綱渡りのようにして渡ってくる。

「両手を上に伸ばしなさい、ロニ、体を後ろに反らせて」母の両手がわたしの手をぎゅっとつかんで引く。わたしの足がブーツからすぽっと抜けて、湿った地面がショーツを濡らす。

「さあ、起きあがって、わたしのあとについて小川を渡るの」

母は板の上をもどるが、足を滑らせ、泥の土手をスローモーションで滑り落ちたあげく、川底にぶつかり、お腹のあたりまで水に浸かる。川は深くはない。わたしは助けようとして、顔からよろめきながら土手を滑りおりる。母は笑いを堪えている。ふたりともずぶ濡れになってその場にすわり、くすくす笑いはじめる。

でも、その二日後、強い痛みが母を襲った。母はジョリーンに電話をかけ、ジョリーンがマーヴィンに無線で父さんをつかまえてくれるよう頼んだ。父さんは庭で大きな声をあげ、母をトラックまで運んで、わたしにはラビドーさんのところへ行くように言った。そして、私道からすばやく出ていった。

わたしはジョリーン・ラビドーの家の、プラスチックと古い無線部品の強いにおいのする寝室で、なぜ両親はわたしを置いていったのだろうと思いながら、二日を過ごした。それから突然、祖母のローナの家で降ろされた。祖母は錬鉄製の網戸のそばに立っていた。

父さんは言った。「ママは具合が悪いんだ、ロニ・メイ。おまえのためにに月曜にもどるから」母は、わたしのほうを見ようとはしなかった。

「おいてかないで」わたしはそう言って、母を見た。「ママ」

でも、錬鉄製の網戸が枠に叩きつけられ、音を立てて閉まると、施錠された。

「ママ！」わたしは錬鉄をつかんで揺すりながら叫んだ。「ママ！」両親は歩き去り、母は振り返ろうとはしなかった。もう泣きわめく歳ではないとわかっていたけれど、わたしの泣き声は甲高く、ぐずぐずとつづいた。「ママ！」

二度と見たくないという思いから、こうした光景をわたしは深い井戸のなかに落としていたにちがいない。でも、それらは母の日記〝ガーデン〟のなかに親切にも現れた。どうしてこれまでこのつながりに気づかないでいられたのだろう。ここには、母の慎重な筆で、わたしたち家族の波乱に富んだ歴史が、まるで鍵のかかった金庫のタンブラーのように、それ相応の場所におさまっている。だからわたしはどうやっても母を喜ばせることができなかったのだ。母の小さな雛は巣から落ちた。わたしが押したからだ。

灰色の髪の痩せた男が、歩行器をわたしの足の爪先に走らせ、聖アグネスのロビーが現実となってもどってくる。わたしは座席から立ちあがるが、母の部屋にはもどらない。駐車場の明るく燃えるようなアスファルトまでよろめくように出て、その場から走り去る。色の褪せたシャッターがおりている、空っぽのラビドーの家を通り過ぎたあと、昔の自分の家、わたしが罪を犯した現場の私道に車を乗り入れる。

ミスター・メルドラムが奥からガーデニング用の手袋をはずしながら出てくる。白いTシャツを来た姿は、まるで卵のようだ。

わたしは汗ばむ両手をジーンズの横で拭きながら、車から降りる。「こんにちは」できるだけ平静でいようとする。「ちょっと通りかかったものだから……」

「ああ、きのうはフィルが来ましたよ。二階のちょっとした水漏れをなおしてくれて。お湯の栓がどうしても閉まらなくてね……」ミスター・メルドラムの頬がピンクに染まっている。

「ガーデニング中だったのね」わたしは感情をこめずに言う。

「そうなんだ。よかったら、裏へ見にいきましょう。日が落ちる前に、やることがたくさんある」

わたしはあとについていく。なぜわたしはここにいるんだろう。たぶん、川の流れと泥を見るため、自分の責任を確認するため。あるいはヒーリング効果のあるハーブを求めて、来たのかもしれない。

「アーリー・ガールズっていう品種をここに植えたんだ……」家の角を曲がると、ミスター・メルドラムは支柱に伝わせた貧相なトマトの蔓が並んでいるのを指さす。「で、こっちは唐辛子が四列」

「待って。ハーブの庭はどこに行っちゃったの？」母の作った秩序立った幾何学模様は土の山と化し、何本かだけ、植物が負けずに立っている。これは、ほんの数週間前に譲り渡した庭ではない。

「ああ、まあ、ロレインもぼくもハーブには疎くてね。どれがハーブでどれが雑草だかわからなかったんで」

「ああ」わたしは顔をそむける。「ひどい」

「どうしました？　具合でも悪いんですか」

「行かないと」わたしはぼそりと言いながら、よろよろと車のほうへ向かう。かつては自分の家だったものを振り返ったのち、ろくに見もしないで車をバックさせる。母の宝物はすべて、根っこから引き抜かれてしまった。母になんと言おう。〝なくなって残念ね〟？

いいや、何も言うまい。

50

五月二日

アパートメントのブラインドから朝日が差しこんでいる。わたしは腕で顔を覆って、洗っていないシーツに包まれ、死体のように横たわっている。頭のなかのロボットが言う。〝働け〟。わたしは無理やり置きあがり、ぐらぐらするフォーマイカのテーブルのほうへよろめきながら向かう。

鉛筆。何も描いてない紙。鳥の標本。死んだ木。外は、太陽がギラギラと照っている。頭のなかで稲光が走る。

描こう。フロリダ・カナダヅル。**最後の一羽。**

一本、線を引く。二本。三本。わたしは自分と交渉する。ベッドから出てさえいれば、テーブルに頭を乗っけててもいい。

わたしに必要なのは、自分を癒すことだ。庭からのヒーリング。でも、庭はなぎ倒され、焼かれてしまった。

壁の電話が鳴る。この番号を知っているのはだれだっけ？ 考えられない。また鳴る。三度。四度。バリトンの「もしもし」の声。前の住人は時代遅れな器具を使っていたようだ。「聞いたら――」ピーッと発信音が鳴る。「ハーイ、またエステル。携帯のほうに電話をかけたけど、あんた消音モードにしてるでしょ。聞いたら電話をちょうだい」

わたしが家で聞いている、とエステルはわかっている。エステルは鳥を欲しがっている。四羽。それも一本の木に留まっているのを。わたしはため息をつく。

また電話が鳴る。留守録がカチャリと音を発したのち、うなる。「もしもし、これを聞いたら――」テープがざわざわと鳴り、ピーッと発信音が鳴る。**電話をかけてくるのをやめて、エステル。**

一瞬の間。男性の声。「もしもし」また間があく。「ただ、きのうはどうしたのかな、と思って。てっきり一緒に……ちくしょう、留守番電話はきらいなんだ。今夜の予定が決まったら、電話してくれ」

わたしは顔をあげ、立ちあがって、壁まで歩いていって、受話器をとる。「アドレー」

「やあ」アドレーはそう言ったまま待っている。

わたしも待つ。

アドレーの声が言う。「それで、おれが……きみは……」

わたしは何も言わない。

「どういうこと？」長いトンネルの先から彼の声が言う。

「どういうこと？」わたしは繰り返す。

アドレーが待つ。

わたしは言う。「真実を話す？　それとも嘘がいい？」

「は？」中断。「ロニ、なんか変だぞ。あとでかけなおそうか」

「いいえ」わたしは重い受話器を支える。「あなたは嘘つきとは話したくないのよね」

「落ち着いて。何かトラブルに巻きこまれてるのかい？　そっちへ行こうか？」

「お願いだからやめて」

「ああ」一瞬だまる。「すまない、おれ、何かわかってないのかな」

「ええ」

アドレーは待つ。「おれを拒絶してるんだな？」

「そのようね」

長い沈黙が漂う。それからカチリと電話が切れる。

わたしはキッチンから出ていく。ペイズリー柄のラヴシートにすわる。数分が経つ。電話してきたタイミングが悪かった。取り返しがつかない。〝どういうこと？〟とアドレーは言った。どう答えればよかったんだろう。〝どうして母さんがわたしに我慢できないかがわかっただけ。でも、あなたはどうぞよい一日を〟

わたしはすわったまま、虚空をにらむ。雲の下にすわっているかのようだ。

〝草とりをしたの？〟母は言うだろう。ええそうなの、母さん。あの人たち、草とりをしたの。忌々しい雑草をすっかり取り除いたのよ。

エステルがまた電話をしてきて、宙に向かって話す。「ロニ、ごめん。同じ木に四羽描かなくてもいいから。とにかく、電話をちょうだい。お願いだから怒らないで」エステルは、仕事と友情は別物と言っていたのに、いっしょくたにしている。気の毒なエステル。そんなふうに気にしなくていいのに。

わたしはまだパジャマを着ている。また自分と交渉する。スケッチブックを持ちこみさえすれば、ベッドにもどってもいい。

枕に寄りかかって、鉛筆を握り、目を閉じる。描かなくちゃいけない、とは決めなかった。

数分後、目をあけて、手を動かす。線が鳥の輪郭を成しはじめる――泳げて、歩けて、飛べる鳥だ。エステルのためじゃない。自分のためだけに描く絵。翼を乾かすためにマントのようにひろげ、嘴を上に向けて留まっている。水、地、空。ヘビウ。自然界の要素のなかに恐れるものがない鳥。

新しい白紙のページ。赤く後退した生え際。尻の羽をせわしなく動かす。丈の低い切株だらけの草地で踊るフロリダ・カナダヅル。どこに属しているんだろうか。

またページをめくる。頭より先に手が動く。四羽の鳥、同じページ。エボシクマゲラ。ハクトウワシ。アオサギ。カナダヅル。それぞれがそれぞれの生息地に。

細かいところを描いてジズを加える。

頭を後ろへ倒す。少なくともひとつは、なんとかできた。

しばらくは暗闇。それから、両目が細く開く。ふたたび動く手。一枚の大きくてぎざぎざの葉、棘のある茎、青い花。〝ルリヂサは勇気をくれる〟。それからノコギリ状の葉。レモンバーム。〝面倒な心痛をすべて和らげる〟。カレンデュラ――〝心臓の震えを治す〟。ひょっとしたらその薬効が、描くわたしの手の細胞壁を通過するかもしれない。

植物たちは設計図どおりに、幾何学的に配置された庭へと成長する。わたしはベッドの脇で、カサカサ鳴っているハーブを参考にする。カモミール、キャットミント、ギシギシ。ラテン語では、マトリカリア・カモミラ、ネペタ・X・ファーセニイ、ルメクス・アケトサ。わたしはベッドから出て、色鉛筆を持ってもどる。

土のにおいが室内を満たしている。根と花と土壌。腐敗と再生。マレイン、コンフリー、コストマリー、ナツシロギク、カッコウチョロギ。わたしは土の下、バーベナとラヴェンダーの下に沈み、描きながら下降していく。

一日じゅう作業をする。本とスケッチのなかで眠りに落ち、夜に目を覚まして、それらを脇に押しのける。太陽がもどってくると、さらに描く。電話が鳴り、留守録の電子音が鳴っても、耳を貸さない。描きつづける。母が失ったものの一部を、母に渡そう。

真夜中、今夜は眠らないだろう。

ブラインドの隙間から太陽が茜色に輝きはじめると、シャワーを浴びる。着替えをする。車を南へ走らせる。一昼夜にわたる不眠ゆえの喉の渇きと、目の痛み、心臓の高鳴りを味わう。窓をあける。助手席に置いた、重厚なフォリオにはさまれた絵に手でふれる。これらの絵は飛ばないにちがいない。これは新しい〝ガーデン〟の本だ。ふさわしい持ち主のために作られた本。でも、その前に一カ所立ち寄らないと。わたしが壊したものをなおすために。

わたしは呼吸する。「壊してしまったから……わたしの大切なものを」

「そう」アドレーは動かない。

わたしは頭を何度も上下に動かしてうなずく。

「それで、きみは何について嘘をついてたんだ」アドレーが言う。

「えっ？」

「自分のことを嘘つきだって言ってただろ。ひとつ大きな嘘をついたのか、それとも小さな嘘をたくさんなのか」彼の金庫にダイナマイトを仕掛けようとする銀行強盗を見るかのような、険しい目つきをわたしに向ける。

「ねえ、だれもが嘘をつくのよ。あなただけが、わたしの知ってる真実の支柱なの」

「おれと、おれの連れになる女性だけだ」

うっ。「わかったわ、ここへ来たのは謝るため。なぜなら、あなたが電話をかけてきたとき、わたしは動

51

五月四日

アドレーが玄関に立ち、わたしは外にいる。アドレーはまだひげを剃っていない。Tシャツは皺だらけだ。着替えずに眠ったんだろうか。

「ハロー」アドレーの態度が堅苦しい。

「ハイ」

アドレーは待つ。

「あなたが仕事をはじめる前に会いたくて」わたしは言う。

アドレーは木のポーチの二フィート先にいる。「で、ここへはどうして？」

揺していたの……別のことで」

アドレーがきびしい目で見つめる。

「それでこう思ったの。ぺこぺこ謝りにきたら、まだ……考えなおしてくれるんじゃ――」

「何について嘘をついてたんだ」門番のように立っている。

「何について嘘をついてたか。住所について嘘をついてたの」

「というと?」

「実際には、ここ……フロリダには住んでない」

アドレーは首を横に向け、それからわたしに向きなおる。「それじゃ、どこに住んでるんだ?」

「ワシントン」

「ああ。つまり、借りた車じゃなかったわけだ。そっちに住んでるんだ、普段は」

わたしはうなずく。

「わかった。きみはいわゆる冒険家なんだな」

「え?」

「そしておれは冒険の一部、ってことか」

「待って。ちがう。そんなつもりじゃ……」

アドレーの目の奥で、ぴしゃりとドアが閉まる。

わたしは口ごもる。「ちがうの……わからないと思うけど……わたしはそんな……」

アドレーの沈黙は鏡だ。腕を振り回し、顔を赤らめ、髪はぼさぼさな自分が見える。

「バイバイ、ロニ」アドレーはそう言って、家のなかへはいり、静かにカチリと音を立ててドアを閉める。

わたしは少しのあいだその場に立っていたが、背を向けてポーチの階段をおりる。**ああもう。**車にもどるまでずっと、わたしは磁力を持った男性を失った自分に悪態をつく。

運転席側のドアまで行って立ち止まり、顔をあげる。だめだ。壁を叩いて、窓に向かって叫び、大騒ぎしないと。好きにならないようにしていたと彼に話せばいいい。でも、何を言ったって無駄だろう。車のドアをあけて、乗りこみ、すばやく走り去る。ブロックを半分ほどくだったとき、助手席の、絵のフォルダーが置いてある隣で電話が震える。〝もどってきてくれ〟とアドレーがかけてきたのかもしれない。わたしは道路から目を離さない。「もしもし」わたしは言う。

「やあ、朝食の約束忘れたのかい」

アドレーではない。フィルだ。「え？」ちょっと時間をかけて言う。「朝食？　いいえ、もちろん忘れてないわ」実はすっかり忘れていた。

「ぼくもう〈エッグ・ハウス〉にいるから。どのくらいで来れる？」

「そうね、もう角を曲がったら着くわ」わたしは嘘をつく。

「わかった、じゃああと一分待ってるよ」

なんにせよ、行くところがあるのはいいことだ。わたしは〈エッグ・ハウス〉の前に車を停めて、急いで中にはいり、思ったより大きな音を立ててドアを閉める。店内を見渡す。フィルが立ちあがって手を振る。わたしはそこへ行って、大きなハグをする。フィルはそのハグをどうするべきなのかわからない。揃って着席する。

サービスは迅速で、わたしは数分以内に、パンケーキと卵を頬張っている。

フィルがわたしをまじまじと見て言う。「だいじょうぶかい、ロニ」

「ああ、ごめん。ゆうべ食事をし忘れたものだから」たぶん、きのう一日ずっとだ。

「そうか」

「なんで？　わたし、どっか変？」

「いや、別に」フィルは小さくて上品なサンドイッチを持ちあげる。ソーセージ、チーズ、卵、パンがひと口で食べられるようになっているので、皿の上で何かを小突きまわす必要がない。よく嚙んでそれを呑みこんでから言う。「あのさ、例の住所持ってるんだ、ほら、パナマシティの。タミーに言われてね、ミセス・シャペルの家までの地図をプリントアウトするようにって」

　フィルが紙切れをわたしの皿のほうへ押しやる。細かく道が示されている。「いきなり行くのがいいかもね、先に連絡しとくんじゃなくて」

　わたしはため息をつく。「ああ、それ」でも、その紙には手をふれない。

　レストランのドアが勢いよく開いて、四角い光が差しこみ、クルーカットの小さな男の子がわたしたちのテーブルに向かって突進してくる。「父さん！」ボビーがフィルに向かって体を投げ出す。

　その後ろで、タミーがカツカツとヒールの音をさせる。「ミニット・クリニックから来たところ。息子の喉がどうしてあんなに赤かったかわかる？　ヘッドボードのそばにキャンディを隠し持ってたの、この子。家にもどったら、どこに隠したか、ちゃんと教えてくれるのよね。でしょ、ボビー？」

　ボビーがわたしを見てから母親を見て、うなずく。

　タミーがわたしの皿のそばの地図に目をやって言う。「すると、ようやく約束を守る気になったわけね」

　わたしは地図をバッグにしまう。「ええ」

　タミーがボビーを学校へ送っていったので、わたしは勘定書に手を伸ばす。

　フィルが言う。「お願いがあるんだけど」

　わたしは顔をあげる。フィルとタミーはわたしのために、不可能に近いどんな新しい務めを考えついたのだろう。

「母さんと喧嘩しないようにできる？」

　わたしは背筋を正して、息を吐き出す。

　フィルは待つ。

「フィル、母さんと会うたびに、喧嘩しないようにしてるって思わない？　喧嘩なんてしたくないの。でも、母さんは楽しんでるように見える節もあるのよ」

「ねえ、母さんの立場になったら、怒りっぽくもなるだろ」

「どうもありがと。母さんの目から見たあなたは、何も悪いことをしたことがない優等生だからね」

「ロニが家を出てから、母さんはぼくにきつくあたったんだよ」

「お願いやめて」

「まあ、母さんはたくさん不満をかかえていた。夫を亡くし、女手ひとつでぼくを育てて、キーキーうるさいバンドのクラスを教えなくちゃいけなかったんだからね」

「家に帰ってくると、いつも機嫌が悪かった」

「かならずしもぼくに甘いわけじゃなかったけど、ある時点でぼくはそれを気に病みすぎないようにしたんだ」

「ずいぶん大人なのね」

「ともかく、ロニが帰省するたびに、まるで静電気を帯びた二匹の猫が、擦れ違いざまに跳びすさり、毛を逆立てているような姿を見てきた。それで、ふたりみたいな関係は望まないと決めたんだ」空っぽの皿をフォークで叩く。「そしていま母さんは……わかるだろ――」

「失いつつある」

フィルがうなずく。

かわいそうなフィル。自分が大人になったことを自覚するのはむずかしいことだと思っていた。フィルは成人してまだ数年なのに、母親が衰えていくのを見ている。

「お願いしてるのは」フィルが言う。「努力してほしいってことだけだ」

わたしは頭を上下に振って言う。「わかった」

フィルが仕事にもどり、わたしが勘定書をフロントに持っていく。〈エッグ・ハウス〉のドアから出るとき、すごく背の低い人が近寄ってくる。ジョリーン・ラビドーだ。

「あの若い男性は、あなたの弟さん？」ジョリーンが言う。そしてずんぐりした小さな手でわたしの前腕をつかむ。

「ええ、そうです」わたしは言う。

「あの法律事務所で働いてるのよね？」

「まあ、オフィススペースをシェアして……ええと……お元気ですか、ミセス・ラビドー。お会いできてよかった」

ジョリーンは左を見て、それから右を見る。「あたしたちの家は荒らされたの、知ってのとおり。何かを調べたいなら、あたしたちの家を調べてみることね。インヴェストメンツ・インク、怪しいわ」

「ほんとうに？　いまはだれが所有してるの？」

「悪党一味よ。あの家を買って、荒らしたの」

「なるほど。ミスター・バーバーが言っていたのはそういう――」

「ネルソン・バーバー？」ジョリーンの爪がわたしの腕に食いこむ。

「そう。あ、しまった」

「どこで会ったの？」目が点になっている。

「それは……」

「いいわ、やっぱり言わないで。あたしは何も知りたくない。ただ通りかかって、弁護士の弟さんと一緒のあなたを見かけたから……」

「弁護士じゃ――」

「それと、うちのマーヴィンのことは気にしないでと言いたかったの。あの人、動脈の病気があるでしょ。だから、ああしろこうしろといつも言っちゃいけないの。いままでも言うべきじゃなかったと思ってる。あたしを見たこと、だれにも言わないで」ジョリーンが背を向けると、前腕にかけたハンドバッグが後ろに揺れる。

「え？　なんでだめなんですか」

ジョリーンが振り返る。「理由なんてないわよ！　ただ時が過ぎるのを待つだけ。じゃあさよなら」

「でも、ミセス・ラビドー！」わたしはあとを追いかける。ジョリーンは小柄な体と年齢のわりに、歩くのが速い。「ミセス・ラビドー！」

わたしはジョリーンに追いつくが、マーヴィンがビュイックを走らせていて、ジョリーンがその車に乗りこむ。

「ほんとうに」わたしは言う。「どうしても知りたいことがあって。少しでいいので――」

「さよなら！」ジョリーンがもう一度言い、マーヴィンが車で走り去ろうとする。

わたしは自分が何をしているのか頭で考える前に、後部座席のドアをあけて、中に乗りこむ。マーヴィンがスピードを増すが、ドアは閉まっていないままだ。

「何しやがんだ」マーヴィンが叫ぶ。

わたしはドアを閉めて、前部座席のほうを向く。

「ミセス・ラビドー、ヘンリエッタというのはだれなのか、教えてください」

「知らないわ、ヘンリエッタなんて！」ジョリーンが叫ぶ。

「知ってるんでしょ」

マーヴィンが道路から首をそらし、わたしのほうを向く。「ほうり出される前に、この車から降りろ！」

車が蛇行し、ジョリーンが悲鳴をあげる。マーヴィンが前を見る。

「どうして引っ越したんです？」

ジョリーンが言う。「あなたはあたしたちを殺すつもりなの！」

マーヴィンはジョリーンに視線を向ける。「おい、だまってろ！」

ジョリーンが夫を見る。「だまるもんですか！　この人、あたしたちを殺すつもりなのかもしれないわ。

あの人たちの仲間かも。あの家にはいっていくのを見たもの」

「なんの話？」わたしは言う。「ねえ、わたしは父がどんなふうに亡くなったのかを知りたいだけ」

ジョリーンは息を呑み、口をあけてこっちを見る。

マーヴィンがジョリーンに言う。「口を閉じておくんだ、ジョリーン。だからもどるべきじゃないと言ったんだ！　あの弁護士の弟も、ぐるかもしれん。おれたちを助けてくれるわけなんてないさ」

「ミスター・ラビドー、いったい何を恐れているんです？」

マーヴィンがブレーキを踏み、ビュイックが尻を振る。マーヴィンはシートの下から拳銃を取り出す。「車から降りろ。さもないと、その馬鹿頭を撃つ。おれは何も恐れてなんていねえ。勝手に臆病者呼ばわりするがいい。さあ、降りろ」

わたしはドアをあける。「ねえ、これはちょっとやりすぎよ」

「降りろ」マーヴィンが銃を構えながら言う。

わたしは人気《ひとけ》のない道端で車を降りる。

スピードをあげて走り去るあいだ、ジョーリンはこちらを振り返っていた。

52

やってきた方向へ二十分ほど歩いてもどる。文明の痕跡が見えない。車に乗っていたあいだはほんの数分に感じたが、道中の騒ぎに気をとられ、ミスター・ラビドーがどこで角を曲がったのか見ていなかった。ここは野生生物保護区のどこかにちがいない。松の木に囲まれたこの細い道に見覚えはない。

きょうでなければ、歩き通せるのだけれど、ゆうべは眠っていなかったし、私生活は荒れ、銃を持った男に脅されたばかりだ。頭のてっぺんを熱がガンガン殴る。それでも、わたしは動きつづける。

はるか後方から、車の音が聞こえる。裸で見つかったヒッチハイカーや、体の一部が森のなかに埋まった状態で発見されたヒッチハイカーたちの恐ろしい話は知っていたが、それでも後ろを向いて、親指を立てた。見分けはつかなかったけれど、車が近づいてきて速度を落とした時、わたしは手をおろして、にっこり笑う。車は漁業局のサバーバンで、ハンドルの後ろに、よく知っている顔があったからだ。

わたしは車に乗りこむ。「シャペル局長、助かりました！　ここがあなたのパトロールエリアでほんとうによかった」

「ロニ・メイ、どうしてこんなところを歩いてるんだ？」

「ちょっと……ジョリーンとマーヴィン・ラビドーと手荒な出会いがあって」

前輪が車道に出たところで、シャペルは車を止める。「あのふたり、町にもどってきてるのか」視線をバックミラー、そしてサイドミラーへ注ぐ。「ほう、それはいいニュースだ」シャペルがアクセルを踏む。「あのマーヴィンのことは昔から好きなんだ。何か健康上の問題をかかえていなかったかな」

「ええ、たぶん」

「マーヴィンな。ワニが絶滅の危機にさらされるようになるずっと前に、マーヴィンはワニ狩りをしていたんだ。むろん、ただの趣味でね」笑みを浮かべる。

「いまもまだやっているってことはないだろうが」

「でしょうね」

「それで、マーヴィンはなんて言ってた？」シャペル局長はわめき立てている無線の音量をさげる。

「それが、わたしといるのがうれしくなかったみたいで」

「そうなのかい」

「いくつか質問をしたんです、あの、シャペル局長とわたしで話していたことについて。つまり、わたしの父について」

タイヤが舗装道路でうなりをあげる。「それでマーヴィンは何を話したんだ？」

「たいして」

シャペルがうなずく。両手はハンドルの上にある。わたしのすわっているところから見ると、シャペルの顔の傷はすっかり治っているようだ。

「具合はどうですか。ずいぶんましに見えますけど」

シャペルはただうなずく。

わたしは言う。「マーヴィンにダン・ワトソンのことを訊こうとしたの。ワトソンが提出した報告書のこととか。でも、ミスター・ラビドーは——」

「ワトソン？」その名前を聞いて驚いたようだ。シャペルはハンドルに身を乗り出し、それからすわりなおす。

「ええ、あの報告書を見たのは、あなたが……失神の……発作を起こしたあとじゃなかったかな。実は……まあ、もし見たいなら、たしかいま持ってたと思う。ワトソンが嘘の報告書を提出したのかどうか、ミスター・ラビドーに訊きたかっただけなんですけど」

「ダン・ワトソンは立派な局員だった、きみのお父さんと同じでね。しかも、お父さんと同じように、勤務中に亡くなった」

「あら、シャペル局長、待ってください。父が勤務中に死んだのでないことは、お互い承知してますよね」

パルメットヤシが次々と後ろへ流れていく。

「実のところ、きみは自分が何を知ってると思ってるんだ、ロニ・メイ」シャペルはほんの一瞬、道路から目を離す。

「すべてを」わたしは言うが、真実とは程遠い。

制服のシャツに汗滲みができている。「いいかい、きみのお父さんがしたことは、きみたち子供のためだったんだ」

「どうしてそんなことが言えるの？」

長い沈黙がおりる。シャペル局長は答えないけれど、片頬の筋肉が引き攣っている。

しまいに、わたしが口を開く。「ただひとつ、ほんとうに混乱しているのは、ダニエル・ワトソンの報告書の件で、それが——」

「なんの報告書の話をしてるんだ？」

二枚のシートをホチキスで留めたものが、バッグの底にまだはいっている。わたしがそれを取り出すと、シャペル局長はスピードを落とし、松葉の積もった路肩に車を寄せる。胸ポケットを叩いて老眼鏡を探し、それをかけて、古代シュメール語で書かれた物でも見るように調べる。

まだ大自然に囲まれたままで、わたしは方向感覚を取りもどせていない。シャペル局長が小声で何やらつぶやく。

「なんですか」わたしはシャペルのほうを見る。

シャペルは紙を握って言う。「どこで手に入れたのか知らんがね、ロニ、これは不正だ。ダン・ワトソンははるか昔に亡くなって、墓に埋められているんだからね」書類を置いて、車のギアを入れる。

わたしはそれを元どおり折り畳む。「でも、ミスター・ハプステッドが言うには――」

「ハプステッド?」シャペルは車を道路へもどしながら、わたしを見る。

「ええ。ミスター・ハプステッド、葬儀場の。あの人、父さんの頭に傷があったことを覚えていたんです。それは正しいかもしれないでしょ?」

「おいおい、今回の訪問でえらくおおぜいと遭遇したもんだな」バックミラーでちらっとこちらを見る。

「思うに……もうずっと昔のことで、細かいところまですべて思い出せるわけじゃないんだよ。お父さんがボートから落ちたことはお互い了解してると思う。そのとき頭を打った……んじゃないかな。考えるのもつらいことだが」シャペルはもう少し車を走らせたあと、未舗装の道にはいる。「ここで確認しなくちゃならないことがあってね、かまわないかな」

「ええ、もちろんどうぞ」しばらく進むと、木々が減って、開けた土地と水辺に出る。シャペル局長が車から降りる。

「ここに違法な罠が仕掛けられてるって通報があったんだ」シャペルはあたりを歩きながらそのエリアを調べる。

わたしは立ちあがり、また別の水路へつづく池を調べる。自分がどこにいるのかわかればいいのに、と思う。カヌーに乗った人が池にやってきて、わたしは手を振る。アドレーだったりしないだろうか。二分の一秒、心臓が高鳴る。その人がこっちに漕いできて、アドレーではないとわかる。でも、その人は岸まで近づいてくる。わたしは言う。「いい日和ですね」

「ああ、日陰にいればね」その男性が言う。大きな庇のついたカーキ色の帽子をかぶっている。

シャペル局長がわたしの背後で言う。「くそったれ」

こんなふうにシャペルが罵るのを、一度も聞いたことがない気がする。

「行こう」声がきびしい。

「罠はなかったの？」わたしは言う。

「え？　ああ。罠はなかった。ただ、カヌーに乗ったいけ好かない男がいただけだ」この場の何かがシャペルをひどく苛立たせたようだ。それは偽の情報なのかもしれない。わたしは滑るようにサバーバンに乗って、シートから事故報告書をとってバッグの奥にしまう。

〈エッグ・ハウス〉にもどり、わたしの車のそばに車を止めるころには、シャペル局長はいつもの彼にもどっているようだった。車をアイドリングさせて言う。

「なあ、ロニ・メイ、きみがお父さんの件についてまだ疑問をかかえてるのはわかってる。たぶん、それはいつまで経っても変わらない。むろん、きみのお父さんは気分にむらがあった。たとえあの日、あの週、あの瞬間、お父さんひどく落ちこんでいたとしても、わたしには知らせてくれなかった。止められたらどんなによかったかと思っている。きみのお母さんもたぶん、同じように思っているだろう。きみだって、あの日、お父さんの運命を変えられたかもしれない、家にいてくれと頼むことはできたかもしれないんだ」

痛いところを。

「スティーヴィーが死んだ日、家にいろと頼んだようにな。でも、何度も同じ質問を繰り返しつづけることは、健康的とは言えない」

「だけど、ダン・ワトソンの……報告書を読むかぎりでは――」

「ダニーも気の毒に。あいにく、ダニーも人生のページを閉じた。安らかに眠ってくれ」

〝なぜ〟という質問に答えてさえもらえるのなら、この漁業局の車にいつまでだって居すわりつづけただろう。

「わたしがお父さんのことを考えてるように、きみにも思ってほしいんだ、ロニ・メイ。最後まで、実に正々堂々とした男だった」

わたしは手を伸ばしてハグをする。「父さんの友達でいてくださってありがとう」そう言って、車から降りる。

53

バックミラーに見える、ツンツンしたパルメットヤシの光景が遠ざかる。たぶん、シャペル局長の言うことが正しいのだろう。すべてをそのままにして、答えの出ない状態で妥協すべきなのかもしれない。絵をはさんだあの小さなフォルダーが、助手席に置いてある。わたしはあんなに慌てて母さんのもとに絵を届けようとしていた。まるで、愚かな思いつきになんらかの効果があるかのように。だけど、母もまた、答えの出ない状態なのだ。

そろそろ、整然とした自分のオフィスにもどる頃合いだ。色相環に並べられた絵の具と、それぞれの好奇心をやり甲斐のある追究に向ける人たちのもとへ。ワシントンでは、過去は関係ないため、過去はわたしを見つけられない。エステルに最後の絵を届けて、母の荷物の残りを処分し、さよならを言ったら、本物の自分の世界にもどれる。

アパートメントのドアをあけたとき、なんの気なしに大型の封筒を蹴ってしまい、それがラヴシートの下に滑りこむ。封筒の表には、こう走り書きされている。

〝二、三修正をお願い。悪く思わないで。エステル〟

エステルの望む変更箇所をざっと見て、封筒をキッチンテーブルに置く。このぐらぐらするテーブル、窓から投げ捨てたいくらいだ。でも、あとほんの少しだけ頑張ってもらわなくては。わたしはぐらつきをもう一度なおしてから、紙を山積みにして、すわって作業にかかる。

コレクションはほんとうにやりたくない。だけど、これにけりをつければ、ここから去れる。

ナンバー一。ミノゴイ。羽根つき帽子をかぶった女性教師のようだと思う。〝頭の羽根を短くして、翼の模様をはっきりさせてください〟。指示どおりにする。別に反論はしない。羽のツイード状のクロスハッチングを細かくし、頭の羽根を後ろへ流す。

それから、携帯電話をチェックする。留守録なし、メッセージなし。立ちあがって、不格好な留守番電話機の再生ボタンを押す。何も録音されていない。アドレーの家を出てから十三回ほど、彼の番号の一部をダイヤルした。でも、ティーンエージャーでいるのはもうやめにしよう。わたしはもうすぐ町を出る。もうおしまい。自分にふさわしくない人と出会い、たくさんキスをした、それだけのこと。ワシントンへもどれば、彼のことも忘れるだろう。

コレクションの作業をして、しばらくしてから腕時計に目をやる。作業をしていたのはほんの一分のような気がするが、何時間も経っている。次の作品に移る。ヤマセミだ。〝胸をひろげてください〟

大きなブザー音がアパートメントを揺らし、それから止まる。それが繰り返される。**何事？**　そのとき理解する。何もないこのアパートメントに何週間も住んでいるのに、ひとりの隣人にも会わなかったし、荷物のひとつも注文しなかった。エステルがやってきたときは、あけっ放しの保護ドアからするりとはいってきた。つまり、だれひとり、2Cの部屋のベルを押していないのだ。わたしはこれまで沈黙していたインターフォンを見つけて、そこに向かって話す。

「はい」

「フランクだ。中に入れてもらえるかな」

「部屋をおまちがえじゃないですか」

わたしはテーブルへもどる。ブザーの音がまた鳴る。たぶんこの侵入者は、だれかが入れてくれるまで、ベルというベルを押しつづけるのだろう。わたしは歩いていって、インターフォンに言う。「あの、まちがえてますよ。2Cのベルを押してます」

「ロニ・メイ、フランク・シャペルだ。中に入れてくれ」

「あれ！　シャペル局長？　え？……」押すべきボタンを探したが、見あたらないようなので、インターコムに言う。「ちょっと待ってください」さっと靴を履き、鍵を持って、階段をおりはじめる。シャペル局長がここで何をしてるんだろう。どうしてここの住所を……わたしが言ったのだ。そう――局長の家の庭で。「カルフーン・ストリートのすぐそば……なぜか〝キャピトルパーク〟って名前の建物に。緑豊かな草地か、七階建てのガレージみたいな名前ですよね」と。そして言うまでもなく、一階の郵便受けにわたしの名前が記されている。〝L・マロー、2C〟

わたしは玄関のガラス戸越しに手を振る。

「やあ、ダーリン！」シャペルが笑顔で言い、わたしは内側のドアの錠をはずす。シャペルは漁業局の制服からアイロンの効いたストライプのシャツとカーキ色のズボンに着替えている。

「いらっしゃい！」わたしは言う。「会いにきてくれるなんて驚きです！」

「やあ、ロニ・メイ。けさ話したことについて考えていて、いずれにしても車でここに来る用があったんで、寄らせてもらってもいいかなと思って」

「全然かまいません。どうぞあがって！　わたしこそ予告もなしに何度も訪ねてしまって。そんなにタラハシーに来る用があるとは知りませんでした」

シャペルが階段をのぼる足どりは、わたしのものより遅い。「ああ、こっちでふたつほど州の委員会があってね」

「まあ」階段の上に着く。「きょうも会議が？」

シャペルはうなずく。「四時にはじまるんだ。退屈な会議だよ」微笑んでつづける。「しかし、きみの顔を一日に二度も見れると、気持ちが和らぐよ」

アパートメントのドアをあける前に、わたしは言う。「ほんとになんにもない部屋で。前の住人が残していった家具だけでなんとかやってるんです」鍵をまわす。「飲み物は……水でかまいませんか。ごめんなさい、冷蔵庫にあまり物がはいってなくて」

「水でいいよ、ロニ・メイ」

そのニックネームを呼ばれることがもうないといいのだけれど。わたしは水を注ごうとせまいキッチンにはいっていって、冷蔵庫からピッチャーを取り出すときに、若い時分のシャペルの顔が見える。シャペルが父さんを表彰したときの新聞の切り抜きを描いた絵が、小さなプラスチック付きのマグネットで冷蔵庫に留めてある。そしてその隣には、レシートの裏に書かれた父の手書きのメモ。

フランク＞エルバート＞ダン
ウォーキートーキー
ほかにだれが？

わたしはペイズリー柄のラヴシートにすわるシャペルを見やる。

シャペルが言う。「うん、はじめて結婚したとき、ヘンリエッタとわたしもこういう小さなアパートメントに住んだんだ」

わたしはピッチャーから水を注ぐ。「ヘンリエッタ？」グラスからシャペル局長に視線を移す。「リタっていうのは……」カウンターを拭き、グラスをぬぐったのち、それをシャペルのもとに持っていく。

「ああ、リタだ。ヘンリエッタを縮めてね。若いころ、彼女、髪が長くて、自分でもリタ・クーリッジに似てるって思ってたんだ――ほら、地元出身の歌手。わたしたちよりふたつみっつ歳上の」シャペルはグラスから水を飲み、コーヒーテーブルを探して周囲を見まわしたのち、グラスを床に置く。「でも、まあ、何もかも変わってしまった。彼女、いまはフルネームにもどしてるとか。つまり、元妻だがね。いまは意地の悪い妙な話しかしないよ」

ヘンリエッタの署名が目の奥に浮かぶ。シャペルがソファの自分の隣を軽く叩く。

わたしはそこにはすわらず、キッチンのテーブルからプラスチックの椅子を持ってきて、シャペルの向かいに据える。**ヘンリエッタがシャペルの妻だなんて。**

わたしは言う。「ヘンリエッタは――」

「世界を牛耳るビッチだな、汚いことばで失礼」

わたしは男性がその単語を使うのがきらいだ。「そう。それで……あの……あなたは……ここの委員会のメンバーなんですか」

「ああ、州の免許交付委員会みたいなもののね。定年が近くなって、局はおれが意欲的に脳を働かせるように、学ぶ材料を与えてるんだろうな」

わたしはうなずく。**ヘンリエッタは、シャペル局長を置いて出ていった人だ。子供たちを引き連れて。**

シャペル局長が横を向き、口元を引き締めて言う。

「ロニ・メイ、悪いと思ってるんだ。きみからずっと質問をされて、答えをはぐらかしてきたから」

わたしは何も言わない。

「いい話ではない。これっぽっちもな。でも、けさ、きみを降ろしたあと、考えたんだ。たぶん、きみには知る権利があった」シャペルが深呼吸する。「わたし自身、知らなければよかったと思ってる。でも、結局、きみのお父さんがわたしの命を救ってくれた。そのことをこれからもずっと感謝しつづけるだろう。つまるところ、きみのお父さんは英雄だった」

「英雄？　意味がわかりません」

「それは、何が起こっていたかきみが知らなかったからだ。感謝するんだね。きみは幼くて、知らないほうがよかったんだ」

ヘンリエッタの手紙にこう書いてあった。〝ボイドの死についてあなたに話しておかなくてはいけないことがあります〟

「きみに話すのはつらいんだよ、ハニー。言ったとおり、きみのお父さんがしたことは、きみたち子供のためだったんだ。少なくとも、そうであってほしい、ただ欲のためではなかった、とわたしは思いたい」

「どういう意味？」

シャペルは深く息を吸いこむ。「きみのお父さんとあの蛇みたいな男ネルソン・バーバーは、わたしたち法執行機関の人間がクズと呼ぶ連中と取引をしていた。世に言う麻薬の売人と。低空飛行の飛行機が湿地に荷の梱を落としていって、連中がそれを回収するんだ」

あの梱だ。「つまり、父さんは――」

「いいや、ハニー。ボイドはただ見ていただけで、わたしは連中を止めなかった。わたしも当局の人間も」

わたしはプラスチックの椅子の肘掛けをつかむ。

「それだけだ。きみのお父さんはそれ以上関わっていなかった。だが、バーバーのほうはどっぷり浸かっていて、おそらくきみのお父さんを誘ったんだろう」

わたしはシャペルの顎の筋肉に注目する。顎に力がはいって、抜ける。そしてまた力がはいる。

「お父さんを責めないでくれ、ハニー。さっきも言ったとおり、まちがったことだとお父さんはわかっていた。でも、きみたちのために、ほんの少しよけいに稼ごうとしたんだ。ある日、お父さんが仕事をじゅうぶんに果たさず、わたしが近づく音が聞こえなかったのか、わたしは突然現れて、連中を驚かせた」シャペルの目がわたしの目を探る。「ほら、きみは知りたくなかっただろう」

わたしは口を動かして話そうとするが、ことばが何も出てこない。

「胸にしっかりしまっておいてほしいのは、ダーリン、こういうことなんだ。いいかい、きみのお父さんは公平ではないことをしていた。だが、悪漢どもが追いかけてきたとき、わたしを守ってくれたんだ。そいつらはお父さんを殴って意識を失わせ、わたしを棍棒で殴り、ふたりとも死ぬと思ったんだろう、そのままにして逃げた。ちがいは、わたしがボートのなかで、お父さんは水のなかだった、ってことだ。なぜわたしたちの頭を撃ち抜いていかなかったのか、それは謎のままだろう。気がついたときには、きみのお父さんはもう手遅れだった。事切れていた」シャペルが片手で顔をこする。「わたしは例の書類に〝勤務中〟と記入した。理由は、彼に命を救ってもらった恩があったからだ。お父さんがしたことで、なぜきみたちが苦しまなきゃならないんだ？」

わたしは何も言わない。これまでに思い描いてきた、あらゆる穢れた光景が渦を巻く。びしょ濡れの父親の遺体、錘のはいった釣り用ベスト、地面へ向かって飛ぶ財布、イトスギの瘤。いま、新しい光景がよぎる。浮かぶ梱、遠ざかる飛行機、スピードボートに乗っていた正体不明の男たち、父の後頭部から流れる血。

ネルソン・バーバーは言っていた。**〝ボイドはやつらの手にかかったんだ〟**

そんなわけがない。ありえない。父じゃない。父のわけがない。そんなの、わたしが家で知っていた人物ではありえないし……こんなのおかしい。でも、ありうるんだろうか。これが父の沈黙、父の暗い日々の理由だったんだろうか。

シャペルはまだ話している。「子供たちのためにやったことだ」

わたしは、何か別のことが起こったのならよかった、父が自殺したのでなければいい、と思っていた。でも、こんな話を望んでいたわけじゃない。

シャペルはいつの間にか立ちあがっていた。片手をわたしの両肩にまわして、身を寄せ、わたしを椅子から立ちあがらせる。

「話すべきじゃなかった」シャペルが抱擁を解く。「だが、ほかのだれかから話を聞いてほしくなかったんだ。きみは多くの人と話をしていたからね、ふさわしくない相手に尋ねて、それがひろまり、それできみのお父さんのことを悪く思う人が増えたら困ると思った。お父さんは善人だった。いくつかまずいことをしただけだ」シャペルが体をまっすぐに起こして、ドアのほうへ向かう。

わたしは背筋を正して言う。「でも、だけど――」

「残念だよ」シャペルが言う。「きみが北で立派な暮らしを送っているのは知っているよ、ロニ・メイ。わからんが、ひょっとしたら、墓にはいった人間のことは、そのままそっとしておくのがいいんじゃないかな」

わたしはシャペルと歩き、その手が錠にかかるのを見て、ドアが開くのをながめ、改めてシャペル局長を見て言う。「だけど、どうして父にそんなことが——」

「たしかに理解しがたいな、ハニー。どうしてきみのお父さんのような人に悪いことができるのか。ただ、心の底では、お父さんは善人だったことを知っている。彼は過ちを犯した、それだけだ。そして不幸なことに、それが彼を殺した。ほんとうのことを聞くまできみはあきらめない、とわかった。そしてわかったのだから、きみはもう自分の生活にもどり、善人を思い出せばいい」

息を吸わなくてはならないのに、呼吸できそうな気がしない。

シャペルが言う。「だいじょうぶかい？　そばについていようか」

わたしは首を横に振り、シャペルが出ていくのを見て、ドアを閉める。そうしながら、体を後ろにのけぞらせる。**ノー**。アパートメントをうろうろと歩き、ドアからキッチンへ行って、またドアへともどる。寝室からキッチンへ、そこからソファ、窓、ドアへと移動する。「ノー！　ノーノーノーノーノー」そのことばだけを、わたしの唇が形作る。アパートメントをぐるぐるまわり、それが十五周、十六周、十七周になる。足が動き、手が壁を打つ。「ノー！」十六周目だか十八周目に、固めたこぶしでキッチンテーブルを叩く。紙が舞う。わたしはかがんでそれを拾いあげ、一枚一枚ぱちんと弾く。このぐらぐらする椅子を折って、この忌々しいテーブルを壊してやりたい。鉛筆画でテーブルを叩く。哀れな束。地図を印刷した紙。フロリダ、パナマシティ、と書かれている。わたしはその紙を拾いあげる。

54

パナマシティは砂っぽくて風が強く、一部が工事中だ。浜辺のそばに昔懐かしい遊園地があって、観覧車やローラーコースターが塩や錆との終わりのない争いにも負けず、いまなお稼働している。この海岸線が〝奇跡の一帯〟と呼ばれるのは、建ち並ぶ簡易キッチン付きのモーテルや色褪せたティキ小屋のためというより、むしろ情け深き神の摂理によってこの一帯が生き残っているためだ。それはちょうど、漁師たちが長い桟橋の先で祈り、どんな天候の日も、帽子をとって奇跡が手繰《たぐ》り寄せられるのを待っているのと似ている。

ガソリンスタンドに寄って、クレジットカードでさらに借金を重ねる。印刷された地図を見る。

ミセス・シャペルは、わたしがずっと捜しつづけていた人だ。最後にその人と話したのは、わたしが子供のころのことだった。彼女の元夫は彼女のことを〝世界を牛耳るビッチ〟と呼んでいたので、モナ・ワトソンとジョリーン・ラビドーを合わせたより話しにくい相手なのかもしれない。それでも、あの手紙のことがある。ミセス・シャペルはわたしの母に知らせたいことがあるのだ。わたしがいま知ったばかりの恐ろしいニュースと同じだろうか。それとも、もっとずっと恐ろしい話が？

わたしの記憶にあるミセス・シャペルは親しみの持てる人で、少なくとも離婚前はそういう人だった。子供に対しても大人に接するのと同じように話してくれる人だった。漁業局の局員の家での例年のバーベキューではきちんとマナーを守れるよう、わたしは母に教えこまれていた。

こう声をかけなくてはならないとわかっていた。

「何かお手伝いできることはありませんか、ミセス・シャペル」

一度、ミセス・シャペルは言った。「じゃあ、パンチグラスを手伝ってもらおうかしら、ロニ・メイ」

ふたりでキッチンへ行くと、ミセス・シャペルはわたしに、大きくなったら何になりたいの、と訊いた。「いまどきは女の子も仕事を持たないと。シャリにも言ってるんだけど、王子様の到着が遅れたときのためにもね」そして笑った。

なぜかわたしは、だれにも話していないことをミセス・シャペルに話した。「自然史《ナチュラル・ヒストリー》画家《アーティスト》になれたらいいな、と思って。《スミソニアン》っていう雑誌で読んだ、ほんとうにある仕事なんです」

「歴史《ヒストリー》書《ブック》の挿絵画家みたいなもの?」ミセス・シャペルは訊いた。

わたしは言った。「どうして〝ヒストリー〟ってついてるかは、わからないですけど。〝ナチュラル〟のほうだけで、〝自然画家〟って言うべきなのかな。鳥や虫や植物なんかを描くんです」

ミセス・シャペルはカウンターでの作業から目をあげて、わたしのほうを見た。まるで、夫の同僚の娘である小さな女の子ではなく、おもしろいことを考えている人物を見るような目で。そしてこう言った。「すてきね。その思いを叶えたら教えて。いろいろ聞きたいから」ミセス・シャペルは唇を引き結んでうなずき、もう二秒ほどわたしの視線を受け止めてから、パンチボウルを手にとった。


わたしは車を路肩に寄せて、印刷された道順を見る。いまいるのは、一階建ての木造住宅が並ぶありふれた界隈を一マイルほどはいったところだ。さらに数ブロック進むと、通りにパールピンク色のクープ・ドゥ・ヴィルが停まっているのが見えて、わたしはその後ろに車を停める。その家は、庭に芝生の代わりに白い小石を敷いてある。

ドアをノックすると、ミセス・シャペルがドアをあける。顔には皺が寄っているが、もう母にはない活力がミセス・シャペルにはある。

「はい?」ミセス・シャペルが言う。

まだ〝ごめんなさい、まちがえました!〟と言うこともできるが、固まってしまう。

ミセス・シャペルは唇を一文字に引き結ぶ。

「ミセス・シャペルですね」わたしはようやく言う。

「ロニ・マローです」

一瞬かすかに表情が沈んだのち、活力がもどる。

「ええ、そうだわ」深呼吸をして、ためらったあと言う。「どうぞはいって」カウチにすわるようわたしに促し、自分はキッチンへはいっていく。部屋にもどってきて、レモネードのグラスを手渡してくれるが、甘すぎて、ひと口しか飲めない。

「立派に大きくなって。シャリと同じ学年だったかしら。いやいや、あなたのほうが若かったわね」

これぞ南部のマナーだ。お互い表面的な話にとどまって、重要なことを話そうとしない。ミセス・シャペルの目の下の深い窪みは、部分的に化粧で隠れているが、どんな化粧も黒っぽい影まではカバーできない。

ミセス・シャペルはわたしの向かいの、ローズ色のウィングバックチェアに腰をおろす。

「ミセス・シャペル、お悔やみを申しあげます……スティーヴィーのこと」

「どうもありがとう」

虚ろな沈黙が漂う。

「ミセス・シャペル、お邪魔してすみません。わたしはただ……どうしても――」

「お母さんに言われて来たの?」

「母に? いいえ」

「お母さんに話すべきじゃなかったのかもしれない」

指先を頬にあてる。「でも、スティーヴィーがいなくなって、あの嘘をつきつづける理由がなくなったの」

「母に会ったということですか。最近」

ミセス・シャペルはうなずく。「行ったのよ……ホームに」

「それで、母に話したんですね……麻薬の売人のこと」

「ええ、お母さんからすべて聞いたのね」ミセス・シャペルが両手を見おろす。

「いいえ、母じゃありません。母は……忘れてしまうんです。シャペル局長が……話してくれました。望んでというわけではなく」鋭い痛みが喉を刺し、胸にぽっかり穴があいたような気がする。

「ええっ、まさか」ミセス・シャペルが言う。「あの男はあなたに何を話したの？」

「わたしの父が、父さんが……」わたしは泣きじゃくるだけの愚か者だ。ミセス・シャペルが近づいてきて、一年生の先生がするように肩に腕をまわしてくれる。

どこまでも軽いタッチで。

「あててみせるわね。きっとあの人、あなたのお父さんが麻薬の売人を助けてた、って言ったんでしょ」

わたしは一年生みたいにうなずく。

「なるほどね」長い沈黙がおりる。「それから、フランクはきっとこんなふうなことを言ったのね。自分が見つけて、あなたのお父さんにやめるように言った」

わたしは早口で言う。「売人が局長を襲い、父を襲ったと言ってました」

ミセス・シャペルはわたしのそばから離れ、部屋を突っ切って、ティッシュの箱を持ってきて、わたしの前に置く。わたしは一枚とって、洟をかむ。

ミセス・シャペル——ヘンリエッタ——は深く息を吸う。「まあ、少なくとも最後のパートだけは正しいわね」

「どのパートですか」

「売人を手伝ってただれかに、お父さんが襲われたってとこ」ウィングバックチェアのそばに立っている。

「すると、事故じゃなかったんですね」

ミセス・シャペルはわたしを真剣に見つめ、ちがったという意味をこめて首を振る。

「それに……」わたしは咳をしながらことばを吐き出す。「自殺でもなかった？」

「ええ、絶対にちがうわ。そのことを、あなたのお母さんに知ってもらいたかったの」

「だけど、父は、だったら……」

「あなたのお父さんは、フランク・シャペルに忠実すぎたのよ、そういうこと。漁業局にいたから、ボイドはフランクのことをただのまっすぐな人間だと判断していたんでしょうね。正直な人は、自分が認めているだれかが見た目とはかけ離れた存在かもしれないとは考えないものなの」

何もかもが流動的で、わたしは自分が知っていることと、知らないこととの狭間にいる。「待って。いまの〝正直〟っていうのは……わたしの父のこと？」

ヘンリエッタはうなずく。

「シャペル局長のことではないんですね？」

ヘンリエッタが首を振って認める。

わたしはシロップだらけのレモネードをひと口飲む。この人は、明らかに元夫を軽蔑している。元夫に辛辣すぎるあまり、嘘をついているんだろうか。

ミセス・シャペルがやってきて、カウチの隣のロッキングチェアに腰をおろすが、後ろへ揺らすのではなく前のめりになる。それから組んだ指を見て言う。

「ロニ、あなたのお母さんに話そうとしたの……」ミセス・シャペルのほっそりした顔に、重苦しさがよぎる。「でも、スティーヴィーを……フランクは自分の息子をひどく卑劣なことに巻きこんで――」そこで中断する。再開したとき、その声はナイフの刃のような鋭さを帯びている。「そのせいで、わたしの息子は奪われた」

また話しだしたとき、ミセス・シャペルの声が小さくて、それを聞くためには思わずカウチの端にさっと腰かけなおさずにはいられない。「自分自身と取引すると、夜眠れるようになるの。わたしはスティーヴィーがすべてから解放されることを望んでいた。まあ、ある意味で、そうなったのかもしれないわね」ロッキングチェアを後ろに反らして目を閉じ、チェアがまっすぐもどるに任せる。

わたしは途方に暮れる。この人は苦しんでいて、話の筋がとおっていない。

ミセス・シャペルが肘掛けに肩肘をつく。それから絨毯を見つめて言う。「わが家の収入が増えはじめたとき、わたしはそのお金の出所を尋ねなかった。わたしはごく普通の人間に育ったから、ちょっとしたおまけが好きだったの。でもそのうち、いかがわしい連中が、わたしのことをどこかで知ったようなそぶりを見せはじめた。そしてついに、夫が愛人を作った。それだけのお金の余裕があったからよ。そのときよ、わたしが家を出たのは。わたしは貧乏とプライドを選んだの。とはいえ、正直だったから、ドラッグで得たお金を欲しくなかったとかそういうわけじゃないの、それはあとでわかったことだったから。子供たちを守れると思ったけれど、スティーヴィーは父親といたがってね。十八歳になるとすぐ、あっちへもどっていった。フランクはスティーヴィーを汚い仕事に引きこんだ。みずからの息子を、父親のことが大好きな息子を」

「待って。シャペル局長が麻薬がらみのお金を受け取っていたってこと?」

ミセス・シャペルがまたうなずく。

「すると、わたしの父は?」

「ボイドはその件に関して何も知らなかった。あのオフィスで唯一、知らないのが彼だったんじゃないかしら。あるいは薄々感づいていて、そのせいでボイドは危険にさらされたのかもしれない」

漁業局法執行部門までの、父の手書きの道順。ドアを施錠していた職員がこう言っていた。〝内部告発者の報告など……〟

「信じられない、シャペル局長がまさか……」

「あら、あの人は口のうまい人よ。にっこり笑って魅了しながら、あなたの心臓を刺すわ。その点に関しては信じて」

「それで……父が死んだ日に何があったのか、ご存じなんですか」

ミセス・シャペルはしばらく待って言う。「ロニ、わたしはその場に居合わせなかった。わたしの情報の出所が信頼できるものだとは思っていないの。わたしはすでに、ろくでなしのフランク・シャペルのもとを離れていたのだけれど、事件の夜、彼は酔ってここに来た。慰めを与えてもらえると思ったんじゃないかしら。ガールフレンドに飽きられると、ひと月かそこらに一回ここにやってきて、もどってくれと懇願したものよ。だれもきみのようにはおれを癒せない、と彼は言った。やさしいふるまいに、ついほだされそうにもなった。でも、それもあの日まで。彼は酔っ払って現れ、何が起こったのかを話した。フランクはあなたのお父さんを殺すつもりなんてなくて、ただ殴り倒しただけだったっていう話。うつ伏せで頭から血を流して浮いているボイドを放置するつもりなんてなかった、ただそうなってしまっただけだっていう話。神もきっと赦してくださる、あれは事故だったんだからっていう話。そのときに彼を出頭させるべきだった、州警察に通報すべきだったのよ。だけど、フランクはスティーヴィーを深く引きこんでしまっていてね。自分は息子を守れる、刑務所には行かせないと思ったから、話さなかった。でも結局、わたしのかわいい息子は、連中のために働いていただけじゃなく、連中の客にもなっていたの。刑務所のなかにいたほうが安全だったのかもしれない」

あまりにカウチの端にすわっているので、両足を踏ん張っていないと、つんのめってしまう。

ミセス・シャペルは言う。「自分のなかでスイッチが切れたような感じだった。あなたのお父さんはもどってこないし、スティーヴィーのことにふれずにだれかに話をすることもできない。だから、フランクが事実を歪めたバージョンの話をさらにつづける前に、ここから追い出したの。その瞬間からわたしは、息子をフランクからもそのビジネスからも引き離し、更生プログラムに参加させようとすることに全身全霊を費やした。スティーヴィーもやってみようとして、実際に頑張ってた。一度ならずやってみたの。ましな人間になろうとしてた。でも、薬はつねに彼を引きもどした」目のまわりの皺の寄った肌にティッシュを押しあてる。

わたしはアパートメントを出る前に冷蔵庫から剝がしてきた色褪せたレシートを取り出す。裏に、父の手紙の文字でこう記されている。

フランク>エルバート>ダン
ウォーキートーキー
ほかにだれが？

「ミセス・シャペル、この意味、わかりますか」

ミセス・シャペルはメモを見てうなずく。「この三人はとにかく全員ぐるよ。わたしも全部を知ってるわけじゃない。もしもっと細かいことを知りたいなら、ロニ、あなたのお父さんが亡くなった日に実際何があったのか、彼らのあいだで何が起こっていたのか、おそらくもっとたしかな説明ができる人物と話したほうがいい」

「というと……」

「ダン・ワトソンの奥さん、モナと。この件についていえば、彼女と話したことは一度もないけれど、彼女は夫から真実に近い話を聞いていた可能性のある、唯一の存命な人物だと思う」

つまり、ダン・ワトソンはあの日、あの場にいたということだ。そしてモナは知っているのに、わたしに話すのを拒んだ。

わたしはテイツ・ヘル・スワンプの森を車で飛ばし、途中、後ろから追いかけてくる点滅する青いライトと、たっぷり時間をかけて違反切符を書くフロリダ・ハイウェイパトロール警察官のために一度だけ停まる。待っているあいだに、おんぼろの青いピックアップがそばを駆け抜けていった。わたしは切符を受けとって、警察官が視界にはいっているうちは、時速五十五マイルで走り、見えなくなると、またスピードをあげた。

〝きみが北で立派な暮らしを送っているのは知っているよ、ロニ・メイ〟フランクはそう言った。言い換えれば、〝飛び去れ、ロニ・メイ〟。もっとわかりやすく言えば、〝ヤンキーは帰れ〟。フランクがネルソン・バーバーをそそのかして、わたしの車の窓を汚させたんだろうか。〝DCへ行くぞ!〟。そもそもネルソン・バーバーの仕業なんだろうか。

タミーのサロンのドアを、音を立ててあける。モナの毎週の予約がすでにはじまっている。モナはシンクの上に華奢な首を倒し、その小さな頭全体にタミーが湯を注いでいる。わたしはタミーの肩の上からのぞきこんで、モナにわたしの姿を見せてから、部屋を横切る。タミーの友人のジョージアも来ていて、順番待ちのほかの数人の女性たちと噂話を仕入れ合っている。わたしはサロンのいちばん奥まで行って椅子に腰かけた。モナがタミーに、自分ではささやきと思っているらしい声で言う。「親戚の類いなのは知ってるけど、あたし、あの人好きじゃない」

わたしは自分のすわっている場所から言う。「聞こえたわ、ミセス・ワトソン」

ジョージアとタミーが揃ってわたしを見る。ほかの女性たちも同様だ。わたしの故郷では、聞こえる範囲で自分のことを言われたら、聞こえないふりをするものだ。そうしないと、みんな驚く。

モナはシンクのネックレストから頭をあげて、わたしを見る。上半身起きあがっている。

タミーはタオルを握って、モナが椅子じゅうぽたぽた湯を垂らさないよう最善を尽くしている。「ロニったら」タミーが言う。

わたしは自分の椅子から動かない。「タミー、わたしのことを好きじゃない理由をミセス・ワトソンから聞きたいだけ」サロンに居合わせた全員が耳を澄ます。

「教えてあげるわ、お嬢さん」モナが言う。ケープの肩に水が垂れている。「ひとつは、その偽のヤンキー訛り」

「へえ、それだけ？」わたしは言う。

「それに、北部から突然やってきて、穿鑿したいだけ穿鑿する権利がどこにあるの？」

「ねえ、モナも」タミーが喜びを隠せずに言う。

「ミセス・ワトソン」わたしは言う。「ここへは髪を切りにきたんだけど、さいわいなことに、あなたを見つけた。あなたと話すといいって、だれに言われたと思う？　リタ・シャペル。ヘンリエッタとしても知られているわね」

モナが立ちあがり、ケープが後ろに舞いあがる。「彼女、ここに住んですらいないのよ」一歩こちらへ近づく。「どこに住んでるのか知らないでしょ」

「ところが、知ってるの。たったいまパナマシティからもどったばかりなのよ、ミセス・ワトソン。わたしたちの会話はあなたに関するものばかりだったわ。ああなたのご主人について、つまりあなたのご主人のいけない行為についてね」

「あなた……お母さんにそっくりね！」立ちあがって、わたしのすわっているところまでやってくる。「ひどく傲慢で。自分のこと、わたしたちより上等だと考えてる」

わたしは椅子にすわったままだ。「ミセス・ワトソン。教えて、あなたのご主人は――」

「主人はすばらしい人だったわ！」

わたしは隣のテーブルから爪ヤスリをとり、ぼろぼろの爪にあてる。手は震えているけれど、声は震えていない。「礼儀正しくいきましょう。言いなおすわ、あなたのご主人は選択を誤った。正しいことをしたいと望んでいた」

「あの人はいつだって、正しいことをしてた！」

「ねえ、ミセス・ワトソン」わたしはかぶりを振って言いなおす。「モナ」

「全部、あなたの父親のせいなのに！　なぜダンがあなたの亡くなった愚かな父親のために面倒に巻きこまれたがったのか、あたしにはさっぱりわからない」

わたしは自分を抑えて、その場にすわりつづける。「ご主人は、わたしの亡くなった愚かな父親が死ぬところを見た」

「ばっかばかしい」

「ご主人はわたしの父親の財布を拾った」

「ヘンリエッタがそう言ったの？　真っ赤な嘘よ。ダニーはその場に居合わせてすらいなかったんだから」

わたしはくたびれた事故報告書を取り出す。「ちがうわ。ご主人が書いたこの宣誓陳述書では、そこにいたことになってる。自分でそう書きこんでるの」

「なぜって、そこから抜け出したかったからよ！」室内にいるほかの女性に気づく。血走った目でその人たちを見る。「つまり、あの人は死にたくなかったの、愚かなボイドのように！」赤くなった顔は、自分がったいま打ち明けたことに対する恐怖を表している。

わたしは無理をして平静を装う。「ご主人は、フランクから解放される手が自分にはあると思っていた」

「あたしの前でその名前を口にしないで」ミセス・ワトソンがシーッとわたしをだまらせようとする。

「シャペル局長、あの親切な人のこと？　あなたに家を買ってくれたんでしょ」

ミセス・ワトソンの唇がゆがむ。「それくらいしてもらって当然だった。ここに来て、二十五年前のことを変えられると考えているなら……」

わたしはこんどこそ立ちあがる。「変えられないわ、ミセス・ワトソン。真実を話すことができるだけ」

「真実！　それは結構なことね。人を面倒に巻きこむだけよ。知らないほうがいい」

「つまり」わたしは言う。「ダンの拾った父の財布は、フランクが後ろからボイドを殴ったときに飛んだものだった。カヌーのパドルで後頭部を？」そんななまくらな凶器が使われたとヘンリエッタは言っていなかったけれど、モナの表情から憶測があたっているのがわかった。モナがその話を知っていることも。信頼できる目撃者、夫のダンから聞いたのだ。

「そして意識を失った父を放置し、沼で溺死させた」疑問の形ではなく、言い切る。

モナの髪は濡れ、頬からがっくりと落とした肩へと滴が垂れている。「だれがあなたに言ったの？」

ダンはすべてを伝えたにちがいない。でも、ダンが顔を撃たれたあと、妻はこまかいことを都合よく忘れた。家をやるから、だまってろ。

タミーは静かにしろ、とわたしをたしなめはしない。ただ後ろに立って聞いている。モナはタミーを見たのち、ジョージアを見て、そのあとサロンのほかの女たちを見る。「あの人たち、あたしの家を奪うわ！　あれはあたしのすべてなのに！」

タミーがモナに近づく。「ほら、モナ」それからミセス・ワトソンの肩に片手をまわして、首に巻いてあるタオルをとる。モナはほとんど見もしないでハンドバッグを手にとる。そしてサロンのケープをつけたまま、髪は濡れ、まだセットもされていないのにも気づかず、ドアから歩いて出ていく。

タミーは窓からモナをながめ、声の聞こえない範囲まで歩き去ったことをたしかめると、うれしそうな声をあげてわたしとハイタッチをする。宝くじにあたったみたいに、にっこり笑っている。

サロンにいるほかの女性客たちは口をあけてすわっている。タミーが予約時間の変更を宣言する。みんなとにかく出ていきたくて、だれでもいいから話を聞いてくれる人に話したくてうずうずしている。タミーは標識を〝閉店〟にかけなおし、わたしにドアから出ていくよう急かす。そしてフィルの事務所まで二ブロック車を走らせ、わたしに車から降りるよう促して、受付のロザリアの前を横切る。タミーは自分が正しかったことを証明するような大ニュースに上機嫌だ。

わたしとタミーはフィルの向かいにすわり、タミーがほとんど話をする。ただし、モナやミセス・シャペルの発言についてわたしに何か言わせたいときは、「言ってやってよ、ロニ、話して」と言う。

わたしが話すと、フィルが人生最大の深い関心を注いでくれる。わたしの話をすべて書き留め、この私的な問題について自分自身の秘書のように振るまっている。字を書くたびに、フィルの顎が動く。怒ってるの？　ショックを受けてる？　わたしが昔からずっとしてきたように、フィルも父の最期の瞬間はどんなふうだったかを想像しているんだろうか。今回ばかりは、これが真実かもしれない。父は麻薬の運び屋に遭遇し、止めようとした。シャペルとダン・ワトソンはそこで取引が円滑に進むよう、犯罪者たちを警察から守っていた。ところが、父は友人たちに気づかなかった。片手に武器を持ち、もう一方の手にバッジのついた財布を持っていたところを、よき友人、好人物とは言えない男、フランク・シャペルに背後から殴られたのだ。銃は水に落ち、財布は飛んだ。混乱のなかで、シャペルは財布に気づかなかった。

でも、気づいた者がいた――地上にいたダン・ワトソンだ。フランクに何ができるかを知るまで、共謀していたのだろう。ダンは財布を拾って、しまいこんだにちがいない。それで、二カ月後にあの報告書を提出した。シャペルの汚いビジネスから抜けようとしていたんだろうか。報告書はフランクに対する保険代わりだったのか。ワトソンには、ファイルに補遺を加えるだけの機会しかなかった。そして一週間後、顔を撃たれた。その後、シャペルにもだれにも気づかれず、その書類は二十五年ものあいだ公式記録のなかにあり、やがてわたしの弟とその友人のバートが見つけた。もし母がこんなふうに不意を突かれなければ、もしフランクの話を信じなければ、フランクのことを信頼できる友人だと――わたしやみんなも信じたように――信じなければ、もしだれかが調べてさえいたら、あの紙が見つかって、好奇心を呼び起こしていただろう。ひょっとすると、古きよき信頼できるフランク・シャペルを見つけていたかもしれない。

フィルは法律用箋に走り書きをしている。すべてが語られたあと、フィルはさらに何かを書く。そして、だれにともなく言う。「バートに来てもらわないと。地方検事に連絡する必要がある」

タミーがフィルに賛成するようなことを話したようだが、わたしの耳にはもうふたりの声は聞こえていない。部屋が薄暗く、小さな穴のようになる。見えるのはただ、彼の家でわたしにジュースを差し出すあの殺人者。百万ドルの笑顔を浮かべるあの殺人者。ツバキの花と忌々しいルバーブを見せるあの殺人者。父のした〝まずいこと〟について慰めてくれたあの男。父を放置し、茶色い水が肺にはいりこむままにさせたあの男。ダン・ワトソンを至近距離から撃った〝密漁者〟もきっとあの男だ。

フィルは法律用箋に注意を向け、何やら書いている。

「行かなくちゃ」わたしは言う。

わたしはゾンビのようにサロンの駐車場まで歩く。だまって冷静に、フランク・シャペルへの憎悪に燃えつつ車に乗る。素手で殺してやる。あの男の家のキッチンにあった鋭いナイフを見つけよう。鳥の標本みたいに内臓を掻き出す。家に火をつけて、悲鳴を聞いてやる。きのうの自分には無理だっただろう。でも、殺意が全身を駆け巡る。あの男がわたしたちの保護者のふりをして、母に取り入ろうとし、疑問もなく信頼させようとしたことを考えると、ただもうあの男を絞め殺し、頭を引っこ抜いてやりたくなる。

日が暮れかけたころ、蔦の垂れさがっている家に着く。隣の家の前庭の芝生に、野球のボールとミット、そしてバットが放置されている。わたしはバットを握り、シャペルのポーチの階段をのぼる。高鳴る心臓は燐《りん》の玉のようで、胸のなかで熱く燃えている。ノックもせずに、施錠されていないドアをバタンとあけて、両手でバットを握りながら、「シャペル！　フランク！」と叫ぶ。

フランクが父を殺した日、もしわたしが父のそばにいたら、防ぐために何かできたかもしれない。フランクの気をそらすとか、危ないと父に警告するとか。いま、唯一の救済方法は報復だ。

「隠れているところから出てきなさい、このろくでなし……」寝室のドアを蹴りあける。すべての部屋、すべてのクローゼットを調べ、庭まで見てみたが、シャペルは家にはいない。

近くの湖の葦が葉擦れの音をさせるのが聞こえる。それからしばらく、何もなくなった。

「ロニ、ロニ」

目をあけると、うっとりするようなアドレーの姿がある。わたしは死んで、天使ガブリエルが現れたのだろうか。

「何してるんだ?」アドレーが言う。

わたしは上半身を起こそうとし、人生最悪の苦い息を味わう。髪が目にかかり、払いのける。汗をかき、顔をラグに押しつけていたせいで、編みこみのラグの模様がついている。

「わかんない」わたしは言う。

「何があったんだい。どうしたんだ?」

「あなたがいなかったから」

「きみを探しにいってたんだ」

「そうなの? わたしとはもう縁を切りたいのかと思ってた」

55

だれかに話す必要があり、誰かと一緒にいる必要があり、倒れてだれかに受け止めてもらう必要がある。カヌーショップに行ったけれど、閉まっていて、しっかり施錠されている。アドレーの家に行く。やりなおしてほしいからではなく、どこかに行く必要があるから、フランク・シャペルを探し出してあの男の脳みそをぶちまけようとするのをだれかに止めてもらう必要があるからだ。ノックをしたあと、強くドアを叩いても、アドレーは出てこない。ポーチに編みこみのラグが敷かれていて、突然わたしはひどく疲れて、ただもう横になりたくなる。ほんの一分、そのラグの上に丸くなって、あたたかな風に腕の産毛をくすぐらせる。

「そうじゃないらしいね」目の高さに彼の顔があり、両手がわたしの手のすぐそばにある。

「パナマシティにいたの。テイツ・ヘル・スワンプの森と。それからここに来た」

アドレーが言う。「きみが見つかってうれしいよ」

「あなたの家の玄関ポーチでね」

「心の望むところを求むれば、って世に言うだろ」

わたしのことを言っているわけではないはずだ。

「きょう、人を殺すところだった」わたしは言う。

「やったのか」

わたしはうなずき、それから首を横に振る。「いいえ、つまり、相手が家にいなかったから」

アドレーは〈ライフ・セイバーズ〉のミントタブレットを取り出して、包み紙を剝き、こちらに向けて差し出す。

「そんなにひどい？」わたしは言う。

アドレーがうなずく。わたしはドーナツ形のミントキャンディを手にとって、舌に載せる。「息がマシになったら、抱きしめてくれる？」

「なんとかできそうかな」

わたしはまだふらふらしたまま立ちあがる。お互いの腕のなかにはいり、わたしは体全体をアドレーに預ける。彼はあたたかい風のなかのツゲのような香りがする。ふたりで何分かそのままでいる。

彼の息がわたしの耳をくすぐる。「おれの家へはいろう」

アドレーは手のひらを上へ向けて、ドアを示す。格納庫で「きみの馬車が待ってる」と言ったときと同じように。広葉樹のハンモックで手を伸ばし、わたしを元いた場所へ連れもどしてくれたのと同じ手だ。わたしはミントキャンディを舐め終えて、両手で彼の顔にふれ、キスをする。慈悲深いことに、彼もキスを返してくれる。わたしたちは入口でもう少し、甘い数分を過ごし、それからアドレーが体を引く。人差し指を立てて言う。「おれの気持ちを弄ばないでくれよ」

わたしは言う。「遊びですめばよかったんだけど」入口からはいって、アドレーのツリーハウスの部屋にあがり、羽毛敷き布団の巣まで行く。彼のマットレスのぬくもりだけ。わたしは何も言わず、恐ろしい一日についても何も話さず、議論もしない。今夜わたしは、ことばがなくても伝えられることだけを口にし、彼はことばを超えた方法で応える。

56

五月五日

朝、わたしが先に起きる。葉影がシーツの上で遊び、アドレーのなめらかな胸と顔の上で踊る。彼は唇をやさしく尖らせている。わたしは起きて、服を着て、静かにベッドから出る。

窓に影を投げかけているライヴオークの木が風に揺れている。わたしは木の根元に立って、葉擦れの音を聞く。この木はツルニチニチソウに囲まれていて、かがんで一輪摘むと、幹まで続く花畑に切れ目があることに気づく。樹幹の瘤や低い枝を使えばこの木にのぼれるのは明らかで、わたしはその衝動に抗えない。体を上へ引きあげ、足がかりを使ってさらに高くまでのぼる。地面と平行な太い枝までたどり着くと、すぐ鼻先のツルニチニチソウの花びらをつぶしてすわる。

足音に気づいてはっとする。下を見ると、アドレーがいる。ジーンズを穿いているが、上半身は裸のままだ。驚きがスリルに変わる。

「ハイ！」わたしは言う。

アドレーは頭を後ろにかしげて言う。「何も言わずに帰ったのかと思った」

わたしは首を横に振る。

「おれもいい？」そう言ってのぼってくる。前腕を伸ばし、引きあげながらのぼってくるさまを見れば、以前もこの木にのぼったことがあるのだとわかった。互いにふれずに隣にすわるが、ふたりのあいだの空気は緊張している。アドレーは大きな枝にもたれかかる。

「さあ、ロニ。全部話してくれ」

わたしは話しはじめる。最初はぽつりぽつりと落ちる滴だけれど——抑えてきたこと、いままで知らなかったことが——ほとばしり出て大きな流れになる。さかのぼって、モナ・ワトソンのこと、ヘンリエッタのこと、フランク・シャペルのこと、わたしの父のことを話す。それから日記について、母の庭について、亡くなった赤ちゃんについても話す。唾をごくりと呑む。

わたしは太い枝の上で位置を変える。アドレーのほうへ寄り、ふたりしてぐらつかないよう注意しながら、彼の胸に体を預ける。彼がわたしの体に両腕をまわし、わたしはすべてを洗いざらい語る。一瞬、アドレーが押しだまる。きっと〝めちゃくちゃな女だな〟と言われるんだろうと思う。ところが、アドレーは言う。

「ほら、真実がどれほど気持ちいいかわかるだろ」

わたしはアドレーの腕の毛を撫でる。「あなたはどんなときも、いつもいちばん正直な人なんでしょうね」

「そうでもない」

わたしは顔をあげてアドレーを仰ぎ見る。

アドレーが話しだす。「ご心配なく。ここ数年はずっとそうだから」

わたしはすわりなおす。「なるほど。あなたにも隠し事があるわけね。さあ、アドレー・ブリンカート、白状して」

アドレーが横を見る。わたしのことを信頼できるかどうか判断しているようだ。「波乱万丈の昔の話はしたよな」

わたしはうなずく。

「腰を据えて聞いてくれ。いわゆる長い話だから。あまりいろんな人に話してない」

わたしはアドレーにもたれかかる。

アドレーはわたしの腕を上下に撫でながら言う。

「愉快な話じゃないんだ」

わたしは何も言わない。

アドレーが話しだす。「高校のときにマリファナを吸いはじめて、悪い奴らとつるむようになり、親に嘘をついた。いまでこそ大麻はほとんどの場所で合法だが、当時はそうじゃなかった」

わたしはやはり何も言わない。

「気晴らしでの使用を支えるために……取引をはじめた。最初は少しだったのが、やがて大がかりになってね。供給元はおれを知ってた。ローダデールからビミニまで二度ほど走らせてもどれば、水上スキーのボート——スティングレイ——を買ってやるって言われてさ。いい取引に思えたんだ、ばかだったよ」アドレーは長く沈黙したまま、ただ首を左右に振り動かす。

「その男がほかのティーンエージャーを引きこんで前からそんなことをやってたとは知らなかったが、未成年者は親父のボートに乗って遊びにいったりすることが多いから、疑われにくいんだ。スティングレイは魅力だった。ひと目見てぐっときた。友達を乗せて水上スキーにいくのが待ちきれなかった。だが、その前に、密輪をしなきゃならないって問題があった。供給者は絶対にそのことばは使わず、〝二度ほど走らせるだけ〟と言ったけどね。偽のパネルでどうボートを装うかをおれに見せた。はじめて渡ったのは、三時間ちょっとで、会うことになってる相手をビミニの波止場で見つけた。その連中がボートに燃料と、大きな梱を十個、それにコカイン二キロを積んだ――おれは予想もしてなかった――どれも巧妙にできた隔室に隠してあった」

わたしはナイーブな十代の麻薬密売人のアドレーを想像しようとする。

「順調だったんだが、それもアメリカの海域にもどるまでだった。沿岸警備隊が停止しろと旗を振ってきたんだ。船を横づけにして乗りこんできた。その長い二十分を経てはじめて、自分がいかに自由を大切に思っているかに気づいた。何も見つからず沿岸警備隊員たちはただ〝よい一日を〟とだけ言って去っていった。

おれはゆっくりとボートを走らせ、彼らのボートが視界にはいらなくなると、慌ててアメリカの海域の外へ出た。そしてパネルをあけて、ドラッグを船べりから捨て、その後もどってきて、ジュピター・アイランドの砂洲に美しいスティングレイを沈めた」

「うわ」わたしは言う。「それは大変」

「浮き輪をとって、泳いで岸へもどり、それからヒッチハイクでフォート・ローダデールまでもどって、警察が逮捕しにくるのを待った」

「で、警察は来たの？」

「来なかった。でも、もしあす来たら、おれは真実を話して責任をとる」

「でも、当時、未成年だった」

「ああ」

「だけど、もうつかまえにこないと思う。あなたにボートを買った人はどうなってるの？」

「おれの学校の教師だったんだ。ミスター・ホーリー。

居残りの罰を取りしきってた。あれ以来、ほとんどおれに話しかけてくることはなかったけど、一度だけ廊下で、だれもまわりにいないときに、おれを壁に押しつけて、〝このくそったれ〟と言った。別の教師が角を曲がってやってきたから、ミスター・ホーリーは何か違反をしたおれを凝らしめているふりをした。〝二度と同じことをするなよ〟って。そのあと高校を卒業するまで、居残りの罪を受けないよう気をつけたよ。それに、麻薬取引のもっと上の人間がおれを追いかけてくることもなかった、ありがたくもね。ミスター・ホーリーは自分の判断ミスを元締めに打ち明けなくてもいいよう、おそらく自宅を抵当に入れたんだろうな」

「ほかに何もなかったの？」

アドレーはなかったというように首を振った。

「あなたはとても幸運だわ」

ふたりともしばらく何もしゃべらない。

そのうちにわたしが言う。「それで嘘をつくのをやめたの？」

「すぐにじゃない。実際、一週間家から出ないで、両親に嘘をついていたからね。インフルエンザにかかったと言ってたんだ。エアコンをつけず、汗だくで部屋にいた。どうなる可能性があったか、まだこれから何が起こりうるかを考えていた。ある日、隣に住んでるプレスコットが、学校でおれを見かけないからという理由でやってきた。小学生のとき親の車に相乗りして通学する間柄だったけど、そのあとはおれがちがう仲間たちとつるむようになって。細かいことは言わず、人生を見なおしているんだと話した。

プレスコットは言った。〝それならぼくは、土曜日ごとにしてる〟ってね。プレスコットはクエーカー教徒だったんだ。おれは土曜の集まりに誘われた。だいたいにおいて、みんなそこにすわってた。ときどきだれかが立ちあがって何かを言うんだけど、集まってる人はほぼ無言のままなんだ。おれはプレスコットとその家族と一緒にかよいつづけた。クエーカーにはこんな考えがあってね。つねに真実だけを言う、っていうんだ。シンプルだろ。当時のおれにはかなり急進的に思えて、そういう正直さってどういう感じなのか、知りたいと思った」

わたしはうなずく。

「ほかの連中にとって、これは完全にダサかった。しばらくすると、マリファナ仲間はおれに話しかけてこなくなって、それがつらかった。〝つまり、おれたちの友情が何に基づいてるか、ってことだろ〟おれは言った。すると、相手はこっちに首をまわして、きょとんとした顔をした。

それでおれは、プレスコットとその友人数人と親しく付き合った。おれの家族は、土曜ごとの集まりについては理解してくれなかったが、親子関係は改善していたから、反対はしなかった」

わたしは彼の胸にもたれかかったまま体をずらした。

「そう……家族の関係が改善したとわかってよかった」

「きみの家族とも会いたいな」アドレーが顎をわたしの頭に乗せて言う。

情欲に溺れたわたしの脳では、実際それがいいアイデアに感じられる。

木の葉がカサカサと揺れる。わたしたちはもう少し木の上にとどまって、風を楽しむ。そして木からおりる。アドレーは裸足のまま、泉の湧く、葦に守られた湖の一部までわたしを案内する。木の枝に服を掛ける。自然のプールは透んでいて、わたしたちは身を沈め、口をあけて甘い水を味わう。

湿った体に服を着て、家へもどる途中、わたしの車のそばを通る。助手席にはまだ、母の日記に添えたイラストがある。「見せたいものがあるんだけど」わたしは言う。

アドレーは小さくうなずく。

わたしは車のロックをはずし、もやもやした熱を感じながら、美術セットに手を伸ばして手製の本をとり、家に持ってはいる。一ページずつアドレーに話して聞かせる。話し終えると、アドレーがわたしの顔を見る。

「どうしたの？」

アドレーはわたしの髪にふれて言う。「これを見せる相手をまちがってるんじゃないかな」

57

遠くの雲のなかに、雨が降る前の光のショーを見ながら、わたしは聖アグネスの駐車場に車を乗り入れる。フィルがフランク逮捕に向けて動いてくれているだろうから、報復は州に任せればいい。この小さなイラスト帳を母に渡したら、フィルに電話して、最新情報を聞いてみよう。

途中でマリアママに会う。「ロニ、話したいことがあるの。お母さん、きょうはとってもいい日だったのよ。おそらく最高の一日」

「というと？」

「ガーデニングのグループに参加したの！」

「あら、それはいいニュース。ありがとう、マリアマ」

わたしは母の部屋のドアをあける。母は整理ダンスを探っていたが、わたしがはいっていくとこっちを向く。「ハロー」母が言う。「それ、何を持ってきたの?」わたしの腋の下に抱えられているイラスト帳を顎で示す。

ふたりでベッドの端にすわり、母がページを一枚ずつめくっていく。母の〝ガーデン〟の日記帳に何度も助けられながら、記憶を頼りに、母の失われた庭を再現したものだ。

「すてきね」母は決まり文句を言う。「なぜ見覚えがある気がするのかしら」

母が次の絵をめくり、わたしは指さす。「ローズマリーがあったのよ。忘れないためのハーブ」わたしは母の顔を見る。「レモンバームもあった。傷を癒すのよね。ニガヨモギ。オオアザミ。セージ」

母はうなずき、わたしがリストを読んでいるか電話番号を暗誦しているかのように、「うんうん」と答える。
555、うん。7253、うん。母は紙の端を持って、注意深くページをめくり、すべてに目を通し終える。最後のページを、表を上に向けて置く。「ありがとう、ロニ」学校の宿題に向けるだけの関心を見せて言う。これも結局、手を組み合わせて七面鳥の影絵を作るのと変わりないのかもしれない。
わたしは立ちあがる。「ルリヂサは見た? 〝ルリヂサは勇気をくれる〟」ジェラードのことばを暗誦して言う。

母は変わった子供を見るような目でわたしを見る。

わたしは母の向かいのビニールチェアの背に体を預ける。母は気に入らなかったわけではなく、受け取らなかったわけですらない。わたしがあげたものが、母の失ったものだということを理解していないのだ。失ったことにすら気づいていない。

雨が降りだして、窓に叩きつける。母は廊下の先の住人の、バーニスについて話をはじめる。バーニスがああだ、バーニスがこうだ、バーニスが転んだ、だれそれがバーニスを迎えにきた。わたしはほとんど聞いていない。この四十八時間のうちに起こったいろんなことで、エネルギーが涸れかけている。小さなイラスト帳は母にとっても、わたしたちにとっても何か影響があるかもしれないと思っていたが、実際にはなんの変化もない。

「知ってる？　バーニスったら――」文章の途中で母がことばを止め、イラストをふたたび見て、それからわたしを見る。まるで、照明の消えていた部屋に明かりがともったように。「わたしの日記を読んだのね」母が言う。その明かりが白熱する。

この件について、わたしは最後までちゃんと考えてなかったのかもしれない。

母は唇を引き結んでいる。「わたしの物は燃やしてくれと言っておくべきだったわ」

わたしはまだ母のスポットライトにとらわれている。母は顎を動かし、いますわっている場所から懸命に立ちあがろうとする。わたしも立ちあがって手を貸そうとするが、母に振り払われてしまう。

「手を出さないで」母がわたしに面と向かう。「よく聞いて。わたしはあなたの母親だけれど、だからといって、わたしはあなたの持ち物じゃない。わたしの物を勝手にさわっていいとだれが言ったの？　好きなものを好きなだけ使っていいと思ってるの？」

母の言うとおりだ。わたしは母のものに勝手にさわっていた。そしていま、昔から苛々させられてきたいつもの非難がましい口調で、母から責められている。

「いまも内緒にしたいもの、わたしのものがあるのよ！」母が言う。「あなたにだって内緒にしたいものがあるでしょ？　そうよ！　だからわたしに何も話さないんだ！」

「はあ」わたしはただ息を吐き出す。「はあ」最近は母にいろんな話をしているのに。ただ母が覚えていないだけだ。それになぜ、突然こんなふうに正気にもどるんだろう。なぜなら母は闘っているからだ。わたしへの非難があまりに深く滲みついているせいで、ときおり頭が冴えるのだ。

「ねえ、聞いて」わたしは言う。「日記を読むべきじゃなかったのかもしれないけど、悪いとは思ってないし、謝る気もない」

「ひどい！」母は顔をそむける。「煙草でも喫わないとやってられない」ベッドサイドテーブルの抽斗を探して、驚いたことに、母はほんとうに煙草を見つける。

「火を貸して」バーにいるかのように言う。

「ここでは喫煙は許されていないはず。自分でそう言ってたよ。それに、煙草吸わないじゃない」

「父さんの前では喫わなかっただけ！」

「母さん、父さんのことだけど、言わなくちゃいけないことが――」

「あの人がさせてくれなかったことはいろいろある。煙草を喫うこと、話すこと……わたしにあったのは、庭の植物と、あなたが見つけ出したぼろぼろの古いノートだけ。あの人は話すことを拒んだの、あの……」

母が口ごもり、わたしがあとを引きとる。「赤ちゃんのこと。亡くなった赤ちゃんのことを」

母が警戒した顔でこっちを見る。まるで、わたしに個人的な傷を開かれ、すぐにそれを閉じる必要があるかのように。ふたたび母がそっぽを向いて、その細くて骨張った華奢な背中を見せる。

「母さんは、わたしが父さんを思うように、その赤ちゃんのことを思ってる」わたしが言うと、それは打ち寄せる水のごとく部屋のなかへ押し寄せてくる。ボートに乗せられるびしょ濡れの父の遺体、頭が力なく垂れている。わたしは実際には見ていないのに、記憶のように真に迫っている。この瞬間、わたしが求めるのは、生きている父の声と父の笑顔だ。父を返してほしいけれど、それはできないとわかっている。

　母は火をつけていない煙草を落として、窓のほうを向いている。母のことばを聞きとるには身を寄せなくてはならない。「たまに寝ぼけていると、ベッドにボイドのぬくもりを探して、彼は沼で時間を過ごしているだけじゃないかと思うことがあるの。それで目をあけて、はっと驚きに打たれる。もう彼がわたしの隣で横になってることはないんだってはじめて気づいたみたいに」母は窓台を握っている。

　その悲しみの最中にある母に寄り添い、一度でも同じ瞬間を分かち合うべきなのだけれど、むつかしすぎる。それで母とわたしが決裂した岩棚にふらふらと向かっていく。「それで、赤ちゃんは？」

　母が振り返り、近づいてきて、わたしと目を合わせる。母のことばはゆっくりで慎重だ。「ロニ、その悲しみは絡まり合っているの。なぜ亡くなったのか知りたかったのに、だれもたしかなところは教えてくれなかった。転ぶ前におなかのなかで亡くなっていた可能性もあるのよ」

「でも、母さんはわたしを責めた」

「そしてその後、あなたを赦した」

「ほんとうに？　そのことをわたしに話した？　そのことを少しでもわたしに話した？」顔がぴりぴりして、声が荒くなる。「わたしに赦しは請うた？……そういう態度をわたしにとったことに対して」

「その後、お父さんまで逝ってしまって、わたしは頑張り方がわからなくなってしまった」視線がさまよう。

　わたしがやさしければ、母を赦すところなのだろう。でも、そんなことはしない。母がまたこんな状態になることはないかもしれない。わたしは手の付け根で鼻をこする。「そんなのずるい」呼吸が途切れ途切れになる。

　母が近寄ってきて、わたしを抱きかかえる。わたしの髪に口をつけて言う。「そういうことが何も起こらなかったらよかった。あの赤ちゃんを亡くすことなんてなければよかった。あなたにとってわたしがもっといい母親ならよかった。もしあなたがその責めを負ったのなら、いますぐその荷をおろしていいのよ」そっとわたしから体を離して、両肩をつかみ、ひとつひとつことばをはっきりと発音する。「あなたの責任じゃなかったんだから」

一分後、わたしは言う。「まだその子のことを考える？　赤ちゃんのことを」

母はまた背を向け、窓のほうを見る。「父さんのときと同じで、もう平気だと思ったとたん、悲しみが襲ってきて、わたしをつかまえるの」

外は横殴りの雨になっている。母は嵐を見ている。肩をかがめているその姿に、物干し竿の下で悲しみに屈している、若かりし日のルースの姿が見える。

58

雨がやんだときに、わたしは外へ出て車のところまで行く。しばらく通りを見るともなく見ている。また雨が降ってくる。ほかの車も激しい雨のなか、ライトを揺らしながらはいってきて、駐車する。銀色のキャデラックがわたしの前を通り過ぎ、〈F&Pダイナー〉の前に停まって、ライトを消す。最初は気にならなかったが、そのうちにだれの車なのかに気づく。でも、そんなわけがない。シャペルはいまごろ逮捕されているはずだ。フィルが取り計らっているはず。近くで稲光が走り、その車のなかで嵐がおさまるのを待っている運転手の姿が照らし出される。

ストロボのような怒りが全身を駆け巡る。なぜまだシャペルは自由の身なのだろう。車で町を移動して、好きなところへ行けると思っているんだろうか。わたしの父を殺しておきながら。父が故意にわたしたちを置き去りにした、とずっとわたしに思わせておきながら。テネキーに二世代ぶんもそんな噂を流しておきながら。わたしは車から降りて、通りを渡る。

フランクは車のドアをあけて、傘をひろげ、立ちあがる。「おや、ロニ・メイじゃないか！」いまにもルバーブのパイのレシピを交換するつもりのような、偽の魅力を振りまく。「おい、びしょ濡れじゃないか！」自分の傘に入れてくれようとでもするかのように、こっちに寄ってくる。「ダイナーにはいろう。コーヒーでもおごるよ」

「だまれ！」

「は？」

「気持ち悪い声で呼ばないで、この……この……虫けら男」

「ロニ・メイ、どこかおかしくなったのかい」

「あんたが父さんを殺した！」

傘の下から、フランクの目が半ば何かを認め、半ば疑うようにわたしをまじまじと見つめる。それから二枚目俳優のようににっこり笑う。「なあ、ロニ・メイ、自分の父親の悪いところを信じたくないのはわかるが――」

「あんたの奥さんと話した！　あんたのしたことを知ってる人たちと話をしたの！」

そのときフランクの表情が変わる。目の前にいるのは、わたしの知っている人ではない。その顔は、敵の顔だ。「それはまずいだろ？」フランクがわたしの手首をつかむ。年齢のわりに力が強い。痛みが激しい。手の小骨や手首くらいなら折ることもできそうだ。

「こないだ、チャンスがあったときに、おまえを始末しとくべきだった」フランクは自分の車のほうへわたしを引っ張りはじめる。「カヌーでやってきたあのむかつく野郎がいなけりゃ、おまえを森林保護区に置き去りにできたのに」

全体重を後ろにかけても、この綱引きはわたしの負けだ。

「過去を掘り返すなと言ったのに、年長者に敬意を払わないんだな」

わたしは悲鳴をあげはじめるが、雨のせいで、だれにも聞こえない。みんな家のなかにはいってしまっている。「わたしを亡き者にしたって、どうにもならないわよ！」わたしは叫ぶ。「町のみんなにしゃべったから！　州警察にも話したし！」

嘘だったけれど、一瞬フランクは動揺したらしく、つかむ力がゆるんだ隙に、わたしは手をひねって抜き、駆けだす。フランクはつかまえようとするが、あっちは歳寄り、こっちは若い。かつてないほど速く走り、じいちゃん御殿めがけて、母と、安心できる場所めがけて走っていく。

空が割れて、ゴロゴロと轟く。わたしはしぶきをあげながら駐車場の水たまりを走り、前進する。聖アグネスのスライド式のガラスドアが開いて、勢いよくわたしを人造大理石の床にほうり出す。あらゆる表面から——わたしの肌から、靴から、目から、耳から——水があふれ出す。室内の空気はひんやりしていて、腕の毛が逆立つ。

立ちあがり、振り返って、ガラス戸と雨の隙間から外をのぞき見る。キャデラックは消えている。わたしはしばらくじっとその場に立ち尽くす。女性がひとり、受付に出てくる。振り返ると、その女性はじっとこっちを見ている。

「何かご用ですか」その人が言う。

その顔には疑念があるが、彼女のほうが表面にいて、わたしは水のなかだ。わたしは何をしてしまったんだろう。愛するみんなを危険にさらしてしまった。わたしが話をした可能性のある人物はだれであれ、狙われかねない。フィルに電話をしなくては。わたしの電話も、バッグも、すべて車のなかにある。受付の女性に、交換台の送受信器を使わせてもらえないか尋ねたら、壁の電話を示された。

弟に電話をかける。「なぜフランクは刑務所にいないの？　地方検事のところへ行くと思ってたのに！」

「ロニ、落ち着いて」フィルが言う。「逮捕する前に、証拠をすべて集めてるところなんだ。逃げられると困るから、警戒されないようにしてる」

「だったら、わたしはものすごく愚かなことをしてしまった」わたしは何が起こったかを伝える。

「すぐそっちに行くよ」フィルが言う。

わたしは電話を切って、ヘンリエッタの番号を聞こうとパナマシティの番号案内にかける。「ミセス・シャペル」わたしは言う。「その家を出たほうがいいと思います」理由を説明してから電話を切り、受付のもとへもどって言う。

「聞いて。もしルース・マローを探してだれかが来たら……」

受付係はパソコンの画面を見ている。

わたしは声を荒らげる。「ねえ、わたしの話を聞いて！」

受付係が顔をあげる。

「人の生死がかかった問題なの」わたしは彼女の注意を引く。「フランク・シャペルという人が――背の高いお歳寄りだけど、ものすごく力が強くて、たぶん制服を着てるわ――やってきて、わたしの母に面会を求めたら、どんなに公式な話で、問題なんてなさそうに思えても、絶対に会わせないで。あなたの手伝いに、いちばん体の大きな警備の人に準備してもらって。フランクって人、殺人者だから」

受付係は警戒の表情になるが、それではまだじゅうぶんではない。わたしはマリアマを探して、事情を説明する。

「心配しないで」マリアマが言う。「人殺しに対処したことがあるから」

わたしはマリアマの顔を観察する。マリアマは比喩として言ったわけではない。

黒っぽい目でわたしの目を見つめて言う。「わたしがどこの出身か、話したわよね」

わたしはさっと計算をする。一九九〇年代、父の死によってわたしの世界が打ち砕かれたころ、シエラレオネは内戦で過酷な状態だった。マリアマは十代後半を、自分のまわりのものすべてが粉々になるのを見ながら過ごしていたはずだ。わたしは大学の教室で、それを事実として学んだ。マリアマはその事実を生きていた。頼りにするようになったこの女性の人生について、わたしはほとんど考えてこなかったということだ。

マリアマが認知症病棟のドアを一瞥する。「あのドアは両側から施錠できる」視線をわたしにもどして言う。「わたしたちでルースを危険から守るわ」

59

フィルがロビーに駆けこんでくる。「ロニ!」そしてマリアマを見る。「ああ、やあ」そう言って、すばやく息を呑む。マリアマの名前も知らないのだろうか。「ロニを安全な場所へ連れて行かなきゃ」わたしを見て、目をぱちくりさせる。「さあ。ロニの車は駐車場に置いていこう。ランスに連絡しといた。パトロールカーからこの場所を監視してくれるって」フィルは半ばパニックに陥り、半ば活気づいている。フィルがやる気になったのはうれしいけれど、やる気ならきのう出してくれるべきだった。忌々しいシャベルがすでに塀のなかにいれば、どんなによかったか。

フィルは自宅まで――〝安全な〟場所まで――ずっ

とタイヤを焦がして走った。空はいつしか晴れ、子供たちは庭に出ていて、フェンスの穴はふさがれている。フィルとタミーとわたしは、ダイニングルームにすわっている。フィルが目の前の何も書いてない法律用箋を鉛筆でコツコツと叩く。「じゃあ、計画を立てないと。第一に、ロニは町から出るしかない。全貌を知ってるとシャペルが確実に知ってるのは、ロニひとりなんだから」

「でも、わたしと、シャペルの元妻と、サロンで待ってた全員もよ。いまごろはもう、おのおの確実にニュースを広めてるはず」

フィルは椅子に背を預ける。「そいつは考えてなかったな。でも、それはこっちの有利に働くかもしれない。シャペルも町全体の人を殺せないから」

タミーが言う。「そうよね。ゴシップは善の力になりうる。もちろん、意地の悪い噂をロニが勝手に流した、ってあっちが言うこともできるわ」

「それは向こうもきっと承知してる」わたしは言う。「だけど、どうして逮捕できないの？　あいつが何をしたかわかってるのに」

「地方検事がぼくとバートに説明してくれたところによれば、凶器が見つかっていないし、遺体は二十五年前から土のなかだ。いまあるのは、ふたりの老婦人の証言だけで、しかもひとりはフランクの元妻で、恨みを持ってる。つまり、殺人事件に関しては、いまのところまだ情報があまり多くない。でも、少しばかり税金について調べてみたんだ」フィルは笑みを浮かべる。

「それで？」

「フランクとエルバート・パーキンズはインヴェストメンツ・インクっていうペーパーカンパニーの共同経営者なんだ。かなりうまい手だけど、その会社のすべてをぼくがたどることができれば、多くの税金詐欺が見つかって、あのふたりは刑務所から出られなくなるだろうね。もしいま、ふたりを刑務所に入れることができれば」

「ごめん。わたしがばかだった」わたしは言って、長い息を吐き出す。

フィルが言う。「オーケー、計画にもどろう。どこに逃げるつもり？」

「逃げるつもりなんてない。フランクはあなたか、母さん――あるいは子供たちを狙ってくるかもしれないのよ、冗談じゃない！」庭のワニ――いまとなっては、火を見るより明らかだ。フランクの仕業にちがいない。

フィルの髪の生え際が汗で湿っている。「落ち着いて。たぶん、子供たちは二日ほど学校を休ませるよ、連鎖球菌に感染したとか言って、警戒心をいだかせないように。でも、いまシャペルは怯えているだろうから、逃げるかもしれないね。母さんはだいじょうぶだと思う。何も覚えてない、ってシャペルだって思うだろ。少なくとも、八十パーセントは実際そうだしね。聖アグネスの人たちと話をしてたよね。ランスも二十四時間体制で人を寄越すって。バートにも話を……」

わたしは目玉をまわす。

「バートのことをよく思っていないのは知ってるよ、ロニ。でも、バートは自分の会社の私立探偵にシャペルの家を監視させてるんだ。ロニ、ミセス・シャペルにもう電話したんだよね？　ミセス・シャペルは深刻な脅威にさらされるかもしれない」

「ああ、ほんとわたしときたら」

「まあね」フィルが言う。「でも、ぼくがいちばん心配してるのはロニのことだ。シャペルがだれかを追ってくるなら、それはロニだろうね」

タミーが言う。「だからあなたには出発してもらわなくちゃ、ロニ。道中で食べるサンドイッチ要る？」

立ちあがり、キッチンへ向かっていく。

「ええ、ありがとう、タミー」タミーはほんとうにいい人だ。サンドイッチとともに長いドライブに送り出してくれた人はだれもいない。たぶん、ふたりが正しくい。わたしにできる最善のことをする頃合いなのだろう。それは逃げることだ。

わたしの車があるところまでフィルに乗せてもらってもどり、待ち伏せされているのではと思い、あたりを見まわす。

フィルが言う。「でも、タラハシーのアパートメントにもどっちゃだめだからね。シャペルが真っ先に探す場所だ。どこへ行くつもり？　ついていこうか」

わたしはいかにも姉らしい顔をしてみせる。

「わかった」フィルはそう言って、自分の車にもどる。「でも、どこへ行くにしろ、連絡して。それとじゅうぶん気をつけて」

わたしはテネキーから出て、アドレーの家で車を停める。

葉影の落ちる部屋で、わたしはふたたび彼の隣に寝転がって、あれから何が起こったかを語る。

「ここにとどまって、おれといればいい」アドレーが言う。「そのシャペルってやつはおれのことをよく知らないし、おれたちふたりを関連づけて考えることはないと思う」

「わたしたちがありえそうにないカップルだから？」

わたしは言う。

「そうかな」

そのとき、わたしはネルソン・バーバーのことを思い出す。〝**あのアドレー・ブリンカートってやつがあんたにこの怪物を貸したのか**〟

わたしは上半身を起こす。「あなたが買う前のカヌーショップの所有者はだれ？」

「さあ。会ったことはないんだ。インヴェストメンツ・リアルエステートとかなんとかいう会社と取引をした」

わたしはさらに身を起こす。「インヴェストメンツ・インク？」

「ああ、そんな感じ」

「それで、エルバート・パーキンズが取引を担当したのね？」

「ああ。でも、どうして？」

わたしは立ちあがり、ズボンの脚につまずきながら着替えはじめる。「くそっ。くそっ。くそっ。くそっ」

「どうした？」

「エルバート、フランク、インヴェストメンツ・インク。三つはつながってる。だから、もしエルバートがあなたを知っているなら、フランクはエルバートと知り合いで、ふたりはあなたとわたしのことに気づいて……」

わたしは服を引きずって、ベルトをはめながら、階下へおりていく。アドレーは立ち止まってジーンズを穿き、それからあとについてくる。「ここにいると、あなたを危険に巻きこんでしまう」

自分の車に着くと、なけなしのものを中へほうりこむ。アドレーは、キッチンの鋭い調理用ナイフをわたしが自分のスウェットシャツにくるんだことを知らない。護身用だ。

「どこへ行くんだい」アドレーが訊く。

「わたしにできる最善のことは、さっさと出かけて、そのことを町じゅうに知らせること。うまくいけば、フランクがわたしを追ってくる」

「見つからないよう隠れたいんだと思ってた」

「あの男から隠れても意味はない。つかまりたくはないけれど、ここから引き離して、愛する人をだれひとりあいつに傷つけられないようにしたいの」頭に浮かんでいるのは、もっぱらボビーとヘザーだが、アドレーの両眉が吊りあがる。

車のそばで、アドレーがわたしを抱きしめ、キスをする。

〝じゃあね〟がまた〝こんにちは〟になる前に、わたしはそっと彼を引き離して言う。「また来るから」

ガソリンスタンドで、満タンにガソリンを入れ、特大サイズのコーヒーとレッドブルのエナジードリンクを数缶買って、作戦を考える。

最初に停まるのは、エルバート・パーキンズの不動産事務所だ。車内にすわったまま、ときおり上やまわりに目を配りながら、親しみをこめたメモを書く。


ハイ、ミスター・パーキンズ！

あすワシントンへもどるの。でも、近くにちょっとした土地を買うことにはまだ興味があるから、もしよさそうなところがあったら連絡して。


DCの職場の電話番号を添えて書く。ここを出ることをエルバートに伝えれば、フランクに言うのも同様ではないかと期待を寄せる。メモは書いたものの、出かけるのはあすではなく、いますぐ発って、相手に先んじようと思っている。

ドアの下にメモを滑りこませて、ふたたび走りはじめたときには、すでにあたりが暗くなっている。わたしにとって都合のいい時間ではない。けれども、ジョージアにははいっておきたい。なぜなら、フランクもおそらくそうするだろうから。犯罪者が州境を越えたら、連邦法違反になるんだろうか。それとも、フランクに見つかったら、アドレーのキッチンナイフをフランクに向け、わたしのほうが犯罪者になるんだろうか。

運転している時間が長くなればなるほど、考えがこんがらがっていく。カフェインの摂りすぎかもしれない。

真夜中ごろ、ジョージア州ヴィエンナの標識を過ぎ、冷たいコーヒーをちょうど飲み終えたとき、二車線左のやや後方に銀色のキャデラックの姿をちらりととらえる。脈が速くなる。

わたしは低速車線を走り、キャデラックを先に行かせながらも、絶対に真後ろにつかないよう、目立たない距離を保つ。向こうの窓の奥は確認できないけれど、わたしに気づいていなければいいと思う。向こうはドライブインに車を入れ、わたしは直進する。もしあれがフランクなら、わたしに気づいていないはずだ。わたしはアクセルを思いきり踏む。

この一時間半、トイレに行きたくてたまらず、たとえ追いつかれる機会を与えることになっても、車を停める。わたしは顔に水をかける。睡眠不足とコーヒーの飲みすぎで、妄想に駆られてしまう。フランクはどこにいてもおかしくない。いま女子トイレの外で待ち伏せしていて、絞め殺してやろうと、てぐすねひいているのかもしれないし、ノースダコタのどこかにいて、金を数えながら笑っているのかもしれない。歪んだ鏡に映る自分の顔を見る。もしフランクがすぐ近くにいたら、もし追いついてきたら、わたしはあのナイフを使って自衛せざるをえまい。そうしたらどうなるんだろう。普通の生活を送れるんだろうか。わたしは蛇口を締めて、こそこそと自分の車までもどる。

正気を保たなくてはならない。わたしはスミソニアンで働いていて、八週間の休暇は尽きようとしている。仕事を失いたくないし、正体の割れた人殺しの手にかかって死にたくはないし、避けられるのであれば、自分自身が人殺しにはなりたくもない。メーコンで、二十号線を目指し、そこから九十五号線を北へ向かうことになる。十時間後にワシントンに着くだろう。このごたごたを捨て去って、自分の人生を取りもどせる。

言い換えれば、逃げるのだ、いつもそうしてきたように。わたしは父から逃げた。父の人生最後の日、一緒に行くかと誘われたときに。母からも、母の悲しみと自分自身の悲しみからも逃げた。わたしは幼い弟と、弟から寄せられていた信頼と愛情からも逃げた。弟がこちらを見あげて、「行ってほしくない」と言ったときに。うまくいきそうになるとどの恋人からも逃げてきた。アドレーからも逃げようとしている。わたしは家族から、故郷から、父を殺した相手から逃げようとしている。

オーガスタを出てすぐ、ホテルの部屋をとったほうがいいと気づく。アイロン台が道を横切るのを見たからだ。ハンドルを握ったまま眠ってしまいそうだ。幹線道路の出口にある背の高い看板が〝モーテル〟と告げていて、わたしはランプをおりる。モーテルの駐車場を見つけたが、どこにフロントがあるのかわからない。二階建ての建物をふたつほど通り過ぎる。二階の部屋の歪んだカーテンから、細い光が漏れている。多くの窓が割れていて、段ボールでふさがれている。どの駐車場も錆びついた車でいっぱいだ。こんなにさびれているのに、満室らしい。真夜中で、あちこちライトがついているのに、奇妙に静かだ。わたしはようやく、〝フロント〟と弧を描いてペイントされている板ガラスの窓の前に車を停める。ここに泊まる気はないが、またトイレに行きたい。デスクの向こうにはだれもすわっていない。思いきってデスクの前を通って開けたエリアに出ると、〝女性用〟と書かれたドアが見つかる。ドアを押しあけるや、糞尿の悪臭に迎えられる。最初の便器は、あふれているばかりか汚れていて使えない。次の便器については、汚れはさっきよりましだが、便器と壁とをつないでいるはずのパイプがなくなっている。三番目は、便器そのものがない。いったいどういうところなんだろう。

出ていくと、広い部屋で男がひとりぶらぶらしているのが見える。男が振り返って、わたしに笑いかける。歯がほとんどなくて、わずかに残っている数本は茶色く変色している。「あんた、場ちがいだ」男が言う。

わたしはうなずく。自分の車へ駆け寄らないようにするので精一杯だ。

わたしはスピードをあげて幹線道路へもどる。あのひどい場所はなんだったんだろう。あそこには人がいた。〝満室〟。夜明けが遅いのは、わたしがひどく世間知らずで、普段の生活が最悪なものとはかけ離れているからだ。あそこは、依存症者の地獄へとつづく道の終点だった。そういう場所を呼ぶ名前がある。雑誌で見た。分譲アパートならぬ〝掃溜めアパート〟。あそこにいるのは、フランク・シャペルのような人間に薬づけにされた人たちだ。フランクにとっては単なる金のなる木にすぎず、そのためなら人殺しさえする。でも、あそこにいた人々はもちろん、同じような多くの人々にとって――そこにはフランク自身の息子も含む――あの場所は、人生の袋小路なのだ。

次の出口でウィンカーを出し、方向転換をして南へもどる。逃げるのはもうやめだ。あの男が何をしたのか、〝高潔な〟フランク・シャペルがいかに道徳意識のない人間なのかをみんなに知らしめなくてはならない。報いを受けさせなくては。

午前三時にもかかわらず、眠気の峠を越えて目が冴えてくる。携帯電話は接続された状態で、いきなりうなりはじめる。真夜中に電話をかけてくるなんてだれだろう。わたしは青色の応答ボタンにふれる。

「おまえのせいでひどい目に遭った」

シャペルだ。

「フランク?」

「おまえも苦しめ」

「どこにいるの、フランク」どうしてわたしの携帯電話の番号を知っているのだろうか。もちろん、わたしが電話をしたからだ。何度も何度も、フランクがキッチンの床で傷ついて倒れていたときに、心の底から心配して。フランクがほんとうはどんな人間なのかを知らなかったときに。おそらく、ほんとうに殴り倒されたのだろう。フランクがどういう類いの相手と取引をしているのかはだれにもわからない。わたしが執拗に心配したせいで、わたしの携帯電話の番号が何度も何度もフランクの電話の発信者番号に登録されたのだ。

「どこにいるの?」わたしはふたたび言う。

フランクがうなる。「わたしがどこにいるかは気にするな。わたしはおまえがどこにいるのか知っている。肝腎なのはそれだけだ」

血液がつっかえながら、震える指のほうへ流れていく。知っているわけがない。こけおどしだ。わたしがどこにいるのか、フランクが知っているわけがない。だって、真夜中に、南へ向かってだれもいない平らな幹線道路を移動中なのだから。

わたしは叫ぶ。「報いを受け……もしもし?」でも、フランクは電話を切っていた。

車の下で道路が移動していく。ほんとうにわたしの居場所を知っているんだろうか。エルバートに話をしていたら、わたしはまだ町にいて、あすの朝出かける心づもりだとフランクは思っただろう。たぶん、タラハシーのあの殺風景で小さなアパートメントにいると思っているのかもしれない。横になって休む必要があるから、あの部屋にいたい。まともに考えられない。頭が疲れきっている。


幹線道路で、後続の車がライトを点灯させる。こっちは低速車線にいて、制限速度を二、三マイルオーバーして走っているのに、いったいどうしろというのだろう。わたしは窓から手を出して、お先にどうぞと合図をする。ところが、後続の車はアクセルを踏み、こっちのバンパーに近づいてくる——あまりに迫られ、こちらもスピードをあげざるをえず、衝突はまぬかれる。相手はさらにスピードをがんがんあげてくる。

なんてこと。油断してしまった。どういうわけかフランクが追跡している。わたしが疲れるのを待ち、いま車でわたしを殺して、事故に見せかけようというのだろう。バックミラーに目を据えるが、見えるのはテールに迫りくる後続車のライトだけだ。前を見ると、ゆっくり前を走る車にいまにもぶつかりそうだ。確認もせずに、わたしは左に車線変更する。相手も数インチの距離を保ってついてくる。

右車線が空くと、すばやくそちらへ乗り換える。出ロのランプがあって、そこにワッフルハウスでもクラッカーバレルでもなんでもいいから、急ブレーキをかけ、オーバーヒートしたこの車から飛び降りて、助けを求めて叫べるところがどこかにないだろうかと期待しながら。もしわたしに少しでも度胸があるなら、引き返して、自分の身を守ろう。出口を探していると、相手のライトが左へ動いて、追い越し車線でわたしをつかまえようとする。わたしは銃口が向けられているのではないかと思いつつ、血走った眼でそちらを見る。

ところが、そこにいたのは、トヨタ・カローラに乗った四人の男子大学生で、わめいたり笑ったりしながら、わたしに野次を浴びせてきた――運転していてハイになったのか、あるいは酔っ払ってけしからん愚かな行為にふけっている男子学生たち。彼らの車のテールライトが遠くで光る。

わたしは右折のウィンカーを出して、路肩に車を寄せて停める。汗に濡れた額をハンドルに乗せる。

こめかみの血管がドクドクいっているのがおさまると、わたしは徐々にスピードをあげて、道路にもどる。でも、次の出口、クロウフォードヴィルでおりる。テネキーのそばにフロリダのクロウフォードヴィルがあるので、ジョージアのクロウフォードヴィルはおそらく安全だろう。わたしは〈コンフォート・イン〉の看板に従う。今夜はもう運転できない。わたしにいやがらせをするために、シャペルがあの大学生たちを雇った可能性はあるだろうか。ここで車を停めさせるために。いま、わたしは猜疑心のとりこになっている。

ホテルの台帳に記入しているあいだも、隣の人の足元を見てみると、シャペルの仲間であるエルバート・パーキンズと同じようなブーツとドレスパンツの折り目が見える。心臓がぎゅっとつぶれて、思わず男の顔に目をやるが、そこにはカウボーイハットをかぶった皺くちゃの老人がいるだけだ。それでもわたしは自分の部屋にはいって、ドアを二重にロックし、ずっしりした椅子をドアの前まで運んでいく。

ホテルのベッドで、瞼が重くなってきて、いい流れに乗るが、それもほかのいろいろな映像が頭に浮かんでくるまでだ――逃走中のシャペルとエルバート、血を流すルバーブにあてられるシャペルのナイフの鋭い刃先、後頭部を打つカヌーのパドル。人生最高に平和な眠りとは言えない。

日差しが目にあたり、まだ二、三時間しか寝ていないのに、目が覚めてしまう。フィルに電話をすると、シャペルもエルバート・パーキンズも姿を見かけていないし音沙汰もないという。それからわたしは遮光カーテンを閉めてベッドにもどり、アドレーに電話をする。ボウルにシリアルを入れる音と椅子を引きずる音がする。朝食のテーブルについているのだろう。

「だいじょうぶかい?」アドレーが言う。

わたしはもどっている途中であることを告げる。危険や恐怖はもちろん、フランクの死をまた望んでいることについては話さない。わたしが望むのは、アドレーの心地いい声だけだ。朝食のあいだ話しかけていてもらう。話すネタが尽きると、ボックススコアや釣りの情報、はては天気予報まで読みあげてくれと頼む。それも読み終えると、わたしは言う。「水の話をして」沈黙がおりる。アドレーが家から出てドアを施錠し、トラックに乗りこんで、仕事へ向かう音がする。

アドレーが言う。「水の話をするよ」

「ええ、そうね、事実と。数字と。普通の聞き手なら退屈するだろうこと」

「ああ、了解」トラックのイグニッションの音が聞こえたあと、アドレーが電話をスピーカーに替える。「いいかい。フロリダでは一日千五百億ガロンの雨が降ること、知ってた?」

「毎日?」わたしは眠くなってくる。寝かしつけにぴったりの話だ。

「ああ、そうだ。結局、フロリダの帯水層にはいま、二千兆ガロンの水が流れてる」

「話しつづけて」わたしはアドレーの声の響きが好きだ。

　アドレーがさらにいくつか事実を物語り、それから言う。「聞いてる？」

「ええ」

「十分休んで、ロニ。じゃあ、また」

　わたしは遮光カーテンに隠れて、その日の大半を寝て過ごす。〈コンフォート・イン〉は二日ぶんの代金を請求しようとしたが、一日半の料金に負けてもらう。

　また南に向かって走りはじめて、ジョージア州のティフトンを過ぎたところで、裏道を進む。州境を渡ってフロリダにはいると、銃の展示会の看板が、いかに簡単に銃を持った女犯罪者になれるかを示しているのを見る。路肩に車を停め、お金を払って中へはいる。いくつかのテーブルを見て、クエーカー教徒で非暴力のアドレーと、厄介な蛇で自衛本能の塊みたいなフランクを比べて考える。あるブースの男が七千ドルの銃を売りつけようとする。一分間に千発撃てるのに、奇跡的に自動小銃とみなされていないのだという。「だから、販売に制限なし！」そのセールスマンは全身迷彩柄の服を着て、満面の笑みを浮かべている。「おひとつぜひ！」わたしはテーブルからテーブルへ移動しながら、殺すための道具ばかりなのに圧倒されていた。フランクとその仲間たちがここにやってきて、車に詰めるだけの商品を持って出ていくさまを想像する。わたしが出口を抜けて、弱まりつつある日差しのなかへ出たときには、手ぶらだった。

　タラハシーに着いたころには、あたりは暗くなっている。フィルのところにも、アドレーのところにも行かない。フランクの狙いはわたしだ。自分が愛するだれかのもとにフランクを引き寄せる気はない。わたしはペイズリー柄のラヴシートを、施錠したアパートメントのドアに押しつける。靴を脱ぎ、服を着たままシュニール織りのベッドカバーをかぶる。アドレーの家から拝借してきたキッチンナイフを、シャツにくるんだまま隣に置く。侵入してきたフランクが、予想以上に準備万端なわたしを見つけるというイメージが、頭のなかで二重鍋のように沸きかえっている。両手と熱い額が脈打つ。わたしは警戒を怠らない。さっとベッドにもぐりこむ。頭を枕に乗せるけれど、フランクに不意を突かれたりはしない。目を閉じるが、一度に一秒ずつだ。それが二秒になり。三秒になる。知らぬ間に朝が来ていて、わたしは死人のように眠っていた。

60

五月七日

夜が明けきる前に、鳥が鳴きはじめる。わたしはひどく疲れているが、無傷だ。夜のうちにだれもわたしを殺さなかったようだ。

起きあがり、ドアの前からラヴシートをどかして、頭をクリアにしようとする。わたしをひどく脅かしている人間から逃げるのを拒絶した。これからどうしよう。

ラヴシートにすわり、室内を見まわす。鳥のスケッチが壁にテープで留めてある。地、水、空という自然界の三つの要素のなかで生きるヘビウのスケッチ。カナダヅル、アオサギ、ハクトウワシ、赤いポンパドゥール頭のエボシクマゲラという最後の四羽を描いた習作。仕上げた絵は渡しただろうか？　わたしは紙挟みを調べて、それらがそこに無事にあり、手渡されるのを待っているのを確認する。

仕分けのすんだ重い本の箱が五つ床にあって、おろされるのを待っている。九・一一以来、人々は〝恐怖のなかで生きるなら、テロの勝ちだ〟という。フランク・シャペルのせいでスケッチを届けられないとか、この本を寄付するありふれた作業を終わらせられないなんてことにはしない。その作業の最中にフランクが追いかけてきても、わたしは逃げない。

本のはいった箱を、自分の車のもとまで長々と運びおろす。往復するたびに、周囲をきょろきょろと見まわす。

三箱目の重みに四苦八苦していたとき、男がひとり、歩道を慎重に歩いてくる。わたしは本の箱を落としそうになる。でも、フランクじゃない。ネルソン・バーバーだとかろうじてわかる。髪を切り、ひげを剃り、赤いチェックのシャツも清潔に見える。

「どこにいたんだ？」ネルソン・バーバーが言う。「ほら、その箱持ってやるよ」箱を奪いとろうとするが、わたしは手を放さない。「それで、どこへ運ぶ？」箱を取りあげる。

わたしは自分の車の後ろを指さす。

ネルソン・バーバーはトランクの、すでに置いてあるふたつの箱の隣にそっとその箱をおろす。それから顔をあげる。「フランク・シャペルはあんたが思ってたような聖人じゃなかっただろ？」

わたしは首を振って認める。

「ほかにも運ぶ箱があるのか」

わたしはうなずいて、アパートメントへ向かって歩く。

ネルソン・バーバーも一緒に歩いてきて、なぜかわたしはそれを止めない。「インヴェストメンツ・インクって会社について聞いたことは？」

わたしはうなずく。

「そうやっておれから店をとりあげたんだよ。エルバートと、あんたの親父さんのいわゆる友人のフランクとが。おれがいかれちまったとみんなに信じさせたんだ。ひどくたちの悪い噂を流してな。小さな女の子たちを物置に閉じこめたとか――」

ネルソン・バーバーは途中でことばを切る。小刻みに首を振りつつ、歯を食いしばって。

「人にきらわせるのにこれ以上の手はない……なぜって、そのむかつく嘘にこっちが何を言っても、人は疑うことをやめないからだ」下唇が震える。

以前は妄想を言っているように感じられたが、いまは真実を話しているのだとわかる。最後の箱が車におさまるころには、フィルが疑いかけていたいろいろな細かい点を、ネルソン・バーバーがおおよそ埋めてくれていた。インヴェストメンツ・インクがどんなふうにフランクとエルバートの麻薬資金の洗浄に利用されていたか、フランクがキャデラックをはじめとする贅沢品をどう維持しているか、エルバート・パーキンズがどれほどいかれた慈善家であるのか。いかれた老人の陰謀論じゃない。ほんとうの話だ。

「ミスター・バーバー」わたしは言う。「ごめんなさい、以前は……話をよく聞かなくて」

「ふん」

「それとあなたじゃないですよね……」

「何が？」

「あの……いたずら」

「いたずらってどういう？」

「あの、アルフィの伝書鳩みたいな……」

「おれの仕業だと思ってたのか。お嬢さん、あんたこの州から出て長すぎだ。みんな知ってるよ、隣人たちがアルフィの鳥をきらってたこと。芝生の調度が糞だらけになっちまう」

「……それに、タラハシーでタイヤに落書きされて、ここで車を汚されたの……アパートメントから車まで粒餌を撒かれて……」

粒餌。高校のときロッカーにはいっていた粗挽きの穀物。ロザリアとブランドンはアルフィの家の隣に住んでるってエステルが言ってなかった？　死んだ鳩のいたずらをされた日、ブランドンにばったり会ったけれど、あのときブランドンは腹のうちで笑っていたのだ――ブランドンは飼料倉庫で働いている。わたしはなんてばかなんだろう。

「おや、そういうことをおれがやった、といまでも思ってるのか」

「いいえ……」わたしはかぶりを振る。「フランクだと一瞬考えたけど……」

「それじゃ、おれたちのあいだに問題はないいな、一応」

「どこかまで乗っていく？」わたしは尋ねる。

「いや、いいよ。自分のトラックがあるから。いずれにしても、遅れちまう……アンガー・マネジメント――郡社会保障……なんたら……かんたらに。でも、だいじょうぶさ」歩き去りながら、にこりと笑う。その拍子に、口の横側に黒い穴が見え、歯が欠けているのがわかる。それから宙に一本指を立て、振り返りながら叫ぶ。「ああ、ワニの件、ありゃおそらくフランクの仕業だ！」

ネルソン・バーバーがトラックに乗ると、突然一陣の風が木々の梢に吹きつけ、わたしは顔をあげる。雨が降ってくる。トランクを閉めて、運転席側のドアをあけて乗りこみ、車を走らせる。

テネキーに着く前に、空は晴れ、この地域に毎日降る千五百億ガロンのうちの一回ぶんを掻き集める。アドレーにその事実を教わる前は、空から具体的にどれくらいの水が落ちてくるのか考えたことなどなく、水はただ車のワイパーに払われ、低地に溜まるものだと思っていた。

〝テネキーへようこそ〟の看板の前を過ぎる。なんであれ、命を削るようなことをする前に、貴重な荷物を保存しなければならない。ケイ・エリオットはテネキー公立図書館内に、〝マローコレクション〟と名付ける特別なエリアを設ける計画をしている。以前はVHSのテープをおさめてあった壁のくぼみにすぎないが、そのコーナーができることで、わたしの家族の本、言い換えれば、わたしの子供時代の家庭の静かな鼓動が、頑丈な屋根の下に残されることになる。

公立図書館の外に車を停め、土砂降りの雨がおさまるのを待つ。傘を差した女性がひとり、食料品のはいったずしりと重そうなビニール袋を持って図書館に近づいてくるが、中にははいらない。図書館の横の空き地を通り抜け、裏手に消える。ぬかるみをヒールで歩くなんて、わたしの理解を超えている。雨が弱まるが、もう数分待つことにする。さっきの女性がこんどは手ぶらで、傘を畳みながら、歩道へ向かっていく。友人のふりをした敵、ロザリア・ニューバーンだ。肩を揺すって叩きながら、こう言ってやりたい。〝あんたたち！　もしあんたとブランドンがあのワニの一件に関係してたら、殺してやる！〟

でも、当然ながら、いくらロザリアとブランドンの性根が腐っていても、ネルソン・バーバーの言うことは正しかった。あの一件はおそらくフランクの仕業だ。それに、もしいまロザリアに話しかけたら、シャペルのときみたいにへまをしてしまうだろう。今回のロザリアとそのいけ好かない夫は、法廷でハラスメントの罪に問われるまで、自分になにが起こったのか知りもしないだろう。

ロザリアはわたしが車から降りるのを見て、驚く。「あら、まあ、ロニ！」その口調はまるでミス好感度だ。

わたしは頬を嚙んで答える。「どうも」ロザリアは泥だらけのヒールでよたよた歩いていく。わたしはそこでぐっと踏みとどまり、本の箱をひとつ持って、両肩から後ろを交互に確認しながら背中で図書館のドアを押しあける。

テネキー公立図書館のおもな閲覧エリアには、生徒の一団がいて、ことばに飢えた虫みたいににぎやかだ。ケイ・エリオットが教師と話をしているが、わたしのほうをちらっと見る。そして教師に断って、こっちにやってくると、わたしから箱を受けとる。そのとき、わたしは姪のヘザーがいるのに気づく——ここにいるのは、彼女のクラスなのだ。わたしが手を振ると、ヘザーもうれしい驚きに息を弾ませながら手を振り返してくる。

わたしはさらに二度ほど車まで往復する。太陽が水滴を吸いあげ、空気は重く湿っている。エアコンのなかにもどって、箱を置く。汗だくだが、もうひと箱持ってこなくてはならない。外に出ようとして向きを変えると、ケイが近づいてくる。「ロニ、これを並べるのが楽しみよ！　ただ、この授業を終えてしまわなくてはならないの。そのあいだに、物置から金属のブックエンドをいくつか持ってきてもらえると助かるんだけど。そこの二番目の白いドアよ」奥のほうを指さし、手ぶりでふたつの長方形を描く。「こっちじゃなくて」空中に描いた四角のひとつを指さしてそう言い、改めてもうひとつの四角を指す。「こっちね」よくわからなかったけれど、廊下を進んでいくと、ドアがふたつあるのが見える。もちろん、物置のほうではなく、外へ出るほう、新しく増設されているほうへ行く。

工事は中断しているようだ。たぶん、おもな後援者のエルバート・パーキンズが法律からの逃亡者だからだろう。わたしは新しい木材のにおいを吸いこむ。ベニヤ板の床があるだけで、ほんの一部は造りかけの屋根で覆われているが、足場の残りは空の下にさらされたままだ。

　増設場所の向こうの湿った野原では、六羽か七羽の白朱鷺《シロトキ》が、黄色いオニタビラコやタンポポのなかで、虫を探して地面をつついている。ブックエンドはすぐにとりにいこう。シロトキが一羽、新しい土台に飛び乗り、わたしに一瞥をくれてから、飛び去る。休眠中の掘削機が、できあがった土台の端に大きな溝を掘って、土に傷がついている。けさの暴風雨が轍《わだち》にぬかるみを残している。蚊の天国だ。野原の奥には背の高いイトスギの木が何本も茂っていて、その足元に水の流れがあることを示している。青いものが視界をよぎり、一羽のサギが遠くの林におり立つ。

　でも、頼まれた仕事にもどらないと。物置。ブックエンド。開いているドアのほうへ移動すると、隅の暗いところに積まれたベニヤ板の向こうで、ガサガサと音がする。流れからあがってきたカワウソか、迷いこんだビーバーだろう。あるいは、ロザリアが持っていたような、空《から》のビニール袋が風に乗って舞ったか。と、そのとき、積まれた材木の向こうから、人影が立ちあがる。不気味な飢えた姿で、むさ苦しい顎ひげを生やしているが、胸を張って立ちあがった姿は見まちがいようがない。

　わたしの脳が、〝ここにいるのは、わたしが殺しかった奴だ〟と言う。ところが、心臓が高鳴り、〝ここにいるのは、わたしを殺したがっている奴だ〟と言う。

「やあ、ロニ・メイ」その男は笑顔で言い、積まれた木材の上から、釘抜きの付いた金槌を手にとる。

　フランク・シャペルは追い詰められている。追いこまれた動物ほど危険なものはない。わたしはあいているドアに向かって叫ぶ。「ケイ！　９１１に電話！」聞こえただろうか。わたしは中へはいるが、フランクのほうが一歩早い。わたしの両腕をつかんで、土台の隅あたりに積まれた別の２×４《ツーバイフォー》の木材のほうへ引っ張っていく。アドレーの肉切りナイフ！　どこにあるだろう。車のなかに置いたままだ、役に立たない。積みあげられた木材の上に、わたしの背中はきつい角度に捻じ曲げられる。フランクがずっしりした金槌を頭上高く振りあげる。万事休す。

「ロニおばさん！」

フランクが入口に目をやり、わたしはその隙にフランクの下から這い出る。ヘザーが飛び出してくると、フランクがすばやくそちらへ移動する。ヘザーを傷つければ、わたし自身が死ぬより苦しめられることを知っているからだ。ヘザーは慌てて逃げるが、フランクはヘザーのかわいい頭めがけて金槌を思いきり振りおろす。「やめてー」わたしは叫び、2×4の木材の山から、長さ一ヤードのものをつかむ。そしてそれをソフトボールのワールドシリーズさながらスイングすると、木材の平らな部分がフランクの耳の後ろにあたる。フランクはふらふらと、できている土台の端のほうまで数歩よろめいていく。それからぐらつき、穴のふちに倒れる。金槌が草の上に落ち、フランクはしぶきをあげて、雨水とフロリダのいい土でいっぱいの溝に顔面から着地する。

わたしは木材を手から落とし、ヘザーのもとに駆けていく。ベニヤ板の上に体が投げ出されていて、背中は動いていない。

「嘘！」涙が流れて、しゃくりあげるような呼吸ではじゅうぶんに息が吸えない。わたしは隣に倒れこんで、ヘザーの髪を撫でる。「ヘザー？　ヘザー、ベイビー？」ヘザーは微動だにしない。

時間がゆっくりと過ぎる。わたしとヘザーは永遠とも感じるくらいそこに横たわっている。やがて、わたしは小さなくぐもった声を聞く。「ロニおばさん？」ヘザーがこっちに顔を向ける。ヘザーはとても静かで、まるでパジャマパーティの最中、寝袋にはいって床に並んで寄り添っているようだ。「もう部屋のなかへはいってもいい？」

61

五月九日

ワシントンでは、ナショナルギャラリーの彫刻庭園にある噴水そばのベンチが気に入っている。きょうはそこに避難して、環の端からゆっくりとせりあがる八つの水の弧をながめる。いっせいに大きく木々の高さ近くまで盛りあがったあと、徐々に小さく縮んで消えていく。その繰り返しだ。スケッチブックを膝の上に開いているが、噴水は描いていない。どのページにも、殴られ、ふらふらまわって倒れ、耳の下から血を噴き出している男の姿がある。

あのあと、ランス・アシュフォードがヘザーを抱き、わたしをフィルの家へ連れていってくれた。わたしはヘザーが落ち着くまで、少なくとも肉体的にだいじょうぶだと確信できるまでそばにいた。フィルの家の玄関で、ランスはわたしに言った。「さて、ロニ、町から出ないでくれよ」

それなのに、わたしは町から出た。ランスをはじめとする人たちは、裁判から逃げたと思うかもしれないが、それはちがう。わたしは脳が自動操縦になるまで、十四時間ぶっ通しで車を走らせ、やがて十四番街橋でDCの朝の渋滞に紛れた。左手に見える円形の建物には、トマス・ジェファーソンの立派な像がおさめられていて、鋭い日差しがドームに反射していた。この旅の目的は、逃げることじゃない。職場に顔を出すことだ。五月十日までにもどらなくてはならない。

セオのオフィスへ行く途中、新進の政治工作員、ヒュー・アダムソンのデスクの前を通りかかったら、ヒューは〝排除〟チャートにわたしの目盛りが達するまでの日付を嬉々として数えているところだった。

「おはよう、ヒュー」わたしは笑顔で言った。ヒューは眉をゆがめた。

セオのオフィスに着くと、一連の絵を机の上に放った。「約束の水の絵」

セオは顔をあげた。「もどったのか！」

「そういう言い方もできますね」

「なぞなぞはなしだ、ロニ。二ヵ月間、高給取りのフリーランサーを使って足踏み状態だったから、きみの受信箱はあふれてる」

「いろんな意味で」わたしは色が並べられた自分のアトリエへ行こうと、背を向けかけた。

「ちょっと待ってくれ。どこかへ行く前に、そこにすわって、自分の口から説明してくれ」セオはそう言って口ひげを撫で、椅子に背を預けた。

わたしはセオの頭上を越えて、壁の一点に視線を据えた。「セオ、調整のために少し時間をください」

わたしは自分のアトリエへ行って、何も描かれてないスケッチブックをつかみ、そのまま泉のもとまでやってきたのだった。

死にいたる暴力を描いたページを飛ばして、わたしは八つの完全な水の弧を描きはじめる。その背後には、セイヨウボダイジュの二列の並木、噴水の境を描く完璧な輪郭の円形。でも、描いたものを鉛筆で塗りつぶし、完璧さを乱して、円を不規則にする。やがてその絵は、乾いた鳴き声をあげるバンや脚の長い渉禽《しょうきん》類のたくさんいる、水草の生い茂る池になる。カワセミがすばやく動きまわり、オナガガモが水面にさざ波を立てる。向こう端にはダムのはじまりさえあって、その上からはビーバーが顔を出していたりもするかもしれない。描いているあいだじゅう、波打つようなセミの鳴き声が耳を満たす。まもなくボダイジュから苔が生え、イトスギの瘤が水面から突き出して、遠くのほうでは朝霧のなかから、男性の姿が形をとりはじめる。上半身裸にオーバーオールを着て、口元にはやさしい笑みが浮かぶ。

頭上すれすれのところをふわりと空気が流れ、わたしは思わず鉛筆を手から落として、髪の分け目に手をふれる。肉体を持ったハトが羽音を立て、整然とした噴水の端に着地して、わたしを現実に引きもどす。

噴水の弧形はいつものパターンを守って流れている。噴水池の端はがっしりしている。わたしはいま、自分が属しているところにいる。期限までにもどり、ずっと夢見ていた仕事に復帰できた。スミソニアンの大家族のもとにふたたび加わり、円と格子で組まれた町、ワシントンDCの合理的な境界のなかにもどれた。すべてが整然としている。これがわたしの人生だ。

それなのになぜ、もし鉛筆を握る手がどんなときも真実を告げているとするなら、スケッチブックのこのページに、野生の混沌と、蛇やワニ、乱れた水面しかないのはなぜなのだろう。

円形の噴水を吹く冷たい風が、肌を刺す。わたしは顔をあげる。噴水のむこう側に、カウボーイハットをかぶったバーベキュー腹の男がいて、足早にこちらに向かってくる。もうシャペルはわたしを殺せないとしても、その共謀者エルバート・パーキンズならできる。わたしは立ちあがって、コンスティテューション・アベニューへ急ぐ。人がいっぱいいる歩道なら、相手もスピードを落とすだろう。

「すみません」わたしは言う。「失礼」小さな子供連れの観光客や、スクーターに乗っている人、談笑しているふたりの老婆のあいだを縫って進んでいく。

博物館に着くと、混んでいる展示エリアを押しのけて進む。等身大のアオウミガメの下を通り、古代の海の鋭い魚の骨のあいだを急ぎながら、首だけ後ろへひねってチェックする。巨大鮫の開いた顎の前を通りすぎたところで、裏の通路にはいる入口にたどり着き、わたしはカードキーを探してバッグを掻きまわす。どこにあるんだろう。カウボーイハットが群衆のなかをひょこひょこ移動しながらこちらに近づいてくる。ごちゃごちゃした持ち物のなかを探って、ようやく長方形のなめらかなカードに手がふれる。カードをタッチパッドにかざすと、電子音がして、わたしは施錠したドアの内側にはいる。小さな四角い窓からのぞくと、カウボーイハットがそのままこっちに迫ってくるのが見える。ほんとうにエルバートなんだろうか。でも、いつまでも見ていたりはしない。込み入った通路内で、わたしは〝鳥〟部門ではなく〝植物〟部門へのルートを選ぶ。

デローレス・コンスタンティンがいつものように植物の本に囲まれてデスクの後ろにすわっていて、彼女が耳にあてた受話器から、くるくるにねじれた電話のコードが伸びている。デローレスが電話を切ると、わたしは口走る。「デローレス、どうしたらいいか教えてほしいの！」

デローレスはわたしの背後に目を向ける。わたしがそっちを見ると、背の高い女性がひとり微笑んでいる。

「ロニ、娘のオーブリーよ」

「わお。ヘイ、ハイ」

オーブリーが力強くわたしの手を握る。「お会いできて光栄です」

わたしはデローレスに向きなおる。デローレスが顔を輝かせるのを見たことがなかったけれど、いま目の前で頬をピンク色に染め、輝いているとしか言いようがない。「午後は休みをとるわ」デローレスが言う。「ふたりで航空宇宙博物館へ行くつもり」

「待って、デローレス。あなたが午後休むの？」

「何事にもはじめてはあるものよ、ロニ。オーブリーがいろんな機械の仕組みを説明してくれるんですって」そう言った瞬間、デローレスの輝きがいくらか翳るが、代わりに娘の表情にそれが現れる。

それからオーブリーが言う。「お母さん、お手洗いは左、それとも右？」

「左」

オーブリーが廊下に出ていく。

わたしは声を落として言う。「娘さん、来たのね！」

「仕事でね、でもこの機会を利用するわ」

「それは……うまくいきそうね。いったいどうやって――」

「第一に、まだできるうちに半分だけやる」

「第二は？」

「アドバイスするのは、あなたのように求めてくる人だけのためにとっておくことにした。あなたが訊きたくってたまらないことって何？」

わたしは沼地と、混乱と、心をそそる無秩序が描かれたスケッチブックを見て、気づく。わたしの知らないことで、デローレスが教えられることはない。

わたしはもどらなくてはならない。

木材のことだけを話した。シャペルを半分に切断しなくてはならなくなった場合に備え、州境をまたいで肉切りナイフを携帯していたことは、バート・レフトンの助言に従って省いた。野球のバットを握り、殺そうと思ってシャペルの家に行ったが留守だったことも、判事にはだまっていた。

バートいわく、わたしは刑務所送りにはならないだろう、ということだった。「ありがとう」わたしはそう言って、足を動かし、頭のなかを真っ白にして歩き去る。いま唯一恐れているのは、シャペルを殺したことでわたしの心にどんな影響があるのかということだ。

糊の効いた白いシャツにカーキのパンツを合わせ、ネクタイをして、法廷の四列目にすわって事の成り行きを見守っていたアドレーが、駐車場でわたしのほうへ無表情で近づいてくる。ノグゼマのクレンジングクリームと水のにおいがする。ひげを剃ってきたばかりなのだろう。「乗るかい」アドレーの険しい態度が、

62

五月十七日

つまり、わたしは殺人者なのか。正当防衛による訴追免除の審理では、ノーと言っているようだ。というのも、わたしは裁判所から歩いて出てきたから。結局のところシャペルは、頭部への打撃のせいで死んだのではなかった。救急隊員が出動し、深い水たまりで吸いこんだ水を吐き出させ、頭からの出血も止まっていたが、正式な死因は溺死だった。救急隊は病院へ搬送したものの、シャペルは長くもたなかった。あなたが果たした役割は、と判事に問われ、わたしは姪のヘザーのこと、釘抜きの付いた金槌のこと、前処理された

これからの展開を告げている。

わたしがアドレーのトラックに乗るところを、弟と義妹がじっと見ている。わたしは機械仕掛けの人形のようだ。

クエーカー教徒で平和主義者のアドレーは無言で車を走らせる。わたしたちは終わったのだ。わたしはそのことを認める。

「了解」わたしはしばらくして言う。「わかってる。あなたは非暴力を信条としてるものね」

アドレーはうなずく。

「腑に落ちるわ、あなたが……ふたりの関係を……つづけたくない理由」

アドレーが速度を落とし、路肩に車を停める。「たしかにおれは非暴力を信条としてる」ハンドルに乗せた両手を見つめる。

わたしは目を閉じ、次に来ることばに備える。

「でも、ロニ、もしおれがきみと一緒にその場にいたら、おそらくもっとひどいことをしてた」

わたしは目をあける。

アドレーがこっちを見る。「きみの友達のネルソンと一緒に、アンガーマネジメントを教わらなくちゃいけなくなっただろうな」笑みを消し、トラックのギアを入れる。「それで、どこへ行きたい？」

その質問に、わたしは困惑する。自分はいったい、どこへ行きたいんだろう。

それでも、わたしは指さし、アドレーはその指示に従う。**右へ曲がって。まっすぐ。ここで。**舗装された広場があり、鳥の水浴び用の水盤、カモと鹿の石膏像が並んでいるコンクリート・ワールドに車を停める。動物は慰めだ。でもどれも凍りついて動かない。

「ここに来たかったのか」

「いいえ、まだ途中。この場所が好きなの」わたしたちはしばらくトラックから降りずにその場にすわっている。そのときふと思いつく。話したかったことがあったんだった。「通りの向かいに、酒屋を開店するつもりなの、知ってた?」わたしはいったんことばを切る。

「酒屋?」

「スピリット・ワールドって名付けるつもり」

アドレーは首をかしげてわたしを見る。それからコンクリート・ワールドの看板に目をやる。「冗談なのか?」

「ええ、あまりおもしろくないけど」

「まあ、いつかそのうち。配達担当として働くよ」

アドレーがエンジンをかけるが、発車させる前に、水盤のそばに男がひとり立っているのが見える。男は水盤のふちを撫でていて、その腕には青い蛇とナイフのタトゥーがはいっている。「あの人と友達なの?」

わたしは言う。

「だれ? ガーフかい。ああ、たしかに荒っぽい見かけだからな。でも、ほんとうはマシュマロみたいな奴でさ。大麻を吸いすぎるから、合法的なマリファナ農場への投資をずっとおれに勧めてくるんだが——絶対乗る気はないけど——カヌー造りの達人でね。実は、おれのバーチバークを造ってくれたんだ。で、もうひとつ別のを頼んでる」ちらりとこちらを見る。「念のために」

わたしは何も言わない。

アドレーがトラックをバックさせ、道路へ向かう。

「どこに行く?」

車はひたすら南へ向かい、しまいにわたしが指さして、見慣れた私道にアドレーが車を停める。わたしは車から降りて、自分の家のドアをノックする。「ミスター・メルドラム、友人に裏庭を見せてもかまわないかしら」

トラックからアドレーが一度手を振る。

ミスター・メルドラムは、あんたのトマトの苗を齧ってもいいかと訊くウサギを見るような目で、わたしを見る。「まあ……いいんじゃないすか」

わたしがアドレーにライヴオークと沼を見せているのを、メルドラム夫妻はフリルのカーテンの隙間からじっと見ている。カーテンがおりて窓が覆われると、手入れがされておらず、混沌としている植え込みのそばまで行く。メルドラムのハーブ大虐殺を生き延びた植物があるのでないか、と終始地面に目をやる。ミントとワタチョロギがいくらか、それにコンフリーも少し見つかる。これらの野生化したハーブをひっこ抜いて、小さな花束みたいにして持ち、生の輝きを感じる。

これは雑草を抜いただけで、盗んだわけではない。メルドラム夫妻が植物学上のガラクタとみなしているものを根こそぎにしているのだ。ハーブを集めながら、それぞれの植物の特性について自分の知っていることをアドレーに話す。そしてなぜか、というより拾ってきたサルオガセモドキの塊のせいだろう、わたしは父に話してもらった沼の女王についての話をアドレーに説明する。美しいけれど恐ろしく、サルオガセモドキの髪と、きびしい日差しのような目をした女王の話を。

アドレーが繰り返す。「だから女王は崇高な願いを叶える……」

「ええ、ただし、ほぼ不可能な仕事と引き換えに」

「ほぼ」アドレーが言う。「効力発生文言《もんごん》だ」

わたしはハーブの束を背中に隠し、ひらひらしているキッチンのカーテンに向かって手を振り、声をかける。「ありがとう!」それから家の横でも雑草を抜く。カレンデュラに似ていて、少しだけ野性味が強いキバナコスモスだ。

わたしたちが車に到着すると同時に、ミスター・メルドラムが玄関ポーチに現れ、裏から見てなどいなかったと錯覚させる。ミスター・メルドラムは額にあてた人差し指をちょっと持ちあげて挨拶する。

わたしたちはシダー材の植木箱と土を買いに園芸店に寄る。わたしはトラックの荷台で、くすねてきたハーブをていねいに並べ、根のまわりを土で覆う。アドレーが少し色の暗い鉢植え用の土を振りかけ、わたしはミネラルの香りを吸いこみながら、小さな植物のまわりを固める。

道路にもどると、トラックはすばやく進む。松の木漏れ日が、アドレーの白いシャツに降り注いでキラキラ光り、まるで照明がついたり消えたりするかのようだ。アドレーを母に会わせる頃合いだ。いい知らせは、稀だからこそ分け合うべきだ。

タミーとフィルは、審理のあと子供たちを拾って、まっすぐ聖アグネスにやってきたにちがいない。なぜなら、わたしたちが着いたとき、ふたりはすでに母と敷地内を散策していたから。遠くからでも、母のルースが笑顔でおしゃべりしているのが見える。フィルは母さんに純然たる喜びを与えている。母さんのかわいい息子なのだ。

近づいていくとき、アドレーは乾いた手でわたしの湿った手を握ってくれた。フィルとタミーがじっとこっちを見ている、母が言う。「ロニが来たわ！」

芝生で遊んでいた姪と甥が駆け寄ってきて、ヘザーがわたしに横から抱きついてくる。わたしは身をかがめてヘザーを強く、一分間余分に抱きしめる。そのあと、ヘザーが母の手をとる。わたしはみんなを引き寄せて、そのまま放したくない。でも、わたしたちはそういうタイプの家族じゃない。

アドレーが片手をわたしの肩に置く。

「よし。フィル、タミー、母さん、みんなにアドレー・ブリンカートを紹介します」

アドレーはまず母の手を握り、そのあとタミーと握手をする。フィルとの握手のほうが大きく、〝よお、知り合えてうれしいよ〟といった白人少年のように、相手と手のひらをつなぐほどまで大きく振る。そういうのを見ると、いつもやりすぎだと思うのに、きょうは不思議と心地いい。わたしは恥ずかしそうにしている子供たちにもアドレーを紹介する。

子供たちと目線の高さが同じになるように、アドレーが身をかがめる。「ふたりに会えてとってもうれしいよ」アドレーが言う。それから立ちあがり、母に向かって言う。「ミズ・マロー、おすわりになりませんか」腕を差し出しながら、母を日陰のピクニックテーブルまでエスコートする。タミーはなおアドレーを凝視しながらついていく。フィルとわたしはその場に残る。

フィルがパンツのポケットをリズミカルに手で叩いて言う。「ボーイフレンドがいたなんて、知らなかったよ」

わたしはうなずく。「ええ……そう……実は……そうなの」

フィルは顎を小さく上下させたのち、話題を転じる。「けさエルバートが法廷に引きずり出されたのを聞いた？　沼地の打ち捨てられた釣り小屋に身を潜めてたんだ。フランクも途中まで一緒だった……ほら……わかるだろ。今晩のニュースは見ないとね。バートが言うには、きょうの午後、罪状認否がおこなわれるらしい。そして何より、メタンフェタミンの製造室から化学薬品を大量に沼に捨てたこと知ってた？」

わたしは肩をすくめる。

「いかすだろ？　サイドビジネスがたっぷりだ。ラビドーの古い空き家とネルソンの狩猟用品店も、けさ強制捜査を受けた――そのふたつが主な麻薬の倉庫だったんだ」フィルは半分体をまわしながら、息を吸いこむ。「で、ほかにだれが仲間だったと思う？　ロザリアだよ！　あの女、エルバート・パーキンズと寝てたんだ！　わが社が扱ってる会計帳簿や、法律会社の個人ファイルをエルバートに漏らしてたんだよ。フランクに渡そうとしてたあの食料品も、老いぼれ彼氏と分け合ってくれってことだったらしい。バートの法律会社は彼女をきびしく罰するつもりのようだ」

わたしはそれを聞いて胸のすく思いで、できればブランドンも罰してくれればいいのに、と思う。

「よかった」わたしはうなずく。「そろそろ……すわりましょう」でも、振り返って言う。「ヘザーの様子は?」

「ちょっと動揺してるかな」

「フィル、ほんとうにごめんなさい」

「ロニがあの子の命を救ったんだ。謝る必要なんてない」

「だけど、もしわたしが――」

「だまって、姉さん。だいじょうぶだから」

わたしはピクニックテーブルのほうへと芝生を突っ切る。きょう一日、あまりに多くのことがありすぎた。フランクの頭が跳ね返るのがふたたび脳裏に浮かぶ。もんどりうつフランクの頭からは血が噴き出し、わたしの手からずしりと重い2×4材が落ちる。

わたしはきょうの審理のために買った、ヒールの低いパンプスを脱ぎ、より自然な状態にもどる。解放されたわたしの足には、芝生が鋭く、熱い。いままではけっして近づけなかった事実が、自分のなかに沁みわたりはじめる。父はわたしたちを置き去りにしようとしたわけではない。父はやはり逝ってしまっていて、失われた時間は一分たりとも取りもどせない。それでも父の大きさとあたたかい息は奪われたのであって、父が折れたわけではない。父は家に帰ってきたかったのだ。

フィルがわたしに追いついて言う。「ああ、それとあとひとつ。われわれが思っている以上に、州に対する貸しがはるかに大きい可能性がある」数字の話になると、フィルの目が輝く。

ヘザーとボビーが父親のところに来て、遊ぼうと引っ張ると、フィルは折れる。わたしはヘザーの様子を見る。ヘザーはわたしのほうを見ないけれど、こっちから〝だいじょうぶ？〟的なことばを押しつけるつもりはない。これからも見守ってゆく。

ピクニックテーブルに着くと、まずは片方、つづいてもう片方の脚を、アドレーの隣のベンチにかける。わたしがすわると、母が言う。「ああそうだわ、ちょっと抑えないと、ミントは庭全体に蔓延《はびこ》ってしまうわよ」アドレーがわたしに向かって両眉をあげ、母にもっとガーデニングについての助言を求める。母はほんのわずかしか話に乗ってこない。「バジルの小花を摘むのは知ってるわね？　ニガヨモギを間引くのは？でないと、ひょろ長くしか育たないわ」

「〝若者の恋《ラッズ・ラブ》〟だなんて、ニガヨモギにそんな名前がついたのはどうしてですか」アドレーが尋ね、テーブルの下でわたしの手をとる。

母の長い説明のあいだ、タミーはアドレーの向かいにすわって、放心している。アドレーに魅入られているのか、それともわたしが男の人を惹きつけたことに驚いているのか。あるいは、わたしとアドレーのこととは関係ないのかもしれない。トラウマが影響しているだけなのかも。なんと言っても、六歳の愛娘《まなむすめ》が殺されかけたのだから。

「ねえ、タミー」わたしはトラクター・ビームを破壊しながら言う。「スクラップブックを作ることを考えてるの」たったいま浮かんできたアイデアだ。「父さんの写真をまとめたいから。何かアドバイスはある？」

目が覚めたらしく、タミーが言う。「本気？」

「あなたの力を借りれば、はじめられるかも」

タミーがわたしのほうを向く。「そうね……肝腎なのは」――テーブルに片肘をつく――「ストーリーにする語ること。写真を使ってね。どんなストーリーにするか、それをどう語りたいかを決めるの」いったんことばを切り、それからつづける。「何と何が合うのかをつかむのはかならずしも簡単じゃないけど、正しい組み合わせを見つければ、ロニ、それはもうほとんど……魔法のようなものよ」

「いいわね」シンプルな質問をひとつ投げたことで、最初からこうすれば、わたしたちのあいだで物事はもっと簡単だったろうに、と気づかされる。「もっと話して」

タミーが話しつづけるので、母がアドレーに何か言ったのに、半分しか聞きとれない。「考えてみた？　賢い人」

アドレーがわたしの腰に手をあてる。「結びつきませんでした。娘さんは賢いですよ」

「わたし？」わたしは言う。

「きみのお母さんに子守歌の話をしてたんだ。ほら、木のてっぺんの揺り籠の歌。鳥の巣が……」

わたしは顔を皺くちゃにする。**あの話、アドレーにしたっけ？**

母がわたしを見る。「それでいつ、あなたがたふたりは、自分たちの巣のための枝を集めはじめるの？」

わたしは固まる。「あのね、車に置いてきたものがあるのを思い出したの」

ほかの面々は建物のほうへ移動し、アドレーはわたしと一緒に駐車場へ歩いてもどる。彼のトラックのそばで、両手をわたしの腰にあてて、そっと自分のほうへ引き寄せる。「一緒に巣を作るなら、ロニ・マロー、小枝は使わないでおこう、いいね？」

下腹部がぞくぞくして、すぐに欲望に変わる。わたしは息を吸って、吐き出す。「あなたはとても現実家ね」

アドレーがまず笑う。

「さあ、植物を運びましょう」わたしは向きを変えて、テールゲートをはずす。

ふたりでハーブの詰まったシダー材の植木箱を手にとる。中にはいる前に、わたしたちは背の高いアプリコット色のコスモスを、母のいる窓の真下に植える。

ちんまりと整ったカレンデュラと比べると、ひょろ長いかもしれないが、このほっそりした茎一本から一週間以内に半ダースの花が咲く。

中にはいると、わたしたちは娯楽室に立ち寄り、ミントとコンフリーとワタチョロギに水をやる。わたしはもっぱら《ハッピー・バースデイ》か《キープ・オン・ザ・サニーサイド》が陽気に演奏されているアップライトピアノによりかかる。

わたしは言う。「母さんがここでピアノを弾くことはあるのかしら。手首が完治したら、ってことだけど」

アドレーがカウンターから植木箱を持ちあげる。

「きみから聞いた話からすると、お母さんは暗くなるまで待ってから階段をおりて、ノクターンを弾くのかもしれないな」

わたしはアドレーのすべすべした顎に手をあてる。

植物が少し元気になっていて、わたしたちは植木箱を母の部屋へ運ぶ。わたしはそれを窓台に置いて言う。

「母さんの庭のハーブよ」

母は植物を見て、それからわたしを見る。

「くすねてきたの」わたしはバッグから母の日記帳〈ガーデン〉を取り出して、母の両手にそっとすべらせる。そのとき、フィルが小さなテレビをつける。

わたしたちは、法廷に連れていかれるエルバートの映像に重なるカキ・ラビドーの声を聞く。「パーキンズは資金洗浄、麻薬取引、および詐欺行為の罪で本日、法廷に召喚されました。また、パーキンズの恋人とみられるロザリア・ニューバーン・デイヴィスも逮捕されました」

そのニュースが終わると、わたしは立ちあがり、万一ほかの法廷にまつわるニュース、たとえば正当防衛に関する審理や何かのニュースが流れると困るため、テレビを消す。「そろそろ行かなくちゃ!」わたしは言う。フィルが訊きたいことがあるかのようにこっちを見て、架空の電話を耳にあて、わたしはうなずく。

フィルとタミーと子供たちがさよならを言う。

アドレーとわたしは母を食堂まで連れていく。わたしたちが立ち去る前、母がアドレーに言う。「知ってるでしょうけれど、ロニはわたしの野生児なの」母はわたしにさよならの抱擁をして、唇をわたしの耳元に近づけてささやく。「おやすみ、わたしのベイビー・ガール」

ふたりでアドレーのトラックへもどり、わたしは中空を見つめる。あまりに多くのことが脳裏をよぎる。アドレーが体を寄せてきて、わたしがそちらを向くと、アドレーはやさしく口にキスをする。塩とスペアミントと、自然な何か、たとえばなめらかな石のような味がした。

車のなかで、母のことばが――〝ベイビー・ガール〟が――こだまし、脳裏には、母の若い腕に残った貝殻の跡――生まれたばかりのわたしの耳の跡――が浮かぶ。


わたしの車は、朝停めたときのまま、バートのオフィスの前にある。はるか前のことのような気がする。わたしたちはその後ろにトラックを停め、アイドリングさせる。「あの……なんだ……DCでの成り行きについて聞いてなかったけど」

「一年とどまることになったの」わたしは言う。

アドレーがため息を漏らす。「でも、会いに行けるよな」

「こっちに、ってことよ」わたしは言う。

「一年？　こっちに？」笑みが浮かぶ。「そうか、それは吉報だ！」

「ええ、そうなの」わたしも微笑む。

わたしがワシントンにいるあいだに、植物学の才媛デローレスが教えてくれたのだ。わたしの給与等級の従業員は、七年ごとにサバティカル（長期有給休暇）をとる資格があり、わたしはそれをとるのが二年遅れているらしい。デローレスは申込用紙の記入を手伝ってくれた。わたしは自分の目的をこう記した。〝フロリダの湿地帯に重点を置いた、アメリカ南東部の鳥類研究〟

ヒュー・アダムソンが唾を飛ばしながら反対したが、何もできなかった。サバティカルはスミソニアンの長きにわたる方針であり、これを覆すには議会制定法が必要であるらしい。申込用紙には、もうひとつの意向は書かなかった。それは、フリーランスになって、自分の名を広め、フロリダが自分の居場所かどうかをたしかめることだ。

トラックの運転席で、アドレーは息を止めんばかりに微笑んでいる。「家までついてこないか」アドレーが言う。

わたしがトラックを降りる前に、アドレーは両手でわたしの顔をはさみ、もう一度キスをする。

63

十一カ月後

絶え間なく流れる川は……もとの水にもどり、ゆく途中で流れ去ったものは、もどることで返る
——バースのアデラード『自然学に関する問い』

窓から見える中庭に、実を結んだばかりのアセロラの刺激的な香りが漂い、大量のムクドリを惹きつけている。ムクドリは騒ぎ、さえずり、羽音を立てる。わたしは一年ほど前、このサバティカルがはじまったころに買った製図机にすわっている。いまは物干し竿の下にいる母の新しい絵に取り組んでいて、沼地をシー

ツのように覆って近づいてくる雨を、光の陰影でとらえようとしている。ようやく母の顔をきちんととらえられるようになったと思う。視点を替えたのだ――もう俯瞰は使わない。母は横顔を見せていて、父が網戸をあけて、風のなかを母のほうへ近づいていく。

この十一ヵ月のあいだ、個人的に描いている絵が、賃金仕事とのバランスをとってくれていた。自分の絵に磨きをかけたいという思いが強いので、博物学の仕事は先延ばしにせず、鳥のジズをもっと早く実現したい。相変わらず頑固な完璧主義者だけれど、より効率的にはなった。満足のいく絵に達するためにはより深い疑問が湧いてきて、たぶん実際に描くことでしかたどりつけない答えがある。

製図台の横には、掲示板に似た、それよりずっと大型の、灰色で四角いファイバー製のホマソテの建材ボードを取りつけている。そこに、絵やアイデアや習作をピンで留めるのだ。夜はたいていアドレーの家で過ごすため、このアパートメントは居住空間というよりアトリエのようなものになっている。それでもゆうべ、この絵に取り掛かり、途中でやめたくなかったので、アドレーが泊まりにきて、いつもとちがってわたしのベッドで幸せにしてくれた。標本より生きている鳥から絵を描くために、ちょくちょくアドレーと一緒に仕事にいった。この十一ヵ月のあいだに、アドレーはわたしの短気なところ、頑固なところなど、欠点をいろいろ見てきたのに、それでもまだそばにいてくれる。わたしはフロリダの全体的な地下水汚染について、驚くほど多くの長広舌を聞き、絶対的な真実が不利になりうるいくつかの新しい例を学んだ。でも、ほぼ毎晩、わたしとアドレーはお互いの日々の内容を話し合っている。わたしが絵に対して正直さを求めるならば、アドレーはわたしを含めた彼の人生すべてに対してそれを求める。それは簡単なことではないけれど、源泉のそばでしかありえない透明さをわたしに与えてくれる。

エルバート・パーキンズの裁判中、父の名前が頻繁に出てきた。友人や近所の人から自分がどう思われていたかを聞いたら、父も誇らしく思っただろう。裁判を傍聴したある日、帰宅すると、父を失ったという事実に圧倒された。

わたしはアドレーに言った。「わたしはなぜあんなに頑なじゃなきゃいけなかったんだろう。父さんの望みはただ、魚釣りを覚えてほしいってことだけだったのに、わたしはけっして覚えなかった」

アドレーはわたしの湿ったこめかみあたりに張りついた髪を払いのけて言った。「いまからでも遅くはないさ」

最も決定的な証言をしたのは、マーヴィン・ラビドーだった。「ダニー・ワトソンは手先じゃやなかった」マーヴィンは言った。「フランクとエルバートが迫ってくると、ダニーは双方向通信の〝送信〟ボタンをロックした」通信指令係だったマーヴィンは、不快なやりとりの全貌と、そのいざこざを終わらせた大きな轟きを聞いていた。「ジョリーンとわたしは、その晩すぐに町を出た。さもないと、次はわれわれの番だったからな」

わたしは作業中の絵、物干し竿のそばの絵に目をやる。家、庭、ヒーリング効果のあるハーブ、沼、そしてその奥の湿地を描いている。絵のなかで、母と父はいまにもふれ合いそうだ。グワッシュ絵の具を使って絵に雨と色彩を散らす。

足元の床には没にした作品が散らばっている。くしゃくしゃに丸めるでもなく、打ち捨てるでもなく、ただ採用しなかっただけだ。わたしはコラージュをしたことがないのだけれど、散らばっている絵を拾いあげて、それぞれの紙片がひとつの要素だけになるように絵を破りはじめる。釣り針で傷ついた父の両手の親指、泥だらけの父のブーツ、無精ひげの光る父の顔。小さなフィリップのやわらかい手。破る行為には満足を覚えるばかりで、破壊しているという感じはない。わたしは灰色のボードに、ちぎった断片をピンで留め、それをまわして、空間のなかでの関係が変わるのを楽しみ、後ろへさがる。川を、木を、沼を動かして、釣り小屋や鳴いている鳥の巣、シラサギの古いスケッチと並べて置いてみる。こんなふうに遊んでいる自分がおかしくて、声に出さずにひとり笑う。壁に留めたものはごちゃ混ぜだけれど、形と方向性はある。ひとつだけ空欄のあるフレームのなかでタイルを動かして絵を完成させる、クラッカー・ジャックというスナック菓子のおまけの玩具みたいなものだ。それでわたしは空欄を残している――亡くなった赤ちゃんのために。赤ちゃんの不在が、〝ガーデン〟の日記をもたらし、母をわたしから遠ざけ、わたしを父のほうへ押しやったのだ。

それで、窓辺の少女は？　わたしはずっと蚊帳の外だったけれど、このコラージュは参加を求めてくる。細い肩を描き、そのあいだに垂れる長いポニーテールを描く。その輪郭に沿って紙をちぎり、それを貼りつける。見る人に背中を見せるということだろうか。たぶん、おもな演者たちに明るく啓示的な光を――複雑な光を――あてると、影ができるということだろう。つまり〝こっちへどうぞ〟と言っているのだ。

アドレーが寝室から現れて、背後でそっとドアを閉めて言う。「仕事に出かける」

わたしは壁からほとんど目も離さずに言う。「了解」そして乾いた唇で行ってらっしゃいのキスをして、注意をコラージュにもどす。

でも、アパートメントのドアがカチリと音を立てて閉まると、わたしは帽子とスケッチブック、それにホイットマンの薄い詩集を手にとる。あとで母のために朗読するか、ひょっとしたら暗誦できる詩が載っているものだ。わたしはドアから走り出る。「待って！一緒に行く！」

アドレーはすでに歩道への長い道を半分歩いていたが、わたしの声を聞いて振り返る。

わたしは全速力で走り、アドレーを追い抜いて、先に通りに出る。アドレーのトラックの運転席に自分の荷物を投げ入れて、振り向く。彼はまだ十ヤード先で、少し眠そうに微笑み、わたしの元気さにとまどいながら、ゆっくりと時間をかけてやってくる。

わたしは両手を左肩の上に振りあげ、見えない釣り糸を彼のほうに投げる。そして右手をすばやくまわしてリールを巻き、彼をこちらへ引き寄せる。たぶん、アドレーはわたしにとっては手ごわい獲物なんだろう。たぶん、この人生は願いを叶えるためにある。

トラックの運転席から、ホイットマンの一節が、沼地の靄のように立ち昇り、わたしは見えないリールをまわす手をゆるめる。

「何してるんだ?」アドレーが言う。

わたしは朗誦する。「〝最高の人間を作る秘密を知っている／野外で育ち、大地とともに食べて寝ることだ〟」

「〝大地とともに食べて寝ることだ〟」アドレーが繰返し、片腕をわたしの腰にまわす。「賛成だ」

わたしは寄り添い、彼の香りを吸いこみ、自分が故郷にいることを実感する。

謝辞

次のかたがたに大いに感謝している。キャシー・アブドゥル・バキ、ミラグロス・アギラール、バーバラ・バス、ジョディ・ブレイディ、ジェレミー・バトラー、クライヴ・バイヤーズ、エレン・プレンティス・キャンベル、ウィル・キャリントン、シルヴィア・チャージン、ジム・ディーン、ロコ・ディーボニス、シモーヌ・デヴェルトゥイユ、ゲーラ・アーウィン（鳥の標本に）、バーバラ・エストマン、スザンヌ・フェルドマン、オードリー・フレミング、レズリー・フロシンガム、レニー・ハールストン、トビー・ヘクト、ジョン・ヘルム、スーザン・ジャミソン、エルヴァ・ハラミーヨ、カリン・ジョンソン、故ランダル・ケナン、キャロライン・リバティ、アリス・マクダーモット、ローラ・マクドゥーガルとマックィルキン家のみなさん、サリー・マッキー、トム・ミラニ、デビー・ミッチェル、カーミット・モイヤー（つねに変わらない人柄で、よい判断をしてくれたことに）、ジュリー・ニューバージャー、マイケル・オドンネル（ものすごく辛抱強い人）、ビル・オサリヴァン、ジャネット・ピーチィ、アナ・ポピンチョーク（自分の部屋を貸してくれた）、ジョスリン・ポピンチョーク（友であり、バードウォッチャー仲間でもある）、ダニエル・プライス、ルース・シャラート、マイラ・スクラロー（あたたかい励ましに）、ダヴィナとジャック・スミス（おふたりの本のコレクションに）、サラ・ディモン・ソーキン（長年にわたる鋭い読書とインスピレーションに）、サラ・テイバー、アリス・タンジェリニ、ヘンリー・テイラー（正しいことば遣いに対する貴重な教訓と正直な物言いに）、リーサ・ティルマン、ジュリー・トンバーリ（小さな嘘《フィブレット》に）、ケアリー・アムハウ、クリスティン・ウィリアムズと、もちろん、わたしのすばらしいエージェントであるエミリー・ウィリアムソンに。また、編集者のみなさまにもお礼を申しあげたい。ジャッキー・カンターの物語への並外れた視線と、この物語に注いでくれた特別な情熱に。感性が豊かで洞察力の鋭いレベッカ・ストローベルに。ギャラリー／サイモン&シュスター社のチームのその他のみなさま——エイミー・ベル、アンドリュー・グエン、リーサ・リトワック、アリシャ・ブロック、バーバラ・ワイルド、リーサ・ウルフ——は、本書をよりよくしてくださった。そしてジェシカ・ロスの活力は、本書を飢えた読者の手に届ける役に立った。アビー・ジドル、ダニエル・マツェラ・ディ・ボスコにも謝意を表する。

　わたしの作品に早くから興味を示してくれたミリアム・アルトシュラー、ジェフ・クラインマン、サリー・アルテセロス、故リチャード・マッキャンにも感謝している。何度も訪れ、わたしの著作と、とりわけこの作品をはぐくんでくれたヴァージニア・センター・フォー・ザ・クリエイティヴ・アーツ——あの控えめで不思議な場所——には特に。

　二冊の本、すなわちレズリー・ゴードン著『グリーンマジック　フラワーズ、プランツ&ハーブズ・イン・ロア&レジェンド』と、リンダ・アワーズ・ラゴ著『マグワーツ・イン・メイ　ア・フォークロア・オブ・ハーブズ』は、ハーブとハーブにまつわる伝承についてとりわけ有用だった。さらに、鳥に関してさまざまなバージョンが出ている『ナショナル・オーデュボン・ソサエティ・ポケット・ガイド』は、すでに古典となっているロジャー・トーリー・ピーターソンの『フィールド・ガイド・トゥ・ザ・バード』と、リチャード・フレンチ《ffrench》(ffは誤りではない)の『ガイド・トゥ・ザ・バーズ・オブ・トリニダード・トバゴ』などとともにめくるのが楽しい書だった。コーネル大学鳥類学部のすばらしいウェブサイト、AllAboutBirds.orgや、自殺に悩む人々に支援と希望を提供する、アメリカ自殺防止財団(afsp.org)からも情報を得た。

ニューメキシコ大学土木工学部の名誉教授、リチャード・ヘグンにも大いに感謝している。地下水に関する参照文献を想像しうるかぎり徹底的にまとめた『アンダーグラウンド・リバーズ:フロム・ザ・リバー・ステュクス・トゥ・ザ・リオ・サン・ブエナヴェントゥラ、ウィズ・オケイジョナル・ディヴァージョンズ』という著書を上梓し、インターネットアーカイブを通して、オンライン上にPDFの形式でそれを閲覧できるようにしてくれた。

スミソニアンに関する情報は、二〇〇二年三月《ワシントニアン》誌に掲載された、ラリー・ヴァン・ダインの〝アンシヴィル・ウォー・アット・ザ・スミソニアン〟と題した記事と、ジェイムズ・コナウェイ著『ザ・スミソニアン:150イヤーズ・オブ・アドヴェンチャー、ディスカヴァリー、アンド・ワンダー』のスミソニアンの歴史に関する逸話から収集した。

フロリダ州魚類・野生生物保存協会に、とりわけ協会員のケイシー・チッジー・メリットには、調査に協力していただいた。また財政の専門家ボブ・ホップマンとマーク・J・ノウィキ、帽子の熱烈な愛好者ゲイル・シェア＝ラーブ、スミソニアンの図書館司書ギル・テイラーとカトリーナ・M・ブラウンに。じいちゃん御殿のことでグレッグ・ライトに、沼地ツアーにとどまることを承諾してくれて、眠い運転手はアイロン台を見るという情報を提供してくれたジム・コッツアに、《キープ・オン・ザ・サニーサイド》の件でデイヴィッド・ガードナーに、タイミングのいい二羽のアオサギの件でメアリー・ベス・ガイサーに、写真をスケッチする技術についてメアリー・プロエンザに、わたしがこの物語のためにはじめてライヴオークの種を育てたときに一緒に作業をしてくれたアーティスト、ロルフ・ネスにもお礼を言いたい。米国議会図書館の稀覯本および貴重書閲覧室の司書のかたがたと、主閲覧室のピーター・アルメンティには、わたしが原典をたどろうとするのを絶え間ない好奇心と熱意をもって手伝ってくれたことに、大いに感謝している。そして何より、遠くで近くで、ずっと変わらぬ愛情と支援を注いでくれた家族に、ありがとう。

関連書籍および参照文献

Adelard of Bath (1080–1152). *Quaestiones Naturales.*

Back, Phillipa. *The Illustrated Herbal*. London: Chancellor Press, 1996.

Barhydt, D. Parish. "Ahyunta." *The Dollar Magazine 7*, no. 42 (June 1851):263.

Burnett, Charles, ed. *Adelard of Bath, Conversations with His Nephew: On the Same and the Different, Questions on Natural Science, and on Birds*. Cambridge: Cambridge University Press, 2006.

Callery, Emma. *The Complete Book of Herbs*. Philadelphia: Running Press, 1994.

Coffey, Timothy. *The History and Folklore of North American Wildflowers*. New York: Houghton Mifflin, 1993.

Conaway, James. *The Smithsonian:150 Years of Adventure, Discovery, and Wonder*. 1st ed. Washington, DC: Smithsonian Books; New York: Knopf, 1995. Chapter 10, "A Wind in the Attic."

Dowden, Anne O. *This Noble Harvest: A Chronicle of Herbs*. New York: Collins, 1979.

Elias, Jason, and Shelagh R. Masling. *Healing Herbal Remedies*. New York: Dell, 1995.

ffrench, Richard. *A Guide to the Birds of Trinidad and Tobago*. 2nd ed. London: Christopher Helm, 1992.

Florida Department of Environmental Protection. "The Journey of Water." www.floridasprings.org.

Gerard, John (1545–1612). *Herball or General Historie of Plants*. Imprinted at London by Edm. Bollifant for Bonham Norton and Iohn Norton, 1597.

Gordon, Lesley. *Green Magic: Flowers Plants & Herbs in Lore & Legend*. New York: Viking Press, 1977.

Heyman, I. Michael. "Smithsonian Perspectives." *Smithsonian*, June 1996.

Marshall, Martin. *Herbs, Hoecakes and Husbandry: The Daybook of a Planter of the Old South*. Tallahassee: Florida State University, 1960.

Nelson, Gil. *The Trees of Florida: A Reference and Field Guide*. Sarasota, FL: Pineapple Press, 1994.

Perkins, Simon. *Familiar Birds of Sea and Shore*. New York: Alfred A.Knopf, 1994.

Peterson, Roger Tory. *A Field Guide to the Birds East of the Rockies*. Boston: Houghton Mifflin: 1980.

Peterson, Wayne R. *Songbirds and Familiar Backyard Birds East*. New York: Alfred A. Knopf, 1996.

Piercy, Marge. "To Be of Use." In *Circles on the Water*. New York: Alfred A. Knopf, 1982:106.

Potterton, David, ed. *Culpepper's Color Herbal*. New York: Sterling, 2002.

Rago, Linda Ours. *Mugworts in May: A Folklore of Herbs*. Charleston, WV: Quarrier Press, 1995.

Raleigh, Sir Walter (1552–1618). *The History of the World, in Five Books*. London: Printed for T. Basset, etc., 1687.

Reynolds, Jane. *365 Days of Nature and Discovery*. London: Michael Joseph, 1994.

Ripley, S. Dillon. "First Record of Anhingidae in Micronesia." *The Auk* 65, no. 3 (July 1948): 454–455.

———. "The View from the Castle." *Smithsonian*, October 1983, 10; December 1983, 12; and April 1984, 12.

Snell, Charles Livingston, Harold Darling, and Daniel Maclise. *This Is My Wish for You*. Seattle: Blue Lantern Books, 1995.

Thoreau, H. David. *Journal*. Edited by B. Torrey. Boston and New York: Houghton Mifflin, 1906), 1:438.

Van Dyne, Larry. "Uncivil War at the Smithsonian." *Washingtonian*, March 2002.

Walton, Richard K. *Familiar Birds of Lakes and Rivers*. New York: Alfred A. Knopf, 1994.

Whitman, Walt. *Leaves of Grass.* 1867. "Song of the Open Road," section6. The Walt Whitman Archive. Gen. ed. Matt Cohen, Ed Folsom, and Kenneth M. Price. Accessed May 21, 2021. http://www.whitmanarchive.org.

Wilder, Thornton. *The Bridge of San Luis Rey*. New York: Albert & Charles Boni, 1927.

著者あとがき

読者のみなさんは、著者がふたつの重要なディテールについて時間を弄んでいたことにお気づきだろう。ひとつ目は、スミソニアン事務局長のS・ディロン・リプリーは、いくら名誉職とはいえ、ロニの在職と重なることはなかったはずなのに、スミソニアンの近代史において彼は卓越した人物だったので、わたしの想像力のなかで物語に登場してもらうことにした、ということだ。ふたつ目は、ワシントンDCの十四丁目にある商業ビルにはいっている国立水族館は、小説の設定の数年前に閉館しているのだが、物語の都合上、開館させておいたことだ。甘い考えかもしれない。こだわりのあるかたには、ここでお詫び申しあげる。

訳者あとがき

ヴァージニア・ハートマンのデビュー小説、『アオサギの娘』をご紹介する。原題は *The Marsh Queen*。Marsh とは湿地という意味だ。

スミソニアン自然史博物館で鳥類画家として働く主人公、ロニ・メイのもとに、ひとまわり歳の離れた弟のフィルから電話がかかってくる。母が転んで手首を骨折したから、故郷のフロリダに帰ってきてほしいというのだ。しかも母親には認知症の症状が出ているらしく、先のことを相談したいから長期の休暇をとってくれ、という。ロニは育児介護休暇の制度を利用してフロリダへもどる。

ロニは介護施設に母ルースを訪ね、そこで母親宛のショッキングな手紙を見つける。そこには、「ルースへ　ボイドの死についてあなたに話しておかなくてはいけないことがあります」と書かれていた。差出人の名前はヘンリエッタ。ボイドというのは、ロニが十二歳のとき、湿地で溺死した父のことだ。事故死とされたが、漁業局に勤めていて湿地を知りつくしているはずの父が溺死するはずがないという思いがロニにはあり、町の噂では、みずから死を選んだのではないかとも言われていた。父の死の真相を知ろうと、ロニはヘンリエッタという人物を探そうとする。

物語の舞台は、フロリダ州北部にある架空の小さな町、テネキー。語り手は主人公であるロニだ。母の荷物を整理し終えるまで、ロニはワシントンDCには帰れない。さらに、タラハシー科学博物館の館長をつとめる親友エステルから、鳥の絵を描いてくれと仕事を頼まれ、ロニは鳥の観察のためにカヌーで湿地へ漕ぎだしていく。そんなふうにして、やるべきことが次々と持ちあがり、テネキーにいる時間がずるずると延びてしまう。とはいえ、いつまでも仕事を休むわけにはいかない。ロニは焦るが、母の荷物を整理しているときに母の日記帳を発見する。

ロニは、母の日記帳を読んでは当時の出来事を回想し、カヌーで湿地をめぐっては、かつて父と湿地を訪れたときのことを思い出す。画家であるロニはそれらを思いつくままに絵にする。そして日記や絵が、過去の記憶と現在とをつないでゆく。

本作は、父の死の真相を探るというミステリ小説としても読めるが、家族の物語でもある。ロニと母親との関係はもともとどこかぎくしゃくとしたものだったが、認知症のせいもあって、なおさら意思疎通がむずかしくなる。そんなとき、母の日記帳を見つけて、ロニは若かりし日の母の心を少しずつ知ることとなる。それに従って、ふたりの関係にわずかながら変化が兆していく。

ひとまわり歳のちがう弟フィルに対して、自分が甘すぎることを、ロニは自覚している。その一方で、フィルの妻で美容師のタミーとは、世に言う嫁と小姑のような関係だが、幼い姪と甥のことはかわいくて仕方がない。親に介護が必要になったとき家族がどうするのか、それぞれの立場からストレートなことばをぶつけ合いつつ、それぞれが家族としての生き方を模索する。

家族以外にも、多くの魅力的なキャラクターが登場する。とりわけ興味深いのは、子供のときからの親友、エステルとの関係だ。幼いころからの知り合いで、なんでも打ち明けられる頼もしい友人だ。また、カヌーショップのオーナー、アドレーとの恋模様も読みどころと言えるだろう。

本文中にエヴァグレーズという国立公園の話が出てくるが、これはフロリダ南端の大湿地帯のことで、世界自然遺産に登録されている。フロリダには豊富な地下水脈が網の目のように張り巡らされており、フロリダ帯水層から湧き出た水が大湿地帯を潤している。淡水と海水の混じり合う湿地帯は多種多様な生物を育み、珍しい鳥だけではなく、ワニやマナティーが棲息することでも知られている。鳥類画家であるロニの口から語られる鳥や自然の描写は精緻で、訳出時には野鳥図鑑とネット検索が必須だった。

著者は、アメリカン大学で美術学修士号を取得、ジョージ・ワシントン大学で創作を教えている。本書は二〇二二年九月に刊行されたデビュー小説であり、湿地に生きる動植物へのあたたかいまなざしが感じられる作品だ。

二〇二三年四月

HAYAKAWA POCKET MYSTERY BOOKS No. 1991

国《くに》 弘《ひろ》 喜《き》 美《み》 代《よ》
大阪外国語大学外国語学部卒
翻訳家
訳書
『レックスが囚われた過去に』アビゲイル・ディーン
『塩の湿地に消えゆく前に』ケイトリン・マレン
『寒慄』アリー・レナルズ
（以上早川書房刊）他多数

この本の型は、縦18.4センチ、横10.6センチのポケット・ブック判です。

〔アオサギの娘《むすめ》〕

2023年5月10日印刷　　2023年5月15日発行

著　者　ヴァージニア・ハートマン
訳　者　国　弘　喜　美　代
発行者　早　川　浩
印刷所　星野精版印刷株式会社
表紙印刷　株式会社文化カラー印刷
製本所　株式会社川島製本所

発行所　株式会社　早川書房
東京都千代田区神田多町2－2
電話　03-3252-3111
振替　00160-3-47799
https://www.hayakawa-online.co.jp

（乱丁・落丁本は小社制作部宛お送り下さい
送料小社負担にてお取りかえいたします）

ISBN978-4-15-001991-4 C0297
Printed and bound in Japan